Heidi Pitlor

Drei Tage im Sommer

Roman

Aus dem Amerikanischen
von Katarina Ganslandt

HEYNE

Die Originalausgabe erschien unter dem Titel
The Birthdays bei W. W. Norton & Company, New York

Verlagsgruppe Random House
FSC-DEU-0100
Das für dieses Buch verwendete
FSC-zertifizierte Papier *Munken Premium* liefert
Arctic Paper Munkedals AB, Schweden.

Zitat auf Seite 344 aus Henry James: Tagebuch eines Schriftstellers.
Notebooks. Deutsch von Astrid Claes. Ullstein, 1986.
Herstellung: Helga Schörnig
Satz: Leingärtner, Nabburg
Gesetzt aus der M Joanna 11,8/13,8 pt
Druck und Bindung: GGP Media GmbH, Pößneck
Printed in Germany
ISBN 978-3-453-01022-2

www.heyne.de

In liebendem Gedenken
an meine Mutter Joan Ruth Pitlor (1941–1984)

1. Gene

Daniel gefiel die Farbe nicht mehr, in der er und seine Frau das Esszimmer gestrichen hatten. Das marmorierte Ockergelb wirkte beinahe organisch und erinnerte eher an Verdauungsstörungen als an gemütliche Mahlzeiten und ein glückliches Heim – was hatten sie sich bloß dabei gedacht? Er mochte die Wandfarbe nicht, und die hellgrünen Tischsets, die Brenda kürzlich gekauft hatte, gefielen ihm ebenso wenig wie die dazugehörigen hellgrün getupften Stoffservietten. Sie stammten aus einem britischen Einrichtungsgeschäft in Boston, wo sie einkaufen ging, wenn sie Heimweh nach London hatte.

»Noch Pfannkuchen?«, fragte sie. Sie selbst war bereits bei ihrer dritten Portion angelangt. Unter dem T-Shirt wölbte sich ihr Bauch und ruhte wie ein kleiner Kürbis auf ihren Oberschenkeln.

»Danke, für mich nicht.«

Sie nahm sich die letzten beiden Pfannkuchen und träufelte mit weiten, kreisenden Bewegungen Ahornsirup darüber. Es war der erste Tag ihrer vierundzwanzigsten Schwangerschaftswoche, und sie war schon vor Sonnenaufgang aufgestanden. Noch im Halbschlaf hatte Daniel mitbekommen, wie sie in der Küche mit Töpfen und Pfannen herumgepoltert hatte. Vermutlich absichtlich laut, um ihn zu wecken. Wobei ihr veränderter Körper sie zugegebenermaßen auch etwas schwerfällig machte – und die Türen und Flure in ihrem neuen Haus in einem Bostoner Vorort waren sehr schmal geschnitten. Sie war noch nicht daran gewöhnt, die Kurven so eng zu nehmen, weshalb ihre Hüften und Beine mit winzigen blauen Flecken übersät waren. Daniel hatte »wie tot« im Bett gelegen (so nannte sie es manchmal voller Arroganz) und ihrem Geklapper in der Küche gelauscht. Er hatte sich gefragt, ob sie wohl ein zweites Kind haben wollte – dann würden sie ein größeres Haus mit mehr Zimmern brauchen.

Brenda schien die Schwangerschaft zu genießen. Sie verzieh sich ihre Unbeholfenheit und ihre Launen, ihre Vergesslichkeit und die ewigen Gänge zur Toilette.

»Hoppla«, sagte sie jetzt, als ihr ein Stück Pfannkuchen in den Schoß fiel. Noch vor einem halben Jahr war sie gertenschlank gewesen, mit fast knabenhaften Hüften, und hatte dadurch nicht gewirkt wie einunddreißig. Sie war vierzehn Jahre jünger als Daniel, gerade mal eins sechzig groß und sehr zierlich mit unwahrscheinlich zarten Fesseln und Gelenken. Selbst jetzt im sechsten Monat.

»Früher hast du Pfannkuchen nie gemocht«, sagte er.

»Ich weiß. Komisch, was? Ich könnte noch zehn essen.«

»Wer sind Sie? Wo ist meine Frau?«

Sie grinste mit vollen Backen. Daniel entdeckte einen glitzernden Siruptropfen auf ihrem Kinn und beugte sich vor, um ihn wegzutupfen.

Essen war ihr immer lästig gewesen, eine störende Unterbrechung im Ablauf ihrer Tage und Abende, und obwohl ihm ihre Appetitlosigkeit auch oft auf die Nerven gegangen war, hatte er sich insgeheim gefreut, so viel größer und kräftiger zu sein als sie. Er hatte es geliebt, im Bett mit beiden Armen ihre Taille zu umschlingen und dann die Hände um seine Ellbogen legen zu können. Er hatte den feinen Grat ihrer Rückenwirbel geliebt, den Schatten ihrer Brüste auf ihrem flachen Bauch am Morgen – aber all das war im Laufe der vergangenen Monate verschwunden. Er spürte, wie sich alles in ihm zusammenzog.

Sie waren erst vor kurzem aus einem Loft in einem größtenteils unbewohnten Haus in Brooklyn hierher gezogen. Er vermisste den muffigen Geruch aus den leer stehenden Wohnungen nicht, ebenso wenig die zersprungenen Fensterscheiben oder die Ratten, die er manchmal am Müllcontainer im Hinterhof hatte herumschnüffeln sehen. Aber er dachte oft sehnsüchtig an die Theater und Galerien oder die wöchentlichen Abendessen mit ihren Nachbarn George und John. Ihm fehlte die pulsierende Lebendigkeit New Yorks. Ihre neuen Nachbarn waren größtenteils älter als sie und wirkten schwermütig, so als hätten sie in ihrem Leben große Opfer gebracht und mit dieser Tatsache nun ihren fragilen Frieden geschlossen.

Nachdem Brenda das Frühstücksgeschirr gespült hatte, stellte sie sich unter die Dusche und ließ sich den Wasserstrahl übers Gesicht regnen. Daniel konnte sie sehen – sie hatte die Tür halb offen gelassen und den Duschvorhang nicht völlig zugezogen. Offenbar hörte sie ihn nicht, als er hereinkam. Sie strich sich mit beiden Händen über die Wölbung ihres Bauches und seufzte wohlig.

»Du siehst glücklich aus«, sagte Daniel. Ihm fiel auf, dass er sie in letzter Zeit immer öfter beobachtete und das, was er sah, kommentierte.

»Gott, Dan!« Sie bedeckte ihre Brüste. »Hast du mich erschreckt.«

»Du brauchst sie nicht zu verstecken. Ich weiß, wie du aussiehst.«

Sie griff nach dem Shampoo, hielt sich die Flasche über den Kopf und ließ sich die seifige Flüssigkeit über die Wangen laufen.

»Du siehst frei aus. Befreit.«

Sie warf ihm einen kurzen Blick zu. »Ja?« Sie hielt ihr Gesicht wieder unters Wasser. »Befreit wovon?« Das *Wovon* klang sehr britisch. Er hatte den Eindruck, dass sie in letzter Zeit wieder mit stärkerem Akzent sprach.

»Kann ich nicht beurteilen.« Er nahm die Brille ab und rieb die beschlagenen Gläser am Saum seines T-Shirts sauber. »Liz sagt, sie würde sich jetzt schon nach ihrem alten Körper zurücksehnen.« Daniels Schwägerin war in der siebten Woche. Und seine Schwester Hilary war auch schwanger – vielleicht würde Brenda das ja genügen. Ihr Kind hätte zwar keine Geschwister, aber wenigstens Cousinen oder Cousins. Er nahm sich vor, das Thema nachher in Ruhe anzusprechen, vielleicht auf der Fahrt nach Maine, wo sich die ganze Familie übers Wochenende im Sommerhaus seines Bruders Jake traf, um den fünfundsiebzigsten Geburtstag seines Vaters zu feiern.

Das letzte Mal hatten sich die Millers vor vier Jahren an einem Ort versammelt, auf der Beerdigung seiner Großmutter. Hinterher waren sie in ein Steakrestaurant in der Nähe des Friedhofs gegangen, wo sie sich in eine plüschige bordeauxrote Sitznische gequetscht hatten. Im künstlichen Dämmerlicht und im Dunst gebratener Zwiebeln hatten sie über den Trauergottesdienst diskutiert, der nach Meinung seiner Mutter etwas oberflächlich geraten war, genau wie die Grabrede. Sie hatten über Hilarys Abreise am nächsten Tag gesprochen, und schon bald hatten die üblichen Wortführer das Gespräch bestritten, und die anderen – Daniels Vater und immer mehr auch Daniel – hatten sich auf ihre Teller konzentriert. Er erinnerte sich, dass er etwas schläfrig geworden war, wie so oft in dieser Runde. Es war eine tröstliche Schläfrigkeit. Ganz gleich, wie selten die sieben zusammenkamen, ihre Unterhaltung kreiste immer um dieselben Themen – ihre Jobs, Politik, ihre Urlaubspläne – im ewig gleichen, einschläfernden Rhythmus, so als wären sie nie getrennt gewesen. Wenn die Babys erst einmal auf der Welt waren, würde es zehn Millers geben, und ihre Gesprächsthemen würden sich zwangsläufig ändern. Und in die Sitznische eines Steakrestaurants würden sie dann garantiert nicht mehr alle passen. Sie wären dann eine völlig andere Familie. Das kommende Wochenende war höchstwahrscheinlich das letzte, das sie zu siebt verbringen würden. Manchmal wurde Daniel ganz beklommen zumute, wenn er an den unvermeidlichen Verlust dieser tröstlichen, verlässlichen Schläfrigkeit dachte. Aber er neigte dazu, die Vergangenheit zu verklären – das wusste er.

»Liz sagt, sie passt in einige ihrer Kleidungsstücke schon jetzt nicht mehr rein«, erzählte er Brenda.

»Das ist doch pure Eitelkeit«, sagte sie. »So schlimm kann es gar nicht sein. Sie ist doch erst in der siebten Woche. Vielleicht isst sie einfach mehr als sonst.«

»Ich glaube nicht, dass es Eitelkeit ist.« Daniel setzte sich die Brille auf. »Sie hat sich auch gar nicht beklagt – es war eher eine Information. Ist ja auch verständlich, dass sie es kaum erwarten kann.« Er wendete den Rollstuhl und blieb dabei mit dem linken Rad in Brendas altem rosa Handtuch hängen, das auf dem Boden lag. Er beugte sich hinunter, um es hervorzuzerren.

»Stimmt natürlich.«

Das Handtuch verfing sich im Rad, zerriss und brachte den Stuhl aus dem Gleichgewicht.

»Wir müssen in zehn Minuten los«, sagte sie hinter ihm. »Meinst du, du bist bis dahin fertig?«

»Scheiße!« Er setzte den Rollstuhl mit einem Ruck zurück.

Der Samenspender stammte aus Milwaukee – 29 Jahre, 1,80 m, 81 kg, Haare braun, Augen blau. Nach eigenen Informationen »freiberuflicher Landschaftsgärtner« mit ausgeprägter künstlerischer und sprachlicher Begabung, schwächer in Mathematik. Die Ärztin in der Samenbank hatte ihn als zurückhaltend, aber durchaus selbstbewusst beschrieben. Sie gab ihnen keine Auskunft darüber, weshalb er sein Sperma verkaufte, darüber hatte er keine Angaben machen wollen, und Daniel wurde den Gedanken nicht los, dass der Mann wahrscheinlich dringend Geld gebraucht hatte, dass er arbeitsunfähig war, und zwar aufgrund irgendeiner schwerwiegenden Störung, die möglicherweise vererbbar war. Aber die Ärztin hatte gesagt, er käme dem am nächsten, was Brenda sich vorstellte: ein gesunder, intelligenter, kreativer und glücklicher Mann. Die Idee mit dem Samenspender war von ihr gewesen.

Daniel war fünfundvierzig Jahre alt, im Stehen 1,80 Meter groß und siebenundsiebzig Kilogramm schwer. Er hatte braune Haare, eine lange, leicht gebogene Nase und die eng stehenden Augen der Millers. Er arbeitete als Grafiker und Illustrator, hatte aber, im Gegensatz zu anderen Künstlern, die er kannte, auch keine Angst vor Zahlen. Er erledigte seine und Brendas Buchhaltung selbst und machte ihre Steuer. Er betrachtete sich als gewissenhaften Menschen, was aber vielleicht auf den Rollstuhl zurückzuführen war, denn vor seinem Unfall war er eindeutig weniger gut organisiert gewesen. Obwohl seitdem erst eineinhalb Jahre vergangen waren, unterschied sich sein jetziges Leben völlig von seinem früheren, das von diffusen Vorstellungen und Ängsten bestimmt gewesen war: Wann würde er es sich endlich leisten können, nur noch seine eigene Kunst zu machen? Wann wäre der richtige Zeitpunkt, sich nach einem eigenen Haus umzusehen? Wo wollten sie sich überhaupt niederlassen?

Sein altes Leben erschien ihm oft wie eine flüchtige Erinnerung an einen Traum: wie es sich angefühlt hatte, auf einen Fußball zuzulaufen, loszusprinten, um den Bus in die Stadt noch zu erwischen. Feuchte Grashalme zwischen den Zehen im Sommer, eine schwere Stoffserviette, die im Restaurant seine Schenkel bedeckte. Jetzt hingen seine Beine an ihm wie die einer Puppe, zu nichts zu gebrauchen.

Und seine Tage setzten sich aus einer Flut von Detailfragen zusammen: Wann musste er los, um rechtzeitig bei der Physiotherapeutin zu sein? Wo sollte er sich mit Brenda zur Ultraschalluntersuchung treffen? Alles war darauf ausgerichtet, Unwägbarkeiten und Hindernisse auszuschließen, die Hülle seines Lebens im Griff zu haben. Selbst seine Gespräche mit Brenda schienen vor seinem Unfall anders verlaufen zu sein, verspielter zumindest. An Sonntagvormittagen im Bett hatte sie sich manchmal von ihm gewünscht, er solle sich vorstellen, einen Teil ihres Körpers zu malen, und ihr jeden Pinselstrich beschreiben. Dabei wählte sie nie die nahe liegenden Körperteile aus – nie ihre Brüste oder Beine, nie ihr Gesicht. Sie sagte, sie wolle es ihm nicht zu einfach machen, und ließ ihn deshalb ihren Daumen, ihr linkes Knie oder ihr Kinn malen. Und während er sie so detailliert wie möglich beschrieb, warf sie manchmal willkürlich Ideen ein – wie wäre es, wenn sie ans Mittelmeer ziehen oder eine Künstlerkommune gründen würden? Entspannt vor sich hinträumend blieben sie so den ganzen Nachmittag bis zum frühen Abend im Bett liegen, dösten zwischendurch immer mal wieder ein, liebten sich und standen nur auf, um sich etwas zu essen zu holen oder die CD zu wechseln.

Im Bett herumzugammeln, Brendas vollkommene Körperteile zu beschreiben und von einem Leben in Frankreich zu träumen, das kam ihm jetzt rückblickend beinahe kindisch vor, dekadent und trivial. Und der Sex war längst nicht mehr das spontane Erlebnis von damals. An guten Tagen hielt Daniel vielleicht fünf Sekunden durch – an guten. An schlechten Tagen ging gar nichts. Natürlich spürte er, dass Brenda ihren Gesprächen von früher nachtrauerte – und dem Sex. Manchmal versuchte sie noch, ihn in verträumte Unterhaltungen über Kunst, über Reisen oder die Liebe zu verwickeln, aber in letzter Zeit beschäftigte sie sich zunehmend mit ihrer Schwangerschaft und den Vorbereitungen für das Baby. Daniel nahm an, das befriedigte ihr Bedürfnis nach etwas Positivem, zumal er in letzter Zeit oft launisch war. An manchen Tagen hatte er das Gefühl, in den vergangenen eineinhalb Jahren um das Dreifache gealtert zu sein.

Als sie nach ihrem ersten Termin in der Samenbank wieder im Auto saßen und vor einer roten Ampel warteten, hatte Daniel gesagt: »Schon komisch, das mit dem Spender, was? Dass er so eine entscheidende Rolle spielt, wir ihn aber nie kennenlernen werden.«

Die Ärztin in der Samenbank hatte ihnen von den vielen unterschiedlichen Samenspendern erzählt, die ihnen zur Verfügung standen, die endlose Liste von Männern aufgezählt, die ihre Erbanlagen anboten (Heteros, Schwule, Schwarze, Weiße, Latinos, große Männer, kleine Männer, kräftige Männer, schlaksige Männer – die Liste schien endlos). Die Frau war ihm wie Gott vorgekommen, Herrin über so viele potenzielle Leben. Ihm war aufgefallen, dass sie hauptsächlich mit Brenda gesprochen und ihn nur ein oder zweimal in das Gespräch miteinbezogen hatte, und auch das nur, weil ihr nachträglich noch einzufallen schien, dass er ja auch noch da war

»Ein bisschen schon«, sagte Brenda. »Mach es einfach wie ich und versuch, ihn dir nicht als Person vorzustellen. Es ist nur Sperma. Im Grunde ist das Ganze bloß ein medizinischer Vorgang, und am Ende wird daraus unser Baby. Und du wirst sein Vater sein.«

»Gewissermaßen«, sagte Daniel, obwohl es ihn erleichterte, dass Brenda den Mann in ihrer Vorstellung auf einen gesichtslosen kleinen Spritzer Flüssigkeit reduzierte. Erstaunlicherweise hatten sie sich im Vorfeld nie wirklich ausführlich über das Thema unterhalten, was aber auch daran lag, dass alles so rasend schnell gegangen war. Daniel hatte sich zunächst über verschiedene finster klingende neuartige Methoden und Eingriffe informiert – Ejakulation durch Elektrostimulation, operative Gewinnung von Samenzellen aus dem Hodengewebe – und sie sofort für sich ausgeschlossen.

Nach den Erfahrungen der vergangenen eineinhalb Jahre hatte er von Chirurgen, Krankenhäusern, medizinischen Geräten und Medikamenten genug. Sie hatten kurzzeitig auch über eine Adoption nachgedacht, aber Brenda war dagegen gewesen. Sie kannte Horrorgeschichten von adoptierten Kindern, die später schizophren oder psychotisch geworden waren, und obwohl Daniel zu bedenken gab, dass ihnen das mit einem eigenen Kind genauso passieren konnte, hatte sie die Entscheidung getroffen: Keine Adoption, basta. Schließlich war ihr die Idee mit dem Spendersamen gekommen. Lieber eine Hälfte ihrer Erbanlagen als gar keine, argumentierte sie. Ihre Logik hatte ihm zum damaligen Zeitpunkt eingeleuchtet, eine Samenspende schien tatsächlich die beste Lösung. Sie hatten Brendas Plan in die Tat umgesetzt, und er hatte nicht einen Moment lang innegehalten und sich Gedanken über die möglichen Konsequenzen gemacht.

»Letztendlich hat der Mann rein gar nichts mit unserem Leben zu tun.«

»Abgesehen davon, dass er die Erbanlagen beisteuert.«

»Eine Hälfte der Erbanlagen.«

»Ja, gut. Aber trotzdem. Es macht mich langsam verrückt, dass ich an diesem ganzen Vorgang nur so am Rande beteiligt bin. Ist dir aufgefallen, dass die Ärztin mich total ignoriert hat? Sie hat während des ganzen Gesprächs so getan, als wärst nur du mit ihr im Zimmer.«

»Jetzt hör auf, Dan. Du bist doch bei der Insemination dabei. Du begleitest mich zu allen Terminen. Du gehst mit mir zum Geburtsvorbereitungskurs. Bald hast du den Spender vergessen.« Sie klang müde.

»Kann sein«, sagte er. Aber als der Inseminationstermin näher rückte, merkte er, dass er den Mann kein bisschen vergessen konnte. Und als danach die Wochen und Monate vergingen, dachte er immer öfter an ihn. Er versuchte sich vorzustellen, wie er aussah, sein Gesicht, seine Kleidung, wie er wohnte, sein Auto. Er wünschte ihn sich vollkommen und zugleich unvollkommen, makellos und doch voller Defizite. Als er Brenda diese Gedanken anvertraute, machte sie sich anfangs lustig. »Also, ich stelle mir ja einen gebräunten Typen in Flanellhemden und Jeans vor. Er fährt so ein Junggesellenauto, irgendeinen roten Sportflitzer.« Aber bald wurde ihr das Spiel langweilig, und sie reagierte zunehmend gereizt, weil Daniel immer wieder damit anfing. Eines Tages blaffte sie: »Ehrlich gesagt finde ich, dass das Ganze bei dir allmählich zu einer Obsession ausartet«, und Daniel sagte: »Wahrscheinlich muss ich mich einfach dazu zwingen, an andere Sachen zu denken.«

Jetzt saß Daniel am Wohnzimmerfenster und wartete darauf, dass Brenda mit dem Packen fertig wurde. Er sah, wie Morris Arnold, ihr Nachbar von gegenüber, zur Hintertür heraustrat. Der verfettete alte Einsiedler hängte seine verfleckte Unterwäsche regelmäßig genau an der Grenze zu ihrem Garten zum Trocknen auf. Sein Terrier Rex bepinkelte ihre Rosensträucher und durchwühlte ihren Müll, wobei er Kartonfetzen, Kaffeesatz, Plastikverpackungen und Stifte auf dem Rasen verteilte. Aus irgendeinem Grund hatte Brenda Morris in ihr Herz geschlossen. Häufig sprang sie während des Abendessens, wenn Daniel ihr gerade von seinem Tag erzählen wollte, plötzlich auf, lud Essen auf einen Teller und verschwand damit durch die Hintertür. Kurz darauf hörte Daniel dann, wie sie mit Morris schwatzte, seine Rhododendren in höchsten Tönen lobte und ihm ans Herz legte, die Portion unbedingt noch einmal aufzuwärmen, falls er sie nicht gleich aß. Für Leute, die sie kaum kannte, konnte sie sich unendlich begeistern.

Brenda machte sich laut singend im Badezimmer zu schaffen. Ihre Singstimme war mittelmäßig, und sie sang gerade mindestens eine Oktave über ihrer natürlichen Stimmlage. Eigentlich war das nicht ihre Art – jedenfalls nie gewesen –, ihre schlechte Stimme derart hemmungslos vorzuführen.

Vor ihm flatterten fünf Unterhosen im Wind. Morris hatte einen Drink in der Hand und winkte ihm zu. Daniel rollte schnell hinter den Vorhang und spähte zu dem alten Mann hinaus, der auf seinen weichen Fettpolstern im Schaukelstuhl saß und zu seinen Unterhosen und den Wolken aufsah, die wie eine Familie von Walen über ihm hingen. Eine Frau, die Daniel noch nie gesehen hatte, trat hinter ihn. Von Brenda wusste er, dass Morris seit Jahren verwitwet war. Die Frau war klein und mager, mit einer schnabelartigen Nase und einem Ballen zuckerwatterosa Haaren auf dem Kopf – eine Steilvorlage für jeden Karikaturisten. Sie legte Morris beide Hände auf die Schultern und bettete ihr Kinn auf seinen Kopf. Rex drückte die Tür auf und kam in den Garten hinausgelaufen, vollführte Bocksprünge und knurrte dann eine hellblaue Unterhose an. Morris saß bloß da und sah zu.

»Wer ist sie?«

Daniel hatte Brenda nicht hereinkommen hören. »Keine Ahnung. Seine Schwester?«

»Nein, er hat keine Geschwister. Und seine Kinder wohnen in Oregon.«

»Glaubst du, sie ist seine Freundin?«

»Das kann ich mir nicht vorstellen, dazu ist er irgendwie nicht der Typ.«

»Welcher Typ?«

Brenda stellte sich neben ihn. »Na ja, der Typ, der Freundinnen hat. Vielleicht ist sie eine alte Flamme oder so etwas. Vielleicht ist ihr Mann gerade gestorben, und sie ist schon ihr Leben lang in Morris verliebt gewesen.«

»Und jetzt sehen sie in romantischer Zweisamkeit zu, wie seine Unterhosen im Wind flattern?«

»Ich versteh nicht, was dich daran so nervt, Schatz. Es ist doch bloß Wäsche.«

»Es sind Altmännerunterhosen. Wäschestücke, die an Stellen getragen wurden, die ich mir noch nicht einmal vorstellen möchte.«

Er verzog das Gesicht und lehnte sich im Stuhl zurück.

»Ach komm, lach mal ein bisschen. Es ist noch zu früh für die Motzki-Show.«

Brenda half ihm in den Wagen – darin hatte sie inzwischen ziemliche Routine. Sie hatte muskulöse Oberarme bekommen und brachte trotz ihrer geringen Körpergröße genug Kraft auf, um ihn so weit hochzustemmen, dass er den Griff über der Tür zu fassen bekam. Selbst jetzt, im sechsten Monat, konnte sie ihm noch gut in den Wagen helfen. Er war etwas bequem geworden; anfangs hatte er noch darauf hingearbeitet, solche Aufgaben allein zu bewältigen. Er hatte täglich im Fitnessstudio seine Armmuskulatur trainiert, bis er richtig gut in Form gewesen war. Aber in der letzten Zeit ließ er sich gern von Brenda helfen. Er konnte später weiter an seiner Kondition arbeiten, nächstes Jahr. Außerdem machte die medizinische Forschung gewaltige Fortschritte, und in einigen Fällen war es Ärzten sogar gelungen, bestimmte Rückenmarksverletzungen vollständig zu heilen. Manchmal erlaubte Daniel es sich, zu hoffen.

Kaum waren sie losgefahren, stimmte Brenda wieder ihr Lied an. Sie sang mit übertriebener Betonung, und er fragte sich, was das überhaupt für ein grauenhafter Song war. Er hatte den Text noch nie gehört.

»Bren«, bat er. »Macht es dir etwas aus, ruhig zu sein?«

»Ja. Ich habe Lust zu singen.«

Sie klang so jung, aber schließlich war sie es ja auch.

»Na gut.«

»Ach, was. Vergiss es.« Sie beugte sich vor und schaltete das Radio ein. Das Signal war eindeutig: Alles war besser, als sich sein Gemotze anzuhören. Oder Stille.

»Nein, mach nur. Sing. Aber pass auf, dass die Windschutzscheibe nicht zerplatzt.« Er sah aus dem Fenster auf die puppenhausartigen Häuschen in ihrer Straße. Türkis, weiß, grau.

»Das hättest du dir sparen können.«

Sie hatte Recht, und er fühlte sich mickrig neben ihr, wie ein kleinlicher Mann, der dahinwelkt, während seine Frau aufblüht. Er verstand selbst nicht, weshalb er sich in letzter Zeit so gar nicht mit ihr freuen konnte.

»Hast du dir schon mal überlegt, wie er heißt?«, fragte Daniel. »Und was glaubst du, warum er anonym bleiben will?«

»Wer?«

»Der Spender.«

Sie seufzte schwer. »Ach, komm. Spielt das denn eine Rolle?«

»Ich tippe ja auf Peter. Oder Jonathan. Ein anständiger Name für einen Mann aus einer anständigen weißen amerikanischen Oberschichtfamilie. Jonathan White. Irgendwas Langweiliges.«

»Du meinst Anonymes?«

Er lächelte. »Wahrscheinlich.«

»Ich verstehe nicht, wieso du immer wieder damit anfängst. Du fühlst dich doch nur schlecht dabei. Mom hat gleich geahnt, dass das noch Probleme gibt. Dass durch die Insemination alte Wunden aufgerissen werden.«

»Was weiß sie denn schon darüber? Mir wäre es übrigens sehr lieb, wenn du nicht jede Kleinigkeit von uns mit ihr besprechen würdest.«

»Ich würde das nicht gerade eine Kleinigkeit nennen«, sagte Brenda. »Außerdem dachte ich, wir hätten uns darauf geeinigt, dass du versuchst, an andere Dinge zu denken.«

Er legte die Handflächen auf seine Schenkel. »Ja, kann sein.« Er spürte den rauen, steifen Jeansstoff der Shorts, nicht aber das Gewicht seiner Hände auf seinen Beinen oder die Wärme der Shorts auf seiner Haut.

Vor zehn Jahren hatte er sich keine großen Gedanken über eigene Kinder gemacht. Kinder hatten für ihn immer in seine Zukunft gehört, nie in seine Gegenwart. Er hatte Brenda in einem Aktzeichenkurs kennengelernt, den er an ihrem College abgehalten hatte. Sie war rührend unbegabt gewesen, so krampfhaft darauf bedacht, jedes Detail exakt wiederzugeben (»Übertreiben Sie ruhig, erfinden Sie, erschaffen Sie das Aktmodell neu«, hatte er seinen Studenten gesagt und es später vernünftig gefunden, als Brenda im Hauptfach Fotografie wählte). Am Ende jeder Stunde war sie immer um ihn herumgestrichen, hatte ihn mit Fragen nach seiner Arbeit gelöchert und seinen Antworten ehrfürchtig gelauscht. Ihr britischer Akzent hatte ihn bezaubert. Im Gespräch mit ihm verhielt sie sich sehr respektvoll, aber ihr Auftreten – ihre entschlossene Haltung, ihre ausdrucksstarke Gestik, selbst ihre schwarzen, ganz kurz geschnittenen Haare und ihre blassblauen Augen – verliehen ihr eine ganz andere Aura. Als wüsste sie mehr, als sie zeigte, als wäre sie weiser und reifer, als es ihr Alter vermuten ließ. Sie hatte die reizende Angewohnheit, sich zweimal über die Lippen zu lecken, bevor sie etwas sagte, und obwohl er sich vorgenommen hatte, sich nicht mit einer Studentin einzulassen, merkte er, dass er gar nicht anders konnte.

Zwei Jahre später heirateten sie und kauften sich eine Wohnung in Brooklyn, und als die ersten Paare im Freundeskreis Kinder bekamen, sprachen auch sie darüber, entschieden aber, damit noch zu warten. Sie hatten gut zu tun – Daniel bekam von Buch- und Zeitschriftenverlagen Illustrationsaufträge, und Brenda, die sich als Werbefotografin selbstständig gemacht hatte, flog mehrmals zu Aufnahmen nach Afrika. Es ging beruflich aufwärts, und das wollten sie ausnutzen. Bis Brenda dann von einer Reise in die Serengeti zurückkehrte, wo sie Laufschuhe fotografiert hatte. Auf dem Rückflug waren sie in eine unvermutet schnell aufgezogene Gewitterfront geraten, die ihr Flugzeug durchgerüttelt hatte. *Die Turbulenzen haben sich angefühlt wie Wellen, so als würden wir mitten in einer Brandungswelle hin und her geschüttelt werden*, erzählte sie. *Bei jedem Absinken ist mein Magen blitzartig vom Hals bis in die Zehen gerutscht, und mein Kopf ist gegen den Sitz vor mir geknallt.* Nach der Landung in Memphis war sie ins nächstgelegene Krankenhaus gebracht worden, wo die Ärzte erstaunlicherweise lediglich ein leichtes Schädeltrauma und blaue Flecken feststellten. Andere Passagiere hatten weniger Glück gehabt. Eine ältere Frau hatte einen tödlichen Herzinfarkt erlitten; ein Mann war von einem herabfallenden Koffer am Kopf getroffen worden und ins Koma gefallen.

Während der einundzwanzigstündigen Heimfahrt – Daniel hatte sie im Wagen abgeholt, um ihr einen weiteren Flug zu ersparen – saß Brenda stocksteif und wortkarg neben ihm und trommelte mit den Fingern auf die Knie. »Ich will ein Kind«, sagte sie irgendwann, und er hatte genickt. »Dann lass uns ein Kind machen.«

Daniel dachte gern an die Dramatik dieses Augenblicks kurz nach dem Flug zurück, als die Entscheidung gefallen war. Er konnte sich nicht erinnern, konkret darüber nachgedacht zu haben, er hatte sich einfach in etwas gefügt, was größer war als sie beide. Noch am selben Abend und an jedem weiteren der folgenden zwei Wochen hatten sie versucht, ein Kind zu zeugen, und Daniel war von dem Gefühl erfüllt gewesen, dass sich alles fügte, und hatte dadurch seine Frau ganz neu lieben gelernt. Die Wochen vergingen, und Brenda bekam ihre Tage, weshalb sie es im nächsten Monat wieder versuchten und auch im übernächsten.

Keiner von ihnen hätte ahnen können, was zwei Monate später geschah und schließlich zu ihrem Umzug nach Massachusetts führte. Hier konnten sie sich problemlos ein größeres Auto zulegen. Hier waren Daniels Eltern in der Nähe, die kommen und helfen konnten, falls nötig. Und in einer kleineren Stadt würde er als Rollstuhlfahrer wohl besser zurechtkommen. Er fühlte sich oft wie in einem schlechten Film. Erst Brendas Geschichte und dann gleich darauf seine eigene Tragödie. Tragödie? War das Wort übertrieben? Ach was, dachte er, und außerdem war er der Letzte, der sich für eine Übertreibung rechtfertigen musste, schon gar nicht sich selbst gegenüber. Brenda hatte einen Fast-Flugzeugabsturz buchstäblich ohne Schramme überstanden, und er konnte noch nicht einmal mit dem Fahrrad losfahren, um Milch und Zucker zu besorgen, ohne sich von einem Autoheck zermalmen zu lassen.

Brenda drehte am Radio herum. Er hatte sich gerade wie einer dieser Männer im Supermarkt benommen, die ihre Kinder anbrüllen, weil sie zu laut sind, und dann grundlos ihre Frauen anblaffen. Mürrische, müde, einfach gestrickte Männer, die nichts taten, um ihrem Ruf als das angeblich besonnene Geschlecht gerecht zu werden. Von jetzt an würde er erst denken und dann den Mund aufmachen. Er würde sich bemühen, einen leichteren Ton anzuschlagen.

Sie fuhren schweigend weiter, und Daniel betrachtete die am Fenster vorbeihuschenden Häuser mit den schrägen Ziegeldächern. Er ließ das Fenster herunter, streckte den Arm hinaus und hielt die hohle Hand in den Wind. Sein Arm flatterte im Fahrtwind, und er fühlte, wie sich die Luft zwischen seine Finger zwängte. Ihm war, als könne er jede Zelle in seiner Handfläche spüren. Die Haut prickelte und wurde kühl.

Ellen Miller stand am Herd und wartete auf das Pfeifen des Wasserkessels. Sie stellte sich vor, wie in ihren Fingern jegliches Gefühl abstarb, dann in ihren Armen, ihren Schultern, ihrem Nacken. Sie stellte sich vor, wie sich ihre einzelnen Organe nach und nach abschalteten, wie ihre Erinnerung verblasste, all das angesammelte Wissen, das Geräusch ihres Atems in der Nacht, der Anblick der melonenfarbenen Sonne, die über dem ausgestorbenen Spielplatz am Ende der Straße unterging, wie alles im Schwarz versank. Aber wäre es überhaupt schwarz? Vielleicht wäre da gar keine Farbe; vielleicht wäre da etwas, was sie sich mit den beschränkten Mitteln, die ihr und jedem anderen Erdenbürger zur Verfügung standen, gar nicht vorstellen konnte. Ihr Mann Joe fand solche Gedanken morbide, aber MacNeil würde sie verstehen. MacNeil, den sie jahrelang nur als den Mann ihrer guten Freundin Vera gekannt hatte.

Joe saß hinter ihr am Küchentisch und wartete auf seinen Tee. Das Fleisch hing ihm welk von den Knochen, schlaff und faltig vor Alter.

»Fünfundsiebzig. Du bist ein alter Mann.«

»Und du bist eine alte Frau«, sagte er in seinem ruhigen Bariton, und was konnte sie darauf erwidern? *Natürlich bin ich alt. Lass dir was Besseres einfallen.*

»Ich bin jünger als du.«

»Aber nicht viel.« Er las irgendeinen Kriegsroman aus der Stadtbücherei. In den Büchern, die er las, ging es immer um Krieg und Gefahr, Spannung und Mord. Die Kampfszenen langweilten sie. Sie nahm an, dass er damit irgendein Bedürfnis befriedigte, weil er selbst einmal in einem Krieg gekämpft hatte – was sie oft genug vergaß.

Der Kessel sang, und sie füllte zwei Tassen und trug sie zu dem kleinen Tisch. Sie redeten seit Jahren davon, einen größeren zu kaufen, aber andere Anschaffungen waren stets dringender gewesen – eine neue Kupplung, ein neuer Durchlauferhitzer. Es war sieben Uhr morgens, und sie würden erst in ein paar Stunden nach Maine fahren und die Fähre besteigen, die sie nach Great Salt Island bringen würde, auf die Insel, wo Jake sein Sommerhaus hatte, wahrscheinlich eher eine Villa. Wenigstens einer aus der Familie hatte es zu Geld gebracht; wenigstens einer hatte einen Traum verwirklicht.

MacNeil verbrachte das Wochenende bei seiner Tochter in San Francisco. Er würde in zwei Tagen zurückkehren, und am kommenden Mittwoch würden sie zusammen nach Boston ins Gardner Museum gehen, wo im Gobelinsaal ein Konzert mit Stücken von Bach und Schumann gegeben wurde. Ellen hatte Joe nie betrogen und wusste, dass auch er ihr immer treu gewesen war. Aber jetzt fragte sie sich, wo ihre neue Freundschaft mit MacNeil wohl noch hinführen würde – und wie merkwürdig, überlegte sie, wie absolut merkwürdig, dass sie so spät im Leben noch auf solche Gedanken kam. Bei ihren letzten Begegnungen hatte sie eindeutig eine Spannung zwischen ihnen gespürt, eine Beschleunigung in ihrer Brust. Sie hatte sich in seiner Gegenwart befangener gefühlt als sonst, hatte genau registriert, was er sagte und wie er es sagte. Und auch er schien auf etwas zu reagieren. Er suchte ihre Nähe, berührte sie öfter – sanft am Arm oder an der Hand, wenn sie nebeneinander gingen, am Rücken, wenn er ihr eine Tür aufhielt, und sie konnte sich nicht helfen, sie genoss es. Objektiv betrachtet verband sie bloße Freundschaft. Rein platonisch. Sie wusste, MacNeil sah das genauso, konnte aber nicht verhindern, dass sie weiterphantasierte. Und dann fragte sie sich, was sie wirklich von ihm wollte – noch einmal Begehren spüren? Sich selbst begehrenswert und interessant fühlen? Oder dem Gefühl nachgeben? Ihr Leben dauerhaft verändern? Der Gedanke schien zu sperrig, in seinen Auswirkungen zu enorm, um überhaupt Gestalt anzunehmen. »Was willst du wirklich?« Das war eine Frage, die Menschen nachts wachhielt, und Ellen hatte all die Jahre überstanden, indem sie sich diese Frage gar nicht erst gestellt hatte, sondern stur ihren Weg gegangen war und nur über das unmittelbar Anstehende nachgedacht hatte. Über die leicht zu beantwortenden Fragen: die Logistik des Alltags, Arbeit, Haushalt und Familie. Ihre Kinder, vor allem Jake, quälten sich mit Fragen über das Schicksal und welchen Einfluss der Einzelne darauf hatte, und das tat ihnen nicht gut. Jake jagte seit seiner Kindheit Dingen hinterher, die für ihn unerreichbar waren – einem größeren Freundeskreis, anderen Frauen, sportlichen Leistungen, akademischem Erfolg. Als er seine jetzige Frau Liz kennengelernt und später diesen erstaunlich gut bezahlten Job gefunden hatte, schien er endlich bekommen zu haben, was er immer gewollt hatte. Aber selbst jetzt war er nicht wirklich zufrieden. Er klagte ständig bei Ellen darüber, dass sich seine Geschwister nie bei ihm melden würden, dass die Familie engeren Kontakt haben und sich öfter sehen müsste und dass er jetzt schon befürchte, dass sein künftiges Kind wahrscheinlich kaum Gelegenheit haben würde, Daniel und Brendas Kind kennenzulernen. Er merkte gar nicht, dass er zum Teil selbst Schuld daran trug – eben weil er ständig jammerte. Und weil er immer versuchte, alle zu beeindrucken oder es zumindest allen recht zu machen. Er drängte anderen seine Liebe auf, was ungewollt dazu führte, dass sie sich zurückzogen, worauf er sie noch mehr bedrängte. Vielleicht würde er nie glücklich sein. Seine Frau Liz war eine wahre Heilige. Oder sie hatte, dachte Ellen, und es versetzte ihr einen leichten Stich, einen MacNeil in ihrem Leben.

»Glaubst du, dass Liz glücklich ist?«, fragte sie Joe.

»Sie ist endlich schwanger. Die beiden haben seit Jahren darauf hingearbeitet, eine Familie zu gründen.« Er blickte nicht von seinem Buch auf. Die Klimaanlage im Nebenhaus dröhnte, und ihre Nachbarin Dorothy Wenders hustete. Man hatte hier nie seine Ruhe. Überhaupt keine Privatsphäre.

»Glücklich im Sinne von zutiefst glücklich, mit ihrem Leben und ihrer Ehe zufrieden, nicht nur froh darüber, dass sie Mutter wird.«

Er legte einen Finger zwischen die Seiten seines Buches und sah sie über den Rand seiner Brille hinweg an. »Ich glaube, sie ist glücklich, ja«, sagte er. »Zucker?«

Sie stand auf, um die Zuckerdose zu suchen, und wäre dabei beinahe über Babe, Joes Schildkröte, gestolpert, die neben ihrem Stuhl lag. »Musst du sie so oft herauslassen?«

»Sie muss sich manchmal auch ein bisschen dehnen und strecken.«

»Sie ist eine Schildkröte, sie hat keine Muskeln, die gedehnt und gestreckt werden müssen. Sie hat einen Panzer. Sie besteht aus Schildkrötenfleisch.«

»Komm zu mir, Babe«, lockte Joe und schnippte dicht über dem Boden mit den Fingern.

»Es ist einfach unhygienisch, sie so in der Küche herumkriechen zu lassen.«

»Sie ist die sauberste Schildkröte, die es gibt.«

»Na gut. Aber nur, weil du bald Geburtstag hast.« Ellen reichte ihm die Zuckerdose und setzte sich. Sie wünschte, sie hätte nicht das Bedürfnis, die Schildkröte aus dem Fenster zu werfen. Als kleiner Junge hatte Joe weder Haustiere noch Spielsachen noch sonst irgendetwas gehabt. Er war als einziges Kind eines mittellosen russischstämmigen Ehepaars in einer kleinen, düsteren Wohnung in Buffalo, New York, aufgewachsen, und weil seine Eltern in der ständigen Angst lebten, in diesem neuen Land würde ihren Sohn irgendein schreckliches Unglück ereilen, ließen sie ihn selten draußen mit den Nachbarskindern spielen. Kein Wunder, dass Joe jetzt alles liebte, das ihr kleines Haus mit Leben erfüllte.

Babe äugte zu ihr hoch, und Ellen seufzte. Bei MacNeil gab es keine Haustiere, keine Stapel alter Zeitungen oder Berge von Schmutzwäsche auf Stühlen. Er wohnte nicht in einem Haus mit undichtem Dach, prähistorischem Boiler und schmuddeligen, abgetretenen Teppichen. Sein Haus war ordentlich, geschmackvoll und geräumig, es war das Haus eines Mannes, der allein lebte und sich nur mit Dingen umgab, die seiner Seele gut taten – Seele! Ein Wort, das MacNeil regelmäßig benutzte, und das Ellen in einem normalen Alltagsgespräch früher nie verwendet hätte. In seinem Wohnzimmer hingen echte Gemälde und Originalfotografien, er besaß seltene Bücher – er konnte sich diesen Luxus leisten. Ellen zog den Teebeutel aus ihrer Tasse und wrang ihn aus, indem sie ihn um den Löffel wickelte. Wahrscheinlich füllte Babe eine kleine Lücke in Joes Leben, die noch aus seiner Kindheit stammte, trotzdem fand sie es irgendwie primitiv, dass er so an seinem Haustier hing, seinem vierbeinigen Stein.

»So. Dann gratuliere ich mir mal zum Fast-Geburtstag«, sagte Joe plötzlich und erhob sich. Er trat hinter sie und küsste sie leicht auf den Scheitel. »Steh auf.«

»Wieso denn?«

»Lass uns tanzen«, sagte er und zog sie unbeholfen vom Stuhl.

»Joe.« Er benahm sich, als wäre er ein ganz anderer. Ihr Mann Joe war keiner, der einfach so mit seiner Frau tanzte. Er war ein Autohändler, ein Schnäppchenjäger, einer, der seine Quittungen abheftete. Er war in jeder Beziehung nüchtern und praktisch veranlagt (mit Ausnahme seiner Affenliebe zu Babe natürlich).

»Na los, komm schon.« Er ging mit ihr ins Wohnzimmer, wo die Vormittagssonne scharfkantige Dreiecke auf die Möbelstücke warf. Er legte ihr sanft einen Arm auf den Rücken und führte sie um den Couchtisch herum, und sie wäre fast gestolpert, weil es Jahre her war, seit sie zum letzten Mal getanzt hatte. Er wiegte sie im Rhythmus eines Walzers vor und zurück, und sie bemerkte den flirrenden Staub, der im Sonnenlicht wie Schneeflocken glitzerte.

»Was hörst du denn für Musik, Joe?«, fragte sie, aber er lächelte bloß.

Schön. Kindisch. Albern. Verrückt – Wörter, die ihr in den Sinn kamen.

Ellen hatte Vera und MacNeil vor dreißig Jahren im DeCordova Museum in einer Ausstellung junger Fotografen kennengelernt. Sie hatte sich an einem sonnigen Samstagnachmittag Joe und die Kinder geschnappt und war mit ihnen nach Lincoln gefahren, obwohl sie den Tag lieber anders verbracht hätten. Die fünf fuhren in ihrem keuchenden alten Kombi fünfzehn Meilen auf der Landstraße in westliche Richtung, und die Ortschaften, die sie durchquerten, wurden immer größer. Sie bogen auf eine hügelige Straße ein, vorbei an Ahornbäumen, Holundersträuchern, Kiefern und Eichen und herrschaftlichen alten Holzhäusern mit weitläufigen Veranden und langen Einfahrten. Früher hatte Ellen davon geträumt, in einem großen, uralten Farmhaus mit großem Grundstück in Lincoln zu wohnen, aber das hätten sie und Joe sich nie leisten können, und so hatte sie sich letztendlich mit ihrem kleinen, aber völlig ausreichenden Häuschen abgefunden.

Im Museum schlossen sich zwei lebhafte und scheinbar elternlose Kinder ihren drei gelangweilten Sprösslingen an, und irgendwann tauchte ein gut aussehendes Paar auf, das sich halbherzig für seine unverfrorene Brut entschuldigte. Vera trug eine weite schwarze Tunika über einer eng geschnittenen Hose. Sie war zierlich, mit langem Ballerinahals und einem Vorhang seidiger brauner Haare, der ihr Gesicht umrahmte. MacNeil war fast doppelt so groß wie seine Frau, dabei aber schlank, mit breiter Stirn und kantigem Kinn. Attraktiv. »Haben Sie schon die Bilder von Gartson gesehen?«, wollte Vera von Ellen wissen, nachdem sie sich selbst und ihren Mann vorgestellt hatte. »Wir haben ihn vor ein paar Jahren auf einer Vernissage in Downtown kennengelernt. Ein echtes Genie, obwohl er damals völlig mit Drogen voll gepumpt war. Die müssen Sie sich unbedingt ansehen. Sie sind unbeschreiblich schön!«, und sie zog sie in den nächsten Saal, um ihr wandgroße Farbfotografien von ineinander verschlungenen nackten Körpern zu zeigen. Ihre Kinder trabten ihnen hinterher, und Ellen spürte, wie sie rot wurde, als sie kichernd auf die riesigen Brüste und Beine und den übergroßen Schatten eines Penis zeigten. Joe folgte ihnen in gemessener Entfernung und blieb mit hinter dem Rücken verschränkten Händen vor jedem Foto stehen.

Später sagte er zu Ellen, die beiden würden sich mit ihrem Kunstverständnis wichtig machen und ihre Kinder überfordern, aber Ellen fand es erfrischend, wie überschwänglich und wie offensichtlich verliebt sie ineinander und in die Welt waren. »Man merkt einfach, dass sie das Leben genießen.« Joe sah sie fest an und sagte: »Pass bloß auf, dass sie dich mit ihrer überkandidelten Art nicht anstecken.« Da drehte sie sich auf dem Absatz um, stürzte aus dem Zimmer und beschloss, sich mit Vera anzufreunden.

In der Woche darauf saß sie an ihrem freien Tag auf Veras großer Veranda in Lincoln, hörte sich die Geschichte der zwei riesigen Apfelbäume vor dem Haus an – MacNeils schottische Vorfahren hatten sie zum Zeichen der Hoffnung gepflanzt – und trank selbst gemachte Limonade, die nach Bonbons schmeckte. Von diesem Tag an fuhr Ellen jeden Mittwoch nach Lincoln und erfuhr dort ein ganz anderes Leben. Vera ging mit ihr in den Hügeln spazieren, sie kannte all die verschiedenen Vögel in den Bäumen. Die beiden kochten sich Risotto mit Trüffeln oder aßen italienischen Schinken und Ziegenkäse zu Mittag, und an Regentagen kuschelten sie unter Veras Daunendecke auf dem Sofa und sahen sich französische oder italienische Filme über junge Liebende an. Filme, die auf Ellen albern und tiefsinnig zugleich wirkten. Gelegentlich fragte Vera, ob sie sich nicht auch einmal bei Ellen zu Hause treffen sollten, aber Ellen fand immer eine Ausrede. *Wir haben nun mal*, hätte sie einmal fast gesagt, *keinen Videorecorder und keine Ledersofas und keine tolle Aussicht auf Bäume oder sonst etwas, was dich interessieren würde.* Die Monate und Jahre vergingen, und Vera und MacNeil kamen ein paar Mal zum Abendessen, aber nie kam Vera allein, und Ellen lud sie auch kein einziges Mal ein.

Auf Veras Beerdigung Jahrzehnte später sah MacNeil aus wie ein abgestorbenes Blattgerippe – bleich, matt, ausgezehrt. Am Grab sagte Ellen zu ihm: »Das Schlimmste hast du hinter dir« – als hätte sie eine Ahnung gehabt, dachte sie jetzt –, und er sagte: »Hoffentlich.« Er hatte keine Zeit gehabt, sich auf Veras Tod vorzubereiten; sie war eines Vormittags beim Unkrautjäten im Garten einfach umgefallen. Herzinfarkt. Er war als Dekan seiner Universität gerade erst in den Ruhestand getreten.

Zwei Wochen später war Ellen ihm zufällig in einem Feinkostgeschäft über den Weg gelaufen, wo sie gelegentlich frisches Gemüse kaufte. Er stand hilflos vor einer Wand aus Milchkartons. »Ich habe alle die Jahre nie darauf geachtet, welche Sorte wir trinken«, gestand er ihr. Sie waren zum ersten Mal miteinander allein. »Um diese Dinge hat sich immer Vera gekümmert, und ich habe sie einfach machen lassen. Ich bin ein schlimmer Mensch.«

»Bist du gar nicht.« Ellen wusste, dass Vera am liebsten Vollmilch getrunken hatte, zog aber einen Karton fettarme Milch aus dem Regal. »Du solltest eine nehmen, die nicht so viel Fett hat«, sagte sie und schlüpfte sofort in ihre Rolle als Ehefrau und Mutter. Sie erinnerte sich daran, dass Vera vor ein paar Monaten seine hohen Cholesterinwerte erwähnt hatte und ihm deshalb jeden Abend Rotwein zu trinken gegeben hatte, konnte sich aber beim besten Willen nicht vorstellen, dass Alkohol ihm gut tun würde. Sie dirigierte ihn durch das Geschäft, belud seinen Wagen mit Haferflocken, Biogemüse, Eiern, Schinken, Wurst und frisch gebackenem Brot – es gab keinerlei Grund, auf den Preis zu achten – und versorgte ihn außerdem mit mehreren Vitaminpräparaten sowie einer Packung Aspirin. Aspirin, so sagte sie immer, sollte in keinem Haushalt fehlen.

»Darf ich dich zum Dank zum Tee einladen?«, fragte MacNeil auf dem Parkplatz, als sie die Einkäufe in seinem Kofferraum verstauten. Sie stand neben ihm, eine große Plastiktüte mit zwei Zwiebeln – ihrem Einkauf – in der Hand.

»Eigentlich müsste ich heim.«

MacNeil nickte.

Aber Joe war nicht zu Hause. Er war mit seinem Freund Bill Dooley unterwegs, um Klimaanlagen anzuschauen. Nicht, dass einer von ihnen vorgehabt hätte, sich eine zu kaufen. Joe liebte es, Preise zu vergleichen. Neue Häuser für sie und die Kinder, Küchenspülen, neue Käfige für Babe. »Ach, weißt du was? Warum eigentlich nicht? Auf eine Tasse Tee komme ich noch mit. Ich fahre dir hinterher.«

Er fuhr schlecht – zu langsam, immer wieder auf die Mittellinie zuschaukelnd –, und Ellen fand das rührend. Sie folgte ihm in einigem Abstand, wollte ihn nicht bedrängen. Auch als sie ins Haus gingen, blieb sie einige Schritte zurück. Sie trug ein paar seiner Tüten. Im Haus war es geisterhaft still und makellos sauber, die Böden glänzten und rochen nach Chlor. Er hatte wohl eine Putzfrau eingestellt. Vera war immer chaotisch gewesen, mehr an ihrem Garten interessiert als an der Ordnung im Haus. Der Zustand ihrer Küche hatte Ellen immer wieder in Erstaunen versetzt, in der Spüle hatte sich das Geschirr getürmt, auf der Arbeitsplatte lagen leere Verpackungen verstreut. »Das Leben ist zu kurz, um sich wegen dreckigem Geschirr graue Haare wachsen zu lassen«, hatte Vera einmal gesagt.

Ellen packte die Einkäufe aus, während MacNeil den Teekessel füllte und Tassen und Untertassen bereitstellte. Kurz darauf pfiff der Kessel, und MacNeil goss ihnen ein. »Du bist seit Tagen mein erster Gast«, sagte er. »Wenn man mal von dem Kerl von der Moon-Sekte absieht, der mir ein paar Bücher andrehen wollte.«

»Vielleicht würde es dir ganz gut tun, wenn du öfter Besuch hättest«, sagte Ellen.

»Kann sein. Es gibt sicher irgendeine schlaue Methode, wie man mit so etwas umgehen soll, etwas, was die Ärzte einem raten.«

Ellen versuchte zu lächeln und setzte sich an den Tisch. Sie fragte sich, ob es der Platz war, an dem Vera immer gesessen hatte.

MacNeil begann, über die bevorstehende Präsidentschaftswahl zu sprechen, über die beiden Kandidaten, der eine ein Kind, der andere ein Gespenst. Während Ellen den Teebeutel aus ihrer Tasse zog, dachte sie darüber nach, dass sie und Joe sich nie über so gewichtige Themen wie Politik unterhielten. Sie machten Pläne, sie sprachen über ihren Tag, über die Kinder und Nachbarn, aber über andere Dinge redeten sie kaum noch.

Joe war inzwischen aus dem Zimmer gegangen, und Ellen betrachtete das Sofa, dessen grüne Polster zwar etwas abgewetzt, aber kein bisschen durchgesessen waren. Das Sofa hatte dreißig Jahre durchgehalten – ein kleines Wunder. Sie ging ins Schlafzimmer, um den gelben Samsonite-Koffer zu holen, den sie am Vorabend gepackt hatte. Sie achtete darauf, beim Hochheben leicht in die Knie zu gehen. Eine weiche Wolkendecke hielt die Hitze heute fern, und als sie den Koffer nach draußen zum Wagen schleppte und hinten in den Kofferraum wuchtete, spürte sie einen kühlen Windhauch. An Joes vierzigstem Geburtstag, noch vor Hilarys Geburt, waren sie mit den beiden Jungs nach Maine gefahren – waren sie damals vielleicht sogar auf Great Salt Island gewesen? Ihr Gedächtnis war so selektiv, *zu* selektiv. Sie erinnerte sich immer nur an bestimmte Einzelheiten, nie an das Wesentliche – das *Wo* (war es Great Salt Island gewesen?) und das *Wann* (war es tatsächlich schon so lange her?). Es war zum Haareausraufen. Wieso konnte sie sich nicht mehr daran erinnern, wo genau sie damals gewesen waren? Jedenfalls wusste sie noch, dass sie das Motel mit der großen Muschel auf dem Dach ohne Probleme gefunden hatten. Sie war sich wichtig vorgekommen, mit zwei Söhnen, einem Ehemann und einem eigenen Haus. Ich bin jetzt richtig erwachsen, hatte sie gedacht, als sie die Koffer ausgepackt und die Feldbetten für die Jungs aufgestellt hatte. Sie und Jake hatten ihr Spiel gespielt – *was würdest du machen, wenn du eine Million Dollar hättest?* –, und als die Jungs später mit einem Ball vor die Tür gingen, hatten sie und Joe sich hastig und ungeduldig geliebt, so leise, dass die Jungs draußen nichts davon mitbekamen. Hinterher lag sie an ihn geschmiegt, und er hatte gesagt: »Ich bin glücklich. Ich glaube, das ist wirklich wahres Glück.« Sie hatte schläfrig genickt, dankbar, weil sie wusste, dass es Joes größter Lebenstraum war, eine Familie zu haben.

Jetzt fragte sie sich, was eigentlich ihr eigener Lebenstraum gewesen war. Eine Familie? Sie hatte auf jeden Fall eine haben wollen, und sie war dankbar für ihre, andererseits hatte sie auch nie daran gezweifelt, einmal eine Familie zu haben. Die Million Dollar, von der sie und Jake so oft phantasiert hatten? Das kam dem Traum vielleicht nahe, aber letztendlich war es mehr als das. Vielleicht war es eher der Nebeneffekt, sich beruhigt zurücklehnen zu können, vielleicht war es der Stolz oder die Befriedigung, die jemand empfindet, der mit Reichtum gesegnet ist. Mit Geld, ja, aber vielleicht auch mit Talent oder Genie oder

Glück. Es ging ihr nicht nur ums Geld. Vielleicht überhaupt nicht ums Geld. Sie sah in den fahlen Himmel hinauf. Eigentlich konnte sie sich nicht daran erinnern, jemals einen konkreten Traum gehabt zu haben – sie war immer nur einen Schritt nach dem anderen gegangen, war Joe gefolgt. Wenn sie jetzt so darüber nachdachte, hatte sie wohl vage darauf hingelebt, dass sich irgendwann einmal das wohlige Gefühl von Glück einstellen würde.

In vieler Hinsicht war sie damals erwachsener gewesen als heute. Jetzt waren die Kinder aus dem Haus, und sie gönnte sich ihre Freundschaft mit MacNeil und ihre Leidenschaft für Museen, insbesondere für das Gardner Museum, das Vera ihr kurz vor ihrem Tod gezeigt hatte und wo sie seitdem ein paar Mal mit MacNeil gewesen war. Es gehörte zu seinen Lieblingsorten. Erst vor zwei Wochen hatten sie unter einem der steinernen Bögen gestanden, die den großen Innenhof umschlossen, und die frisch gepflanzten Orchideen bewundert. Das durch die gläserne Dachkonstruktion gefilterte Sonnenlicht hatte dem Garten eine beinahe sakrale Atmosphäre verliehen. Seine Schönheit war atemberaubend. Der Hof wurde im Einklang mit den Jahreszeiten bepflanzt: im Frühling mit Kapuzinerkresse, Freesien, Jasmin und Azaleen, um Ostern herum mit Lilien und Cinerarien, im Herbst mit Chrysanthemen und an Weihnachten natürlich mit Weihnachtssternen. MacNeil sagte, er stelle sich vor, Eden könne vielleicht ausgesehen haben wie dieser Innenhof. Im ersten Moment empfand Ellen den Vergleich als übertrieben, tadelte sich aber sofort für ihre Reaktion. Sie war es einfach nicht gewöhnt, dass ein Mann seine Gefühle so poetisch ausdrückte. Sie war es gewöhnt, dass Männer solche Gedanken für sich behielten, dass sie Glücksmomente still für sich erlebten. Das von oben hereinströmende Licht wurde weicher, dann wieder heller, und sie gab sich ihren eigenen Gefühlen hin und ließ sie zu Gedanken werden. *Vielleicht könnte sie es akzeptieren, hier zu sterben.* Sie stellte sich vor, wie ihr Körper mit einem Seufzer auf den Steinplatten zusammensackte. Vielleicht würde MacNeil in einem Augenblick tiefster Empathie und Leidenschaft ebenfalls zusammensinken, und ein Museumswärter würde sie finden, zwei leblose Körper, auf dem Rücken liegend, die Augen zum Himmel geöffnet. *Und Joe? Er würde alleine sterben.* Sie verdrängte den Gedanken. Der Wärter würde einen Kollegen anpiepsen, und die beiden würden sie und MacNeil in den angrenzenden Blauen Salon tragen, wo die Gemälde von Henry James und Mrs. Manet und die freundlichen Briefe von Henry Adams und T. S. Eliot und Oliver Wendell Holmes sie in ihrer eigenen schon lange schlummernden Welt willkommen heißen würden.

Was für eine großzügige Frau Isabella Gardner gewesen war, dass sie der Öffentlichkeit so viel hinterlassen hatte – ihr Haus, ihre Kunstsammlung, ihre intimste Privatkorrespondenz. MacNeil hatte alles über sie gelesen und Ellen eine Biografie geschenkt. Sie hatte versucht, die Kinder in der Schulbücherei, in der sie arbeitete, für die Anekdoten zu interessieren. Am liebsten erzählte sie die Geschichte, wie Isabella einen Löwen aus einem nahe gelegenen Zoo mit nach Hause genommen hatte. Die Leute auf der Straße staunten mit offenem Mund, als sie die majestätische Frau mit der dreireihigen Perlenkette um den Hals durch die Beacon Street schreiten sahen – *eine der prächtigsten Straßen in ganz Boston*, erläuterte Ellen den Kindern –, eine Hand auf der weichen gelben Mähne der wilden Bestie. *Manche erzählten, sie hätte sogar versucht, auf ihm zu reiten.* Die Kinder saßen im Schneidersitz vor ihr auf dem Boden, ihre Augen leuchteten. *Sie war keine besonders nette Frau*, erzählte Ellen, *aber das sind die wirklich einflussreichen Menschen selten. Und außerdem hatte sie etwas viel Wertvolleres als ein sonniges Gemüt. Sie hatte Charakter und Geschmack.*

Ellen ließ den Kofferraum für Joe offen stehen und ging wieder ins Haus zurück. Sie war schon seit Jahren nicht mehr in Maine gewesen, das letzte Mal im Urlaub mit den Jungs damals. Sie dachte einen Moment nach – nein, das stimmte nicht. Zwei Jahre später waren sie noch einmal mit den beiden dort gewesen. Und vor drei Jahren hatte sie mit ihrer Freundin Emma und Vera auf Great Salt Island eine Ausstellungseröffnung besucht. Ellen hatte damals in einem Hotel gewohnt, das sie sich kaum hatte leisten können. In Jakes Sommerhaus war sie noch nie gewesen. Er hatte immer wieder gesagt, er würde sie einladen, sobald es fertig sei, aber die Renovierungsarbeiten waren gerade erst beendet worden. Ellen erinnerte sich noch an die zweispurige Straße, die sich vom Fährhafen durch den kleinen Ort wand und einen steilen Hügel hinaufführte, von dessen Spitze aus der Ozean so aussah, wie sie ihn sich in Irland vorstellte – rau, endlos und wild wie ein Sturm. Die Straße führte entlang der Küste durch eine Hippie-Kommune an der Nordspitze – ein paar verwahrloste, dicht beieinander stehende Häuschen –, durch ein kleines Künstlerdorf im Osten, an den hohen, grasbewachsenen Dünen und schmalen Stränden des Südens vorbei und endete schließlich wieder in der Einkaufsstraße an der Fähre mit dem winzigen Inselkrankenhaus und der Post. Gleich hinter der Anlegestelle befand sich ein einfaches, kleines Lokal, in dem sich die Fischer trafen. Hier hatten Ellen, Emma und Vera Fischbrötchen gegessen und sich wie junge Mädchen kichernd und flüsternd über all die gut aussehenden Männer um sie herum unterhalten. Diese Männer, die draußen auf See arbeiteten, waren echtes Urgestein, dachte Ellen jetzt. Sie strahlten solche Körperlichkeit aus, so viel Mut und Männlichkeit. Und die Frauen an ihrer Seite waren vom Wetter gegerbt, von der Sonne verbrannt und abgearbeitet, aber hübsch und wie von der Weisheit alter Zeiten durchdrungen. Rückblickend erschien ihr das Wochenende wie ein schöner Traum.

Sie wäre gern mit MacNeil auf die Insel gefahren. Die frische Seeluft und das gemächliche Tempo des Insellebens würde einem trauernden Mann sicherlich gut tun. Trauerte er denn noch? Es war sieben Monate her. Natürlich trauerte er. Man hört nie auf zu trauern. Der Gedanke ließ ihr Herz schwer werden. Sie hätte ihn gern angerufen, um sich zu vergewissern, dass es ihm gut ging, aber da sah sie Joe auf sich zukommen, der sich mit ihren Reisetaschen abmühte. Sie würde ihn später anrufen. Wenn sie mal einen Moment für sich hatte.

»Vorsicht«, sagte sie.

»Ich will dich doch beeindrucken.« Er stellte die Taschen lächelnd vor ihr auf den Boden, drehte sich um und ging wieder ins Haus. Als er zurückkam, trug er in beiden Händen den großen Schildkrötenkäfig und zwischen den Zähnen eine Plastiktüte mit Karotten für Babe.

»Sag mir, dass du die Schildkröte nicht mitnimmst«, stöhnte Ellen.

»Ich habe Geburtstag.«

»Genügt dir deine Familie etwa nicht? Musst du das Ding unbedingt mitnehmen?«

»Hast du Jakes Telefonnummer?« Joe schob den Käfig auf die Rückbank und richtete sich breitbeinig auf.

»Jake fällt in Ohnmacht, wenn er das Ding sieht.«

»Ach, da sind die Schlüssel ja. In meiner Tasche. Und ich habe sie schon überall gesucht.«

So redeten sie viel zu oft miteinander. Jeder hörte bestenfalls Satzfetzen des anderen, und Ellen fragte sich, ob das immer so gewesen war, dieses selektive Hören.

Joe setzte sich hinters Steuer, und sie ging noch einmal ins Haus zurück, um nachzusehen, ob sie auch nichts vergessen hatten. Als sie jetzt, wo nicht einmal mehr Babe im Haus war, allein im Wohnzimmer stand, spürte sie eine nostalgische Sehnsucht in sich aufsteigen, nach etwas, was sie nicht in Worte fassen konnte. Sie ging durch die Zimmer, schaltete dann das Licht aus, ging durch den Flur zur Haustür und zog sie hinter sich zu. Joe saß hinter dem Steuer und sah sie an. Sie erschrak, weil es einige Zeit her war, seit sie sich das letzte Mal in die Augen geschaut hatten.

Jake Miller folgte seiner Frau in die Küche, wo sie die Lebensmittel für das Wochenende nach Mahlzeiten sortiert hatte. Auf der Küchentheke lagen neben einem Karton mit Eiern ein Stück Cheddar, eine rote Zwiebel, eine Tüte Pilze, eine Packung Würstchen. Die Kaffeedose stand neben der Tüte mit Zucker; das Baguette lag neben der Himbeermarmelade; die Honigmelone neben den Heidelbeeren. Er liebte ihre Angewohnheit, Gegenstände nach Themengruppen oder Zweck zusammenzustellen – wahrscheinlich fühlte er sich dadurch geborgen, umsorgt. Andere Männer würden das vielleicht gar nicht so schätzen, dachte er oft. Liz nahm sich sogar die Zeit, die Shampoos und Pflegespülungen auf dem Regal in der Dusche nach System zu ordnen: seines, ihres, seines, ihres. Sie hielt das ganze Haus ordentlich und sauber. Natürlich hätten sie sich leicht eine Putzfrau oder Haushälterin leisten können, aber Liz wäre nicht wohl dabei gewesen. Als Jake zum Finanzvorstand, Vizepräsidenten und Partner der Investmentfirma befördert worden war, bei der er arbeitete, und auf einmal ein wesentlich höheres Gehalt bekam, hatte er Liz versprechen müssen, dass sich an ihrem Lebensstil nichts Wesentliches verändern würde. Sie unterrichtete immer noch als Kunstlehrerin an einer staatlichen Highschool in der Innenstadt von Portland, betätigte sich weiterhin einmal pro Monat ehrenamtlich in einem Pflegeheim und hatte sich seit seiner Beförderung weder extravagante neue Kleidungsstücke noch Kunstmaterialien oder sonst irgendetwas gekauft. Sie fuhr sogar immer noch ihren alten klapperigen VW-Käfer. Jake kannte keinen besseren Menschen, niemanden, der so zutiefst gut war wie seine Frau, und als er ihr das einmal gesagt hatte, war sie blass geworden. »Ich mache das aber nicht, um besonders gut zu sein. Ich mag meinen Beruf und mein Auto nun mal. Und ich mag die Sachen, die ich anziehe.«

»Das ja das Tolle an dir. Für dich ist Tugend etwas ganz Natürliches«, hatte er gesagt, und sie hatte geantwortet: »Manchmal stellst du mich auf einen zu hohen Sockel.« Es war schwierig, ihr Komplimente zu machen – Lob war ihr unangenehm. Und je unangenehmer es ihr war, je mehr sie sich dagegen wehrte, ihrer Meinung nach unverdient auf einen Sockel gestellt zu werden, desto beharrlicher versuchte Jake, sie davon zu überzeugen, dass sie Unrecht hatte. Das Lob sei vollkommen berechtigt, und wenn etwas an dem Sockel verkehrt sei, dann höchstens, dass er nicht hoch genug sei. »Man kann seine Frau gar nicht genug lieben«, sagte er, und sie antwortete: »Ich weiß nicht, ob ich dir da hundertprozentig zustimme.« Als er enttäuscht guckte, sagte sie: »Ach, Schatz. Vielleicht zu neunundneunzig Prozent. Na gut, zu neunundneunzig Komma neun Prozent«, und strich ihm über die Wange.

Bei der gestrigen Ultraschalluntersuchung waren zwei Embryos zu sehen gewesen. Sie waren noch vor der ersten planmäßigen Untersuchung beim Arzt gewesen, weil Liz auf der Rückfahrt von der Schule plötzlich Blutungen bekommen hatte – anfangs sogar relativ starke, was sie und Jake gehörig in Panik versetzt hatte. Als sie am späten Nachmittag in der Praxis eintrafen, beide verängstigt, weil sie immer noch blutete, führte der Arzt sie in ein kleines Untersuchungszimmer und dimmte das Licht. Ein Mann – der MTA, der das Ultraschallgerät bediente – stand an einem Schreibtisch und tippte etwas in einen Laptop. Liz knöpfte ihren Rock auf und legte sich auf Geheiß des Arztes auf den Untersuchungstisch, worauf der MTA den Laptop zuklappte, sich umdrehte und eine Art Kondom über die Plastiksonde des Ultraschallgeräts streifte. Jake blieb dicht neben Liz stehen und beobachtete, wie der große, gebeugte Mann mit den roten Locken Gleitcreme auf die Sonde auftrug. Der Arzt stellte ihn knapp als Claude vor, und dann murmelte Claude: »Achtung, kalt« und führte die Sonde ein. »Machen Sie sich keine Sorgen«, sagte der Arzt. »Sie haben keine Krämpfe, ich kann keinen Gewebeabgang feststellen. Das sind gute Anzeichen.« Jake spürte, wie er sofort leichter atmete. Der Monitor neben Liz' Kopf leuchtete auf und zeigte verschwommene graue Bilder. Claude drehte das Handgelenk, hob die Sonde an und führte sie tiefer ein. Jake beobachtete ihn genau und hätte schwören können, dass er auf ihre Brüste schaute. Fand er sie sexy? Liz kniff einen Moment lang die Augen zu. Aber nein, Claude hatte bestimmt nicht an Sex gedacht – für ihn war das hier sein Job. Vaginen waren seine Klientinnen. Eierstöcke seine Aktenordner. Claude bewegte die Sonde nach rechts und nach links, bis schließlich auf dem Monitor etwas erkennbar wurde, das die Gebärmutter sein musste. Jake erkannte zwei winzige schwarze Verwirbelungen innerhalb einer fleckigen grauen Wolke. Vielleicht hatte Claude unglaublichen Sex, weil er sich so gut mit Frauen auskannte und genau wusste, wo sich bei ihnen alles befand. Jake warf einen Blick auf die Hand, die nicht zwischen Liz' Beinen steckte, um festzustellen, ob er einen Ehering trug. Er trug keinen. Der Mann war außerdem nicht gerade attraktiv. Seine Augen quollen hinter schweren Lidern hervor, und sein krisseliges rotes Haar war oben schon ziemlich dünn. Trotzdem berührte er Frauen täglich so wie jetzt. Schob ihnen die Hand direkt hinein.

»Einen Moment noch, gleich sind wir so weit«, sagte Claude und nahm einen Ordner vom Schreibtisch.

Jake hatte seine Frau technisch gesehen nicht geschwängert, auch wenn es sein Sperma gewesen war. Eingeschlossen in ein enges Kabuff mit einem Fernseher, einem alten Videorecorder und zwei Videokassetten, die per Hand mit »Die Firma« und »Girls Club – Vorsicht bissig« beschriftet waren (ob es die Originalfilme waren oder Porno-Persiflagen wusste er nicht, weil er den verdammten Videorecorder nicht zum Laufen gebracht hatte), hatte Jake sich das Sperma aus dem Körper gelockt und es in einem blauen Plastikbecher an einen übergewichtigen Arzthelfer übergeben. Der nächste Stopp für die kleinen Fischchen war eine Petrischale gewesen, in dem Liz' medikamentös stimulierte Eizellen gewartet hatten. Sobald die Spermien in die Eier geschwommen waren, wurde die Mischung in einen Inkubator gestellt und zwei Tage später als befruchtete Eier in Liz' Gebärmutter injiziert. Sie war nicht durch Jake schwanger geworden – oder um es ganz genau zu sagen –, sie war nicht durch Sex schwanger geworden. Nicht durch Liebe. Beim Embryotransfer war er noch nicht einmal anwesend gewesen, sondern bei einer geschäftlichen Besprechung in Minneapolis. Er und Liz hatten schon einige gescheiterte In-vitro-Fertilisationen hinter sich gehabt, weshalb Liz gesagt hatte, er solle ruhig zu seiner Besprechung fliegen und sich keine Gedanken machen. Er hatte sie zwar nicht allein lassen wollen und ihr angeboten, die Besprechung ausfallen zu lassen, aber sie fand, sie hätten der Unfruchtbarkeit schon genug Lebenszeit geopfert. Und außerdem wüssten sie ja nicht, ob es diesmal klappen würde, sie hätte absolut kein Problem damit, die Sache allein durchzuziehen.

»Du willst nicht, dass ich mitkomme, oder?«, hatte er gefragt.

»Jake.«

»Ich könnte die Besprechung problemlos absagen.«

»Jake. Ende der Diskussion. Du fliegst nach Minneapolis.«

Obwohl er das vage Gefühl hatte, dass sie ihn aus einem bestimmten Grund nicht dabeihaben wollte, beharrte er nicht darauf. Er wusste, dass er ihre Äußerungen oft falsch interpretierte, und versuchte sich zusammenzureißen.

Als er jetzt im Untersuchungszimmer neben ihr stand, konzentrierte er sich wieder auf das Bild im Monitor und suchte nach etwas, das ein schlagendes Herz sein könnte. »Sieht nach Zwillingen aus!«, sagte Dr. Mancowicz plötzlich. Claude bewegte die Sonde wieder hin und her, und Dr. M. drückte seinen dicken Finger auf den Bildschirm. »Da ist ein Herz. Und hier …«, er rutschte mit dem Finger zu dem zweiten schwarzen Punkt und der winzigen flackernden Masse darin, »… ist das zweite.«

Jake schluckte.

Liz lachte nervös. »Können Sie es mir noch einmal zeigen?«, bat sie.

Claude deutete langsamer auf die beiden pulsierenden Pünktchen. Dann zog er die Sonde heraus, streifte das Kondom ab, warf es lässig in den Mülleimer und legte das Gerät mit einem dumpfen Schlag auf ein Tischchen.

»Gratuliere! Ich würde sagen, wir setzen uns gleich in mein Zimmer und unterhalten uns über diese gute Neuigkeit«, sagte Dr. M. »Kommen Sie rüber, sobald Sie hier fertig sind.«

Claude zog die Tür hinter ihm zu, und Jake hatte einen Moment lang Panik, er könnte alles, was er über ihn gedacht hatte, laut ausgesprochen haben.

»Hurra!«, jubelte Liz. »Wir kriegen unsere beiden Kinder auf einmal! Nie mehr Hormonbehandlungen! Hurra!«

Erst als Jake ihre Hand nahm und ihr vom Untersuchungstisch half, begriff er das Ausmaß dessen, was er gerade gesehen hatte. Zwei Babys. Auf einmal.

»Ach komm, Jake«, sagte sie. »Das ist doch toll. Endlich hat es geklappt, endlich ist alles gut, stimmt's?«

Er nickte, nahm ihre Handtasche vom roten Sessel und sah zu, wie sie sich umdrehte und aus dem Raum ging. *Zwei Babys auf einmal.* Er drückte die Tasche gegen seine Rippen.

In seinem engen, hellen Büro, in dem es nach Latex roch, klärte Dr. M. sie über die möglichen Risiken auf: Frühgeburt, Infektionen, Geburtsschäden, Tod im Mutterleib. Er redete ganz sachlich, als würde er ihnen Fenster verkaufen. Auch für Liz, sagte er, bestünde ein erhöhtes Risiko. Hoher Blutdruck, Schwangerschaftsdiabetes, Blutungen, Infektionen. Sie würde noch weitere sechs Wochen Injektionen bekommen und musste wahrscheinlich zumindest einen Teil des dritten Schwangerschaftsdrittels im Bett verbringen. Nach einer kurzen Schweigepause und einem langen Seufzer fragte Liz, ob er ihr davon abraten würde, nach Great Salt Island zu fahren (»Kein Problem, solange Sie sich nicht überanstrengen«), und was mit Vitaminen, Koffein und Sport sei.

»Und mit Sex?«, platzte es aus Jake heraus. Sie hatten keinen Sex mehr gehabt, seit sie schwanger geworden war. Liz war zu müde, ihr war übel, sie machte sich zu viele Gedanken, es war so gut wie jeden Abend irgendetwas anderes gewesen. »Können wir zusammen schlafen?«

»Auf jeden Fall. Nur in den nächsten drei Tagen nicht.«

Jake warf Liz einen Blick zu, aber sie sah in ihren Schoß.

Er hatte seiner Familie erzählt, dass sie schwanger war, aber das mit den Zwillingen würde er vorerst für sich behalten. Sie würden sich ja ohnehin bald alle sehen, und dann wollte er es ihnen persönlich sagen. Jake und Liz hatten sich von Anfang an Kinder gewünscht, und eigentlich hatte er gedacht, das Gefühl, tatsächlich bald Vater zu sein, würde überwältigender und einzigartiger sein als das, was er empfunden hatte, als feststand, dass Liz schwanger war. Aber jetzt würden sie zwei Kinder haben, dachte er, als sie von der Praxis nach Hause fuhren. Nicht, dass er das Ganze als Wettbewerb betrachtete oder Daniel in irgendeiner Weise übertreffen wollte, aber als mittleres von drei Kindern war er sich durchaus darüber im Klaren, dass er innerhalb der Familie – ob bewusst oder unbewusst – immer danach gestrebt hatte, im Mittelpunkt zu stehen. Er hatte mehrere Bücher über Geschwisterkonstellationen gelesen, in denen stand, dass sich mittlere Kinder oft unbedeutend fühlen, von ihren Eltern weniger beachtet als das ältere oder jüngere Kind. *Mittelkinder wachsen oft mit dem Gefühl auf, zwischen den Geschwistern eingeengt zu sein, ohne die Rechte des älteren oder die Privilegien des jüngsten Kindes, und versuchen daher häufig, eine von der Familie unabhängige Identität zu entwickeln. Das kann ihnen zwar helfen, sich in ihrer Individualität geborgen zu fühlen, führt unter Umständen aber auch dazu, dass sie sich innerhalb der Familie einsam und ausgeschlossen fühlen.* Er hatte Liz ein paar Absätze laut vorgelesen, vielleicht auch aus dem Wunsch heraus, ihr ein paar Dinge über sich selbst zu erklären. Sie hatte anfangs interessiert gewirkt, war aber nach einer Weile unruhig geworden, was vielleicht daran lag, dass sie selbst Einzelkind war und keinen wirklichen Bezug zu der Problematik hatte. Vielleicht war sie es aber einfach auch Leid, Jake zuzuhören, der sich ständig selbst analysierte und nicht davon lassen konnte, obwohl er es immer wieder versuchte. Jedenfalls hatte er irgendwo gelesen, dass Psychologen die Geschwisterfolge inzwischen als Faktor bei der Persönlichkeitsbildung ernst nehmen und einräumen, dass sich auf dieser Basis bestimmte Vorhersagen treffen lassen. Er fragte sich, was wohl passierte, wenn zwei Kinder zur selben Zeit zur Welt kamen. Sprach man in so einem Fall überhaupt von einer Geschwisterfolge? Wer konnte voraussagen, wie sich Kinder entwickelten, die keine wirkliche Geschwisterfolge hatten, und inwieweit dies ihre Persönlichkeit beeinflusste? War das Konkurrenzdenken bei ihnen womöglich besonders ausgeprägt?

Jake und Liz hatten vor vier Jahren begonnen, ernsthaft zu probieren, ein Kind zu zeugen. Das erste Mal hatten sie es auf der Insel versucht. Liz hatte damals Kerzen auf die Fensterbretter des Schlafzimmers gestellt, deren Geruch – Lavendel, Vanille, Lilie – seine Nase so gereizt hatte, dass sie zu brennen und zu laufen anfing. Er hatte ihr vorher bestimmt schon an die dreißig Mal gesagt, dass er Duftkerzen nicht vertrug. Vor dem Haus hörte er das stetige Klatschen der Brandung. Während Liz sich die Zähne putzte, lag er im Bett, strich die Laken um sich herum glatt und wurde zunehmend nervös. Es war Vollmond, draußen zirpten die Grillen, eine warme Brise strich ihm übers Gesicht. Die Welt schien sich erwartungsvoll in Stellung zu bringen. Er sagte sich, dass er sich entspannen müsse, es sei eine Nacht wie jede andere. Er hatte schon oft mit Liz geschlafen – er wusste, was zu tun war. Die Vorhänge blähten sich im Windhauch und fielen in sich zusammen. Liz kam aus dem Bad. Sie trug ihren grauen Flanellschlafanzug und sah aus wie ein großes Kind, links standen ihr die Haare wie ein Flügel vom Kopf ab. Als sie dann miteinander schliefen, war es nicht anders als sonst auch, höchstens vielleicht ein bisschen kürzer, und danach lagen sie Seite an Seite auf dem Rücken und starrten an die Decke, wo die Balken das streifige Licht reflektierten, das der Mond auf die Wellen warf.

Als Junge war Jake die Insel wie ein anderer Planet erschienen. Seine Eltern hatten zweimal mit ihnen hier Urlaub gemacht, bevor Hilary zur Welt gekommen war. Hier war er das erste Mal im Meer geschwommen, hatte zum ersten Mal einen Busen gesehen (eine große Welle hatte ein Mädchen umgeworfen, ihr den Bikini heruntergerissen und das arme Ding mit Algen überzogen an den Kiesstrand gespült); hier hatte er sich zum ersten Mal an giftigem Efeu verbrannt und seine ersten Muscheln gegessen. Alles hier war zerklüftet und naturbelassen und rau. Und still. Es war eine Stille, die so dicht war, dass ihm seine Gedanken und Worte viel bedeutungsvoller erschienen. Jakes Eltern scherzten im Bett miteinander, und er, gegen die Nachtkälte tief unter seiner Decke vergraben, hörte sie in der anderen Ecke ihres Pensionszimmers flüstern und lachen, um sich dann zischelnd zur Ruhe zu mahnen, damit die Jungs nicht aufwachten. Sie gingen hier viel entspannter und liebevoller miteinander um, auch mit ihm und Daniel.

Nach ihrer Heirat hatten er und Liz öfter auf der Insel Urlaub gemacht. Sie hatten sogar darüber nachgedacht, ganz umzusiedeln, sich aber doch dagegen entschieden. In Portland hatten sie ihren Freundeskreis und ihre Arbeit, und Jake konnte auf keinen Fall von zu Hause aus arbeiten – darauf hätten sich seine Partner niemals eingelassen. Außerdem war man auf der Insel von allem abgeschnitten, und die häufigen Nordwestwinde im Winter drückten auf die Psyche. Normale Menschen lebten hier einfach nicht das ganze Jahr über, dachte Jake, wobei er es Liz gegenüber niemals so ausgesprochen hätte. Sie idealisierte die Inselbewohner, diese Naturburschen, die ihren Lebensunterhalt mit Fischfang bestritten, die Gastwirte, die einsiedlerischen Künstler und Aussteiger. Vor fünf Jahren hatten sie bei einem Strandspaziergang vor einem heruntergekommenen, mit grau verwitterten Schindeln verkleideten Häuschen ein »Zu verkaufen«-Schild entdeckt. Das Haus war unbewohnt, und die rückwärtige Seite begann bereits zu verrotten. Aus der Wand zur Küche krochen Termiten. Eines der Fenster war ganz zerbrochen, die anderen hatten an vielen Stellen Sprünge, aber das war noch vor Jakes Beförderung gewesen, und etwas Besseres hätten sie sich ohnehin nicht leisten können. Die beiden schlichen sich durch die Hintertür ins Haus und betrachteten die völlig verzogenen Holzböden und fleckigen Wände, den mit Abfall gefüllten Kamin. Die Sonne ging gerade unter, und ein kleiner, verstaubter Spiegel an der Wand reflektierte flimmernd ihr Licht. »Stell dir mal vor, was man aus diesem Haus machen könnte«, hatte Liz geschwärmt, und Jake hatte zugegeben, dass es ihm auch gefiel. Zumindest die Lage. Das Haus selbst war eine Bruchbude, aber Liz hatte schon immer am Wasser leben wollen – das sei ihr großer Lebenstraum, hatte sie gesagt. »Wir könnten es nach und nach renovieren – in ganz kleinen Schritten, immer nur so weit, wie wir es uns leisten können. Überleg doch mal, was allein das Grundstück wahrscheinlich wert ist. Ich meine, es liegt direkt am Strand.« Und trotz Jakes Bedenken wegen des Zustands des Hauses, der Gefahr von Stürmen und der drohenden Bodenerosion und nicht zuletzt wegen der finanziellen und logistischen Belastung, die ein zweites Haus für sie bedeuten würde, hatte er ein paar Aktienpakete verkauft sowie sein Rentenkonto leer geräumt und das Ganze als Geburtstagsgeschenk bezeichnet. Sie war so dankbar gewesen, so begeistert und so von Liebe zu ihm erfüllt, dass er wusste, es war die richtige Entscheidung gewesen. Er hatte noch nie zuvor etwas so Spontanes gemacht, dachte er oft voller Stolz, und zum Glück hatten sie dann auch bald die finanziellen Möglichkeiten gehabt, um das Haus vollständig zu renovieren.

Wenn sie Kinder hätten, hatte Jake gedacht, würde er mit ihnen herkommen und den ganzen Tag im Wasser verbringen, Kanu oder Kajak fahren und abends Muscheln putzen, Maiskolben schälen und ihnen Gespenstergeschichten erzählen. Er würde dafür sorgen, dass sie die sprichwörtliche glückliche Kindheit erlebten, die er selbst nie gehabt hatte. Familienurlaub hatte meistens bedeutet, dass sie seinen Vater zu irgendwelchen Automessen nach Detroit oder Chicago begleiteten, und Jake erinnerte sich vor allem an lauwarme Hotelpools, in denen er sich mit Daniel oder Hilary gestritten hatte. Als kleiner Junge hatte er ein bisschen Angst vor dem Wasser gehabt, wohingegen Daniel für sein Leben gern geschwommen war. Jake war am flachen Ende herumgepaddelt und hatte zugesehen, wie Daniel vom Sprungbrett sprang, federnd in die Luft katapultiert wurde und dann mit einem möglichst lauten Platschen im Wasser landete. Danach kraulte er quer durchs Becken zu Jake, stürzte sich auf ihn und tauchte ihn minutenlang unter – so fühlte es sich wenigstens an. Wenn Daniel ihn endlich losließ, ploppte Jake hustend und nach Atem ringend an die Oberfläche, seine Nase lief in Strömen, und seine Augen brannten. Hilary, die genauso wenig Angst vor dem Wasser hatte wie Daniel, lachte ihn aus und kreischte: »Iiihhh! Dir läuft ja lauter grüner Schleim übers Gesicht!«, und dann drehten sich alle anderen Kinder im Pool um und glotzten ihn an. Er stürzte sich auf Daniel, der rechtzeitig wegtauchte und davonschwamm, und alles begann von vorn. Seine Mutter griff nie ein, um Daniel zu sagen, er solle aufhören, oder Hilary zu bitten, den Mund zu halten. Jake erinnerte sich, dass sein Vater immer auf der Messe war, während seine Mutter, deren braune Bobfrisur von einem blau-weißen Tuch aus dem Gesicht gehalten wurde, in einem blauen Badeanzug mit getupftem Röckchen, der ihren Busen und ihren Bauch unförmig hervorquellen ließ, gelassen auf einem Liegestuhl am Pool lag, Cola aus der Dose trank und mit anderen Eltern plauderte, deren Kinder neben ihnen plantschten. Von der Quälerei, die direkt vor ihren Augen stattfand, bekam sie nie etwas mit.

Jakes Vater kehrte abends ins Hotelzimmer zurück, ließ sich aufs Bett fallen und sah fern, während ihre Mutter ihnen die Schlafanzüge anzog. Anschließend las er ihnen etwas vor, bevor sie in den Schlaf dämmerten, und manchmal erzählte er ihnen auch, was er tagsüber erlebt hatte: von einem merkwürdigen neuen Auto, das er auf der Messe gesehen hatte und das wie ein großes Ei geformt war, von einem Autoverkäufer, den er kennengelernt hatte, der zehn Kinder hatte, oder von einem anderen, der schon in jedem Baseballstadion des Landes gewesen war. Weil sie ihn nicht so oft sahen, erschien er ihnen geheimnisvoller als ihre Mutter, faszinierender und dadurch wichtiger. Joe besaß die Fähigkeit, Jake mit einem einzigen Satz, der objektiv betrachtet nicht einmal sonderlich bemerkenswert war, zu trösten. Als er seinem Vater einmal anvertraute, was im Pool passiert war, sagte Joe feierlich: »Ich werde mal mit deinem Bruder und deiner Schwester reden, okay? Und jetzt versuch die Sache zu vergessen.« Jake nickte, und wie durch ein Wunder löste sich seine Verzweiflung über die Geschwister augenblicklich in Luft auf.

Liz wartete im Auto, während Jake das Gepäck aus dem Haus trug und im Kofferraum verstaute. Er hatte ihr verboten, beim Packen oder Einladen zu helfen. Er umsorgte sie in letzter Zeit wie eine Glucke – er konnte nicht anders, obwohl sie ihm ständig versicherte, dass es ihr gut ginge und dass weder sie noch die Babys aus Porzellan seien. »Ich bin schwanger, nicht todkrank«, hatte sie gesagt, als er sie zum Auto gebracht hatte, und er hatte geantwortet, das wüsste er schon, und so war es auch. Es machte ihm einfach Freude, sie so zu umsorgen. »Das kann ich selbst«, hatte sie gesagt, als er ihr die Tür aufgemacht und in den Wagen geholfen hatte. »Mir geht es wirklich gut.« Ihm schoss ein Gedanke durch den Kopf: *Dann hast du vielleicht nachher, wenn wir auf der Insel sind, auch Lust, ein bisschen zu kuscheln.* Seit der Blutung waren immerhin vier Tage vergangen, mehr, als der Arzt empfohlen hatte, und es war acht Wochen her, seit sie das letzte Mal miteinander geschlafen hatten. Dabei mussten sie die Zeit jetzt genießen, denn er nahm an, dass sie mit fortschreitender Schwangerschaft und vor allem, wenn die Babys erst einmal da waren, nicht mehr so oft Gelegenheit oder auch gar nicht die Lust und Kraft zum Sex haben würden – und das wohl für eine sehr lange Zeit.

Sie trommelte mit den Fingerspitzen an die Scheibe und blickte gelangweilt auf das Haus. Nachdem Jake die Sperrholzplatten, die er gekauft hatte, um für Daniel eine Rampe zur Haustür und eine Sitzbank für die Badewanne zu bauen, auf der Rückbank verstaut hatte, ging er zum Beifahrerfenster und presste von außen die Lippen an die Scheibe. Sie verzog angeekelt das Gesicht, und als er sich hinter das Steuer setzte, sagte sie: »Das Fenster ist dreckig.«

»Ist mir egal«, sagte er und beugte sich zu ihr hinüber.

»Geh mir mit deinen dreckigen Lippen weg«, schimpfte sie, aber er drückte sein Gesicht trotzdem an ihres. »Igitt! Lass mich!«, heulte sie und stieß ihn ein bisschen zu heftig von sich. Sein Arm knallte gegen das Lenkrad auf die Hupe, und er spürte einen schmerzhaften Stich im Handgelenk. Es ärgerte ihn, dass sie seinen Kuss nicht einfach erwiderte. Jetzt lachte sie über ein Eichhörnchen, das neben dem Wagen gesessen hatte und erschrocken auf ein zweites Eichhörnchen gesprungen war, als es das laute Hupen gehört hatte.

Sie fuhren los, und Liz schaltete zwischen den Radiosendern hin und her.

»Hättest du Lust, am Wochenende ein bisschen Zeit im Bett zu verbringen? Vielleicht wenigstens bis die anderen alle kommen?«, fragte er.

»Was?« Sie entschied sich für Klassik. Chopin, wie er zu erkennen glaubte. »Keine Ahnung, vielleicht. Mal sehen, wie es mir geht.«

»Dr. M. hat gesagt, es wäre okay. Es ist jetzt vier Tage her. Und, wie lang … acht Wochen, seit unserem letzten Mal?« Er bereute sofort, es so gesagt zu haben, weil es klang, als würde er akribisch Buch darüber führen.

»Ehrlich gesagt bin ich ganz froh darüber, nach dem ganzen Üben mal eine längere Pause einzulegen.« Sie schaute ihn an. »Ach komm, du hast es doch auch satt. Ich erinnere mich ganz genau, dass du gesagt hast, du hättest Angst, dass dir vor lauter Überbeanspruchung dein Pimmel abfällt. Weißt du nicht mehr? Vor der letzten IVF.«

»Ja, kann sein.« Er sah auf die Ampel vor ihnen. »Aber mein Pimmel ist noch dran. Er hat's überlebt.«

»Okay, schon gut. Wir kümmern uns später ein bisschen um ihn«, stöhnte sie.

Er fühlte sich, als würde er weiß Gott was von ihr verlangen. Aber sie war nur müde wegen der Schwangerschaft, mahnte er sich selbst zur Geduld. Sie war bloß gereizt und erschöpft. *Lass sie in Ruhe.* Er holte tief Luft und überlegte, wie er das Thema wechseln könnte.

Auf der Weiterfahrt besprachen sie, welche Anschaffungen sie noch machen mussten, wenn sie nächste Woche wieder zu Hause waren: ein zweites Babybett, Autositz, Kinderwagen. Liz notierte sich die Liste in dem kleinen blauen Notizbuch, das sie in ihrer Handtasche immer bei sich trug. Sie knabberte glücklich an ihrem Stift, während sie sich überlegte, was sie noch benötigten, und ihre Vergnügtheit steckte ihn an. Er stellte sich seine Eltern vor, wenn er ihnen von den Zwillingen erzählte. Was sie für ein Gesicht machen würden und was sein Bruder und seine Schwester sagen würden. Er musste einfach lächeln.

Hilary klopfte an die Haustür, aber sie war drei Stunden vor der verabredeten Zeit angekommen, und es war noch niemand da. Sie betrachtete das mit Holzschindeln verkleidete Haus, das dem Meer zugewandt an einem Hang lag. Es war deutlich zu erkennen, dass rechts nachträglich zwei Räume und eine Veranda angebaut worden waren, aber alles war sehr geschmackvoll. Die Schindeln waren hellgrau lasiert und vor dem Haus blühten Rosenbüsche, deren leuchtendes Rot einen schönen Kontrast zu dem Grau bildete. Sie hätte auch auf ein Foto in einer Wohnzeitschrift blicken können. Jake schien finanziell wirklich unglaublich gut dazustehen. Sie war erstaunt.

Hilary setzte sich auf die Treppe, rieb die Fingerspitzen aneinander, ein alter Tick von ihr, und suchte dann in ihrer Handtasche nach einem Kaugummi. Sie hatte vor sechs Monaten das Rauchen aufgeben müssen – immerhin etwas, was ihre Familie mit Wohlwollen zur Kenntnis nehmen würde. Nicht, dass sie jemals in ihrer Gegenwart geraucht hätte. Nur vor Daniel. Er war der Einzige, der damit umgehen konnte. Und er war der Einzige, der wusste, dass sie schwanger war.

Sie ließ ihre Reisetasche stehen und schlenderte auf dem Pfad hinter dem Haus durch das dicht stehende Schilf zum Kiesstrand hinunter, wo Möwen an einem großen schwarzen Klumpen herumpickten. Aasgeruch hing in der Luft. Sie kehrte den Vögeln und dem Wasser, das in kurzen Abständen an den Strand klatschte, den Rücken zu. Hilary hatte Strände nie sonderlich gemocht – überall dieser Sand, der einem in die Schuhe, Taschen, Bücher und Esssachen kroch, und all diese Frauen und Männer, die einfach nur stundenlang bewegungslos herumlagen, bis ihre Haut Pökelfleisch ähnelte. Allerdings waren die Strände hier in Maine anders und längst nicht so überfüllt. Steiniger, gefährlicher, und das Wetter war völlig unberechenbar. Das flößte ihr Respekt ein. Sie war nur einmal als Schülerin mit einer Freundin in Maine gewesen, aber sie erinnerte sich noch gut daran, wie sie nachts barfuß am Strand spazieren waren und mit ein paar älteren Jungs, die sie kennengelernt hatten, nackt im eiskalten Meer gebadet hatten.

Sie hatte den Nachtflug von San Francisco nach Portland genommen und war von dort aus mit dem Bus zur Fähre gefahren. Ein kleiner, alter Matrose hatte ihr die Reisetasche die Rampe hinaufgetragen und angeboten, ihr eine Limonade zu spendieren. Auf der Insel angekommen, brachte ein anderer Mann ihr Gepäck zum Taxi. Hilary hatte so viel Freundlichkeit nicht erwartet – sie hatte sich die Leute hier im Nordosten eher kühl und wortkarg vorgestellt. Die lustige, ältere Taxifahrerin, die sie schließlich in einem rosa und lila bemalten, klapprigen Kombi zu Jake fuhr, erzählte ihr die ganze Fahrt über schlüpfrige Witze, an deren Pointen sie sich nur mühsam erinnerte und die sie dann aus Versehen zu früh verriet.

»Herrgott«, sagte die Frau. »Das geht mir öfter so.«

»Macht doch nichts. Passiert uns doch allen.« Als sie am Haus ihres Bruders angekommen waren, hatte Hilary ihr ein großzügiges Trinkgeld in die Hand gedrückt.

Jetzt beschloss sie, die etwa drei Kilometer in den Ort zu Fuß zurückzulegen, um die Zeit zu überbrücken. Ein Spaziergang würde ihr gut tun. Sie ging nur selten zu Fuß. Auf Great Salt Island war sie noch nie gewesen. Was sie bis jetzt gesehen hatte, sah nach typisch neuenglischem Touristenkaff aus: pittoreske Häuschen in bunten Bonbonfarben mit hübschen Holzzäunen. In der Nähe der Anlegestelle gab es eine Eisbude und ein Fischrestaurant namens *The Mermaid's Table*. Hilary hatte nicht viel für Orte übrig, die ihre Besucher mit ihrer Niedlichkeit förmlich erstickten. Als sie die Straße entlangging, kam sie an einem Garten vorbei, in dem ein gebeugter alter Mann stand. Der Mann blickte auf und sah eine hochgewachsene, fünfunddreißigjährige schwangere Frau mit schwarzen Haaren und blasser Haut, Nasenring und Tattoos. Sie hatte eine große schwarze Sonnenbrille und einen weichen Strohhut auf, trug ein schwarzes Sommerkleid und eine riesige schwarze Handtasche. »Hallo, Sir«, rief Hilary laut. »Schöner Tag, was? Also, ich bin begeistert.« Der Mann nickte verhalten und drehte ihr dann den Rücken zu.

Im Ort entdeckte sie das *Books and Beans* – eine Buchhandlung mit angeschlossenem Café, wo sie sich einen entkoffeinierten Tee bestellte und sich auf einen Barhocker an einem der Stehtische setzte. Es roch nach San Francisco: nach Kaffee und Räucherstäbchen und irgendwie künstlich sauber, vielleicht ein Raumparfüm. In einer Ecke stand eine unbesetzte Theke, an der Lotterielose und Fährfahrscheine verkauft wurden. Soweit sie es sehen konnte, war sie die einzige Kundin. Es war ein warmer und von ein paar vereinzelten Wölkchen abgesehen sonniger Tag, und die Inselbewohner lagen vermutlich am Strand – bis auf den Typen, der ihr den Tee serviert hatte. Jetzt wischte er gerade den Tisch neben ihr mit einem fleckigen braunen Lappen ab und räusperte sich.

Irgendetwas an ihm kam ihr vage vertraut vor. Er war groß, nicht unansehnlich, mit einem sympathischen runden Gesicht und Drei-Tage-Bart. Er hätte achtzehn, dreißig oder vielleicht sogar noch älter sein können.

Sie griff nach der Zeitschrift, die auf dem Hocker neben ihr lag.

»Schöner Tag heute.« Seine Stimme klang ruhig und tief.

»Ja, ziemlich«, sagte sie.

Er drehte sich um und wischte weiter Tische ab.

Sie rieb die Fingerspitzen aneinander, warf einen Blick auf die Uhr und stellte fest, dass sie noch über zwei Stunden Zeit hatte, bis sie bei Jake sein musste. Das Geld für die Reise von der Westküste hierher hatte sie von ihrem Vater geschickt bekommen. Noch vor fünf Jahren wäre sie niemals zu so einer Familienfeier gekommen, selbst wenn ihr Vater sie darum gebeten und ihre Mutter sie eine Egoistin geschimpft hätte. Jake hätte sie angerufen und sie an die Pflichten einer guten Tochter erinnert, und Daniel hätte ihr eine Zeichnung geschickt, die ihn allein mit einem halb säuerlichen Lächeln im Gesicht am Strand zeigt.

Jetzt war natürlich alles anders – sogar mehr, als sie es ahnten. Aber das betraf nicht nur ihre Schwangerschaft. Ihr Vater und ihre Mutter wurden älter, ihr Bruder saß im Rollstuhl. Alle drei Geschwister würden bald selbst Eltern sein. Hilary war ihr Leben immer wie eine lang gezogene, schwach gezackte graue Linie vorgekommen, bis sie dann vor zwei Jahren, als Daniel seinen Unfall hatte, erstmals ausgeschlagen war. Jetzt versuchte sie zu definieren, was aus ihrem Leben geworden war – ein spastisches Kardiogramm? Oder ein Kreis? Sie wusste noch nicht, wo oder wie sie ihr Leben in Zukunft führen würde, und machte sich ständig verzweifelt Sorgen, weil sie so gar keinen Plan hatte. Also erfand sie ihre Zukunft immer wieder neu: Im ersten Moment hatte sie daran gedacht, das Baby abzutreiben. Sie hatte das Pluszeichen auf dem Teststäbchen betrachtet und laut zu sich selbst gesagt *Wie viele Frauen werden trotz Pille schwanger – ein Prozent?* Als sie nach San Francisco gekommen war, hatte sie zunächst an der Empfangstheke einer Abtreibungsklinik gearbeitet und stille, traurige, frisch geschwängerte Frauen aufgenommen. Kein Problem, sie würde einfach in die Klinik gehen, es wegmachen lassen und weitermachen wie bisher. Aber nachdem ihr eine schwangere Freundin Ultraschallbilder ihres Babys gezeigt hatte und Hilary die Wirbelsäule gesehen hatte, die sie an eine Perlenkette erinnerte, und ein anderes Bild, auf dem deutlich die Stupsnase des Jungen oder Mädchens zu erkennen gewesen war, fragte sie sich, wie der winzige Embryo in ihr wohl aussehen mochte und zu was er heranwachsen würde. Ihr blieben nicht mehr so viele fruchtbare Jahre – warum behielt sie es nicht einfach? Also beschloss sie, eine Supermutter zu werden. Sie würde lernen, zu kochen und aufzuräumen und zu nähen, aber ihr wurde bald klar, dass dieser Gedanke lächerlich war – die Realität war komplizierter, schließlich brauchte sie ja auch einen Job und musste Geld verdienen. Sie dachte daran, ihren Vater um Geld zu bitten oder zu versuchen, eine besser bezahlte Stelle zu finden, sich eine Tagesmutter zu nehmen oder sich langfristig mit jemandem zusammenzutun, der auch Kinder hatte – einer Freundin oder einem Mann –, und eine Patchworkfamilie zu gründen. Die Ideen kamen und gingen, alle verloren auf Dauer ihren Reiz, erwiesen sich als unrealistisch oder als schlicht nicht umsetzbar. Und als wieder einmal eine Idee zerplatzte, spürte sie Panik in sich aufsteigen, die sie in Verbindung mit der zu erwartenden Reaktion ihrer Familie auf ihre Schwangerschaft nachts wachhielt.

Ihr neuester Plan bestand darin, vielleicht eine Weile an der Ostküste zu bleiben, sich in einer kleineren Stadt niederzulassen und dort neu anzufangen. Vor einer Woche war in ihrer Wohnung eingebrochen worden, während sie bei der Arbeit gewesen war, und ihr Fernseher und ihr Computer waren geklaut worden. Zum Glück hatten die Einbrecher nicht die Ohrringe und die Kette mit den Rubinen gefunden, die Daniel ihr zu ihrem einundzwanzigsten Geburtstag geschenkt hatte, und auch nicht das Ebenholzarmband, das sie sich letztes Jahr selbst gekauft hatte. Ein paar Tage später dann war sie auf dem Weg zur Arbeit Zeugin eines Überfalls geworden: eine hübsche junge Frau im Kostüm, ein langhaariger Typ, eine Pistole. Hilary sah, wie er sich der Frau näherte, wie er sie am Handgelenk packte und ihr die Pistole ins Kreuz drückte, und sie tat nichts – aber was hätte sie denn auch tun können?, fragte sie sich später immer wieder. Er hatte der Frau die Handtasche und eine Sporttasche, die sie getragen hatte, entrissen und war davongerannt. Die Frau hatte geschrien. Um sie herum hatte sich eine Menschentraube gebildet und sie verschluckt, und Hilary war ins Büro gefahren, aber das Bild der Pistole im Rücken der Frau hatte sich ihr eingebrannt. Die Kriminalitätsrate in ihrer Wohngegend war hoch. Sie fühlte sich zunehmend unwohl, wenn sie nachts allein im Bett lag, aber es war der einzige Stadtteil in San Francisco, in dem sie sich die Miete leisten konnte. Der Arbeitsvertrag der Zeitarbeitsfirma, über die sie bei der Versicherung arbeitete, lief bald aus – zum Glück, weil dort nur spießige Langweiler arbeiteten, die sie unmöglich fanden, das merkte sie genau. Schon allein ihr Äußeres passte ihnen nicht. Dass sie sich immer wieder die Haare umfärbte. Ihr Kleidungsstil, ihr Parfüm, ihr Schmuck – auffällig und scharfkantig, silbern und bedrohlich. Und das Allerschlimmste: Jetzt war sie auch noch im reifen Alter von fünfunddreißig Jahren und ohne dazugehörigen Ehemann schwanger geworden. Sie konnte nur vermuten, was ihre Kollegen über sie dachten, denn sie kamen ihr nie nahe genug, um mit ihr zu reden. Sie schlichen immer nur um sie herum, legten vorsichtig Akten auf ihren Schreibtisch und lächelten verkniffen. In San Francisco sahen alle aus, als wären sie die ganze Zeit glücklich und sorglos, keiner machte sich Gedanken über die steigende Kriminalität, und alle waren reich und gesund. Irgendwann wurde ihr klar, dass sie die Ostküste mit ihren launischen Menschen und dem launischen Wetter vermisste.

Sie besaß keine Haustiere, keine Pflanzen, nichts, um das sich jemand hätte kümmern müssen. Ihr Mietvertrag lief auf Monatsbasis. Sie verbreitete im Bekanntenkreis, dass ihre Wohnung bald frei würde, packte ihre Sachen und fuhr los.

Der Typ hinter der Kasse blätterte in einer Gitarrenzeitschrift. Hilary beobachtete, wie sich sein Kopf leicht bewegte, während seine Augen den Text aufsogen.

»Wohnst du eigentlich gern hier?«, fragte sie.

Er hob den Kopf. »Mir gefällt es. Aber im Sommer kommen eindeutig zu viele Touristen.«

»Ach so. Und wie ist es, bevor wir kommen?«, fragte sie.

Er beugte sich über die Theke und stützte den Kopf in die Hände. »Schön. Hier kennt jeder jeden.«

»Ja, okay – aber wie ist es *wirklich?*«

Er sah sie von der Seite an. »Nicht so überlaufen. Das kannst du dir ja denken.«

Hilary war enttäuscht. Sie hatte mehr erwartet, ein Geheimnis, etwas, was nur Leute wussten, die hier lebten. Sie blätterte weiter in ihrer Zeitschrift, betrachtete die Anzeigen für Schuhe, Handtaschen, Schmuck, Parfüm. »Vielleicht könntest du mir die Insel ein bisschen zeigen«, sagte sie und dachte einen Moment nach. »Ich würde dir auch etwas zahlen, wenn du eine Inselrundfahrt mit mir machst.«

»Ich weiß nicht.«

»Ach komm, bitte. Ich bin unterhaltsam. Und ich tu dir auch nichts. Schau mich doch an.« Sie zeigte auf ihren Bauch. »Wie könnte ich dir in diesem Zustand gefährlich werden? Ich verspreche dir, du wirst es nicht bereuen.«

»Na ja, warum eigentlich nicht.«

»Bloß für zwei Stunden.«

Er zuckte mit den Achseln. »Meine Schicht ist gleich zu Ende, dann habe ich Zeit. Wenn du noch eine Viertelstunde warten kannst.«

»Okay, abgemacht.«

Er wischte mit dem Lappen über die Theke. Seine Arme waren unaufdringlich muskulös, und er hatte breite Schultern. Endlich dämmerte es ihr – natürlich, er sah einem der potenziellen Väter ähnlich, Bill David. Den doppelten Vornamen fand sie nach wie vor unglaublich dämlich. Bill war ihr Nachbar, Musiker bei Nacht, tagsüber im Brotjob Sekretär in einer Immobilienfirma. Anfangs hatte sie die Vorstellung gerührt, wie er mit Krawatte und ordentlich zurückgekämmten Haaren anderen Männern Kaffee servierte und ihre Briefe abtippte. Bill hatte einen Kater, den sie ebenfalls merkwürdig rührend fand und der regelmäßig bei ihm aus dem Fenster kletterte, um sich bei ihr aufs Fensterbrett zu setzen. Beatle schabte mit den Krallen am Holzrahmen und hörte nicht auf, bis sie ihn hereinließ. Als sie das Schaben, kurz nach ihrem Einzug, das erste Mal gehört hatte, hatte sie sofort an Einbrecher gedacht. Sie schnappte sich den nächstbesten waffenähnlichen Gegenstand, einen Regenschirm, und versteckte sich in der Küche. Das Kratzen hörte nicht auf und ging dann in ein Maunzen über, das sie für das Knarren einer Tür hielt. Sie geriet in Panik, hockte sich auf den Küchenboden, zog die Knie an die Brust und drückte sich an den Schrank. Ihr fiel ein, dass sie gelesen hatte, dass in der Gegend kürzlich jemand überfallen worden war. Sie presste die Lippen aufeinander und drückte die Knie noch fester zusammen. Eine Ewigkeit verging, ohne dass das Kratzen und Maunzen aufhörte, und dann hörte sie etwas anderes – diesmal war es eindeutig ein *Miau*. Sie erhob sich langsam, mit immer noch hämmerndem Herzen und ging ins Schlafzimmer, wo sie sich einem kräftigen getigerten Kater gegenübersah, der sie durch die Scheibe fixierte. »Du Scheißkatze«, sagte sie laut. »Du bist eine Scheißkatze, und deine Besitzer sind auch scheiße.« Sie wendete sich wieder dem zu, was sie getan hatte, bevor sie das Kratzen gehört hatte. Was war es eigentlich gewesen? Hatte sie gelesen? Oder gerade duschen wollen? Der Kater kratzte weiter beharrlich am Fenster und maunzte immer nachdrücklicher. Hilary ging zurück zum Schlafzimmerfenster und sah ihn mit bösem Blick an, aber er starrte eisern zurück und gab ihr eindeutig zu verstehen, dass er nicht weggehen würde – jetzt nicht und niemals –, bis sie ihn endlich reinlassen würde. Also gab sie nach, in der Hoffnung, er würde begreifen, dass ihre Wohnung nichts Besonderes war, und sie schließlich in Ruhe lassen. Stunden später las sie eine Zeitschrift, während Beatle aufgeplustert wie eine brütende Henne zu ihren Füßen saß, als es an der Tür klopfte. Und das war Bill David gewesen.

Der Typ vom *Books and Beans* gab Hilary mit einem Winken zu verstehen, dass sie jetzt losfahren konnten. Eine gedrungene ältere Frau nahm seinen Platz hinter der Theke ein, er gab ihr einen Schlüsselbund und führte Hilary dann durch einen Lagerraum, dessen Regale mit Kartons voller Pappbecher und Plastikdeckel gefüllt waren.

»Sag mal, wie heißt du überhaupt?«, fragte sie.

»Alex.«

»Alex, ich bin Hilary. Du fährst jetzt aber nicht mit mir irgendwohin und tust mir was an, oder?«

Er lachte. »So was machen wir hier normalerweise nicht. Du bist hier an einem der vielleicht sichersten Orte der Welt.«

»Gut zu wissen.«

Auf dem ungepflasterten Parkplatz zog er einen Schlüsselbund aus der Hose und schloss ein kleines, klappriges grünes Auto auf. Er stieg ein, beugte sich zur Beifahrerseite, um ihr die Tür zu öffnen, und sie quetschte sich in den nach Benzin und Tier riechenden Wagen. Wieder musste sie an Bill David und Beatle denken und an Bills Freundin, eine kleine Rothaarige, die er ein paar Wochen nachdem er und Hilary angefangen hatten miteinander zu schlafen, nach Hause gebracht hatte. Er machte Hilary gegenüber kein Geheimnis aus Jackie, deren Name sie aus unerfindlichen Gründen an einen Clown denken ließ. Als Jackie zum Abendessen kam, stellte Bill sie einander vor und strahlte Hilary an, als wolle er sagen: Ist das nicht toll? Ist sie nicht toll? Hilary erbleichte – es wäre ihr lieber gewesen, er hätte vorher wenigstens kurz mal mit ihr gesprochen –, zumal Bill und Jackie kurz darauf beschlossen zusammenzuziehen und sich eine andere Wohnung nahmen. Andererseits gab es da die ganze Zeit über auch George aus San Diego, potenzieller Vater Nummer zwei, mit dem sie sich alle paar Monate traf, was immerhin ein gewisser Ausgleich war.

Alex fuhr aus dem Ort heraus. Zu ihrer Linken erstreckte sich am Fuße eines steilen Abhangs der Ozean. »Und du bist also schwanger«, stellte er fest.

»Kann man wohl sagen.«

»Gibt es auch einen Vater?«

»Nein, ich bekomme das Kind allein«, sagte sie. Sie hatte diesen Satz schon viele Male gesagt, aber er klang immer noch merkwürdig. Ihre Mutter würde in Ohnmacht fallen. Jake würde es die Sprache verschlagen.

»Das habe ich mir gedacht.«

»Ach, hast du? Du machst dir Gedanken?«

»Klar«, sagte er und ließ die Hände am Lenkrad hinabgleiten. »Ich mache mir zu den meisten Gästen Gedanken. Was glaubst du, wie ich es sonst schaffe, wach zu bleiben?«

»Kaffee?«

Er schnaubte.

Auf der rechten Seite tauchte ein Teich auf, an dem ein paar Kinder saßen und angelten, andere ließen Steine übers Wasser hüpfen. Keine Spur von irgendwelchen Eltern. Ungewöhnlich, dachte Hilary, aber schön. Hier ließen die Kinder immer noch Steine übers Wasser hüpfen. Sie hatte eigentlich angenommen, das wäre ebenso ausgestorben wie Petticoats und Schwarzweißfernseher. Spontan beschloss sie, dass ihr Kind auch Steine hüpfen lassen sollte. Sie würde es ihm beibringen. Und es sollte auch auf Bäume klettern und schwimmen und zelten, obwohl sie selbst erst einmal im Leben zelten gewesen war, und damals war sie schon erwachsen gewesen. Aber als Kind hatte sie immer davon geträumt, das Familienauto zu beladen und mit ihren Brüdern und Eltern in die Wälder zu fahren. Sie erinnerte sich, wie sie es ihrer Mutter vorgeschlagen hatte, die sich aber wegen der Insekten gesträubt hatte. Ihr Vater hatte sich darauf berufen, er habe im Krieg oft genug draußen schlafen müssen. Jake hatte Angst vor Bären und

Kojoten. Daniel fand die Idee gut und versprach ihr, eines Tages, wenn sie beide groß wären, mit ihr zelten zu gehen, und dieses Versprechen hatte er gehalten. Alex war als Kind ganz bestimmt mit seiner Familie zelten gewesen. Wahrscheinlich zeltete er immer noch.

»Und was hast du dir noch so für Gedanken über mich gemacht?«, fragte sie.

»Dass du das jüngste Kind in eurer Familie bist.«

»Wie bist du denn darauf gekommen?«

»Du hast so eine rebellische Ausstrahlung, aber eigentlich willst du dich bloß von deinen Geschwistern unterscheiden. Das ist ein ganz klassisches Muster.«

»Du redest wie ein Buch.«

»Das lässt sich leider nicht verhindern. Ich arbeite mit Büchern.«

»Und sonst?«

»Die Sache mit dem Vater ist mir nicht ganz klar. Vielleicht ist er ein guter Freund? Ein Kollege?«

Hilary verschränkte die Hände im Schoß. »Könnte schon sein.«

»Du willst es mir nicht sagen?«

»Nein.«

»Tja, dann. Sei eben geheimnisvoll.«

Sie lehnte sich ans Fenster und schmiegte die Wange ans kühle Glas.

»Und du? Erzähl mir was von dir! Hast du Geschwister?«

»Ich bin lehrbuchmäßiges Einzelkind mit all den klassisch guten Eigenschaften – ichbezogen, unreif und so weiter. Ich lebe für den Adrenalinkick, bin schnell gelangweilt.«

»Und kannst dich anscheinend ganz gut einschätzen«, sagte sie. Irgendwie hatte sie das Gefühl, dass er ihr das nicht ohne Hintergedanken gesagt hatte. »Wohin bringst du mich eigentlich?«

»Das ist mein Geheimnis.«

»Aha. So läuft das hier also.« Hilary konnte nicht sagen, wer die kleine Frotzelei begonnen hatte, aber der spöttische Ton hielt das Gespräch in Schwung. Eigentlich hätte sie Alex gern gefragt, was er sich sonst noch für Gedanken über sie gemacht hatte, ließ es aber, weil sie nicht wusste, wie sie das Thema darauf zurückführen sollte, ohne so zu wirken, als sei sie nur auf sich fixiert. Sie beschloss, nichts mehr zu sagen, ihn einfach fahren zu lassen und die private Besichtigungstour zu genießen. Sie betrachtete die malerischen Häuschen am Straßenrand, die ihr vorkamen wie Mädchen in pastellfarbenen Sonntagskleidern. Aber bald wurden die Häuser, an denen sie vorbeifuhren, schäbiger, mit eingesunkenen Veranden und abblätterndem Anstrich. An einem Haus hing eine zerfetzte sowjetische Flagge, an einem anderen ein riesiges Laken, auf das jemand ein Peace-Zeichen gesprüht hatte.

Hilary hatte sich schon oft überlegt, was sie ihrem Kind von seinem Vater erzählen würde, wenn es alt genug wäre. Sie könnte sich irgendeine romantische Geschichte ausdenken: Dein Vater ist für ein hehres Ziel gestorben, in einem Krieg, für mich, für dich. Aber wenn sie an ihr Kind dachte, stellte sie sich eine Miniaturausgabe ihrer selbst vor – und wie könnte sie diesen Menschen derart belügen?

Daniel hatte sie nach dem Vater gefragt, nachdem sie ihm am Telefon erzählt hatte, dass sie schwanger sei. Als sie ihm sagte, sie wisse es nicht, weil mehr als ein Mann in Frage käme, hatte er gesagt: »Du machst Witze.« – »Ganz und gar nicht.« – »Das klingt ja wie aus einer Soap. Also, ich finde das toll.« Sie hatte ihn gebeten, den anderen noch nichts zu sagen, weil sie es ihnen lieber selbst von Angesicht zu Angesicht beibringen wollte. Sie würden es garantiert nicht so gut aufnehmen wie Daniel, besonders Jake nicht, nachdem er jahrelang vergeblich versucht hatte, seine Frau zu schwängern. Aber wenn sie schwanger vor ihnen stand, mussten sie schon allein aus Höflichkeit etwas Verständnis aufbringen. Eine kleine Rolle bei der Entscheidung, es ihnen persönlich zu sagen, spielte aber sicher auch, dass sie den Gedanken unwiderstehlich fand, ihre entsetzten Gesichter zu sehen, wenn sie ihr die Tür aufmachten.

Alex bog von der Straße auf einen Feldweg ab, und der Wagen rumpelte zwischen Bäumen hindurch. »Wir sind fast da«, sagte er, und sie spürte einen plötzlichen Anflug von Angst – was hatte sie sich eigentlich dabei gedacht, einfach so in sein Auto zu steigen? Er konnte ein Mörder sein. Aber dann beruhigte sie sich, sie waren hier in Neuengland, in Maine, auf einer kleinen überschaubaren Insel. Hier hatte kein Krimineller eine Chance, sich zu verstecken. Alex war entspannt und schien genau zu wissen, was er tat, er wirkte ganz und gar nicht psychotisch.

Er hielt an und stellte den Motor aus. Sie standen am Ende des Feldwegs, eine weite Wiese mit hohen Gräsern und braunem Schilf vor sich, über ihnen der inzwischen tiefgraue Himmel. Sie hätten irgendwo mitten in Amerika sein können. Der Ozean war verschwunden – er war nicht einmal mehr zu hören.

2. *Gegensatzpaare*

Daniel hatte nur noch ein paar sehr vage Erinnerungen an den Familienurlaub auf Great Salt Island: wie fest ihn seine Mutter an die Hand genommen hatte, als sie mit einer kleinen Gruppe anderer Touristen von der Fähre gegangen waren, wie er mit seinem Vater am Strand Frisbee gespielt hatte und danach auf seinen Schultern sitzen durfte. Es war eigentlich mehr die Erinnerung daran, sich behütet gefühlt zu haben, als Erinnerungen an die Insel selbst. Er und Brenda machten meist an weiter entfernten oder zumindest ungewöhnlicheren Zielen Urlaub, wobei das Verreisen jetzt mit dem Rollstuhl natürlich schwieriger geworden war. Als sie sich der Küste Maines näherten, dachte Daniel darüber nach, dass das Sommerhaus seines Bruders von seinem Haus in Portland aus in einer knappen Stunde zu erreichen war. »Wir hätten mit meinem Vater woanders hinfahren sollen, nach Paris zum Beispiel. Oder Istanbul. Irgendwohin, wo es Baudenkmäler und Moscheen gibt – er interessiert sich doch für alles, was mit Geschichte und Krieg zu tun hat.«

»War er überhaupt schon mal in Europa?«

»Vor ein paar Jahren war er mit meiner Mutter in Italien, aber da ist ihm gleich das Portemonnaie gestohlen worden. Ich glaube, sie fanden es schrecklich. Und im Krieg war er natürlich auch dort, aber damals war er ja praktisch noch ein Kind.«

»Ich habe das Gefühl, dass es deinem Vater völlig genügt, nach Cape Cod zu fahren oder nach Washington, D. C. Da waren sie doch im letzten Urlaub, oder?«

»An den Niagarafällen, ja. Aber ich glaube schon, dass er abenteuerlustiger wäre, wenn er mehr Gelegenheit dazu hätte. Immerhin ist das jetzt sein fünfundsiebzigster Geburtstag. Wir hätten nach Istanbul fliegen sollen.«

»Ach komm, spinn nicht. So ist es viel unkomplizierter und billiger. Hilary und deine Eltern hätten sich die Türkei doch nie leisten können.« Sie wechselte auf die Überholspur.

»Hilary wäre von Istanbul begeistert gewesen – die ganzen antiken Stätten, die Moscheen und Paläste. Sie hat doch mal Anthropologie studiert.« Er zeichnete mit dem Finger ein Viereck auf die Scheibe. Nicht zum ersten Mal kam ihm der Gedanke, dass sie mit dem Baby nicht mehr so viel verreisen würden. In drei Monaten könnte Brenda nicht mehr ins Auto springen und schnell mal zum Supermarkt fahren, wie sie es jetzt tat; sie könnten nicht mehr bis spät nachts arbeiten oder an den Wochenenden ausschlafen. In der Samenbank hatte man ihnen gesagt, dass Jonathan White nichts von dem Kind erfahren würde. Der Mann hatte inzwischen wahrscheinlich schon andere Kinder gezeugt, ein paar oder vielleicht sogar etliche. Hunderte von Kindern, überall im Land verteilt. Der Gedanke war ihm fast angenehm, weil er ihn eher als entfernten Wohltäter erscheinen ließ denn als den leiblichen Vater des Kindes seiner Frau.

Sie hielten an einer Tankstelle, und Daniel sah Brenda dabei zu, wie sie die Pumpe von der Zapfsäule nahm und in den Benzintank schob. Sie gähnte, lehnte sich an den Wagen und sah zum Himmel auf. *Sie denkt, dass ich ein mürrischer alter Griesgram geworden bin*, dachte er. *Irgendwann hat sie mich satt und verlässt mich*. Er holte tief Luft. Als sie ihn endlich ansah, versuchte er so etwas wie ein wohlwollendes Lächeln.

Am anderen Ende des Parkplatzes verkaufte ein alter Mann direkt vom Lastwagen aus Maiskolben. Er hockte, die Beine vor sich ausgestreckt, auf einem Campingstuhl, schlug die nackten Füße aneinander und las eine Zeitung. Neben ihm stand ein kleiner Junge, der eine leere Flasche herumkickte. Der Junge bemerkte, dass Daniel ihn ansah, lächelte und winkte wild. Daniel fragte sich, ob er vielleicht glaubte, ihn von irgendwoher zu kennen, und war sich unsicher, ob er zurückwinken sollte. Er hob die Hand und hielt sie einen Moment lang in die Höhe.

Brenda ging zum Zahlen in den kleinen Verkaufsraum. Als sie zurückkam, warf sie einen Blick auf den LKW. »Du willst mir jetzt bestimmt gleich sagen, dass die nackten Füße von dem Mann eine optische Beleidigung für die Menschheit sind.«

»Nein, will ich nicht. Ich wollte sagen: Schau mal, wie süß, der Großvater da und sein Enkel.«

Sie ließ den Motor an und fuhr wieder auf die Straße zurück. »Wieso glaube ich dir das nur nicht?«

»Vielleicht, weil du glaubst, ich sei nicht mehr in der Lage, etwas positiv zu sehen? Aber das stimmt nicht, ich sehe das Positive. Ich fand die beiden süß.«

»Na gut.«

»Du glaubst mir nicht.« Er presste die Hände in den Schoß. »Ich fand, die beiden gaben ein schönes Bild ab. So unschuldig, fast anachronistisch ... Kannst du mir mal verraten, warum ich gerade so krampfhaft versuche, dich davon zu überzeugen, dass ich kein Arschloch bin?«

»Weiß ich nicht.«

Er rückte seine Brille zurecht und atmete tief durch. Nächste Woche waren mehrere Aufträge fällig: eine Umschlagillustration für einen Roman, der auf Kuba spielte; eine Broschüre für ein Kindermuseum; die Getränkekarte für die Bar eines Freundes in Brooklyn. Die Projekte hätten nicht unterschiedlicher sein können, trotzdem versuchte er, sie gedanklich miteinander zu verbinden. Eine Palme; eine aufblasbare Palme; eine dünne Plastikpalme zum Umrühren, die aus einem Margarita ragt. Er hatte sich so weit von seinen früheren Arbeiten entfernt, seinen abstrakten Gemälden und Zeichnungen. Es war Jahre her, seit er das letzte Mal richtige Kunst gemacht hatte.

Brenda roch nach dem neuen Parfüm, das sie sich vor kurzem bei einem Besuch in New York gekauft hatte. Es war ein süßlicher Duft nach Birne und Zimt. Sie hatte seit Jahren kein Parfüm mehr benutzt, eigentlich seit sie sich kannten, und Daniel fand es gut, dass sie heute, wo sie zu seiner Familie fuhren, einen Duft aufgelegt hatte.

»Du riechst gut«, sagte er. Er legte ihr die Hand auf den Bauch und drückte leicht auf die Stelle, wo er das kleine Köpfchen vermutete, spürte aber nichts. Das Baby merkte es anscheinend immer, wenn er sich mit der Hand näherte – es hörte dann jedes Mal auf, sich zu bewegen. »Hallo? Jemand zu Hause?«

»Strampel ein bisschen für Dan, Kleines.«

»Gib deinem Vater einen Tritt«, sagte er.

»Heute war es ganz ruhig. Vielleicht ist es müde, weil es diese Woche so viel herumgehampelt ist«, sagte sie. »Vielleicht schläft es.«

Daniel beugte sich zu ihr hinüber und küsste sie auf den Hals und aufs Kinn. Als er ihr zwischen die Beine griff, rutschte sie von ihm weg. »Hey, ich fahre!« Sie nahm seine Hand, legte sie sich wieder auf den Bauch und sagte: »Hier. Versuch es jetzt noch einmal.« Aber Daniel nahm die Hand weg. »Es soll erst mal aufwachen«, sagte er.

Er legte die Hände ineinander und sah aus dem Fenster auf die anderen Autos und Kleinbusse auf der zweispurigen Straße. Er hatte sich geweigert, auch nur in Erwägung zu ziehen, einen für Rollstühle ausgerüsteten Kleinbus anzuschaffen. Diese rollenden Ungetüme erkannte man auf der Straße sofort. Er wusste, wie die neueren Modelle mit ihren elektronisch gesteuerten Rampen und Hebeln und Handgriffen aussahen. Wenigstens wenn sie mit dem Auto fuhren, war er ein normaler Mann, der neben seiner Frau saß.

Er musste an die Reha-Klinik und seine Physiotherapeutin Tammy Ann Green denken. Er und Brenda hatten sie immer mit vollem Namen angesprochen, weil sie sich ihnen das erste Mal so vorgestellt hatte. »Das ist eine dieser Besonderheiten in den Südstaaten«, hatte sie erklärt. »Da haben wir alle so viele Namen.« Sie war ihm in der Klinik als feste Physiotherapeutin zugeteilt worden und stand jeden Tag pünktlich um 14:00 Uhr in der Tür seines Zimmers. »Hallo, Danny«, begrüßte sie ihn immer. »Ich weiß genau, dass Sie wach sind. Ich habe gesehen, wie Sie gerade die Augen zugemacht haben, als ich hereingekommen bin. Na, los. Das wird ein Spaß.« Sie benutzte das Wort *Spaß* völlig beliebig. Für Daniel war es eines dieser Wörter, die viel über die Leute aussagen, die es gebrauchten. Er selbst verwendete es jedenfalls selten, was immer das über ihn aussagen mochte. »Wie kommen Sie darauf, dass es spaßig sein könnte, zu lernen, sich hinzusetzen?«, hatte er sie einmal gefragt

»Betrachten Sie es doch einfach als Spiel. Es könnte Ihnen zum Beispiel Spaß machen, wenn Sie sich jedes Mal, wenn Sie einen kleinen Fortschritt machen, mit irgendetwas belohnen. Und falls Sie es noch nicht bemerkt haben, ich belohne Sie, indem ich Sie immer ganz viel lobe.«

»Ich bin doch kein junger Hund.«

»Spaß zu haben ist eine bewusste Entscheidung«, sagte sie. »Keinen Spaß zu haben auch.«

Etwas Gutes hatte Tammy Ann Green. Sie arbeitete zwei Tage pro Woche für einen Arzt, der über verschiedene Methoden der Lasertherapie bei Rückenmarksverletzungen forschte. Wenn es etwas gab, worauf sich Daniel bei ihren Besuchen freute, dann darauf, dass sie ihm erzählte, was es Neues auf dem Gebiet gab, obwohl ihre Erklärungen in Bezug auf die medizinischen Details immer sehr unpräzise und konfus ausfielen und sie auch stets darauf bedacht war, ihm nicht zu viel Hoffnung zu machen. »Sie müssen sich diese Methode wie ein winzig kleines Neugeborenes vorstellen. Kaum aus dem Mutterleib heraus. Geben Sie ihm erst mal Zeit zu wachsen, bevor Sie Ihre Hoffnungen darauf setzen.«

Brenda gelang es, sich ihre Belustigung über Tammy Ann Green nicht anmerken zu lassen, und manchmal verbündete sie sich sogar mit ihr, wenn Daniel bockig wurde, weil sie ihm besonders anstrengende Übungen abverlangte und ihn mit ihrer gnadenlosen Fröhlichkeit zum Weitermachen anspornte. Wenn sie zum Beispiel von ihm verlangte, sich am Parallelbarren durch den Gymnastiksaal zu ziehen. Als er es das erste Mal versuchte, hatten seine Arme nach der Hälfte der Strecke heftig zu pochen begonnen, sein Gesicht hatte geglüht, und irgendwann hatte er gebrüllt: »Es reicht!« Er betrachtete diese beiden kleinen Frauen, die ganz lässig die Arme vor der Brust verschränkt hatten, weil sie ja ohne Hilfe aufrecht stehen konnten. »Es reicht.« Er sah seine Frau bittend an. Er brauchte Unterstützung in irgendeiner Form. Körperlich. Psychisch. Aber sie stand stumm da, presste die Lippen aufeinander und sah zu Boden.

»Sie sind doch schon fast angekommen«, sagte Tammy Ann Green.

»Nein, bin ich nicht. Es reicht, okay? Wir machen das ein andermal.«

»Sie haben es fast geschafft. Gehen Sie bis zur Wand, und Sie bekommen etwas Leckeres von uns zu essen. Sie dürfen sich auch etwas wünschen.«

»Ich habe keine Lust, etwas zu essen. Ich will mich hinlegen«, sagte er. »Brenda, komm her.«

Brenda schaute weiter zu Boden und machte ein Gesicht, als sei sie diejenige, die eine unüberwindbare Strecke vor sich hätte.

Irgendwann ließ er den Barren los, und Tammy Ann Green stürzte zu ihm, um ihn festzuhalten, bevor er zu Boden fiel. »Sehen Sie«, sagte er und stand wankend in ihren Armen. »Ich konnte wirklich nicht mehr.«

Es war so windig, dass der Wagen ächzte und leicht ins Schlingern geriet. Brenda umklammerte das Steuer fester. »Weißt du was? Komisch, dass du ausgerechnet auf Istanbul kommst. Mir ist nämlich gerade eingefallen, dass ich gestern Nacht geträumt habe, wir wären in Istanbul. Es war alles ganz real. Wir haben in einem Sultanspalast gewohnt und bekamen das Abendessen von Eunuchen serviert.«

»Ho, ho, wie fürstlich!« Brenda war als junges Mädchen mit ihren Eltern in Istanbul gewesen und hatte dort ihren ersten Kuss bekommen. Sehnte sie sich vielleicht nach ihrer Jugend zurück, nach ihrem alten, unschuldig staunenden, ihrem vielleicht glücklicheren Selbst?

»Du wolltest dein Essen zurückgehen lassen. Du hast gesagt, dass ...«, sie gähnte, »dass das Fleisch nicht richtig gar sei oder so etwas Ähnliches.«

»Das meinst du ernst, oder?«

»Ja.« Sie lächelte.

»Soll ich dir was sagen? Ich würde in einem Sultanspalast niemals mein Essen zurückgehen lassen, das verspreche ich dir.«

»Ich weiß«, sagte sie, aber er fragte sich, ob sie es wirklich wusste. Und ob er es nicht doch tun würde.

In der Ferne war ein Stau zu erkennen, und bald steckten sie zwischen anderen Wagen fest. »So eine Scheiße«, sagte er. »Wenn wir die Fähre verpassen, müssen wir ein paar Stunden auf die nächste warten.«

Sie fuhren langsamer und hielten schließlich ganz an. Brenda holte tief Luft und stieß sie laut wieder aus. »Wir schaffen es schon rechtzeitig«, sagte sie etwas geistesabwesend.

Daniel spreizte im Schoß die Hände und blickte auf seine Fingernägel – er hatte den Daumennagel bis aufs Fleisch abgekaut. Er blickte auf die Autos, die sich langsam vorwärtsschoben und immer wieder stehen blieben.

»Ich vermisse unseren Sex«, sagte er. »Wie er mal war, weißt du?«

Sie nickte.

»Ich vermisse es, dass ich nicht mehr einfach mit dir ins Bett springen und dir dein T-Shirt ausziehen kann. Ich vermisse, dass ich deinen BH nicht mehr mit einem Klick aufmachen kann, sodass mir deine Brust in die Hand springt. Es gibt nicht viele Dinge im Leben eines Mannes, die so sexy sind.«

»Aber das kannst du doch immer noch machen.«

»Es ist nicht dasselbe – ich habe jetzt eine verschlossene Tür im Kopf. Es gibt keine Spontaneität mehr.«

»Diese Frau rückt mir total auf die Pelle«, stöhnte Brenda und warf einen Blick in den Rückspiegel. »Die knallt mir gleich hinten rein.«

»Dass ich nicht mehr das Blut in meinen Beinen spüre, vermisse ich. Die Geilheit in den Zehen. Wusstest du, dass man in den Zehen geil werden kann? Manchmal habe ich da unten so ein irres Kribbeln gefühlt, wenn ich dir den BH ausgezogen hab.«

»Ja, wo soll ich denn hin?«, brüllte sie in den Rückspiegel. »Soll ich mir etwa Flügel wachsen lassen und abheben?«

Daniel drehte sich um.

»Schau nicht hin«, sagte sie.

Er sah ein winziges Persönchen, das hinter dem Steuer einer breiten Limousine kaum sichtbar war. Ein ganz junges Mädchen, womöglich noch nicht einmal alt genug für den Führerschein. Sie sah ihn mit einem Gesichtsausdruck an, den er nicht einordnen konnte – Wut? Er zuckte entschuldigend mit den Achseln.

»Was soll das?«, fragte Brenda.

»Nichts.«

»Sie tut dir leid.«

»Quatsch.« Er drehte sich wieder um.

»Na klar, ich habe doch gesehen, was du gemacht hast.«

»Sie wird schon nicht auffahren. Menschenskind, Brenda, wir stehen praktisch auf der Stelle.«

Der Verkehr ging ruckelnd weiter, Brenda fuhr an und bremste sofort wieder.

»Die kriecht absolut auf mich drauf. Sie. Hängt. Mir. Am. Arsch.«

»Ignorier sie doch einfach«, sagte er gereizt.

Brenda fuhr ein paar Zentimeter vor und bremste wieder ab. Daniel hielt den Blick fest auf den Wagen vor ihnen gerichtet, einen klapperigen Chevy mit dem Nummernschild »349 BUG«. Er nahm sich vor, sich die ganze Fahrt kein einziges Mal mehr umzudrehen.

Seine Gedanken wanderten wieder zu dem Kind, und er fragte sich, ob es Brenda wohl ähneln würde. Aber womöglich würde es auch ganz anders aussehen als sie, fremd und völlig unvertraut. Und wenn es Daniel nicht mochte? Es schien ja schon jetzt zu spüren, dass er nicht der leibliche Vater war. Vielleicht würde es die nichtväterlichen Hände erkennen, wenn es auf die Welt kam.

Auf Brendas Drängen hin hatten sie an einem Seminar teilgenommen, das speziell auf werdende Eltern ausgerichtet gewesen war, die mithilfe der Reproduktionsmedizin schwanger geworden waren. In einem riesigen, von Leuchtstoffröhren erleuchteten Saal hatten sie neben einem Paar gesessen, das sich so fest an den Händen hielt, dass ihre Knöchel weiß hervortraten. Einer der Teilnehmer lachte ständig nervös über alles, was der Seminarleiter sagte. Der kahle Psychotherapeut mittleren Alters, der sich als Ron vorgestellt hatte und einen grünen Rolli trug, sprach in monotonem Singsang davon, dass man nicht nur sein äußeres, sondern auch das innere Heim für das neue Familienmitglied vorbereiten müsse. Man müsse versuchen, sich selbst in dem Kind wiederzufinden, und es zu einem geeigneten Zeitpunkt über seine Entstehung aufklären.

Daniel hob die Hand und fragte, ab welchem Alter ein Kind denn etwas mit einem Begriff wie »künstliche Zeugung« anfangen könne?

Ron legte den Kopf schräg und sagte: »Das ist ganz unterschiedlich. Einige Kinder stellen schon mit vier Jahren Fragen, bei anderen dauert es, bis sie acht oder neun sind. Und später kommen dann natürlich ganz andere Fragen.« Er schwieg nachdenklich. Daniel war sich sicher, dass er den Rollstuhl bemerkt hatte und sich jetzt überlegte, wie er seine Antwort taktvoll formulieren könnte.

»Haben Sie Ihre Kinder auf künstlichem Wege empfangen?«

»Eigentlich geht es in diesem Seminar um Ihre Kinder, Daniel.«

»Es hat mich bloß interessiert, ob Sie Erfahrungen aus erster Hand beisteuern können.«

Im Saal war es ganz still. »Wenn Sie es unbedingt wissen wollen«, sagte Ron. »Meine Frau und ich haben auf natürlichem Wege empfangen.«

Später fragte Brenda ihn vorwurfsvoll. »Was sollte das denn?«

»Es hat mich einfach interessiert.«

»Du kamst mir aber ziemlich aggressiv vor. Er war doch bloß da, um uns zu helfen.«

»Er war da, weil es sein Job ist«, sagte Daniel, und Brenda murmelte: »Du bist in letzter Zeit ein echter Sonnenschein. Sogar meiner Mutter ist aufgefallen, wie gereizt du klangst, als ihr das letzte Mal telefoniert habt.«

Am Abend rief Hilary an. Als Daniel ihr von dem Seminar erzählte, schnaubte sie bloß. »Und wie kommt dein inneres Heim mit allem so klar?«

»Ich glaube, ich brauche dringend eine Haushälterin, vielleicht auch einen Innenarchitekten.«

»Seminare sind etwas für Studenten und zukünftige Priester.«

»Irgendeinen Sinn wird es schon haben. Vielleicht, um den Leuten klar zu machen, dass es nicht anormal ist, ein bisschen nervös zu sein, wenn man ein Kind von einem Samenspender erwartet.«

»Natürlich ist das nicht anormal, Dan. Und nur zu deiner Information, auch Leute, die auf natürlichem Wege Kinder bekommen, haben Ängste.«

»Vielleicht solltest du dir auch ein Seminar suchen.«

»Ha, ha.«

»Eins für schwangere Singles mit losem Lebenswandel.«

»Du bist unglaublich komisch. Ich lache mich tot«, sagte sie trocken.

Danach blieb es eine Weile still in der Leitung, und Daniel fragte sie, ob sie zum Geburtstag ihres Vaters an die Ostküste kommen würde. Er war sich sicher, dass sie sagen würde: »Auf gar keinen Fall.«

Joe wechselte immer wieder die Spur. Er beschleunigte ohne Vorankündigung und bremste dann so abrupt ab, dass die anderen Wagen zu dicht auffuhren oder hupten oder überholten und die Fahrer genervt zu ihnen herübersahen. Aber sobald sie erkannten, dass ein alter Mann hinter dem Steuer saß, wurde ihre Miene automatisch milder. *So alt ist er noch gar nicht*, wollte Ellen ihnen zurufen, *er lässt sich bloß gehen*. Joe hatte eine Menge Haare verloren, und die, die ihm noch geblieben waren, waren schneeweiß. Dafür konnte er nichts, aber für sein Gewicht schon. Mit seinem Bauch sah er gleichzeitig aus wie ein Säugling und wie ein hundertjähriger Greis.

»Konzentrier dich«, sagte sie. »Konzentrier dich auf die beiden gelben Linien, und versuch bitte, dazwischen zu bleiben.«

Joe grinste. »Zu Befehl, Sir!« Manchmal hatte sie das Gefühl, es machte ihm richtig Spaß, sie auf die Palme zu bringen.

Sie schloss die Augen und versuchte, an etwas anderes zu denken, an irgendetwas. An ihre Familie. Sie hatte sich vergrößert, seit ihre Söhne verheiratet waren, und bald würde sie noch größer werden. Ellen hatte im Gegensatz zu manchen ihrer Freundinnen, die der Gedanke eher erschreckte, keine Angst davor, Großmutter zu werden, sondern freute sich darauf. Vielleicht lag es daran, dass ihre eigenen Großmütter so lebenslustig gewesen waren und so viel Freude an ihr und ihren Geschwistern und Cousins und Cousinen gehabt hatten. Beide waren als junge Frauen aus Russland emigriert und unzertrennlich gewesen. Sie hatten sich halb in fehlerhaftem Englisch und halb auf Russisch verständigt. Ihre Männer waren noch vor Ellens Geburt gestorben, und so hatten sie sich gewissermaßen gegenseitig als Ehepartner-Ersatz adoptiert. Sie wohnten sogar zusammen. In ihrer kleinen Wohnung in Roxbury veranstalteten sie Abendessen für ihre Freunde und Pokerrunden. Wenn Ellen mit ihren Eltern und Geschwistern zu Besuch war, bekamen sie Fertiggerichte, schwammigen Toast und salzige Tütensuppen serviert, und es wurde leidenschaftlich politisch diskutiert, während im Hintergrund ohrenbetäubender Jazz lief. Ellen hoffte, dass sie auch so eine lustige Großmutter werden würde, die laute Feste gab. Was für ein Großvater Joe wohl sein würde? Vielleicht würde er den Kindern auf seine ruhige Art alles über Autos, Schildkröten und Kriege beibringen.

Als sie die Augen öffnete, bog er gerade von der Autobahn auf eine Landstraße ab. Einen Moment lang zweifelte sie, ob es die richtige Ausfahrt war, aber Joe hatte einen sehr guten Orientierungssinn und fand sich überall zurecht. Ganz im Gegensatz zu ihr, die sich zwangsläufig verfuhr, sobald sie sich auch nur ein Stück über vertrautes

Gebiet hinauswagte. Sie seufzte, froh darüber, ihm die Navigation überlassen zu können. Babe raschelte in ihrem Käfig.

Vor ein paar Monaten hatte MacNeil sie gefragt: »Hast du dir Joe ausgesucht, oder hat er sich dich ausgesucht?« Sie hatten in Veras Garten gesessen und Chardonnay getrunken. Ellen hatte Tortellini mit Zuckererbsen gekocht. Joe war an diesem Abend nicht zu Hause gewesen; sie meinte sich zu erinnern, dass er bei Bill Karten gespielt hatte.

»Das weiß ich gar nicht.«

MacNeil spielte mit einem Grashalm. »Überleg doch mal. Von einem geht doch immer die Initiative aus.«

»Ich würde sagen, wir haben uns gegenseitig ausgesucht. Wir haben uns kennengelernt und geheiratet. Da gab es nicht viel zu entscheiden«, sagte sie. Als sie Joe kennengelernt hatte, war sie gerade frisch am Blinddarm operiert worden. Ihre Eltern hatten sie gerade aus dem Krankenhaus abgeholt. Die Erinnerung an den Nachmittag war verschwommen, teilweise waren ihr die Einzelheiten ganz entfallen, was sie jetzt bedauerte. Aber an jenem Juniabend mit MacNeil erinnerte sie sich deutlich daran, dass ihr der Bauch von der Operation noch wehgetan hatte und dass sie im Auto ihrer Eltern auf dem Rücksitz gelegen hatte. Sie hatten vor einem Feinkostgeschäft in Newton Halt gemacht, um Corned-Beef-Sandwiches zu kaufen, und Ellen war allein im Auto geblieben. Plötzlich war ein Gesicht am Fenster erschienen, das sie im ersten Moment erschreckt hatte, aber es war ein gut aussehender junger Mann gewesen, mit runden, braunen Augen, einem Grübchen im Kinn und olivbraunem Teint. Sie hatte gespürt, wie sich ihr Puls beschleunigte, und das Fenster heruntergekurbelt. Er hatte gefragt, ob alles in Ordnung sei (aber was hatte er genau gesagt? Wie war sein Tonfall gewesen? Wieso konnte sie sich daran nur nicht mehr erinnern?) Sie hatte ihm erklärt, was los war, und sich dabei die ganze Zeit für ihre bleiche Haut und ihre ungewaschenen Haare geschämt. Als ihre Eltern zurückkamen, hatte er ihnen zugenickt und war zur Seite getreten. Sie waren losgefahren, und Ellen hatte sich noch rechtzeitig umgedreht, um zu sehen, dass Joe ihr nachwinkte. Seine schwarzen Budapester hatten im Sonnenlicht geglänzt. Durch Zufall kaufte ihr Vater zwei Monate später ein Auto bei Joe, und kurz darauf führte er Ellen in Boston aus, und sie tranken Martinis zusammen. Sehr schnell kam es ihr vor, als würde sie ihn schon ihr ganzes Leben lang kennen, und sechs Monate später waren sie verheiratet. Sie waren die letzten aus ihrem Freundeskreis, die heirateten.

»Ich würde sagen, dass ich Vera ausgesucht habe«, sagte MacNeil, ohne von dem Metalltisch aufzusehen, an dem sie saßen.

Ellen hob ihr Weinglas. »Inwiefern?«

»Ich habe sie ihren Freunden und ihrer Familie weggenommen und verführt.« Er flüsterte es fast.

Die Stille im Garten wurde nur vom rhythmischen Surren eines Sprinklers unterbrochen. Ellen konnte nicht in ihrem eigenen Garten sitzen, ohne mitzubekommen, wie sich die Wenders stritten, oder den Verkehr auf der Hauptstraße zu hören. Sie scharrte nervös mit den Füßen. »Wahrscheinlich war es so, dass Joe mich ausgesucht hat«, sagte sie leise, obwohl sie sich nicht sicher war, ob das stimmte. »Aber war das nicht auch normal? Die Männer mussten doch immer den ersten Schritt tun.«

»Nicht immer«, sagte er mit leichtem Lächeln. »Vera hätte das schön gefunden. An einem Juniabend draußen zu sitzen und zu Abend zu essen.«

»Stimmt, das hätte ihr gefallen«, sagte sie. »Du vermisst sie jetzt gerade. Ich auch.«

Er blickte in seinen Schoß. »Wir waren dreiundfünfzig Jahre zusammen. Eine Ewigkeit.«

»Ich weiß.« Sie versuchte zu erkennen, ob er weinte, aber er hatte die Augen geschlossen. Sie griff nach seiner herabhängenden Hand und hielt sie einen Moment lang.

»An manchen Tagen ist es die Hölle.«

»Was genau?«, fragte sie vorsichtig.

»Weiterzumachen.«

»Es wird nicht immer so weh tun«, sagte sie. »Das geht gar nicht. Das verspreche ich dir.«

»Darf ich dich dafür regresspflichtig machen?«

»Darfst du.«

»Kannst du das noch einmal wiederholen.«

Sie setzte sich auf, drückte den Rücken durch. »Es wird nicht immer so wehtun. Manchmal schon, aber dann auch wieder nicht.«

Er nickte und versuchte zu lächeln. »Ich habe eindeutig sie ausgesucht, und das war eine großartige Entscheidung. Die beste, die ich je getroffen habe.«

»Das ist gut«, sagte sie und wusste nicht, was sie sonst noch dazu hätte sagen können. Sie stand auf und erklärte, sie müsse jetzt gehen, Joe käme gleich nach Hause und würde sich auf sein Abendessen freuen, und MacNeil nickte, als hätte er etwas Grundlegendes verstanden. Sie ließ sich an diesem Abend auf dem Rückweg Zeit und entschied sich für die lange Route durch den Ort, in dem MacNeil wohnte. Als sie an den Maisfeldern am Ortsrand vorbeifuhr, sah sie Kühe, die auf einer ausgetrockneten Wiese lagen. Sie spürten, dass es bald regnen würde. Sie fuhr durch andere, dichter besiedelte Ortschaften und kam schließlich wieder in den Ort, in dem sie selbst wohnte. Kleine Häuser mit abblätternder Farbe standen eng beieinander, und auf den Gehsteigen wucherte Unkraut aus aufgeplatzten Stellen. Morgen werde ich um sechs Uhr aufstehen, dachte sie, dann werde ich duschen, Joe seine Haferflocken hinstellen und dann um Viertel nach sieben zur Arbeit fahren. Sie würde Bücher einsortieren und den

Erst- und Zweitklässlern vorlesen. Sie würde mit Maura Paulsen und Abigail Welty zu Mittag essen, und sie würden sich erzählen, was es in ihren Familien und im Freundeskreis Neues gab. Danach würde sie weiter Bücher einordnen und aussortierte Bücher in Kisten packen. Am Ende des Arbeitstages würde sie wieder nach Hause fahren, Abendessen kochen, Wäsche waschen, sich vor ihren alten Fernsehapparat setzen, irgendeine Sendung schauen und dann erschöpft ins Bett fallen. Es war immer das Gleiche. Selbst wenn sie in Rente gehen würden – wie viel würde sich dann tatsächlich verändern? Nicht, dass sie und Joe es sich hätten leisten können, jetzt schon mit der Arbeit aufzuhören. Gut, möglicherweise doch, aber nur, wenn sie bereit waren, sich finanziell sehr einzuschränken. Noch ein paar Jahre, sagte sie sich immer wieder. Wir warten, bis wir ein dickeres Polster auf der Bank haben. Aber in letzter Zeit sprach Joe immer öfter davon, dass sie vielleicht auch mit weniger Geld auskommen könnten. Ihm würde es gelingen, ihr sicher auch. Ellen fürchtete sich davor, dass er eines Tages verkünden würde, jetzt sei mit der Arbeit Schluss, er habe seine Pensionierung eingereicht.

»Haben wir uns verfahren?«, fragte sie ihn, weil sie sich jetzt ganz sicher war, dass sie diese Strecke nicht kannte.

»Glaube ich nicht.«

»Wo ist die Karte?«

»Im Handschuhfach?« Das war keine Antwort, sondern eine Vermutung, und daran merkte sie, dass er vergessen hatte, sie mitzunehmen. Trotzdem öffnete sie die Klappe und durchwühlte das Fach. »Da ist sie nicht. Wir sollten anhalten und jemanden nach dem Weg fragen.«

Joe reagierte nicht und fuhr weiter, wobei er immer wieder leicht aus der Spur kam. »Wirklich, ich finde, wir sollten anhalten«, sagte sie noch einmal.

»Na gut. Wahrscheinlich hast du recht«, sagte er seelenruhig, fuhr langsamer und bog in eine Tankstelle ein.

Am Ende des kleinen Parkplatzes stand ein dicklicher Junge in schmuddeligen Shorts und T-Shirt neben einem mit Maiskolben beladenen Pick-up.

Joe ging in das kleine Häuschen, um zu zahlen. Ellen bemerkte, dass der kleine Junge in ihre Richtung sah. Hinter ihm erschien ein Mann, der eine Kiste schleppte. Er war barfuß, und zwischen seinen Lippen hing eine Zigarette. Ellen wandte sich ab und drückte beide Zeigefinger in die Mitte ihrer Stirn – sie bekam allmählich Kopfschmerzen und außerdem Krämpfe in den Beinen. Auf einmal stand der Junge vor ihrem Fenster und grinste dümmlich. Vielleicht war er ein bisschen zurückgeblieben. »Herrgott«, stöhnte sie und ließ dann das Fenster herunter. »Ja?«

»Haben Sie Geld?«

War das ein Überfall? Soweit sie sehen konnte, hatte er weder eine Pistole noch ein Messer.

»Ma'am, haben Sie Geld?«

Sie drehte sich nach hinten, um auf dem Rücksitz nach ihrer Handtasche zu suchen. Er stand da und sah ihr einfach nur zu, offenbar wusste er gar nicht, was er tat. Sie hätte ihn gern gefragt, was er mit dem Geld anfangen wollte – wusste er es überhaupt? Aber sie hatte Angst, ihn wütend zu machen oder zu verwirren.

Sie hielt ihm die letzten drei Dollarscheine hin, die sie im Portemonnaie hatte, und er griff gleichmütig danach.

Joe war inzwischen fertig und kam zum Wagen. »Hey!«, rief er, als er den Jungen sah, und rannte los, aber dann strauchelte er und wäre fast gefallen.

Der Junge schlurfte davon, Joe wollte ihm erst hinterher, überlegte es sich dann aber anscheinend anders und kehrte um. »Was wollte er denn?«, fragte er, als er zur Zapfsäule ging.

»Weiß ich auch nicht. Ich habe ihm ein paar Dollar gegeben.«

»Wieso das denn? War irgendwas?«

»Nein, gar nichts. Ich habe keine Ahnung, was er von mir wollte.«

Joe tankte, stieg in den Wagen, drehte den Zündschlüssel und sagte: »Wir sind richtig gefahren.« Er legte den Rückwärtsgang ein. »Hat er dich etwa bedroht?«

»Nein, nein. Müssten wir nicht auf einer Landstraße fahren?«

»Das hier war mal eine«, antwortete Joe. »Wollte er dein Portemonnaie?«

»Ich weiß nicht, was er wollte. Er war einfach nicht ganz richtig im Oberstübchen«, sagte Ellen. Sie legte die Hände im Schoß ineinander. »Was es für Leute gibt. Was es für *Kinder* gibt. Wenn man so darüber nachdenkt, wird einem angst und bange.«

»Genau deswegen solltest du vielleicht nicht darüber nachdenken.«

Sie kamen an Motels, Hotels und kleineren Lebensmittelmärkten vorbei. »Ich erkenne hier gar nichts wieder«, sagte Ellen.

Joe überfuhr die rechte Fahrbahnmarkierung und kam dabei der Leitplanke gefährlich nahe. Ellen spürte, wie sie innerlich zu platzen drohte. *Ich platze*, sagte sie sich und stellte sich vor, wie ein gewaltiger Windstoß in sie hineinfuhr und sie in Stücke riss. »Ich platze«, murmelte sie.

»Was?«

»Nichts«, sagte sie. Sie presste erneut die Fingerspitzen auf die Stirn, schloss die Augen und wandte sich in Gedanken wieder ihrer Familie zu.

Daniel würde bestimmt ein guter Vater werden, auch wenn er so viel Energie in seine Arbeit steckte. Wie Joe wirkte auch er oft distanziert, war aber in seinem Kern ein grundguter Mensch. Ellen konnte sich nicht im Entferntesten vorstellen, wie es wäre, ein Kind zu haben und im Rollstuhl zu sitzen. Daniel und Brenda kamen etwa einmal in der Woche zum Abendessen zu ihnen, und es brach ihr jedes Mal das Herz, ihren Sohn so zu sehen. Das Knarren des Rollstuhls, das Quietschen der Reifen im Nebenzimmer. Jedes Mal, wenn Daniel Probleme hatte, den Stuhl um die Ecke zu manövrieren, oder wenn die Räder blockierten, musste sie sich zwingen, tief durchzuatmen, wegzusehen und so zu tun, als wäre nichts. Sie hatte versucht, Joe ihre Gefühle zu erklären. Er hatte geistesabwesend genickt – *natürlich ist es schlimm, den eigenen Sohn leiden zu sehen* – und gesagt, er glaube, dass Daniel damit zurechtkäme, er habe immer noch ein schönes Leben und dass es auch schlimmer hätte kommen können. Unverbindliche, unbefriedigende Äußerungen, die sie ärgerten. Sie sollten dankbar sein, dass er es überlebt hatte und nach wie vor arbeiten und ein relativ normales Leben führen konnte. *Aber es ist mehr als nur schlimm*, sagte sie zu Joe. Und wenn er sie verblüfft ansah, sagte sie: *Manchmal fühle ich mich völlig kraftlos, wenn ich ihn so sehe, es bringt mich um*, und wenn er sie dann mit zusammengekniffenen Augen betrachtete, als hielte er sie für leicht hysterisch, hatte sie das Bedürfnis, ihn dafür zu schlagen. Weil er es so abtat, weil er sich in Allgemeinplätze flüchtete. Irgendwo tief drinnen tat ihm das Schicksal seines Sohnes sicher auch weh, aber er unterdrückte den Schmerz. Das musste er auch, und sie hätte es ebenfalls tun sollen, schaffte es manchmal sogar auch, aber der Schmerz kam unweigerlich zurück und brannte wie ein Stachel.

Jake verdiente dank seines Jobs, in dem er irgendwelche Aktienpakete verschob (sie hatte nie begriffen, was er eigentlich genau machte), mehr Geld als sie alle zusammen – sogar mehr Geld als jeder andere, den sie kannte. Seiner Frau und seinen Kindern würde es nie an etwas mangeln. Aber er war der Empfindlichste und Unzufriedenste von den dreien. Er fühlte sich schnell ausgeschlossen und wurde es wahrscheinlich auch häufig, weil er eine so aufdringliche Art hatte, sich bei allen beliebt machen zu wollen, und auch wegen seiner strengen Wertvorstellungen und Erwartungen an andere. Schon als Jugendlicher hatte er sich ständig über Hilary aufgeregt, über ihren Lebenswandel und die Clique, in der sie sich bewegte. Ellen war eigentlich gar nichts mehr zu sagen übrig geblieben, weil Jake seiner Schwester endlos gepredigt hatte: *Die Leute, mit denen du dich jetzt umgibst, die Entscheidungen, die du jetzt triffst* und so weiter. Jake war jemand, der sich strikt an Gesetzen und Moralvorstellungen orientierte und in Kategorien wie gut und böse dachte. Das Überfahren einer roten Ampel, Unachtsamkeit im Straßenverkehr: Das war böse. Und das Gute war ihm heilig: Familie, Liebe, Arbeit. Eigentlich erstaunlich, dass jemand mit so einer Lebenseinstellung nicht zutiefst religiös war. Aber wahrscheinlich waren die gesellschaftlichen Spielregeln und die Macht des Gesetzes so etwas wie seine Religion.

Kürzlich hatte sie mit MacNeil darüber gesprochen, woraus sich eine Diskussion darüber entsponnen hatte, was für sie persönlich die guten Dinge des Lebens waren. »Intelligenz, Kunst, Schönheit. Liebe«, hatte er gesagt.

»Essen«, hatte sie ergänzt und ihm einen Teller mit Strauchtomaten und Mozzarella hingehalten. Sie hatte sich ihm gegenüber an den Tisch gesetzt und schweigend gegessen, während sie überlegt hatte, was sie Intelligentes sagen könnte.

»Du warst beim Frisör«, sagte er.

»Stimmt. Gestern.«

»Gefällt mir«, sagte er. »So kann ich deine Augen besser sehen.«

»Ist das etwas Gutes?«

»Das ist eindeutig etwas Gutes. Eines der ganz großen guten Dinge.« Er hatte dabei nicht vom Teller aufgeschaut. Sie hätte ihn gern gebeten, mehr zu sagen – hatte er insbesondere ihre Augen gemeint oder Augen im Allgemeinen, nur Frauenaugen, wessen Augen? Zählte *sie* für ihn zu den großen, guten Dingen des Lebens? Aber bei dem Gedanken daran, wo solch eine Frage hinführen könnte, wurde sie nervös. Was, wenn er sie auslachen und sagen würde, selbstverständlich habe er über Augen im Allgemeinen gesprochen und auf was für Ideen sie denn käme? Sie hätte ihn einfach rundheraus fragen, die Karten auf den Tisch legen sollen – nämlich, ob er nicht auch bemerkt habe, dass sich etwas zwischen ihnen verändert hätte.

Joe ließ die Hände übers Lenkrad gleiten. Sie sah hinaus, betrachtete die Häuser entlang der Straße, zwei Kinder, die in einem Garten Fußball spielten.

»Meinst du, der arme Junge an der Tankstelle hatte ein Zuhause?«, fragte sie.

»Wieso? Sein Großvater war doch bei ihm. Die beiden wohnen bestimmt irgendwo.«

»Wo sind wir?«

»Ich weiß schon, wo wir sind, Ell. Mach dir keine Sorgen.«

Und kurz darauf erkannte sie alles wieder. Die Stadthalle, die große Flagge davor, die Neonreklame, bei der in den Wörtern »Ice Cream« das »r« fehlte, den kleinen Parkplatz und den Landungssteg der Fähre. Sie war erstaunt, dass sie es geschafft hatten, und sogar schneller als geplant.

Joe parkte im Schatten einer dicken Eiche. Er stieg aus, wuchtete den Samsonite aus dem Kofferraum und lief los, als hätte er völlig vergessen, dass er ja auch noch eine Frau hatte. Er drängelte sich an den Leuten vorbei, die aus dem Wagen hinter ihnen stiegen, und war bald nicht mehr zu sehen. Ellen beschloss, sitzen zu bleiben, bis ihm auffiel, dass sie nicht bei ihm war.

Sie drehte sich zu Babe auf der Rückbank um, die sich in ihren Panzer zurückgezogen hatte und schlief. Erwartete Joe etwa, dass sie ihm mit Babes sperrigem Käfig, der Reisetasche, ihrer Handtasche und ihrer Jacke bepackt folgte? Mit ihrem lehmfarbigen Kopf und den eingezogenen Vorder- und Hinterbeinen ähnelte die Schildkröte einem Stein. Sie nahm sie überhaupt nicht wahr und auch sonst nichts um sie herum. Aber vielleicht stimmte das ja gar nicht. Was, wenn Babe in Wirklichkeit jedes Wort verstand? Sie war im Zimmer gewesen, als Ellen mit MacNeil telefoniert hatte. Babe hatte sie mit starrem Blick angesehen, schwarze Höhlen unter schweren, runzeligen Lidern. Sie war wirklich ein hässliches Geschöpf, so farblos und ganz ohne Fell, ein Tier, das weder schnurrte noch sang. Joe verwies gerne auf die ringförmige Musterung des Panzers – *wie ein Gesicht, siehst du? Da die Augen, da die Nase, der Mund* – und auf die Ruhe, die Sanftheit, die dieses Tier mit seinen langsamen Bewegungen ausstrahlte. *Wozu die Eile?*, sagte Joe oft, wenn Babe in Zeitlupe über den Küchenboden kroch. *Eben*, dachte Ellen, *wozu die Eile?* Babe hatte alles beobachtet. Sie wusste von ihren Gefühlen für MacNeil. Sie ging nicht weg. Sie saß unbeweglich da, ohne zu blinzeln, und gab Ellen zu verstehen, dass sie sich treiben lassen konnte, wohin sie wollte. Sie konnte sich in ihrem reifen Alter noch verlieben, konnte ihr bisheriges Leben hinter sich lassen und überall hingehen – aber *ich, Babe, ich werde Joe nicht allein lassen. Ich gehe nicht*. Einem Felsbrocken gleich.

»Ell«, sagte Joe. »Ellen.« Er stand vor dem Auto. »Wir können jetzt. Komm.« Sie erhob sich schwerfällig und sagte: »Langsam, langsam. Eins nach dem anderen.« Joe hob vorsichtig Babes Käfig aus dem Auto.

Da ihnen bis zur Abfahrt der Fähre noch zwanzig Minuten Zeit blieb, gingen sie auf eine leere Bank in einer Ecke des Parkplatzes zu. Joe blieb unschlüssig davor stehen und überlegte ganz offensichtlich, ob er Babes Käfig auf die Bank stellen oder Ellen den Platz anbieten sollte. Nach kurzem Zögern stellte er den Käfig behutsam auf den Boden. Dankbar und gereizt zugleich, setzte Ellen die Taschen ab. »Ich platze«, sagte sie noch einmal, *war doch völlig egal, ob er sie verstand oder nicht*, und er nickte. Sie setzten sich und beobachteten die Warteschlange, die sich vor dem Fahrkartenhäuschen bildete. Joe legte Ellen eine Hand auf den Oberschenkel. Sie lag schwer und kräftig auf ihrem Bein, beinahe als wäre sie von ihm losgelöst, und Ellen hatte das Gefühl, als sei diese Hand im Moment das Einzige, was sie am Boden hielt.

Während Jake die Einkäufe ausgepackt, die Betten gemacht, die Fenster zum Lüften geöffnet und die Rollstuhlrampe vor der Haustür angebracht hatte, hatte Liz geschlafen. Jetzt stand er vor dem Sofa, auf dem sie lag – den Kopf auf der Brust, die Lippen leicht geöffnet –, und breitete behutsam eine dünne Decke über ihre Beine. Er beschloss, einen Spaziergang zum Strand hinter dem Haus zu machen, nahm seine Sonnenbrille vom Couchtisch und ging nach draußen.

Am Wasser sah er einen gelben Schnuller liegen und bückte sich danach. Er war mit nassem Sand verkrustet, den er abbürstete. Jake besaß einen Holzkasten voller Fundstücke, Dinge, die wegzuwerfen er aus irgendeinem Grund nicht übers Herz brachte: eine alte Bibel, die er auf einem Parkplatz gefunden hatte, ein Hundehalsband, das vor seinem Büro gelegen hatte, ein winziger Fäustling, die Fotografie eines älteren Paares. Wo immer er hinfuhr, versuchte er daran zu denken, den Kasten mitzunehmen, denn er fand ständig Sachen, die hineingehörten. Er stellte sich vor, dass jeder dieser Gegenstände eine eigene Geschichte hatte. Sie aufzubewahren gab ihm ein gutes Gefühl, als würde er diese verlorenen Dinge retten. Liz wusste nichts von seiner Sammlung – sie hätte sie als Gefühlsduselei abgetan. Sie hasste Dinge, die nur aus schlechtem Gewissen nicht weggeworfen wurden. Unnötiger Ballast, sagte sie oft, der einen an die Vergangenheit kettet. Aber Jake steckte den Schnuller ein und war froh, dieses Wochenende an den Kasten gedacht zu haben. Er vergaß ihn oft, und immer dann, wenn er ihn nicht mithatte, machte er die herzzerreißendsten Funde.

Er beugte sich zum Wasser hinab, tauchte die Fingerspitzen ein und zog sie schnell zurück. Das Meer war hier in Maine immer eiskalt, und trotzdem überraschte ihn die Kälte jedes Mal aufs Neue. Als er sich umdrehte und zum Haus zurückging, nahm er einen schwachen Duft nach Fichtenholz wahr. Er freute sich schon auf die Reaktion seiner Familie auf das Haus, das keiner von ihnen bisher gesehen hatte – er freute sich darauf, ihnen einen Drink in die Hand zu drücken, sie auf die Terrasse hinauszuführen und ihnen sein kleines Stück Ozean im Sonnenuntergang zu zeigen. Das war etwas ganz anderes als das enge, schindelverkleidete Häuschen mit den verfleckten Teppichen, den vorsintflutlichen Haushaltsgeräten und dem langsam vor sich hinmodernden Dach, in dem sie aufgewachsen waren. Im Vorjahr hatte er seinem Vater angeboten, ihm finanziell unter die Arme zu greifen, um das Dach richten zu lassen oder ein paar neue Geräte anzuschaffen, oder – noch besser – beides, doch Joe hatte davon nichts wissen wollen. Als Jake noch in der Highschool gewesen war, hatte er sich einmal mit seiner Mutter gegen seinen Vater verbündet. Joe hatte damals im Autosalon einen unerwartet hohen Bonus erhalten und das Geld dazu verwenden wollen, eine gesprungene Toilettenschüssel zu ersetzen, aber Ellen und Jake hatten gebettelt, er solle doch bitte den Wohnzimmerteppich herausreißen und Holzboden verlegen lassen. Daniel und Hilary war die Sache ziemlich egal gewesen. Jake hatte einen Klassenkameraden, Henry, der in einem großen Haus mit Parkettboden wohnte. Das Parkett ließ es, wie er fand, noch größer und irgendwie auch aufgeräumter wirken, herrschaftlicher. Letztlich setzte sich Joe durch, die neue Toilette kam, und der verfilzte beige

Teppich blieb. Jake blieb auf dem Pfad stehen, der zur Terrasse hinaufführte. Jetzt besaß er sogar zwei Häuser mit Parkettboden. Er betrachtete das neu gedeckte Dach und den frischen Anstrich. Er hatte versucht, seinen Eltern zu helfen. Er hatte getan, was er konnte.

Liz war inzwischen wach und schnitt Pilze. Sie hatte das Radio angemacht und er hörte gedämpftes Reden, als er in die Küche trat. Irgendetwas klebte ihr über dem Ohr in den Haaren – ein Karottenschnipsel, wie er gleich darauf sah –, und das stimmte ihn auf merkwürdige Art traurig. Als er ihn herauszupfen wollte, beugte sie sich vor und küsste ihn auf die Wange.

»Sie sagen Regen voraus.«

»Das kann nicht sein«, sagte er. »Der Himmel sieht völlig okay aus. Höchstens ein bisschen bewölkt.«

»Nachher zieht ein Sturm auf, und dann soll es das ganze Wochenende über regnen.«

»Bitte sag mir, dass du mich veräppeln willst«, bat er. Die letzten Tage hatten sie im Wetterbericht immer Sonne vorausgesagt. Er hatte für Samstag geplant, mit der Familie auf einem Fischkutter raus aufs Meer zu fahren, und wollte den Sonntag am Strand verbringen. »Ich habe nichts von einem Sturm gehört.«

»Ich will dich veräppeln«, sagte sie und schob ihm ein Champignonscheibchen in den Mund. »So schlimm wird es schon nicht werden. Wir spielen Brettspiele oder Karten. Vielleicht regnet es ja gar nicht das ganze Wochenende.« Sie drehte sich um und legte das Messer auf die Arbeitsplatte.

»Mom hasst Brettspiele. Sie sagt immer, das sei bloß eine Ausrede, damit man sich nicht unterhalten muss.«

»Wir könnten ein paar DVDs schauen. Irgendetwas wird uns schon einfallen.« Liz war immer nur dann so flexibel, wenn er es nicht war. Hätte er das schlechte Wetter mit einem Achselzucken abgetan, wäre sie nervös in der Küche auf und ab gelaufen und hätte sich fieberhaft ein Alternativprogramm überlegt.

Er ging auf die Terrasse hinaus, um die in einer Ecke gestapelten Stühle unter dem überhängenden Dach aufzustellen, damit alle im Trockenen sitzen konnten, sollte es tatsächlich regnen. Als er die Stühle in etwa dreißig Zentimeter Abstand aufstellte, merkte er, dass gar nicht genug für alle da waren, und ging in den Keller, um die letztes Jahr gekauften Klappstühle hochzuholen. Hier unten befanden sich die Überbleibsel der vergangenen Sommer – ein an die Wand gelehnter Strandschirm, rostige Dosen Mückenspray, ein noch aus seiner Kindheit stammender Basketball. Er hatte oft mit seinem Bruder gespielt, der ihn immer haushoch besiegt und danach verhöhnt hatte. Einmal hatte Daniel ihm den Ball mit solcher Wucht an den Kopf geknallt, dass er noch wochenlang eine schmerzhafte Beule gehabt hatte. (Was hatte Daniel so wütend gemacht? Jake erinnerte sich dunkel daran, dass er in seiner Verzweiflung irgendetwas im Sinne von: »Dann bist du eben gut in Baseball, dafür bin ich besser in der Schule!«, gesagt hatte.) Sie würden nie wieder Basketball spielen. Er würde nie wieder gegen ihn verlieren. *Gott sei Dank*, sagte er laut und erschrak sofort über seine eigenen Worte. Er hatte sich immer noch nicht daran gewöhnt, dass Daniel jetzt im Rollstuhl saß, und so traurig ihn dieser Gedanke auch machte, blieb es zugleich unbegreiflich. Jake hatte nicht vergessen, wie ihn sein Bruder jedes Mal zu Boden gerungen hatte, wenn sie sich in die Haare gekriegt hatten. Kurz nach dem Unfall hatte er versucht, Daniel seine gemischten Gefühle zu erklären (»Immerhin hast du mich früher regelmäßig halb totgeprügelt, wobei das natürlich nicht bedeutet, dass ich mich über das freue, was dir passiert ist, aber es ist einfach so ungewohnt, dich so zu sehen. Ich meine, dass das ausgerechnet *dir* passiert ist … Du warst körperlich immer so präsent. Ich kann mir vorstellen, wie absolut niederschmetternd das für dich sein muss«), worauf Daniel verständlicherweise erwidert hatte, solche Kommentare würden ihm auch nicht gerade weiterhelfen. Jake hatte versucht, es besser zu erklären – dass er immer ein bisschen Angst vor seinem großen Bruder gehabt habe, dass er seine ganze Kindheit hindurch in Wirklichkeit doch nur um seine Anerkennung und Freundschaft gekämpft habe, aber Daniel hatte ihn bloß mit nahezu ausdrucksloser Miene angehört, und Jake hatte es bald aufgegeben. Es war auch eindeutig nicht der richtige Moment. Daniel musste nach dem Unfall erst einmal seinen Schock verarbeiten – er musste sich nicht auch noch mit den Problemen seines Bruders auseinandersetzen.

Jake legte den Basketball in einen Karton und sah sich im Keller um. Auf einem Stapel Bücher lag das »Kamasutra«. Er hatte es vor ein paar Jahren gekauft, mehr oder weniger als Gag, weil ihr Sex auf Dauer etwas langweilig geworden war. Damals hatte er sich auch ein paar Pornohefte zugelegt, von denen er Liz nichts erzählt hatte – sie war im Bett noch nie besonders experimentierfreudig oder neugierig gewesen. Schon bevor sie versucht hatten, ein Kind zu zeugen, war ihr Sexleben eher dürftig gewesen. Ihm fiel ein, dass er auch hier im Haus ein paar Heftchen versteckt hatte, soweit er sich erinnerte lagen sie in seiner Wäscheschublade. Jedenfalls war das »Kamasutra« sein erster Versuch gewesen, Liz dezent darauf hinzuweisen, dass er sich besseren oder zumindest einfallsreicheren Sex wünschte. Er hatte in einem Antiquariat eine alte Ausgabe entdeckt, was das Ganze absurder machte und irgendwie weniger fordernd aussehen ließ. Er hatte das Buch in Papier mit Leopardenmuster verpackt und vorgehabt, es ihr abends nach der Arbeit zu überreichen. Als er nach Hause gekommen war, hatte er sich bester Laune gefühlt, da er eine Möglichkeit gefunden hatte, wie die Firma im laufenden Quartal weit mehr Steuern einsparen konnte als erwartet, und später hatte das *Wall Street Journal* angerufen und ihn interviewt. Doch Liz hatte völlig niedergeschlagen mit einem Glas Wein im Bett gelegen und wie wild auf einem Skizzenblock herumgekritzelt, weil sie erfahren hatte, dass die nächste ihrer Freundinnen gerade schwanger geworden war. Seitdem hatte sich nie mehr eine Gelegenheit ergeben, ihr das Buch zu schenken. Irgendwann hatte er es beiseite gelegt, um es ins Sommerhaus mitzunehmen, in der Hoffnung, dort würde sich irgendwann der passende Moment finden. Jetzt nahm er das Päckchen mit nach oben und machte sich auf die Suche nach Liz. Sie hatte sich auf die Terrasse gesetzt. Er schlich sich von hinten an sie heran und sagte: »Mach die Augen zu.«

»Was?« Sie legte den Kopf in den Nacken und sah ihn an.

»Mach die Augen zu«, wiederholte er, und sie schloss sie gehorsam. Er legte ihr das Buch in die Hände. Sie betrachtete lächelnd das Leopardenpapier und riss es auf. Als sie das Cover sah, runzelte sie die Stirn. »Das *Kamasutra?*«

»Ich habe es mal aus Witz für dich gekauft, ist schon länger her. Als unser Sexleben gerade eine kleine, na ja, du weißt schon, Flaute hatte.«

»O Gott!«, schnaubte sie und packte das Buch ganz aus. »Toller Witz, echt.«

Über ihre Schulter gebeugt, betrachtete er die Seite, die sie aufgeschlagen hatte. In dem Kapitel wurde beschrieben, wie der Körper des Geliebten mit Blüten geschmückt wurde. Er dachte an die kleine Kinderwunschklinik zurück, in deren Fluren anatomische Zeichnungen von Gebärmüttern und Eileitern hingen. Er dachte an die Pillenpackungen, die sie neben dem Waschbecken aufbewahrte – die unzähligen Medikamente, die Spritzen, die er ihr in jedem neuen Behandlungszyklus in den Oberschenkel hatte geben müssen, die Teststäbchen zur Bestimmung des Eisprungs, die verschiedenen Thermometer. Er erinnerte sich daran, wie sie Koffein und Alkohol aus ihrem Speiseplan gestrichen hatte, wie sie den Sport erst aufgegeben und dann doch wieder damit angefangen hatte. An all die verschiedenen Ärzte, die fünf missglückten künstlichen Inseminationen, die zwei fehlgeschlagenen In-vitro-Fertilisationen, ihre Launen, ihre Bauchschmerzen, ihre Krämpfe, die ewigen Klagen. Es war kein freudiges Ereignis gewesen, als sie geschwängert wurde, nichts, das auch nur im Entferntesten etwas mit Erotik zu tun gehabt hatte oder mit Liebe, lediglich mit einem Spekulum, einem Embryotransfer per Katheter und einem Arzt.

Plötzlich war es Jake peinlich, ihr das Buch gegeben zu haben. Wer schaute sich so etwas überhaupt an? Wer bewahrte eine Pornosammlung in der Unterhosenschublade auf? Menschen, für die Sex nur Spiel war, nicht mehr und nicht weniger. Testosterongesteuerte Teenager vielleicht. Menschen, die nicht über Fortpflanzung und biologische Vorgänge nachdenken mussten, die machten so etwas. Er versuchte sich daran zu erinnern, wann er solch ein Mensch gewesen war, und es schien Jahrhunderte her zu sein.

Er legte Liz die Hände auf die Schultern und massierte sie. Sie lehnte sich zurück. »Das fühlt sich gut an.«

Er beugte sich vor und küsste sie auf die Stirn, dann auf die Nase, auf den Mund. Er legte ihr seine Hand auf den Bauch, zog ihr T-Shirt hoch, umkreiste mit den Fingern ihren Bauchnabel. Ihr Bauch war wie ihr Gesicht mit hunderten kleiner Sommersprossen bedeckt. Während ihrer Studienzeit am College hatte Jake ihren Bauch und ihren Busen immer nach Sternkonstellationen abgesucht. Schon damals war sie in Sachen Sex ein bisschen prüde gewesen, aber er fand ihre Zurückhaltung altmodisch und liebenswert. Die meisten der Mädchen an der Uni waren alles andere als prüde gewesen. Sie hatten enge Jeans und knappe T-Shirts getragen, hatten ihre Augen schwarz umrandet und mit blauen Lidschatten bemalt und waren wie Raubkatzen um die Jungs herumgeschlichen. Liz, dieses gesunde, groß gewachsene Mädel in den Schlabberhosen mit Tunnelzug und den weiten handgestrickten Pullis, schien einer anderen Spezies anzugehören. Sie waren damals ein Paar gewesen, hatten sich nach dem Abschluss aber aus den Augen verloren, und er hätte niemals damit gerechnet, dass sie acht Jahre später wieder zusammenkommen würden.

»Jake«, sagte sie.

»Komm, lass uns ein bisschen rummachen.«

»Jake, Süßer – lieber nicht«, sagte sie, aber es gelang ihm, sie vom Stuhl hochzuziehen und ins Schlafzimmer zu führen. »Im Moment fühle ich mich gar nicht danach, ich bin nicht ...« Sie setzte sich vor ihn aufs Bett.

»Komm her«, sagte er. Er stellte sich vor sie hin und drückte ihren Kopf an seinen Bauch. Wie war es bloß möglich, dass sie den Sex mit ihm so gar nicht vermisste? »Ich will doch bloß ein bisschen mit dir kuscheln.«

»Hat das *Kamasutra* so eine durchschlagende Wirkung auf dich?«

»Das ist doch völlig egal«, sagte er. Und es war doch auch wirklich egal, weshalb er Lust hatte, mit seiner Frau zu schlafen. Es zählte nur, dass er Lust hatte und dass sie jetzt hier waren und die Zeit und die Gelegenheit dazu hatten. Er streichelte ihr über die Haare, die weich und glatt waren, *teefarben* nannte er sie immer, obwohl Liz fand, dass sie gar keine Farbe hatten. »Sie sind weder blond noch braun, noch rot, sie sind gar nichts«, sagte sie. Er umspannte ihre Brüste mit beiden Händen, aber sie entwand sich seinem Griff, setzte sich aufrecht hin und beugte sich dann vor.

»Die kommen doch gleich«, sagte sie.

»Ich weiß.«

»Mir ist nicht danach, Schatz.«

»Ist dir wieder schlecht?«, fragte er, obwohl er die Antwort kannte. Er konnte es sich einfach nicht verkneifen.

»Ich meinte, dass ich keine richtige Lust habe. Tut mir leid.«

»Aber unser letztes Mal ist schon Urzeiten her, und in ein paar Monaten wirst du erst recht keine Lust mehr haben, und danach haben wir wahrscheinlich kaum noch Gelegenheit.«

»Appellierst du jetzt an mein Pflichtgefühl? Sollen wir es etwa aus Verpflichtung machen?« Sie schüttelte den Kopf. »Außerdem müssen wir langsam anfangen, das Essen zu kochen.«

»Stimmt. Und?«

»Und? Lass uns in die Küche gehen.« Sie stand auf. »Komm mit, mein dummer, notgeiler Ehemann. Ab in die Küche mit dir.«

»Bitte sprich nicht so mit mir.«

»Wie denn sonst?«

Er riss sich zusammen, um nicht laut zu werden. *Konzentrier dich auf das tatsächliche Problem.* »Findest du mich denn gar nicht mehr anziehend?«

»Wo kommt das denn jetzt her?«

»Ich liebe dich eben«, murmelte er. »Und du liebst mich doch auch, oder?«

»Natürlich liebe ich dich, aber ich bin schwanger, und ich bekomme Zwillinge. Schon vergessen? Ich bin müde und muss auf die Toilette, und wir müssen noch eine ganze Menge vorbereiten, weil deine Familie gleich kommt«, stöhnte sie.

»Ich weiß schon, aber ...« Ein Schwall von Worten blieb ihm im Mund stecken. *Wenn sie ihn wirklich und wahrhaftig lieben würde.* Aber er nahm es wieder mal zu persönlich, wie so oft. Vielleicht würde sie in Stimmung kommen, wenn sie einfach loslegten. »Für einen schnellen Quickie reicht die Zeit«, sagte er. »Na los, ich bestehe darauf.« Und er griff an ihre linke Brust. Weil sie sich im selben Moment wegdrehte, drückte er fester zu als beabsichtigt.

»Aua!«, rief sie empört. Sie stieß ihn mit den Ellbogen weg und bedeckte ihre Brust mit den Händen.

»Das sollte eigentlich schön für dich sein«, sagte er. Sie sah ihn stumm an, sprachlos.

»Ich wollte dir nicht wehtun.«

»Okay, kannst du jetzt bitte aufhören?« Sie rieb sich mit übertrieben schmerzverzerrtem Gesicht die linke Brust.

»Eigentlich will ich aber gar nicht aufhören«, sagte er. Und warum sollte er auch? Seit Wochen las er ihr jeden Wunsch von den Augen ab. Er massierte ihr jeden Abend den Rücken und stürzte in die Küche, um ihr Cracker zu holen, wenn ihr wieder schlecht war. Er hatte ihr Blumen mitgebracht, für sie gekocht, einen Vorrat von ihrem Lieblingseis im Tiefkühlschrank angelegt.

»Tja, es wird dir aber nichts anderes übrig bleiben«, sagte sie gereizt. Sie wandte sich kopfschüttelnd von ihm ab. »Du musst dich eben damit abfinden«, sagte sie und ging aus dem Zimmer.

»Viele Frauen schlafen gern mit ihren Männern«, brüllte er ihr hinterher. Er wusste, dass er zu weit ging, hatte aber das Gefühl, dass ihm nichts anderes übrig blieb. »Und zwar auch, wenn sie schwanger sind. Sogar *besonders*, wenn sie schwanger sind.« Er begann, im Zimmer hin und her zu gehen. In einem ihrer vielen Schwangerschaftsratgeber hatte er gelesen, dass sich die Sexualorgane der Frau während der Schwangerschaft vergrößern und empfindlicher werden, was ihre Lust auf Sex verstärke. Eine Frau hatte berichtet, sie hätte während ihrer Schwangerschaft den besten Sex ihres Lebens erlebt; ihre Brüste seien voller gewesen, und sie habe in den ersten Monaten in einem bestimmten schwarzen Negligé besser ausgesehen als je zuvor. Sie habe sich mit ihrem Mann jeden Tag zum Mittagessen getroffen und dabei nur einen Regenmantel und besagtes Negligé angehabt. Liz Brüste waren auch schon ein wenig größer und runder geworden, aber aus Bequemlichkeitsgründen trug sie nur graue Sport-BHs und breite fleischfarbene Dinger, die mit so vielen Bügeln und Nähten verstärkt waren, dass man einen Kleinwagen hätte daran hängen können. »Wusstest du eigentlich«, brüllte er, »dass bei dir da unten jetzt alles viel mehr durchblutet ist und sich vergrößert hat und dadurch viel empfindsamer ist? Vielleicht würde es dir ja sogar Spaß machen. Vielleicht würdest du in Stimmung kommen. Versuch es doch wenigstens mal. Mir zuliebe.«

Er hörte die Toilettenspülung. Sie hatte kein Wort mitbekommen.

Er spürte, wie sein Gesicht heiß wurde. Als er die Hände in die Taschen steckte, ertastete er den sandigen Schnuller, den er am Strand gefunden hatte. Wo war eigentlich der Kasten? Ihm fiel ein, dass er ihn in der mittleren Kommodenschublade verstaut hatte. Er dachte wieder an die Pornos, die unter seinen Unterhosen lagen.

»Was ist das?«, fragte Hilary.

»Eine Wiese.«

»Das sehe ich auch.«

Alex stieg aus, aber sie blieb sitzen. Vor ihrem inneren Auge erschien plötzlich ein Bild: Alex, der eine Pistole aus der Tasche zieht und *wummm*, alles weg, keine Hilary mehr, kein Baby mehr. Unsinn. Alex hatte es selbst gesagt: Auf der Insel passierte so etwas nicht. Hier konnte man den Leuten vertrauen. Im Rückspiegel bemerkte sie, wie er in den Himmel schaute. Sie wurde neugierig, weil er anscheinend etwas Interessantes entdeckt hatte, und stieg aus. Doch als sie zu ihm ging und hinaufschaute, sah sie nur tief hängende Regenwolken.

»Wo sind wir hier?«, fragte sie. Es war kühler geworden, und sie spürte eine kalte Brise. Es duftete schwach nach Blumen.

»Wir sind hier genau im Zentrum der Insel. Das Grundstück heißt *Bellows' Field* nach dem ersten Mann, der sich auf der Insel niedergelassen hat. Ich glaube, er war Hummerfischer. Früher hieß die ganze Insel *Bellows' Island*, bis dann vor fünfundsiebzig Jahren ein Salzmagnat mit seiner Familie hergezogen ist und alles aufgekauft hat – buchstäblich alles. Die Familie lebte in einem Herrenhaus, das früher da hinten stand, aber in den Sechzigerjahren ist es bis auf die Grundmauern abgebrannt, und er ist im Feuer umgekommen. Seine Familie ist dann weggezogen, nach New York und Los Angeles – von denen kommt keiner mehr her. Es gibt Leute auf der Insel, die den alten Namen zurückhaben wollen, aber die werden sich nie durchsetzen. Dazu haben die Erben hier immer noch viel zu viel Grundbesitz.«

»Tja, die Macht des Geldes.« Hilary stieß mit der Spitze ihres Schuhs gegen einen Erdhaufen. Sie stellte sich ein prächtiges Haus mitten auf der Wiese vor, steinerne Säulen und eine Marmortreppe, Gärtner und herumeilende Diener. Damen und Herren, die auf der weiten grünen Rasenfläche Badminton und Krocket spielen, geeisten Tee trinken und sich sonnen. Die Vorstellung hatte beinahe etwas Verführerisches. Alle Klischees um Reichtum und Geld waren verlockend, und obwohl sie wusste, wie kindisch es war, dachte sie manchmal, wenn sie reich wäre, wäre auch ihr Leben reicher, reich an Möglichkeiten. Sie könnte herumreisen, sich an exotischen Orten Häuser kaufen, könnte ihre Freunde einfliegen lassen. Es war tröstlich, sich vorzustellen, dass das Glück so greifbar war.

»Es regnet bestimmt noch. Irgendwann später heute Abend«, sagte er, den Blick weiter auf die Wolken gerichtet. »Vielleicht auch erst morgen.«

»Wir veranstalten hier so eine Art Familientreffen«, sagte sie, und er nickte. »Es darf nicht regnen, sonst sitzen wir im Haus fest und haben uns nichts zu sagen.«

»Hm. Da kann ich dir leider nicht helfen. Es regnet nachher garantiert noch.« Er sah auf ihre Schuhe. »Komm, lass uns ein bisschen spazieren gehen.«

»Kannst du das Auto hier einfach stehen lassen?«

»Na klar«, sagte er. »Die wissen ja, wem es gehört.«

»Die?«

»Die Leute hier.«

Hilary folgte Alex durchs Gras. »Wohnen deine Eltern auch hier?«

»Nein, die wohnen inzwischen an der Westküste. Wir haben eher selten miteinander zu tun«, sagte er.

»Wieso?«

»Na ja, erstens mal sind sie eingefleischte Republikaner. Mein Vater hat ehrenamtlich für Reagan Wahlkampf gemacht und für Bush – für beide Bushs. Und meine Mutter leitet die kirchliche Jugendgruppe.«

»Okay. Gruselig.«

»Das kannst du laut sagen.«

»Wahrscheinlich reden sie die ganze Zeit auf dich ein, dass du nach Hause kommen sollst«, sagte Hilary.

Er sah sie an und zuckte mit den Achseln. »Tun sie, aber ich höre ihnen gar nicht zu.«

Sie fand ihn richtig nett. Obwohl sie genau wusste, dass er sie beeindrucken wollte. Trotzdem hatte er irgendetwas, was ihr gefiel. Wie kindisch. Sie war im sechsten Monat schwanger und war im Begriff, sich zu verknallen. Aber dann sagte sie sich, dass sie nur schwanger war, nicht tot. Es war ja wohl nicht schlimm, jemanden anziehend zu finden. Ob er sie in ihrem Zustand überhaupt attraktiv fand? Wahrscheinlich sah er sowieso nur ihren Bauch wie alle anderen – aber vielleicht auch nicht, immerhin verfügte sie neben dem Bauch auch noch über eine sehr ausgeprägte Persönlichkeit, über zwei anständige Brüste und ein nicht ganz unattraktives Gesicht. Sie lächelte in sich hinein, als sie plötzlich erkannte, was sich ihr da für eine Gelegenheit bot – es war ein Abenteuer, ein letztes Abenteuer, bevor sich ihr Leben radikal änderte. In gewisser Weise war es ein Geschenk.

Bei ihrem letzten Telefongespräch mit dem potenziellen Vater Nummer zwei hatte sie ihm eröffnet, sie würde an die Ostküste fliegen und vielleicht länger dort bleiben, um auszuprobieren, wie es wäre, wieder ganz dort zu leben. George war ruhig geblieben, zurückhaltend. Er war Schreiner und lebte mit seiner Tochter Camille in einem kleinen Strandhaus in San Diego. Hilary hatte die beiden vor fast zehn Jahren auf einer Hochzeit außerhalb von Los Angeles kennengelernt. Sie hatten zusammen an einem Tisch gesessen und waren als Einzige nicht zum Tanzen aufstanden, als der Frank-Sinatra-Imitator angefangen hatte zu singen. George und seine Tochter hatten sie über den plötzlich leeren Tisch hinweg angelächelt. Camille war damals acht gewesen, hatte aber in Ausdruck und Benehmen sehr viel älter auf Hilary gewirkt. Sie war zart und strahlte eine gewisse Traurigkeit aus. Auch George hatte etwas Melancholisches, sie mochte seine eleganten Bewegungen, wenn er zum Beispiel über den Tisch nach dem Salzstreuer griff. Er fragte sie nach ihrem Beruf und erzählte von seinem, und sie unterhielten sich über das Brautpaar. Am Ende des Abends lud George sie ein, noch mit zu ihnen zu kommen, und die drei aßen am Strand Schokoladenkuchen und unterhielten sich über die Filme, die sie in letzter Zeit gesehen hatten. Der Himmel war bedeckt und verhüllte die Sterne und den Mond. Nur am weit entfernten Pier und auf ein paar Fischerbooten funkelten ein paar Lichter. Hilary konnte die Gesichter von George und Camille kaum erkennen. Als Camille ins Bett ging, sagte Hilary, sie müsse jetzt auch gehen, aber George lockte sie mit dem Versprechen, wenn sie bliebe, würde sie Boris kennenlernen, einen Obdachlosen, der an ihrem Strandstück schliefe und wilde Geschichten aus seinem früheren Leben als Filmstar, Astronaut und Senator erzähle. Tatsächlich tauchte Boris kurz darauf mit einer Flasche Wein und einer Kerze auf. »Er kommt immer gegen Mitternacht – jeden Abend«, hatte George gesagt. Wäre Hilary Boris zufällig auf der Straße begegnet, wäre sie achtlos an ihm vorübergegangen. Boris redete anscheinend sehr gern, und George bat ihn, ohne jede Spur von Herablassung oder Spott, die Geschichten zu erzählen, die er selbst bestimmt schon tausend Mal gehört hatte. Sie waren von eigenartiger Poesie und dadurch beinahe glaubwürdig, in jedem Fall waren sie fesselnd. Bald hatte sie wirklich das Gefühl, an diesem dunklen Strand mit einem alternden Astronauten zu sitzen, der ihnen von den großen roten Meeren des Mars erzählte, als wären sie ihm so vertraut wie der Pazifik zu ihren Füßen.

George wollte nicht zu ihr in den Norden ziehen. Camilles Mutter wohnte in Los Angeles, und sie teilten sich das Sorgerecht. Hilary konnte sich auch nicht dazu überwinden, zu ihm in den Süden zu ziehen, zu Sonne, Strand und Surfern. Sie fühlte sich dort einfach nicht wohl.

Sie stiegen einen leichten Hang hinauf und blieben stehen. Von hier aus konnte Hilary im Osten einen silbern schimmernden Streifen Ozean erkennen. Zum Westen hin waren nur der Himmel und die Wolken zu sehen, im Norden Wiese und etwas, was nach einer kleinen Rinderherde aussah.

»Bist du hier aufgewachsen?«, fragte sie und zog ihr Kartenspiel aus der Tasche. Manchmal hatte sie das Bedürfnis, sich an etwas festzuhalten, was die Größe einer Zigarettenschachtel hatte.

»Ja«, sagte er. »Was ist das?«

Sie schaute hinunter. »Nichts«, sagte sie und schloss die Hand um die Karten. »Hast du nie woanders gewohnt?«

»Doch. Habe ich«, sagte er.

Sie drehte die Karten in den Händen. »Wo?«

Er schwieg und setzte sich kurz darauf wieder in Bewegung. Sie wartete auf eine Antwort, während sie den Abhang hinuntergingen und dann einen zweiten, steileren Hügel hinaufstiegen. Oben angekommen war sie außer Puste. Sie beugte sich vor und atmete tief durch. Von hier aus war mehr vom Ozean zu sehen. Die Wolken schienen tiefer zu hängen und bildeten einen durchgehenden Schleier, als wären sie selbst Teil des Himmels geworden.

»Im Westen«, sagte er. »In Montana, in der kleinen Stadt, du weißt schon.« Es dauerte einen Moment, bis sie begriff, dass er die Stadt Montana meinte, nicht den Staat.

»Ach, wirklich?«

»Ja. Aber ich habe die Insel vermisst. Wenn man sein Leben lang von Wasser umgeben war, fehlt es einem, wenn man irgendwo lebt, wo kein Wasser ist. Man fühlt sich irgendwie orientierungslos.«

»Es ist sicher eine ganz einzigartige Erfahrung, hier aufzuwachsen.«

»Ja, das stimmt, aber für ein Kind ist es sowieso toll, in einer so kleinen Stadt aufzuwachsen. Hier kann einem nichts passieren, und fast alle kennen sich.«

Hilary stellte sich vor, von oben auf sie beide herabzusehen. Was würde jemand, der sie nicht kannte, über sie denken? Vielleicht, dass er der Vater des Kindes sei und sie seine Frau. Sie versuchte sich in Alex hineinzuversetzen und hätte gern gewusst, was ihm gerade durch den Kopf ging – vielleicht war er von ihrer Fragerei genervt –, und dann analysierte sie ihre eigene Stimmungslage: eine kleine

Portion plötzlich aufkeimender Angst, gepaart mit der gespannten Erwartung, wie ihre Eltern und Geschwister auf ihre Schwangerschaft reagieren würden; Lust, sich eine Zigarette zwischen die Lippen zu stecken; wachsende Unsicherheit Alex gegenüber. Und eine angenehme Verlangsamung der Zeit. Sie fragte sich, ob ihr Baby ein schwaches Abbild ihrer Gefühle wahrnahm.

»Ich weiß nicht, wer der Vater ist«, hörte sie sich selbst sagen.

Er drehte sich zu ihr um. »Oh.«

»Es kommen mehrere in Frage«, sagte sie. Sie hatte eine vage Vermutung, dass ihn diese Tatsache faszinieren könnte. »Es könnte jemand sein, der selbst schon Vater ist, oder ein anderer Mann, der ein furchtbarer Vater wäre.«

»Bedeutet *mehrere* nicht drei oder mehr?«

»Doch«, sagte sie achselzuckend. Sie wusste selbst nicht, warum sie log.

»Und?«

»Und? Was denkst du jetzt von mir?«

»Ich weiß nicht. Müsste ich irgendwas Bestimmtes denken?« Er trat einen Schritt auf sie zu und schaute auf ihre Lippen.

»Natürlich. Eigentlich müsstest du mich furchtbar finden. Du müsstest den Kopf schütteln und das arme Kind in meinem Bauch bedauern.«

»Okay«, sagte er. Er kniete sich hin, zog einen Grashalm aus der Wiese, legte ihn sich zwischen die Daumen und presste die Lippen darauf. Der lang gezogene Pfiff schrillte in ihren Ohren wie der Schrei einer verwundeten Gans. Alex fuhr sich mit der Zunge über die Lippen und blies noch einmal, diesmal im Staccato, und als er aufhörte, lächelte er stolz wie ein Kind, das gerade zum ersten Mal einen Grashalm zum Pfeifen gebracht hatte.

»Meine Familie weiß noch gar nicht, dass ich schwanger bin«, sagte sie.

»Aha.«

»Das heißt, mein einer Bruder weiß es, aber meine Eltern nicht. Und mein anderer Bruder auch nicht.« Als sie es laut aussprach, spürte sie ihre wachsende Nervosität.

Er warf den Grashalm weg und stand auf. Das hier führte zu nichts. Sie wusste selbst nicht, was sie hier bei diesem Fremden hielt. Sie sah ihn an. Vielleicht hatte es etwas damit zu tun, dass er Bill David ähnelte, wie er jetzt, die Hände in den Hosentaschen vergraben, dastand, gedanklich eine Million Meilen von allem entfernt. Und genau wie Bill wirkte auch Alex so, als wäre er an nichts gebunden, nicht an Geld, nicht an eine Familie, an gar nichts – außer vielleicht ans Meer. Vielleicht fand sie das irgendwie romantisch. Vielleicht hatte sie mit Männern wie Bill David doch noch nicht komplett abgeschlossen, auch wenn sie es sich gern vorstellte. Oder zumindest wusste, dass es vernünftiger wäre.

Früher hatte sie sich freier gefühlt. Wann sich das geändert hatte, konnte sie nicht genau sagen, aber sie erinnerte sich daran, dass es eine Zeit in ihrem Leben gegeben hatte, in der die Zukunft ganz offen war, in der sie ihre Entscheidungen aufgrund unbestimmter Gefühle und Launen traf. Zum Beispiel als sie an die Westküste zog, weil das weit weg war von zuhause; nach San Francisco, weil die Stadt das Gegenteil von alldem zu sein schien, was sie aus ihrer Kindheit kannte – Hügel statt flachem Land, Trends statt Tradition, waches politisches Bewusstsein statt historischem Konservatismus. Sie hatte beschlossen, Archäologie zu studieren, nachdem sie in den Fluren der anthropologischen Fakultät die Poster von Mumien gesehen hatte, kunstvoll eingepackte Tote, die wie übergroße, auf ewig in Windeln gewickelte Babys auf sie gewirkt hatten. Es war eine Sehnsucht nach unterirdischen Welten gewesen, nach altertümlichen Riten und Religionen und dem Unheimlichen der Mumiengesichter – Mienen, die man ihnen für ihr Nachleben aufgemalt hatte –, nach scheinbar unlösbaren Rätseln. Trotzdem war sie, nachdem sie in zu vielen Klausuren durchgefallen war, von der Uni abgegangen. Sie hatte sich weder für die Terminologie noch für die Fachbücher interessiert. Und ganz sicher nicht für alte Einbalsamierungstechniken und Fotografien von Gehirnen, die durch die Nasenhöhle herausgezogen wurden. Es war die exotische Idee gewesen, die sie fasziniert hatte, die Kunst und der Mystizismus, das unbekannte Leben, doch genau das hatten die Dozenten seziert und platt gewalzt, bis von der Schönheit dieser alten Welt nichts mehr übrig geblieben war. Einige Zeit nach dem Abbruch des Studiums merkte sie, dass das neue Leben, das sie sich ausgesucht hatte, anstrengend wurde. Die Hügel San Franciscos waren mit dem Fahrrad unmöglich zu bewältigen; die Trends ohne Bedeutung, denn sie trug ohnehin nur Schwarz; ihr politisches Engagement war abgeflaut und erschien ihr schließlich, nachdem sie eigenes Geld verdiente, merkte, wie viel Steuern sie zahlen musste, und miterlebt hatte, wie viele Studenten gegen diese oder jene politische Maßnahme demonstrierten und anschließend in ihren teuren Autos zurück in ihre Studentenheime fuhren, mehr als absurd. Das Mysterium Archäologie hatte sich in Wissenschaft und letztlich in Mathematik verwandelt. Was vorher transparent erschienen war, hatte sich in eine trübe Brühe verwandelt, und manchmal vermisste sie die Romantik und den Optimismus ihres alten Schwarz-Weiß-Denkens, in dem alles so klar erschienen war.

Daniel hatte sie einmal eine Träumerin genannt und gesagt, wenn sie sich nicht irgendwann mit der Realität abfände, würde sie niemals wissen, wie es sei, erwachsen zu sein. Sie hatte sich über die hohen Mieten in San Francisco beklagt und gesagt, sie wäre gerne wieder Kind, dann müsste sie sich keine Gedanken über unbezahlte Rechnungen und Steuern machen. »Erwachsensein ist gar nicht so übel«, hatte er behauptet. »Man darf eigene Entscheidungen treffen, kann den Führerschein machen und herumvögeln und Alkohol trinken und wählen und Autos mieten.« Aber sie konnte sich nicht helfen – sie fühlte sich unendlich viel jünger als das in ihrem Ausweis angegebene Alter. Nicht notwendigerweise unreif, aber doch jugendlich. Erwachsen zu sein war eine dermaßen öde Vorstellung, langweilig und erstickend, wie ein kratziger Pulli, der einem ein bisschen zu eng war.

Alex seufzte. »Du findest es hier nicht schön«, sagte er.

»Das stimmt nicht.«

»Also mich entspannt es immer unheimlich.«

Der Wind drückte das Schilf platt, und Hilary atmete die Stille ein. »Es ist wirklich wunderschön hier, ehrlich. Tut mir leid, ich bin bloß müde.« Sie trat von einem Fuß auf den anderen und überlegte krampfhaft, was sie sagen könnte. »Vielleicht sollten wir mit der geplanten Besichtigungstour weitermachen und du bringst mich zum nächsten Programmpunkt.« Sie dachte einen Moment lang nach. »Hey, sag mal, wo wohnt du eigentlich?«

»Im Ort, ganz in der Nähe vom *Books and Beans*.«

»Ich würde mir gern mal anschauen, wie die Einheimischen hier so wohnen«, sagte sie in der Hoffnung, dass sie sich nicht zu forsch anhörte.

»Meine Wohnung ist nichts Besonderes, aber wenn du willst, können wir natürlich zu mir fahren. Oder hast du Lust auf Strand? Es gibt da eine Route, die bei Touristen immer sehr beliebt ist; sie führt von der nördlichsten Spitze bis zum südlichsten Punkt der Insel.«

»Ich würde mich gern eine Weile irgendwo hinsetzen, wenn dir das nichts ausmacht. Schwangere sind permanent erschöpft.« Das war noch nicht einmal gelogen.

Er nickte. »Okay, die Kundin ist Königin.«

Sie lächelte leicht verlegen, ging ein paar Schritte hinter ihm her den Hügel hinunter und blieb immer mal wieder stehen, um den schiefergrauen Himmel und den Ozean anzusehen. Das Meer an der Ostküste war ganz anders als im Westen – es strahlte solche urwüchsige Kraft aus und war ihr so vertraut. Wenn sie es betrachtete, empfand sie eine tiefe innere Ruhe und Gelöstheit, die ihr in Kalifornien gefehlt hatte. Vielleicht würde sie ja im Laufe des Wochenendes noch einmal herkommen. Vielleicht würde sie Daniel fragen, ob er sie begleitete, und eines Tages würde sie mit ihrem Kind hier ein Picknick machen.

Sie merkte, dass sie wieder kurzatmig wurde, und ging langsamer.

»Du kriegst dein Kind aber jetzt nicht hier, oder? Ich bin nämlich kein Arzt.«

Hilary lachte. »Doch, na klar. Genau so hatte ich mir das vorgestellt. Ich schnappe mir irgendein Jüngelchen und biete ihm ein bisschen Geld dafür, dass er mir hilft, die Sache auf einer Wiese im Nirgendwo durchzuziehen. Falls du dich gewundert hast, warum meine Hosentasche so ausgebeult ist – ich habe sicherheitshalber eine Decke und Beinstützen eingepackt.«

Er verzog das Gesicht. »Was für eine Vorstellung. Außerdem bin ich kein Jüngelchen, vielen Dank.«

Sie grinste. »Okay, dann eben junger Mann.«

»Und du bist eine alte Frau.«

»Bin ich auch.«

»Hm, wie alt bist du denn?«

»Fünfunddreißig, aber so weise, als wäre ich hundert.«

»Ach so, und auch noch so bescheiden.«

»Und du bist … wie alt? Siebenundzwanzig, achtundzwanzig?«

»Einunddreißig«, sagte er. »Nächste Woche.«

Er war älter, als sie vermutet hatte. Was heute wohl noch zwischen ihnen passieren würde? Würde überhaupt etwas passieren? Hätte sie ihn in Kalifornien kennengelernt, hätten sie in einer Bar etwas getrunken, wären in ihrer Wohnung gelandet, hätten geknutscht, wären irgendwann weggedöst und hätten sich wahrscheinlich nie mehr wieder gesehen. Aber jetzt war sie schwanger und nicht in Kalifornien. Alles war anders. Alles Mögliche konnte passieren. Nichts, *nichts wird passieren*, sagte sie sich. Sie musste aufhören, so viel darüber nachzudenken. Noch nie hatte sie etwas Sinnvolles oder Intelligentes oder auch nur Amüsantes zustande gebracht, wenn sie vorher zu viel nachgedacht hatte.

3. *Von Land zu Land*

Seit dem Unfall ging die Familie anders mit Daniel um, und selbst jetzt, eineinhalb Jahre später, ertappte er seine Mutter immer wieder dabei, wie sie ihn heimlich von der Seite betrachtete, als könne sie immer noch nicht ganz glauben, was passiert war. Jake war übervorsichtig und schlich unterwürfig um ihn herum, und sein Vater war sogar noch distanzierter als früher. Vor dem Unfall hatte Daniel immer den Eindruck gehabt, sie würden ihn wegen seiner erfolgreichen Karriere und seines aufregenden Lebens in New York bewundern, vor allem Hilary. Aber seit er im Rollstuhl saß, versuchte selbst sie, ganz besonders nett zu ihm zu sein. Ihre Kumpelhaftigkeit und ihr Sarkasmus hatten jetzt etwas beinahe Aufdringliches. Seine Familie kam ihm vor, als sei sie von ihm abgekapselt. Vor dem Unfall hatte er zu ihrer Welt gehört.

Als Brenda den Wagen gerade auf den Landungssteg steuerte, legte die Fähre ab. »Mist«, sagte sie, aber Daniel war erleichtert; so blieb ihm noch etwas Zeit, bis sie sich alle wieder sahen, bis seine Mutter nach seiner Hand greifen würde, darauf bedacht, den Rollstuhl ja nicht zu berühren, bevor Jake diensteifrig vorauseilte, um ihm sämtliche Türen aufzuhalten.

Brenda half ihm aus dem Auto und blieb dann einen Moment lang stumm neben ihm stehen. Leicht vornübergebeugt und mit geschlossenen Augen sagte sie, ihr sei ein bisschen schwindelig. »Ist irgendwas?«, fragte er, aber sie antwortete nicht. Anscheinend verebbte das Schwindelgefühl wieder, denn kurz darauf ging sie los, um etwas zu trinken zu besorgen. Daniel sah, wie sie stehen blieb und sich mit einer jüngeren Frau mit blonden kurzen Haaren unterhielt – eine Bekannte? Aber eigentlich kannte sie niemanden aus Maine. Die Frau trug eine ausgewaschene Cargohose und ein ärmelloses schwarzes Top und schien etwa in Brendas Alter zu sein. Sie hielt ein Baby auf dem Arm, das ganz weiß angezogen war: Mützchen, Schnuller, Kleid, Schühchen, alles weiß. Selbst Haare und Augen des Babys wirkten weiß. Daniel skizzierte es im Kopf als mehrere einander überlappende weiße Kreise. Die Kleine schien zu spüren, dass er sie beobachtete. Sie verzog ihr Gesicht, spuckte den Schnuller aus und ließ einen schrecklichen gurgelnden Schrei los. Die Mutter tätschelte ihr den Kopf und ging mit ihr im Kreis herum. Brenda warf Daniel einen Blick zu, als wäre er für das Unglück des Babys verantwortlich. Er guckte bemüht harmlos, zuckte mit den Achseln und griff nach einer Broschüre, die jemand auf der Bank neben ihm liegen gelassen hatte. »Stechen Sie mit uns in See!«, warb ein Schriftzug mit ineinander verschlungenen Buchstaben. Eine schlecht gezeichnete Jacht mit einem dicken, fröhlichen Kapitän am Steuer segelte durch die Schrift. In dem Heftchen waren die Preise für Nachmittagstörns aufgelistet, die so hoch waren, dass man, wie Daniel schnell ausrechnete, in Portugal für dasselbe Geld zwei Vier-Gänge-Menüs, in Zimbabwe zehn Maßanzüge und in London eine Theaterkarte hätte bekommen können. »Entdecken Sie die Inselwelt Maines! Gönnen Sie sich ein einzigartiges Naturerlebnis! Nehmen Sie mit uns Kurrs in Richtung Paradies!« Kurrs. Das Wort starrte ihn an, wie ein Kind, das ihm frech die Zunge zeigte.

Brenda kam zurück »Hier, Limo«, und reichte ihm einen Pappbecher. »Pass auf. Er ist ziemlich voll.«

Es war ein Angebot zum Waffenstillstand. *Beklecker dich nicht.*

»Ich liebe dich«, sagte er und karikierte einen britischen Akzent. Das war ihr Stichwort für ein kleines Spiel, das sie früher oft gespielt hatten – sie hatte immer mit amerikanischem Akzent geantwortet. Er wartete auf ihren Einsatz. »Ich *liebe* dich«, wiederholte er.

»Ich liebe dich auch«, sagte sie in nasalem New Yorkerisch. Ihr Amerikanisch war immer so übertrieben gewesen und trotzdem vollkommen glaubwürdig. Es hatte ihn immer zum Lachen gebracht.

»Du hast es also nicht vergessen«, sagte er, immer noch mit britischem Akzent.

Sie nickte.

»Das haben wir schon so lange nicht mehr gemacht. Seit dem Unfall, glaube ich.«

»Könnte sein. Du bist heute so nostalgisch.« Sie sprach jetzt wieder normal. »Erst das mit dem Sex, jetzt das.«

Sie hätte statt »Sex« ein anderes Wort verwenden können, und er wünschte, sie hätte es getan. »Vielleicht hat es etwas mit dem Familientreffen zu tun«, sagte er. »Wir haben uns seit Jahren nicht mehr alle zusammen gesehen. Vielleicht sehne ich mich nach der Vergangenheit zurück.«

»Könnte sein«, sagte sie gnädig (weil er nicht mehr so mürrisch war, und er nahm sich vor, sich zusammenzureißen, kostete es, was es wolle).

»Ich liebe dich«, sagte er noch einmal mit britischem Akzent, und sie antwortete: »Ich finde, wir sollten Jake anrufen und ihm sagen, dass wir uns verspäten. Hast du dein Handy dabei?«

»Wir sind im Funkloch«, erinnerte er sie. »Aber wenn ich hier irgendwo ein Telefon finde, ruf ich ihn schnell an.« Er sah sich um und entdeckte einen Münzfernsprecher am anderen Ende des nicht asphaltierten Parkplatzes. Für die Reifen seines Rollstuhls war der Schotter mörderisch, aber egal. Er ruckelte über den Kies voran und versuchte nicht darauf zu achten, dass seine Zähne jedes Mal klackerten, wenn er über größere Steine fuhr.

Liz meldete sich. »Jake ist gerade unten am Strand.« Daniel erinnerte sich, dass Jake früher nie gern an den Strand gegangen war; aus Angst vor den Wellen. Vor allem hatte er Angst gehabt. Sogar davor, bei lebendigem Leib gekocht zu werden, wenn er zu lang in der Sonne blieb. Daniel sagte Liz, dass sie die Fähre verpasst hatten. »Verpasst? Na ja, ihr seid anscheinend nicht die Einzigen. Die anderen sind auch noch nicht da.«

»Tut mir leid«, entschuldigte er sich. »Wir haben wirklich versucht, pünktlich zu sein. Es war ganz knapp.«

»Macht nichts. Wirklich nicht«, murmelte sie, und er hörte ihr an, dass sie in Gedanken schon dabei war, den Nachmittag neu zu planen. »Vielleicht sind die anderen auch schon am Hafen. Siehst du sie irgendwo?«

Daniel sah sich um und fragte sich, wieso er nicht selbst auf diesen Gedanken gekommen war. »Nein.«

»Dann essen wir eben einfach später. Wenn ihr die nächste Fähre nehmt, seid ihr immer noch früh genug da, um die Insel noch bei Tageslicht zu sehen.«

»Wie geht es dir denn so?«, fragte er. »Als wir uns das letzte Mal unterhalten haben, hast du gesagt, dass dir oft übel ist.«

»Ja, aber das hat sich inzwischen gelegt. Ich bin bloß die ganze Zeit müde. Jake kümmert sich um alles.«

Daniel mochte seine Schwägerin. Manchmal hatte er beinahe den Eindruck, dass sie seelenverwandt waren, und in letzter Zeit hatten sie angefangen, sich gemeinsam ein bisschen über die anderen Familienmitglieder lustig zu machen. Sie war so ganz anders, als er erwartet hatte. Er hatte immer gedacht, Jake würde sich eine Frau nehmen, die auf Spötteleien empfindlich reagieren würde. Die ihm ähnlicher wäre. »Wahrscheinlich hat er im Moment das Gefühl, er hat seine Frau verloren und lebt mit einer wandelnden Gebärmutter zusammen. Ich will in letzter Zeit eigentlich nur noch schlafen und Pläne für die Zeit mit dem Baby machen – sonst habe ich zu nichts Lust.«

»Und darüber wundert er sich?«

»Du kennst doch deinen Bruder. Er nimmt alles persönlich. Jeder Schritt in Richtung Baby ist ein Schritt von ihm weg.«

Daniel dachte einen Moment lang nach. »Aber ist es nicht auch genau so? Wenn man auf etwas zugeht, entfernt man sich automatisch von etwas anderem.«

»Bist du etwa auch so? Haben alle Männer diese Verlustängste? Oder ist das ein spezifisches Miller-Problem?«

Daniel erschrak. »Nicht doch. Du weißt doch, dass Jake bei uns immer das große Baby war. Er klammert sich verzweifelt an die Menschen, die er liebt, und wenn sie seine Liebe nicht genauso erwidern, klammert er noch stärker.«

»Und woran, glaubst du, liegt das?«

»Na ja, ganz einfach«, antwortete Daniel. »Er ist ein Weichei. Psychisch, physisch, durch und durch. Er hat panische Angst vor Zurückweisung. Er ist unsicher. Er ist als Baby zur Welt gekommen, und aus irgendeinem Grund ist er eines geblieben. Pass bloß auf, dass du genug Windeln da hast, wenn das zweite Baby kommt.« Die Worte waren ihm herausgerutscht. Sie klangen viel bösartiger als beabsichtigt.

»Oje. Das klingt aber so, als hätte da jemand selbst ein paar Problemchen.«

»Ich bin unantastbar.«

»Aber austeilen kannst du. Wieso glaubst du, dass du nichts einstecken kannst?«

»So viel gibt es bei mir gar nicht einzustecken, weil ich nämlich perfekt bin. Muss ich dir das immer wieder sagen?«

»Wahrscheinlich schon. Ehrlich gesagt, vergisst man das bei dir ziemlich leicht.«

»Wie überlebt Jake nur diese ständige verbale Misshandlung durch dich?«

»Misshandlung? Ich war nicht die, die ihn Baby genannt hat«, sagte sie mit jetzt veränderter Stimme.

»Okay, dafür sollte ich mich wohl entschuldigen.«

»Entschuldigung angenommen.«

»Er ist kein Baby. Er ist ein Kleinkind.«

»Daniel.«

»Ja?«

»Ihr seid gar nicht so verschieden.«

Er schnappte nach Luft. »Einspruch, Euer Ehren! Einspruch!«

»Ich gebe dir jetzt mal einen Rat. Geh zu deiner Frau zurück, und warte mit ihr auf die nächste Fähre. Frag sie, wie sie sich fühlt. Versuch ihr zu helfen, wo du kannst, und lass sie in Ruhe, wenn sie Ruhe braucht.«

»Aye, aye«, sagte Daniel.

Als er über den Parkplatz zurückholperte, spürte er einen Regentropfen auf der Stirn und sah, dass ein kleiner, ohnehin kaum sichtbarer Fetzen blauen Himmels zu seiner Linken immer mehr zusammenschrumpfte. Und wenn Liz Jake nun erzählte, was er über ihn gesagt hatte? Aber nein, das würde sie nicht. Niemals. Das würde ihn bloß verletzen. Bei Liz musste sich Jake keine Sorgen machen. Sie war ganz ehrlich, zeigte ihre Gefühle und hielt mit nichts hinterm Berg. Daniel hatte immer gespürt, dass sie ihn mochte. Und auch wenn sie sich manchmal über Jake ärgerte, liebte sie ihn offenbar wirklich. Die beiden waren auf jeden Fall ein ungleiches Paar – sie war viel entspannter mit sich und anderen als er. Manchmal fragte sich Daniel, was sie eigentlich an Jake fand.

Brenda sah selig aus, wie sie da so auf der Bank saß, ihre Limonade trank und aufs Wasser blickte. Daniel dachte daran, dass Liz ihm geraten hatte, sie zu fragen, wie sie sich fühle, aber eigentlich wollte er jetzt mit ihr über etwas anderes sprechen.

»Weißt du was?«, fragte er, als er neben ihr anhielt. Er

machte eine Kunstpause. Er würde es auf die witzige Tour versuchen. »Ich glaub, das ist die erste und letzte Schwangerschaft für mich. Ich bin mir nicht sicher, ob ich meinem Körper eine zweite zumuten will. Die ganzen Schwangerschaftsstreifen, die ich bekommen habe, der ständige Druck auf der Blase, die morgendliche Übelkeit.« Er umfasste mit den Händen einen imaginären schwangeren Bauch.

Sie lächelte nicht.

»Würden wir nächstes Mal wieder Jonathan White nehmen? Ich meine, falls es ein nächstes Mal geben muss?«

»Fang nicht schon wieder damit an.«

»Ich weiß einfach nicht, ob ich das alles noch mal schaffe. Ob ich eine zweite Schwangerschaft durchstehe.« Er umschiffte das, was er eigentlich sagen wollte, in großem Bogen.

»Ich bin hier diejenige, die schwanger ist. Ich bin diejenige, die ein Kind kriegen muss, verdammt noch mal.« Sie sah ihm in die Augen. »Du fühlst dich bloß mal wieder ausgeschlossen.«

»Es ist nicht bloß ein Gefühl.« Hörte sich Jake so für Liz an? Kindisch und nörglerisch? Er wollte noch etwas sagen, aber da tauchte die Frau mit dem Baby wieder auf, und Brenda wechselte zu der freundlichen Stimme über, die sie immer auflegte, wenn sie mit Leuten sprach, die sie kaum kannte. Die Frau hielt ihre wirren kurzen Haare mit einem breiten, mit Blumen bedruckten Band aus der Stirn. Ihr Gesicht war mit Sommersprossen übersät, und sie hatte stahlblaue Augen. Sie trug keinen Ehering, und Daniel fragte sich, ob das Kind überhaupt ihres war. Sie hatte etwas jungenhaft Attraktives, war sehnig und muskulös.

»Das ist übrigens Vanessa«, stellte Brenda sie Daniel schließlich vor. »Sie wohnt auch auf der Insel und arbeitet für Freeman Corcoran. Du weißt schon, den Maler.«

»Und das hier«, Vanessa hielt die Hand des Babys in die Höhe, »ist meine Tochter Esther.«

Die Kleine öffnete den Mund und umfasste mit beiden Händchen Vanessas Kinn, als wollte sie daran saugen. Vanessa schob das Kinn vor und schmuste kurz mit ihr, und als sie sich wieder nach hinten beugte, waren ihrer beider Lippen durch einen Speichelfaden verbunden. Daniel versuchte sich an Freeman Corcorans Bilder zu erinnern, konnte es aber nicht, obwohl ihm der Name bekannt vorkam.

»Hast du gewusst, dass er auf der Insel wohnt, Dan?«, fragte Brenda. »Ich fand seine Bilder immer toll. Man merkt, dass er viel Humor hat. Und wie geschickt er mit Licht umgeht«, sagte sie, jetzt wieder an Vanessa gewandt. »Um ehrlich zu sein, wusste ich gar nicht, dass er überhaupt noch lebt.«

»Er ist vierundneunzig, aber das würdet ihr nicht glauben, wenn ihr ihn sehen würdet. Er steht immer noch jeden Tag im Atelier und malt. Und er ist geistig da. Ich wohne mit Esther hinter seinem Haus in der Scheune – er hat sie vor Jahren umbauen lassen.«

»Da hast du wirklich einen tollen Job gefunden«, sagte Brenda träumerisch.

»Er gibt immer riesige Abendessen für seine Künstler- und Schriftstellerfreunde. Man hat dann das Gefühl, die halbe Insel ist eingeladen. Und er kocht selbst. Die Vorbereitungen nehmen immer Tage in Anspruch. Es gibt Hummersuppe, selbst gebackenes Brot, Kuchen, alles. Alle auf Great Salt Island lieben ihn.« Vanessa drückte Esther einen Kuss auf den Scheitel. »Jedenfalls ist es mit ihm nie langweilig. Und Freeman verreist oft und nimmt uns dann mit. Nächsten Monat fliegen wir zum Beispiel für eine Ausstellung nach Madrid.«

»Da würde meine Frau bestimmt gern mitfliegen«, sagte Daniel. Das war ihm wieder herausgerutscht. Anscheinend war er heute absolut unfähig, sich zu beherrschen.

»Ignorier diesen Kerl einfach, und erzähl mir mehr von Freeman«, sagte Brenda.

Es dämmerte und wurde kälter. Daniel beobachtete mehrere kleine Boote, die wie Fliegen durch das Hafenbecken surrten. Er wünschte, er hätte seine Unterhaltung von eben mit Brenda zu Ende geführt und eine eindeutige Antwort bekommen.

Aber dann dachte er, dass es so vielleicht doch besser war – vielleicht.

Ellen ging hinter Joe durch den Mittelgang im Inneren der Fähre, bis sie einen freien Platz neben einer jungen Frau fanden, die in ein Buch vertieft war. Joe, der Babes Käfig trug, sah auf sie hinunter, aber sie reagierte nicht. »Setz du dich ruhig«, sagte Ellen.

»Nein.« Joe stellte den Käfig auf den Boden. »Setz du dich.«

»Ach was. Ich suche mir woanders einen Platz, das macht mir nichts aus.« Sie ging zum Bug der Fähre, wo Familien an Tischen zusammensaßen und sich lautstark unterhielten. Sie setzte sich neben einen Jungen auf eine Bank. Das Paar ihr gegenüber stritt sich über irgendwelche Zimmer in einer Ferienpension. Sie versuchte sie zu ignorieren, aber die Stimmen wurden immer schriller und durchdringender. Die Frau näselte mit starkem Bostoner Akzent. Ellen presste ihre Fingerspitzen an die Schläfen. Wie würde MacNeil mit so einer Situation umgehen? Er würde versuchen, den Lärm nach und nach auszublenden. Sie stellte sich vor, wie die Stimmen um sie herum allmählich zu einem entfernten monotonen Rauschen verklangen, wie Verkehrslärm auf einer Straße. »Es ist doch nicht zu fassen, Morton. Da hast du das verdammte Zimmer einfach so gebucht, und dir fällt erst jetzt ein, dass du mir das vielleicht auch sagen könntest«, schimpfte die Frau, und ihre Stimme kroch Ellen unter die Haut. Sie hörten überhaupt nicht mehr auf, sich anzukeifen – ein furchtbares Paar war das.

Es gab so viele Paare, die ihre Konflikte in der Öffentlichkeit austrugen. Sogar Vera und MacNeil hatten sich vor ihnen gestritten, und zwar immer über die albernsten Dinge. Ellen hatte oft das Gefühl gehabt, dass Vera nur aus Prinzip auf ihrer Meinung beharrte. Sie selbst hatte sich im Laufe ihrer Ehe angewöhnt, bestimmte Dinge nicht so wichtig zu nehmen. Natürlich gab es immer wieder Momente, wo etwas wie ein Stachel im Fleisch brannte, aber sie versuchte es möglichst zu vermeiden, sich mit Joe in der Öffentlichkeit zu streiten, und grundsätzlich nie vor den Kindern. Wenn es Streitpunkte gegeben hatte und die Kinder dabei waren, hatten sie immer versucht, ihre Gereiztheit in ein gutmütiges Frotzeln zu verpacken, ein unschuldig wirkendes Geplänkel, hinter dem niemand etwas Böses vermuten konnte. Es gab keinen Grund, die Welt an hässlichen Streitigkeiten teilhaben zu lassen.

Morton schnäuzte sich explosiv, und Ellen zuckte zusammen. Zwei Mädchen, die ihr gegenübersaßen, hatten sie beobachtet und kicherten. Ellen versuchte zu lächeln, als sie aufstand, sich am Tisch vorbeidrückte und zu Joe zurückging. Beim Gehen wankte sie im Rhythmus der schaukelnden Fähre.

Joe schlief an die junge Frau gelehnt, die neben ihm saß. Ellen blieb einen Moment unschlüssig stehen und beugte sich dann zu den Reisetaschen hinunter. Sie suchte nach ihren Migränetabletten. Zwar war sie sich nicht sicher, ob sie eine Migräne hatte, aber sie brauchte etwas zur Beruhigung, etwas, was den Lärm auf der Fähre ein wenig dämpfte. Sie fand die Tabletten zwischen Schlüsseln, der Brieftasche, verschiedenen Zetteln und einem Päckchen Kaugummi, steckte sie ein und machte sich auf die Suche nach den Waschräumen.

Als sie zurückkam und die Tabletten wieder in die Tasche stecken wollte, schlug Joe die Augen auf. »Hallo«, murmelte er.

»Hallo.«

»Möchtest du dich setzen?«

»Ehrlich gesagt, ja – wenn es dir nichts ausmacht?« Ihn würden die anderen Leute nicht so stören.

»Natürlich nicht.« Er richtete sich auf und räumte mit einem Grunzen und einem tiefen Seufzer den Platz. Ellen schob sich an der jungen Frau vorbei, die ihre knochigen Knie angezogen hatte und als Buchstütze benutzte. Sie hatte dünne, glatte geflochtene Haare wie eine Puppe.

Die Fähre bewegte sich stampfend vorwärts. Ellen setzte sich und sah durch das schmutzige Fenster auf den tiefschwarzen Ozean hinaus. Sie versuchte, sich vom Meer beruhigen zu lassen; angeblich hatte der Ozean doch so eine positive Wirkung auf die Nerven. Die junge Frau schnalzte beim Lesen mit der Zunge. Leise, aber doch hörbar – *klick, klick* –, wie ein Metronom. Ellen schloss die Augen und konzentrierte sich auf die Wirkung der Tabletten. Sie stellte sich vor, MacNeil würde neben ihr sitzen und sie würden das Wochenende auf der Insel verbringen, nur sie beide allein, um lange Gespräche zu führen, zu essen, Wein zu trinken und Nachtspaziergänge zu machen. Nur noch fünf Tage, dann war sie mit ihm im Gardner Museum. Das Konzert begann um halb acht, aber sie hatten ausgemacht, dass er sie von zu Hause abholte, um vorher im Museumscafé noch zu Abend zu essen. Joe hatte an diesem Abend seine Pokerrunde, und außerdem wusste er auch, dass sie sich oft mit MacNeil traf – nur nicht, wie oft sie allein unterwegs waren, und natürlich auch nicht, welche Gespräche sie führten oder was sie in letzter Zeit für ihn empfand. Ellen war fast versucht, es ihm zu sagen. Sie war es nun einmal gewöhnt, ihm von den Gedanken und Gefühlen zu erzählen, die sie am meisten beschäftigten. Sie hätte sie gern mit *irgendjemandem* geteilt, aber das konnte sie natürlich nicht. Das ging auf gar keinen Fall. Egal, dachte sie. Das Konzert würde wohl auf jeden Fall bis neun gehen, und bis sie zu Hause war, würde es halb zehn sein, vielleicht später. Sie fuhr mit der Fingerspitze über die Scheibe des Fensters. Sie könnte ihn fragen, ob er Lust hätte, noch ein bisschen herumzufahren, weil sie den Abend noch nicht beenden wolle. *Ich bin noch zu aufgekratzt, um gleich ins Bett zu gehen*, könnte sie sagen. Und dann? Würde sie ihn einfach ganz offen fragen, ob er die Spannung zwischen ihnen auch wahrnahm? Es war so viele Jahre her, seit sie sich Gedanken darüber gemacht hatte, was ein Mann für sie empfand. Wie verhielt man sich in so einer Situation? Auf jeden Fall würde sie ihn nicht drängen. Sie würde ihn allerhöchstens ihre Bereitschaft spüren lassen – sie konnte ihn bitten, mit ihr zu dem großen Parkplatz am Charles zu fahren, dem vom Bootsverleih in der Nähe des Parks. Dort konnten sie erst einmal eine Weile im Wagen sitzen bleiben und auf den glitzernden Fluss hinausblicken, und sie würde ihm erzählen, wie gern sie hierher kam, dass es einer ihrer Lieblingsorte sei und ob er vielleicht Lust habe, ein bisschen spazieren zu gehen – den Mond anschauen, den Blick auf die Stadt genießen? Anschließend würde sie vorschlagen, zu ihm zu fahren. Warum auch nicht? Die körperliche Anziehung zwischen ihnen würde nicht mehr zu leugnen sein. Wer konnte schon dem Anblick des nächtlichen Flusses widerstehen, dem Sternenhimmel, der Kühle der Nacht? Er würde sie an die Hand nehmen, wie er es manchmal tat. Er würde am Wasser stehen bleiben und sich hinter sie stellen, um sie zu wärmen. Es wäre offensichtlich, dass er dasselbe wollte wie sie, und sie würden nach Lincoln zurückfahren, den Wagen parken, die knarrende Holztreppe zur Haustür hinaufgehen, das Licht im Flur anmachen und nach oben gehen. Sie stellte sich ihn als entschlossenen, selbstbewussten Liebhaber vor, stark, bedächtig und einfühlsam. Die Hände im Schoß, betrachtete sie aus dem Augenwinkel heraus das Mädchen neben sich. *Wenn sie wüsste, was die alte Frau neben ihr denkt*. Sie würde nicht bei MacNeil übernachten. Sie würde eine Weile bleiben, ein paar Stunden vielleicht, aber dann würde sie ihn bitten, sie nach Hause zu fahren, und sie würde zu Joe sagen, das Konzert habe länger gedauert und sie sei anschließend mit MacNeil und einigen seiner Freunde etwas trinken und ein Dessert essen gegangen, und auf dem Rückweg sei in der Stadt überraschend viel Verkehr gewesen, ein regelrechter Stau. Sie holte nervös Atem. Es war ein Plan. Sie würde jetzt nicht weiterdenken und alles wieder verwerfen.

Das Mädchen schnalzte mit der Zunge und blätterte die Seite um. Die Fähre stampfte vorwärts. Ellen sah aus dem Fenster – vor ihr war nichts als Wasser. Sie erinnerte sich, dass ihr die letzte Überfahrt vom Festland zur Insel wie eine Reise in eine andere Welt vorgekommen war, eine Passage von Land zu Land. Es war beinahe romantisch gewesen, mit all den Mitreisenden an Deck, die sich mit dicken Wollpullis gegen die raue Seeluft schützten. Nach vorne schauten, darauf warteten, dass ein Stück Land am Horizont auftauchte. Sie hatte sich vorgestellt, dass es das war, was ihre Großmütter gesehen hatten, als sie aus Russland in dieses Land gekommen waren. Ein Neubeginn. Ein Versprechen.

Bald würde sie selbst Großmutter sein (und was für ein Vorbild, wenn sie heimlich mit dem Ehemann ihrer verstorbenen besten Freundin anbandelte? Ihr schauderte. Sie verdrängte den Gedanken). Sie würde für ihre Enkelkinder Festessen kochen: Brathähnchen, Kartoffelbrei, Kidneybohnen in Tomatensoße. Lauter Sachen, die Kinder liebten. Sie würde in einer Schublade Papier, Buntstifte, Klebstoff und Klebstreifen bereithalten, damit sie basteln konnten, wenn sie zu Besuch kamen. Sie würde mit ihnen Ausflüge nach Boston unternehmen und in dem großen Schwanen-Tretboot fahren. Im Ritz mit ihnen Tee trinken und ins Kindermuseum gehen.

Allerdings war sie nicht mehr die Jüngste. Ausflüge in die Stadt waren viel anstrengender als früher – vom vielen

Herumlaufen bekam sie unweigerlich Krämpfe in den Waden und nach einiger Zeit immer Kopfschmerzen. Vielleicht konnte sie all das, was sie sich jetzt vorstellte, gar nicht mehr mit ihnen machen, wenn sie groß genug waren. Hätten ihre eigenen Kinder doch nur früher Kinder bekommen, hätten sie ihr Leben doch eher in geordnete Bahnen gelenkt, sich Partner gesucht und eine Familie gegründet! In ein paar Jahren war es womöglich zu spät. Der Gedanke ängstigte sie nicht – sie fand es nur schade, dass sie womöglich nicht mehr erleben würde, wie aus ihren Enkeln junge Leute wurden. Es ärgerte sie, dass ihre Kinder so unorganisiert waren. Sie hatten so lange gewartet, bis sie überhaupt begonnen hatten, es zu versuchen. Jake hatte gewartet, bis er fünfunddreißig war; Daniel, bis es zu spät war. Und Hilary – ob sie überhaupt jemals eine feste Beziehung haben würde, geschweige denn Kinder?

Weder Jake noch Daniel würden ihre Familien auf natürlichem Wege gegründet haben, so wie früher: ein Mann, eine Frau, ein Bett. Vor kurzem hatte sie Joe beim Abendessen darauf angesprochen. »Findest du es nicht merkwürdig, dass Liz und Brenda beide auf künstlichem Wege schwanger geworden sind?«

»Irgendwie schon, ja.«

»Ich hoffe nur, dass diese neuen Methoden – die Samenspende, diese ganzen Hormone ... ich hoffe, dass alles gut geht. Meinst du, Jakes und Liz' Probleme könnten etwas mit uns zu tun haben? Dass es etwas Genetisches sein könnte?« Sie schob den Daumen der einen Hand in die andere und ballte sie zur Faust. Sie rechnete nicht damit, dass er viel dazu sagen würde, aber der Gedanke beschäftigte sie nun einmal schon den ganzen Tag.

»Was, mit unseren Genen? Sei nicht albern. Ich bin genetisch perfekt, das müsstest du inzwischen doch wissen. Bei dir allerdings ...«

»Ich meine es ernst. Könnte es nicht doch irgendetwas mit uns zu tun haben?«

»Ich bitte dich! Denk an das Positive und freu dich. Sie werden eine Familie haben. Das ist etwas Wunderbares. Erinnere dich doch mal daran, wie aufgeregt wir waren und wie wir uns gefreut haben, als wir unsere Kinder bekommen haben.«

»Ja, sicher«, sagte sie geistesabwesend. »Glaubst du, dass Hilary jemals den Richtigen findet? Es würde mich ja schon interessieren, wie der Mann sein müsste, den Hilary heiraten würde? Vielleicht so ein Typ wie Jesse Varnum?« Hilary hatte zwischen Schulabschluss und Studium eine Auszeit genommen und war in dieser Zeit mit einem mehrere Jahre älteren Mann befreundet gewesen, was Ellen anfänglich große Sorgen gemacht hatte – die Falten in seinem Gesicht und die grauen Haare in seinem schwarzen Bart waren nicht zu übersehen gewesen. Hilary hatte ihn nur ein einziges Mal mitgebracht. Jesse Varnum war der Einzige ihrer Freunde gewesen, den sie je persönlich kennengelernt hatten. Die beiden waren zum Abendessen gekommen und anfangs eher schüchtern gewesen, aber nach einer Weile waren sie dann aufgetaut, und Hilary hatte begonnen, Jesse zu berühren, mit seinen Fingern und seinen Haaren zu spielen. Ellen war aufgefallen, dass Jesse ihre Zärtlichkeiten nicht erwiderte, und sie hätte ihrer Tochter am liebsten geraten, sich etwas zurückzuhalten, ihn ihr Begehren, ihre Zuneigung nicht zu sehr spüren zu lassen. *Es tut einer Beziehung nicht gut, wenn einer der Partner das Gefühl hat, unersetzlich zu sein.* Obwohl Jesse so viel älter war als Hilary, hatte er etwas an sich, was Ellen gefiel. Er sprach angenehm leise, stellte Fragen und schien sich ehrlich für ihr Leben zu interessieren. Er wirkte intelligent und so freundlich, dass Ellen nachvollziehen konnte, was ihre Tochter an ihm mochte. Irgendwann hatte sie Hilary beiseite genommen und ihr gesagt, wie nett sie ihn fand. Hilary hatte sie verblüfft angesehen, vielleicht sogar ein bisschen enttäuscht, und gesagt: »Er findet euch auch nett.« Leider sah Ellen Jesse Varnum an diesem Abend zum ersten und letzten Mal. Etwa einen Monat später rief Hilary an, um ihr zu sagen, sie hätten sich getrennt, und als Ellen sie nach dem Grund fragte, erwiderte Hilary in merkwürdig gleichgültigem Tonfall. »Ach, einfach so.«

»Keine Ahnung«, sagte Joe nach einer Weile. »Vielleicht braucht sie einen Rockstar.«

»Ich bitte dich.« Ellen sah ihn streng an. »Sei doch mal ernst und versuch dir wirklich vorzustellen, wie der Mann aussehen müsste, den Hilary heiraten würde.«

»Wozu denn?«

Im Grunde hatte er recht. Wozu sollte man sich jemanden vorstellen, den es womöglich nie geben würde? »Du machst dir Sorgen.« Joe legte ihr eine Hand aufs Knie.

»Sorgen mache ich mir gar nicht so sehr, ich bin eher neugierig. Ich mache mir einfach Gedanken über Hilarys Leben. Manchmal frage ich mich, ob sie jemals richtig verliebt war – gut, vielleicht war sie es ja schon hundert Mal. Aber sie spricht nie darüber. Was glaubst du? Hat sie jemals jemanden geliebt?«

»Bestimmt.«

»Wie es wohl ist, mit fünfunddreißig Jahren noch nie eine echte Beziehung gehabt zu haben?« Ellen dachte nach. Sie stellte es sich einsam vor. Sie selbst hatte mit fünfunddreißig schon drei Kinder gehabt, ein Haus, eine Ehe, einen Beruf. Sie wusste gar nicht, wie es war, allein zu Abend zu essen. Der Gedanke daran, dass ihre Tochter abends allein am Tisch saß, versetzte ihr einen Stich. Andererseits bot das Leben als Single natürlich unzählige Möglichkeiten. Man konnte reisen, wohin man wollte, und jeden Job annehmen, der einen interessierte, solange man einigermaßen davon leben konnte. Und jeden Moment konnte man seiner großen Liebe begegnen. Ihr eigenes Schicksal war an dem Tag besiegelt gewesen, an dem sie Joe kennengelernt hatte. Sie wusste nicht, was es für ein Gefühl war, wenn noch alles Mögliche geschehen konnte – ihre Zukunft hatte ihr immer mehr oder weniger klar vor Augen gelegen. Bis das mit MacNeil passiert war.

»In Jesse war sie verliebt. Und ich bin mir sicher, dass sie auch in andere verliebt gewesen ist«, sagte Joe.

»Hat sie dir von jemandem erzählt?«

Er legte seine Gabel hin. »Ein paar hat sie erwähnt.«

»Jemanden bestimmten?«

»Ich glaube nicht«, sagte Joe. »Weißt du, ich wünsche mir auch, dass sie alle glücklich sind und sich in ihrem Leben einrichten.«

»Ich weiß doch.« Und er wünschte es sich wirklich. Die drei Kinder waren sein größter Traum gewesen, und die konsequente Fortsetzung dieses Traumes war seine Hoffnung auf ihr Lebensglück. Er war ein guter Mensch, ein anständiger Mann, ihr Mann.

Die Fähre rumpelte. Ellen blickte wieder aus dem Fenster und sah, dass der Himmel nicht mehr blau war, sondern schiefergrau und sich rasch verdüsterte. Sie warf einen Blick auf ihre Armbanduhr. Bald waren sie da.

Leider wusste Jakes gesamte Familie von der medizinischen Odyssee, die sie hinter sich hatten, um sich ihren Kinderwunsch zu erfüllen. Eigentlich hatte er ihnen nichts davon sagen wollen, weil es Liz so lieber gewesen wäre. Aber dann hatte er es seiner Mutter in einem schwachen Moment am Telefon doch erzählt, und sie hatte es seinem Vater und Daniel erzählt, der es natürlich Hilary erzählt hatte. Jake hatte seine Mutter anschließend zur Rede gestellt – »Das war VERTRAULICH, Mom, war dir das nicht bewusst?« – und sie gebeten, Liz nicht zu sagen, dass irgendeiner von ihnen davon wusste, und dies *bitte* auch an den Rest der Familie weiterzugeben. Jake hätte es sich denken können. Weder seine Mutter noch sein Vater und auch seine Geschwister hatten jemals den Mund halten können, aber aus irgendeinem Grund vertraute er sich ihnen immer wieder an, besonders seinen Eltern. Immer und immer wieder.

Obwohl Liz Einzelkind war, hatte sie kein so enges Verhältnis zu ihren Eltern. Sie verstand nicht, weshalb er seine Familie in intime Details aus seinem Leben einweihte. Ihre Eltern besaßen eine Baufirma und lebten einen Teil des Jahres auf Hawaii, den anderen in Texas. Aufgewachsen war sie allerdings in einer kleinen Stadt am Fuße des Mt. Hood in Oregon, wo jeder zweite Einwohner Marihuana anbaute. Liz' Mutter und ihr Vater hatten so gar nichts von verantwortungsbewussten Eltern an sich. Sie feierten riesige Partys, auf denen ungehemmt gekifft wurde, kochten aufwändige Abendessen mit Gemüse, das sie selbst in ihrem verwilderten Garten anbauten, und sammelten Wasserpfeifen und altertümliche Rauschgiftutensilien. »Die Shisha«, hatte Liz' Mutter ihnen einmal mit todernster Miene gesagt, »wird ja als älteste Freudenspenderin der Menschheit betrachtet.« Liz hatte ihm früh von ihnen erzählt und gesagt, dass sie sich als Tochter solcher Eltern schon früh Selbstdisziplin angewöhnt habe. Er sah sie vor sich, wie sie als kleines Mädchen für sie aufgeräumt und ihre Mahlzeiten geplant hatte. Sie hatte ihm sogar erzählt, dass sie einmal die Wasserpfeifensammlung nach Ursprungsländern sortiert hatte. Es hatte ihm fast das Herz gebrochen.

Während er seine Wäscheschublade durchsuchte, dachte er daran, dass seine gesamte Familie von ihrer Unfruchtbarkeit wusste, und hoffte, dass sich keiner unabsichtlich verraten würde, was leicht passieren konnte, wenn sie erfuhren, dass Liz Zwillinge erwarteten. Er wünschte, er hätte es seiner Mutter nie gesagt und die anderen hätten es nie erfahren. Wenn herauskam, dass er es weitererzählt hatte, würde Liz noch wütender auf ihn sein.

Er betrachtete gerade das knapp bekleidete Cheerleader-Zwillingspärchen auf dem Titel des Heftchens ganz oben auf dem Stapel, als sie ins Zimmer kam. Beim Zuschieben der Schublade hätte er sich beinahe die Finger eingeklemmt.

»Daniel hat gerade angerufen, sie schaffen es nicht mehr rechtzeitig«, sagte sie und schlug vor, an den Strand zu gehen, um sich etwas auszuruhen.

»Erst die Wettervorhersage und jetzt die Verspätung. Ich bin gespannt, was als Nächstes kommt«, stöhnte er und ging ihr hinterher.

»Entspann dich«, sagte sie über die Schulter.

Er klemmte sich einen der Klappstühle von der Terrasse unter den Arm und folgte ihr den Pfad hinunter zu den flachen Felsen. »Hier, setz dich lieber«, sagte er und fasste sie am Ellbogen, um ihr behilflich zu sein.

Sie ließ sich schwerfällig auf dem Stuhl nieder und sah zu ihm auf. »Das von vorhin tut mir leid. Aber du musst mich auch verstehen – ich fühle mich in letzter Zeit einfach nicht besonders sexy.«

Er trat einen Schritt zurück, wo der Felsen leicht abfiel, ließ die Zunge im Mund kreisen und sagte: »*Ich* finde dich sexy.« Er lächelte, weil der Satz wie aus einem Drehbuch klang. »Manchmal wünsche ich mir, ich könnte körperlich fühlen, was du fühlst. Ich würde die Schwangerschaft gern ein wenig miterleben. Ich würde dir so gern ein bisschen abnehmen. Ich fühle mich so nutzlos, weil ich nur an der Seitenlinie stehe. Ich habe das Gefühl, dir bloß ihm Weg zu sein.« Ihm wurde plötzlich bewusst, wie oft er gerade die Worte »fühlen« und »Gefühl« benutzt hatte.

Liz schob mit der Fußspitze lächelnd einen kleinen Haufen Sand und Steine auf ihn zu. »Du bist kein bisschen nutzlos. Du arbeitest wie ein Stier. Du hast die ganzen Sachen fürs Wochenende gepackt und ins Auto geladen und hier alles aufgeräumt, als wir angekommen sind. Du hast mir in den letzten Wochen so viel abgenommen.«

»Ja, schon.« Es freute ihn, dass sie das gesagt hatte, obwohl er sich wünschte, seine Bemühungen würden sie dazu bewegen, sich bei ihm revanchieren zu wollen, *ihn* mehr zu wollen. Und trotzdem konnte er nicht das wachsende Bedürfnis abschütteln, noch mehr für sie zu tun, irgendetwas besser zu machen oder irgendetwas zu ändern, um diese bedrückende Enge in seiner Brust loszuwerden, diesen Knoten. Er bückte sich, hob eine Hand voll Sand auf und warf ihn in den Ozean, aber eine Windbö wehte ihm einen Teil der Sandkörner umgehend ins Gesicht zurück. Er rieb sich die Augen. Wenn er als Kind mit seinen Eltern am Strand gewesen war, hatte Hilary ihn immer mit Sand beworfen. Sie war ein freches Kind gewesen und eine freche Erwachsene geworden – er verstand nicht, warum sie und Daniel jetzt so ein enges Verhältnis hatten. Daniel war zwar auf seine Art auch launisch, strahlte aber eine gewisse ruhige Würde aus und bewies eindeutig Verantwortungsgefühl. Er war jetzt erwachsen. Hilary hatte dagegen in den letzten zwei Jahren immer wieder neue Jobs angefangen und war x-mal umgezogen. Wahrscheinlich trank sie immer noch zu viel und rauchte Marihuana. Ob sie wohl Pornos besaß? Er stellte sich einen Stapel *Playgirl*-Hefte auf einem Couchtisch neben einem überquellenden Aschenbecher und einem Stapel von mit Essensresten verkrusteten Tellern vor. Genau das war einer der vielen Unterschiede zwischen ihm und ihr: Sie zeigte ihre Schwächen offen, während er sie in seinem Inneren verbarg, wo sie auch hingehörten.

Liz stand auf und ging ins Haus, um mit den Vorbereitungen für das Abendessen zu beginnen. Als er ihr nachblickte, sah er, dass das Licht in der Küche noch brannte. Liz war sehr vernünftig, was den Stromverbrauch anging. Sie schimpfte immer mit ihm wegen seiner Faulheit, weil er so oft das Licht anließ, wenn sie weggingen, obwohl er sich immer wieder damit verteidigte, dass er das Haus ungern allein im Dunkeln zurückließ, weil es ihm dann so vorkam, als würden sie für immer gehen. »Was ist das denn Komisches? Du hast Mitgefühl mit unbelebter Materie?«, hatte sie einmal gefragt, und er hatte darauf keine Antwort gewusst. Er hatte ihr ja noch nicht einmal von seiner Kiste mit den Fundstücken erzählt – was würde sie erst dazu sagen?

Nach einer Weile machte er sich ebenfalls wieder auf den Weg ins Haus. Er ging ins Schlafzimmer, ließ sich aufs Bett fallen und betrachtete den kleinen, nein, mittelgroßen Riss an der Decke in der Nähe der Lampe. Er musste sich bei Gelegenheit einmal alle Decken im Haus genau ansehen. Falls er noch mehr Risse entdeckte, musste er das Dach neu machen lassen. Schon wieder. Es war gar nicht so einfach gewesen, es originalgetreu decken zu lassen. Der Dachdecker hatte das Doppelte des ursprünglich veranschlagten Preises verlangt, und seine Arbeiter hatten überall auf den neuen Böden ihre schmutzigen Fußabdrücke hinterlassen. Wobei sie dieses Mal davon nicht viel mitbekommen würden, weil es angesichts der für den nächsten Monat anberaumten Besprechungen wohl einige Zeit dauern würde, bis er und Liz wieder auf die Insel kommen konnten. Die Quartalsberichte waren auch bald fällig, ebenso wie die Budgetplanung und die Steuererklärung. Er fragte sich, wann er wohl wieder Gelegenheit haben würde, richtig Zeit mit ihr zu verbringen. Wann sie wohl wieder miteinander schlafen würden.

Er spürte, wie sich sein Puls beschleunigte, und ermahnte sich zur Ruhe, *tief durchatmen, ganz tief durchatmen*. Er hatte mehrere Bücher über Stressabbau gelesen und Atemübungen eingeübt, von denen er das Gefühl hatte, sie halfen. *Eins, zwei, drei*, atmete er tief durch und schloss die Augen, *eins, zwei, drei*.

Liz drehte den Wasserhahn auf und zu, und es wurde still im Haus. *Eins, zwei, drei.* Er schob eine Hand in seine Shorts und ließ die Finger auf der wärmsten Stelle ruhen. *Eins, zwei, drei.* Langsam, wie von seinem Gehirn abgekoppelt, begannen sich seine Finger zu bewegen, langsam, ganz langsam, und die Wärme breitete sich, vom Mittelpunkt ausgehend, nach und nach aus, und seine Finger bewegten sich schneller, während er sich an die Cheerleader-Zwillinge zu erinnern versuchte – an ihre blonden Zöpfe, ihre gebräunten, vollen Brüste, ihre weit gespreizten langen Beine – und er fühlte, wie er heißer wurde und praller, wie sein Herz schlug, und bald spürte er nur noch die Wärme und das Auf und Ab, immer schneller und schneller, bis er fast explodierte und die Augen aufschlug – und seine Frau am Fußende des Bettes stehen sah, einen Bund Rucola in der Hand.

»Jesus«, stöhnte er.

»Ich verstehe das doch.« Sie lächelte gutmütig.

Er wälzte sich zur Seite und vergrub sein Gesicht im Kissen. »Kannst du mich allein lassen?«, sagte er ins Kissen.

»Fühlst du dich jetzt besser?«, fragte sie.

Er stieß einen Laut aus wie eine verwundete Katze, dann noch einmal – lauter – und hämmerte mit den Füßen auf die Matratze. Kurz darauf hörte er, wie sie aus dem Zimmer ging und sich ihre Schritte entfernten.

Es dauerte eine Weile, bis er das Gesicht vom Kissen hob und sich auf den Rücken drehte. Auf der Kommode entdeckte er den Holzkasten mit seinen Fundstücken. Er stand auf, um ihn zu holen, und setzte sich damit auf den Boden. Er zog den Schnuller aus der Hosentasche und legte ihn zu dem herzförmigen Ohrring. Diese Sammlung repräsentierte Würde. Hier war etwas Gutes, was er getan hatte. Sollte sie sich doch ruhig wundern, falls sie den Kasten jemals fand. Sollte sie ihn doch ruhig verachten, weil er in letzter Zeit nur noch von Begierde gesteuert wurde.

Bei ihr war es doch genauso. Nur dass ihre Bedürfnisse – Ruhe, Trost, Stille, Unterstützung – in der jetzigen Situation Priorität hatten, aber bald würde es zwei weitere Menschen geben, deren Bedürfnisse dann noch viel wichtiger wären.

Er saß auf dem Boden wie ein kleiner, verletzter Junge. Ihm kam der Gedanke, dass ihm so etwas wie eine emotionale Schutzmembran fehlte. Als lägen die Gefühle bei ihm offener als bei anderen Menschen, dichter an der Oberfläche und dadurch spürbarer.

Er stand auf, strich seine Shorts glatt und stellte sich breitbeinig hin, erdete sich. Er war ein Mann, kein Kind. Er war sogar ein erfolgreicher Mann, und er hatte eine wunderbare Frau, die schön und gut und intelligent und witzig war. Und was den Wirbelsturm an Bedürfnissen betraf, dem sie bald ausgesetzt sein würden – schließlich hatten sie beide von Anfang an besprochen, dass sie Kinder bekommen wollten. Er hatte schon immer gewusst, dass er welche haben wollte. Und es hatte ihm gefallen, dass Liz schon früh ganz offen darüber gesprochen hatte. Bei einem ihrer ersten Treffen hatte sie ihn gefragt: »Wie viele Kinder willst du?«, und er hatte, ohne groß nachzudenken, geantwortet: »Zwei.« Ihm gingen Redensarten durch den Kopf: *Sei vorsichtig, was du dir wünschst – es könnte in Erfüllung gehen; Qué será será*. Natürlich nützten diese Sprüche nie viel.

Er blickte zum Fenster hinaus auf die Rosensträucher. Sein wirkliches Problem war, dass er von Liz gerade dabei ertappt worden war, wie er es sich selbst besorgt hatte. Und dass sie ihn jetzt wahrscheinlich widerlich fand, auch wenn sie gelassen reagiert hatte (was zweifellos gespielt war).

Aber letztendlich war er auch nur ein Mensch. Herrgott, was war denn dabei, sich einen runterzuholen? Sie hatte ihn seit Wochen, nein, seit Monaten, nicht mehr angefasst. Masturbation war doch kein Drama. Und deshalb gab es eigentlich auch keinen Grund, nicht zu beenden, was er angefangen hatte. Er stand entschlossen auf, ging zur Kommode, zog das Heftchen mit den Zwillingen unter den Unterhosen hervor und setzte sich damit aufs Bett. Draußen hörte er Liz husten und dann ihre Schritte, die sich näherten. Er verlor die Nerven, schob das Heft hastig unters Kissen und ging in den Flur hinaus, wo sie vor dem Wäscheschrank stand und Handtücher herausnahm. Den Blick zu Boden gerichtet, schob er sich an ihr vorbei und ging durchs Wohnzimmer nach draußen. Wohin, wusste er selbst nicht. Er spürte nur, dass er jetzt Bewegung brauchte. Liz rief ihm etwas hinterher, aber er blieb nicht stehen, um sich anzuhören, was sie von ihm wollte. Er brauchte jetzt einen Moment Ruhe, wenigstens ein paar Minuten, um sich zu überlegen, wie er ihr nachher begegnen sollte. Mit eiligem Schritt ging er den Pfad zum Strand hinunter, blieb stehen, sah aufs Meer hinaus, auf den Himmel, die Sonne und setzte sich dann in den Sand.

Er nahm einen Kiesel in die Hand und warf ihn von sich. Was ging ihr jetzt wohl gerade durch den Kopf? Was würde er umgekehrt von ihr denken, wenn er sie dabei überrascht hätte, wie sie sich selbst befriedigte? Er lächelte. Das wäre nicht passiert. Erst recht nicht jetzt. Sie war kein triebgesteuerter Mensch – war es nie gewesen –, und auch das gehörte zu den Eigenschaften, die ihn anfangs an ihr beeindruckt hatten. Sie schien über Versuchungen jeglicher Art erhaben. Sie hatte an der Uni nie getrunken, nie geraucht. Sie war eine ausgezeichnete Studentin gewesen und künstlerisch extrem begabt – im Abschlussjahr waren ihre Zeichnungen sogar in der Bibliothek ausgestellt worden. Und sie hatte Freunde, viele Freunde, die alle hingerissen von ihr waren. Jake hatte immer so jemand sein wollen – jemand, der ein guter Mensch und bewundernswert und talentiert ist, jemand, der von anderen wirklich gemocht wird, und als Liz nach der Psychologie-Vorlesung auf ihn zugekommen war und ihn gebeten hatte, ihr seine Aufzeichnungen zu leihen, sie würde sie ihm später im Wohnheim zurückgeben und ihn zum Dank gern auf ein Eis einladen, da hatte er das Gefühl gehabt, im Lotto gewonnen zu haben.

Und wie stolz er gewesen war, sie seiner Familie vorzustellen, besonders Daniel, der keine seiner anderen Freundinnen je kennengelernt hatte. Liz war mit ihrer ungezwungenen Art gleich auf sie zugegangen, hatte herumgealbert und sich sogar ein bisschen über Jake lustig gemacht, was ihm anfangs etwas unangenehm gewesen war. Aber er war froh, dass sie sich so gut mit ihnen verstand. In gewisser Weise fühlte er sich seiner Familie mehr zugehörig, wenn sie an seiner Seite war.

Alex bog mit seinem Wagen ein paar Häuser von *Books and Beans* entfernt in eine geschotterte Einfahrt ein. Dort stand, verdeckt von den Ladengebäuden, ein kleines weißes Haus, von dessen Schindeln die Farbe abblätterte. Der Rasen im Vorgarten war verdorrt, und überall lagen zerkratzte Spielsachen und rostige Fahrräder. Er stellte den Motor ab und stieg aus, und Hilary, die über den Zustand des Gebäudes etwas erstaunt war, folgte ihm zur Rückseite des Hauses. Es roch nach Zigarettenrauch, und sie hörte das knisternde Rauschen eines schlecht eingestellten Radios. Er führte sie eine Betontreppe hinab in einen dunklen Raum. Sie hörte ein Hecheln. Als Alex das Licht anmachte, sprang ein riesiger schwarzer Labrador an ihr hoch und schleckte ihr den Bauch ab.

»Das ist Rita«, sagte Alex.

Während Hilary die Hündin abzuwehren versuchte, verschwand Alex im Nebenzimmer. Überall lagen auf durchgesessenen und zerschlissenen Sitzmöbeln Stapel von Büchern, Zeitschriften und Kleidungsstücken herum. An den Wänden hingen schief aufgeklebte Poster und großformatige Fotografien von Bergen, Wasser und Bäumen.

Rita hatte inzwischen Hilarys Schuh zwischen den Zähnen und zerrte knurrend daran. Mit einem Tritt versuchte Hilary sie abzuschütteln und ging dann auf einen Kleiderhaufen zu, unter dem sie einen Sessel vermutete. Sie nahm den darauf liegenden Berg von T-Shirts, einen Hammer, eine Kamera und einen Karton herunter, legte die Sachen auf den Boden und machte es sich bequem.

Alex erschien mit zwei Gläsern Wasser in der Hand in der Tür. »Möchtest du?«, fragte er und hielt ihr eines der Gläser hin. Er setzte sich vor sie auf den Boden und merkte offensichtlich nicht, dass seine Hündin gerade dabei war etwas zu zerrupfen, das nach einer Socke aussah.

»Deine Freundin?«, fragte Hilary.

»Ha, ha.« Er streichelte der Hündin über den Kopf. »Rita ist mein Baby. Ich habe sie schon seit meiner Kindheit.«

»Ganz schöner Brocken.«

»Stimmt«, sagte er. Er zog die Hündin auf seinen Schoß und schrubbte ihr energisch den Kopf. Sie wand sich und leckte ihm über die Lippen.

Hilary schaute weg. Sie schloss die Augen und stellte sich vor, sie würde George von Alex und seiner Wohnung erzählen. *Jung, unnahbar, ein typischer Berkeley-Student*, würde sie sagen, und George würde sie fragen, warum sie so viel Zeit mit ihm verbracht hatte, und sie würde antworten, *keine Ahnung, irgendwas hat mich dort festgehalten*, und schnell das Thema wechseln. George wusste nicht, dass sie schwanger war. Sie war dieses Jahr noch nicht bei ihm in San Diego gewesen und hatte nicht gewusst, wie sie es ihm hätte sagen sollen, oder ob überhaupt. Jetzt stellte sie sich vor, wie sie es ihrer Familie eröffnen würde. *Du bist was? Und ohne Mann?*, würden sie sagen. *Wie konnte das passieren? In deinem Alter – das ist unverantwortlich. Bist du aus dieser Phase immer noch nicht heraus?* Sie behandelten sie immer noch wie das Baby der Familie.

Wie ein unvernünftiges Kind. Jake schickte ihr alle paar Monate Ratgeberbroschüren zum Thema finanzielle Absicherung. Ihr Vater ging davon aus, dass sie sich weder mit Autos noch mit Computern auskannte, und erkundigte sich bei jedem Telefongespräch, ob sie das Öl gewechselt, den Reifendruck überprüft und ihre Daten gespeichert hatte. *Du kannst nicht gleichzeitig Kind sein und Mutter*, würden sie bei ihrem Anblick denken. Daniel war der Einzige, der sie wie eine Erwachsene behandelte.

Rita blickte mit weit geöffnetem Maul zu Hilary auf, als würde sie lächeln, und schleckte dann mit ihrer blassrosa Zunge Alex' Nase und Mund ab. Er wandte Hilary ein ausdrucksloses Gesicht zu, selig ausdruckslos. Seine Haare fielen ihm in jungenhaften Locken ins Gesicht. Seine Augen waren dunkel, seine Lippen voll. Er sah gut aus, ganz objektiv gut.

»Ich bin todmüde«, sagte sie vorsichtig. »Ich bin absolut am Ende. Vielleicht sollte ich mich eine Weile hinlegen.«

Er sah sie überrascht an. »Okay.«

»Ist dort das Schlafzimmer?« Hilary zeigte auf das Nebenzimmer. »Hättest du etwas dagegen?«

Er schüttelte den Kopf, blieb aber sitzen.

Sie hievte sich aus dem Sessel und schleppte sich in das Zimmer, das genauso chaotisch aussah wie das andere. Unter einem Klamottenberg begraben lag eine Matratze am Boden. Es roch muffig nach ungewaschenem Körper. Wenn ihre Mutter sie jetzt sehen könnte. Oder Jake.

Du fühlst dich in Familien nicht wohl, hatte ihr George vor ungefähr einem Jahr am Telefon vorgeworfen.

»In deiner schon.«

»Stimmt nicht. Das ist dir alles zu konventionell.«

»Ihr seid nicht konventionell. Tut mir leid, wenn ich dir das sagen muss, George.«

»Trotzdem. Du bist gern allein. Du stellst dir gern vor, dass du deine eigenen Entscheidungen triffst und dich nicht von Leuten um dich herum beeinflussen lässt, die bestimmte Erwartungen an dich haben.« So ähnlich hatte er es ausgedrückt. »Du hasst es, Erwartungen gerecht werden zu müssen.« Sie stützte sich mit einer Hand an der Wand ab und ließ sich langsam auf Alex' Matratze sinken. Im Rücken spürte sie einen Berg zerwühlter Klamotten.

»Und deswegen willst du auch nicht zu mir ziehen«, hatte George gesagt.

»Du weißt doch genau, dass das nicht stimmt. Mal ehrlich, kannst du dir mich in San Diego vorstellen? Unter all den Blondinen und Surfern in der Sonne? Ich wäre todglücklich. Ich würde verrückt werden.«

»Doch, das kann ich mir vorstellen.«

Sie zog ein Paar Shorts hinter ihrem Rücken hervor und warf sie neben sich auf den Boden.

»Nein, kannst du nicht.«

»Du würdest über sie lachen, genauso wie du über die demonstrierenden Studenten in Berkeley lachst und die gesundheitsbewussten Pärchen auf ihren Mountainbikes in Marin County.«

Die Matratze war hart wie Beton, sie zerrte weitere Kleidungsstücke unter sich hervor und legte den Kopf auf ein fleckiges, nicht bezogenes Kissen. Das Zimmer erinnerte sie an die Uni, an die Zimmer ihrer männlichen Kommilitonen, die, endlich den Argusaugen ihrer Mütter entkommen, ihre Kleidung, ihre Ernährung und ihre Körperhygiene vernachlässigt hatten. Sie war so oft in solchen Zimmern gewesen, aber das war Jahre her. Vielleicht war sie heute zum letzten Mal in so einem Zimmer.

»Okay, und womit würde ich mein Geld verdienen?«

»Du könntest irgendwas machen. Egal was. In einer kleinen Galerie arbeiten oder in einer Buchhandlung. Irgendetwas Entspanntes, was besser zu dir passt, als in einem Büro Akten zu sortieren.«

»Du weißt, dass ich diesen Dauersonnenschein hasse. Da kann man unmöglich schlechte Laune haben. Man kann nicht faul sein oder ironisch oder fies oder sonst was, das Spaß macht. Die Leute würden mich schrecklich finden, und ich würde sie schrecklich finden. Das hat überhaupt nichts mit dir oder Camille zu tun. Wie oft muss ich dir das noch sagen?«

»Schon klar.«

»George.«

»Du magst es nicht, wenn man Erwartungen an dich hat. Du magst keine Familien.«

»Ich war jedenfalls noch nie ein gutes Familienmitglied. Du kannst gern bei mir zu Hause nachfragen, die werden es dir bestätigen. Habe ich dir schon mal erzählt, wie oft ich als Kind weggelaufen bin?«

»Du bist fünfunddreißig, Hil.«

»Sechsundzwanzig Mal. Meistens bin ich hinters Haus in den Wald gerannt, später in die Stadt. Zweimal bin ich bis nach Boston getrampt.«

»Soll ich dich bemitleiden?«

»Vielleicht.«

»Wann bist du das letzte Mal weggelaufen?«

»Wahrscheinlich vor dreizehn Jahren, als ich hier hergezogen bin.«

»Na bitte.«

»George. Es tut mir leid. Aber ich werde nicht zu dir ziehen.«

Schweigen, ein Schlucken, dann ein Rauschen in der Leitung und schließlich das Tuten. Hilary sah zur stockfleckigen Decke in Alex' Zimmer auf und schloss die Augen.

Alex stand über ihr, Rita an seiner Seite. »Ist alles okay? Du schläfst schon eine ganze Weile. Willst du weiterschlafen?«

»Nein«, sagte sie. Ihr Kopf war schwer, ihr war schwindelig, und sie blinzelte mehrmals.

Er setzte sich ans Fußende der Matratze. »Wie geht es dir?«, fragte er. Er sah auf ihren Bauch.

Sie riss die Augen weit auf. »Um Gottes willen, ich glaube, es kommt! Ich glaube, meine Fruchtblase ist gerade geplatzt!«

Er erstarrte, dann sprang er auf. »Was soll ich machen? Was soll ich machen?«

Sie grinste. »Das war doch ein Witz. Ich habe noch drei Monate. Du brauchst dir keine Sorgen zu machen.«

»Das ist aber nicht witzig.«

»Klar ist es witzig«, sagte sie und winkte ihn zu sich, damit er sich wieder setzte. »Du hast wohl keine Erfahrung mit schwangeren Frauen, was?«

»Das stimmt.«

»Möchtest du das Baby mal fühlen? Es bewegt sich gerade – gib mir mal deine Hand.« Sie griff danach.

Seine Hand war klamm, und er wirkte nervös, als Hilary ihr T-Shirt ein Stück hochzog und seine Handfläche auf eine Seite ihres Bauchs legte. Das Baby drehte sich gerade und stieß mit dem Ellbogen in etwas, das sich nach der Leber anfühlte. »Ist es das?«, fragte er.

Sie nickte.

»Was macht es da?«, fragte er

»Ich weiß nicht. Fühlt sich nach Ballett an, was?«

Er lächelte. »Das ist ziemlicher Wahnsinn. Tut es dir weh, wenn es sich so bewegt?«

»Nein. Manchmal ist es ein bisschen unangenehm, aber ich kann nicht behaupten, dass es weh tut.«

Er nahm seine Hand wieder weg.

»Wie findest du so einen dicken Bauch eigentlich?«, fragte sie und zog ihr T-Shirt noch ein bisschen höher, wobei sie darauf achtete, ihm nicht die Schwangerschaftsstreifen zu zeigen, die sich an den Seiten gebildet hatten. »Findest du ihn hässlich?«

»Nein, gar nicht.« Er sah auf ihren Schoß.

Rita winselte und stupste Hilarys Bein mit dem Kopf an. Sie tätschelte die Hündin verkrampft. »Wenn du willst, kannst du ihn ruhig noch mal anfassen«, sagte sie. »Das macht mir wirklich nichts aus.«

»Wie groß wird er denn noch?« Er presste beide Handflächen an ihren Bauch.

»Hoffentlich nicht mehr so viel größer. Ich glaube nicht, dass er noch weiter gedehnt werden kann. Ich war früher mal ziemlich dünn, auch wenn du's nicht glaubst.«

»Doch, das kann ich mir vorstellen«, sagte er. Er strich ihr oben über den Bauch. Dann die Seiten hinunter und auf die Mitte zu. »Echt komisch.«

»Danke.«

»Nein, nicht du, nicht dein Bauch. Ich meine die Situation. Dass wir hier sitzen und ich deinen Bauch streichle. Ich meine, ich kenne dich kaum.«

Sie nickte. »Das stimmt. Aber es macht mir nichts aus.«

»Nicht?«

»Nein. Ich finde es sogar irgendwie schön.«

Er ließ seine Hände liegen, wo sie waren. »Hast du einen zweiten Vornamen?« Solche Sachen fragten Teenager, um schnell Vertrautheit herzustellen, bevor sie einen Annäherungsversuch machten.

»Jane«, erwiderte sie lächelnd. »Und mit Nachnamen heiße ich Miller. Und du?«

»Walter. Nachname Kerwin.«

»Was willst du noch über mich wissen?«

Er dachte nach. »Ich habe eine Frage: Was machen wir da eigentlich gerade?« Er nahm seine Hand weg.

»Na ja, du hast meinen schwangeren Bauch gestreichelt, und wir sitzen hier und unterhalten uns.«

»Gute Antwort. Aber ich glaube, du weißt genau, was ich meine.«

Sie seufzte. »Wahrscheinlich, ja. Aber wenn du nichts dagegen hast, würde ich diese Unterhaltung jetzt ehrlich gesagt lieber nicht führen. Ich habe keine Lust, das jetzt zu analysieren, weil es mir gerade so gefallen hat, wie es war. Ich fand es schön, dass du hier mit deiner Hand auf meinem Bauch neben mir sitzt, und es macht mir nichts aus, nicht zu wissen, dass du vielleicht laut schnarchst oder mehrfach verheiratet bist oder womöglich ein geheimes Waffenlager besitzt. Ich muss das alles nicht wissen.«

»Ich schnarche nicht laut«, sagte er.

»Na, das ist doch schon mal eine Erleichterung.«

»Komisch. Du sagst genau die Sachen, die sonst ich sage.«

»Du meinst in dieser Situation, in der du schon so oft warst, nur noch nicht mit einer Frau, die schwanger war?«

»Nein, ich meinte, na ja, vielleicht schon. Nicht genau so, aber …«

»Alex?«

»Ja?«

»Ich fände es schön, wenn du deine Hand wieder auf meinen Bauch legen würdest«, sagte sie, und er legte ihr behutsam seine Hand auf den Bauch. »Und jetzt fände ich es schön, wenn wir das Thema wechseln könnten.« Sie rutschte näher an ihn heran. »Ich meine, ich finde es gut, dass du über solche Sachen nachdenkst, wirklich. Aber ich glaube einfach nicht daran, dass man diese Unterhaltung immer führen muss.«

»Solche Unterhaltungen verderben nämlich oft die schönen Momente des Lebens, stimmt's?«

»Ganz genau«, sagte sie.

»Wir können die Unterhaltung ja später führen«, flüsterte er, und sie sagte: »Wenn wir müssen.«

»Dann fühlt sich das also okay für dich an?«, fragte er und streichelte ihren Bauch.

»Ja.« Sie nahm eine seiner Hände und schob sie sich auf den Rücken. Er fuhr mit zwei Fingern an ihrer Wirbelsäule entlang nach oben, strich über ihren Nacken.

»Und wie ist das?«

»Schön«, sagte sie. Sie lächelte und beugte sich ein Stück vor, um ihm das T-Shirt über den Kopf zu ziehen. »Und das?«

»Sehr gut«, flüsterte er, und dann fragte er: »Bist du dir sicher, dass du es willst?«, während er ihren BH öffnete. Sie nickte, und er neigte sein Gesicht zu ihrem herab und näherte sich dann ihrem Hals. Sie spürte seinen Atem an ihrem Schlüsselbein, er küsste sie dort und ließ die Lippen dann zu ihrem Kinn, ihrem Mund hinaufgleiten. »Findest du das immer noch schön?«, sagte er ihr ins Ohr. Er ließ seine Hände nach vorn gleiten und strich mit zwei Fingern über eine ihrer Brustwarzen.

»Ja«, sagte sie und schloss die Augen.

»Wenn ich aufhören soll, brauchst du es mir nur zu sagen«, sagte er.

»Mach ich.«

Er zog ihr das T-Shirt über den Kopf, streifte den Büstenhalter ab und umfasste ihre Brüste mit beiden Händen. Plötzlich kam ihr der Gedanke, dass sie sich zurückziehen, es langsamer angehen lassen sollte. Vielleicht hatte er recht, vielleicht sollten sie sich vorher doch darüber unterhalten, aber dann verging der Gedanke wieder, und sie spürte seinen warmen Oberkörper an ihren Rippen, und er küsste ihr Ohrläppchen, und ihr Bewusstsein schien sich zu leeren, bis nur noch ein Kribbeln in ihrem Inneren war und das deutliche Gefühl, zu schweben.

Alex ließ Rita auf den Rücksitz klettern, wo sie es sich auf Papierstapeln und Büchern bequem machte. Er half Hilary nicht beim Einsteigen.

»Danke für die tolle Inseltour.«

»Keine Ursache.«

»Was bin ich dir denn jetzt schuldig?«, fragte sie lächelnd.

»Du bist eingeladen.«

»Ich habe das Gefühl, dass ich die Insel jetzt schon viel besser kenne.«

»Davon bin ich überzeugt.«

»Und auch die Leute. Ich finde die Leute hier sehr nett. Sie sind unglaublich gastfreundlich.«

Er schnaubte und drehte den Zündschlüssel herum.

Ihr fiel auf, dass es inzwischen noch düsterer und kühler geworden war. Was würde ihre Familie machen, wenn die Sonne nicht schien und sie nicht an den Strand gehen konnten? Ihr Vater würde sich mit einem Buch in eine Ecke verkriechen, ihre Mutter würde versuchen, ein Gespräch zu beginnen, indem sie von Freunden und irgendwelchen Verwandten erzählte oder von Büchern. Daniel würde herumkritzeln oder lesen. Brenda würde mit irgendwem am Telefon über ihre Arbeit reden, vielleicht ihre nächste Reise planen. Jake würde ständig in Bewegung sein und versuchen, alle glücklich zu machen. Noch etwas Kaffee, Tee, eine Decke? Liz würde sich ihm anschließen und jeden Einrichtungsgegenstand zurechtrücken, den sie verschoben hatten. Sie würden sich alle gegenseitig erdrücken. Aber natürlich erst, nachdem sie bei ihrem schwangeren Anblick einen kleinen Herzinfarkt erlitten hatten.

Sie fuhren wieder durch die Einkaufsstraße am *Books and Beans* vorbei, und Hilary erklärte ihm den Weg zu Jakes Haus. Aus dem Augenwinkel heraus betrachtete sie sein scharfes Profil, seine schmale Nase, sein wirres Haar.

»Sehe ich dich wieder?«, fragte er.

Seinem Ton war nicht zu entnehmen, ob er sie wieder sehen wollte oder nicht. Außerdem würde es doch ohnehin nichts bringen. Sie war ja sowieso nur noch zwei Tage hier. »Ich weiß nicht, ich habe das ganze Wochenende Familienfeier.«

»Okay, dann schauen wir einfach mal.«

Wollte er sie denn wieder sehen? Und falls ja, warum eigentlich? Sie war schwanger, alleinstehend, hatte keinen Job und war praktisch obdachlos. Und hatte noch dazu mit wechselnden Partnern Geschlechtsverkehr. »Du willst dich doch wohl nicht mit irgendeiner x-beliebigen schwangeren Frau einlassen.«

»Da hast du wahrscheinlich recht.«

»Und ich will mich nicht mit irgendeinem Typen einlassen, der in einem Café arbeitet.«

»Sehr charmant.«

»So habe ich es nicht gemeint. Ich meinte nur, dass ... ach, du weißt schon ... Ich finde, wir sollten das, was gerade passiert ist, einfach nur genießen. Wir müssen doch nicht krampfhaft versuchen, herauszufinden, was es nun genau war, oder dem Ganzen irgendein Etikett verpassen, indem wir entscheiden, wie es weitergehen soll.« Sie erinnerte sich, nach ihrer ersten gemeinsamen Nacht mit George etwas Ähnliches zu ihm gesagt zu haben. Der Gedanke den ganzen nächsten Tag mit ihm und Camille verbringen zu müssen, hatte damals Beklemmungen in ihr ausgelöst.

»Alles klar«, sagte Alex, der wahrscheinlich wieder fand, dass sie sich anhörte wie er. Sie erklärte ihm den Weg zu Jakes Haus und überlegte gleichzeitig, wie sie sich von ihm verabschieden würde. Warum sah man diesem Moment eigentlich immer mit so viel Grauen entgegen? Sie versuchte das, was sie gesagt hatte, ein bisschen abzumildern. »Weißt du, ich glaube, wir brauchen jetzt beide einfach ein bisschen Zeit, um es sacken zu lassen. Vergiss nicht, dass ich gestern mitten in der Nacht total übermüdet aus Kalifornien hergeflogen bin, dass ich mit dem Bus zur Fähre fahren musste und auf der zweistündigen Überfahrt permanent von dieser Frau voll gequatscht worden bin, die anscheinend in Parfüm gebadet hatte.«

»*Vergiss* nicht? Du hast mir nichts davon erzählt.«

»Nicht?« Irgendwie hatte sie den Eindruck, ihn besser zu kennen, als es tatsächlich der Fall war.

Obwohl es anfing zu regnen, drosselte Alex das Tempo nicht. Seine Scheibenwischer quietschten, richteten jedoch kaum etwas gegen die Wasserströme aus, die gegen die Scheibe klatschten. Er raste durch die Straßen (klar, er wollte sie schnell loswerden), und Hilary rieb sich theatralisch den Bauch, um ihn daran zu erinnern, dass sie nicht allein waren und er bitte vorsichtiger fahren sollte, dass sie ein Baby dabeihatten. Alex steuerte den Wagen wie ein Boot über die regennasse Straße. Er geriet ins Schlingern, bekam ihn aber wieder unter Kontrolle. Ihr wurde schwindelig. Sie öffnete den Mund, um zu rufen: »Fahr gefälligst langsamer, verdammt noch mal«, als der Wagen auch schon kreischend zum Stehen kam. Sie schlug die Augen auf und erkannte durch den Regenschleier Jakes Haus wieder.

»Okay. Dann vielleicht bis zum nächsten Mal.« Hilary griff mit klopfendem Herzen nach ihrer Tasche. Sie riss die Wagentür auf und stieg in den Sturm hinaus. Sie rannte durch den strömenden Regen zur Haustür und klingelte. Im Haus brannte nirgendwo Licht. Während sie wartete, hörte sie den Motor von Alex' Wagen hinter sich weiterlaufen. Niemand öffnete. Sie hämmerte gegen das Holz, versuchte am Griff zu rütteln, aber die Tür war verschlossen. Vielleicht wollten sie ihr irgendeine Lektion erteilen, hatten abgeschlossen, alle Lichter gelöscht und waren weggegangen. Wer nicht pünktlich kommt, verpasst eben das Schönste. Ihre Eltern und vor allem Jake hassten es, wenn sie sich verspätete.

Sie rannte zum Wagen zurück, setzte sich wieder hinein und entschuldigte sich. Sie hatte keine Ahnung, was sie jetzt sagen oder als Nächstes tun sollte. Alex trommelte mit den Fingern auf das Lenkrad. Vielleicht hielt er das Ganze für eine Finte, die sich eine einsame, verzweifelte Frau –

schwanger obendrein – ausgedacht hatte, damit er sie bei sich aufnahm, durchfütterte und ihrem Kind ein Vater war.

»Tja, das Blöde ist, dass ich jetzt leider wohin muss«, sagte er, als er den Rückwärtsgang einlegte und aus der Einfahrt fuhr.

»Okay.«

»Soll ich dich im Ort irgendwo absetzen?«

Er entfernte sich von ihr. Sie hatte ihn verloren. Was vorhin noch neu und aufregend an ihr gewesen war, hatte sich verflüchtigt, und jetzt wollte er sie bloß noch los sein. »Ja bitte«, sagte sie.

Rita lag ausgestreckt auf dem Rücksitz und schleckte sich die Pfoten. Als Hilary sich umdrehte, blickte die Hündin unter schweren Lidern zu ihr auf. »Wo musst du denn hin?«, fragte sie nach einer Weile.

Er tat so, als hätte er sie nicht gehört, und sie wiederholte ihre Frage.

»Ich bin mit ein paar Leuten verabredet.«

»Mit wem?«

»Mit Leuten.«

Sie öffnete die Augen. Alex fuhr jetzt etwas langsamer, und sie durchpflügten eine breite Pfütze. »Ach so. Leute. Deine Freundin?«

Er legte die Hände oben am Lenkrad enger zusammen. »Nein.«

»Na klar.«

»Nein.«

»Was spielt das für eine Rolle«, sagte sie. »Du kannst es mir ruhig sagen. Das macht mir nichts aus – versprochen.« Rita winselte auf dem Rücksitz und schleckte sich übers Bein. »Du bezeichnest sie vielleicht nicht als deine Freundin«, sagte Hilary. »Aber sie hält sich dafür.«

»Wie du meinst«, sagte er gelassen.

»Du schläfst mit ihr. Du gehst abends zu ihr und morgens gehst du wieder. Du magst sie. Du denkst, dass du eines Tages, irgendwann in weiter Zukunft, vielleicht enger mit ihr zusammen sein willst, aber jetzt noch nicht. Du nennst sie Freundin, aber irgendetwas an ihr nervt dich auch. Sie freut sich manchmal zu sehr, dich zu sehen. Sie macht dir kleine Geschenke. Aber sie sieht auch gut aus. Und sie hat einen guten Körper.«

»Erstaunlich. Du weißt ja alles über mich.«

»Habe ich denn recht? Komm, sag's mir.«

»Du willst jedenfalls offensichtlich recht haben.«

»Ich bin bestimmt nah dran. Vielleicht gibt es sogar zwei Freundinnen?«

»Willst du es wissen?«, sagte er.

»Ja.«

»Möchtest du es wirklich wissen?«

»Ja.«

Er lächelte. »Ich sag's dir aber nicht.«

»Das ist gemein«, sagte sie. »Du willst doch bloß mit mir spielen.«

»Das würde ich so nicht sagen«, sagte er und warf ihr einen kurzen Blick zu.

Sie hatte ihn wieder, dachte sie verblüfft. Er war wieder da.

4. *Phantom-Menschen*

Regen prasselte auf den Gehsteig und auf das Gras, die Autos und das Meer. In der Bucht hob sich ein winziges unbemanntes Boot und klatschte wieder aufs Wasser. Brenda war mit Esther zum Wagen gerannt – kurz bevor es zu regnen begann, hatte sie mit dem Kind im Arm noch auf dem Parkplatz herumgetanzt – und hatte Daniel einfach stehen lassen. Mit eisernem Willen versuchte er, seinen Rollstuhl dazu zu bringen, schneller zu fahren. Er wollte seine Beine zum Leben erwecken und zum Auto rennen. Erst schirmte er sein Gesicht gegen den Regen ab, doch einarmig ließ sich der Stuhl nicht vorwärtsbewegen, also kniff er die Augen zusammen und umklammerte die Reifen mit beiden Händen. Plötzlich tat es einen heftigen Ruck. Einer der Reifen war von der Bordsteinkante gerutscht und klemmte fest. Daniel lehnte sich mit seinem ganzen Gewicht zur anderen Seite, aber es war zwecklos. Seine Haare hingen ihm tropfnass im Gesicht, und sein Hemd klebte ihm an der Brust. Durch das hämmernde Rauschen von Regen und Wind hörte er eine Stimme. »Brauchst du Hilfe?« Es war Vanessa.

»Sieht so aus.« Wieder tat es einen Ruck, der Rollstuhl kippte in die Waagerechte und schoss vorwärts. Er saß da und sauste durch den pladdernden Regen wie ein Baby im Kinderwagen.

Als sie endlich beim Wagen waren, übernahm Vanessa Esther und setzte sich mit ihr auf den Rücksitz, während Brenda Daniel in den Beifahrersitz half. Sein linker Fuß blieb im Türspalt stecken, aber sie bemerkte es nicht und schob mit aller Kraft. »Warte!« rief er, bevor sie die Tür zuknallte.

»Vielen Dank«, sagte Brenda zu Vanessa. »Super, dass du meinen Mann gerettet hast.« *Siehst du*, dachte sie sicher, *da hast du sie selbst erlebt, die Freundlichkeit von Fremden.*

Daniel schüttelte den Regen aus dem Haar und wrang sein Hemd aus. Vanessa und Brenda machten es sich in ihren Sitzen bequem, und Daniel horchte auf das Trommeln auf dem Autodach. Nach einer Weile beugte sich Vanessa zu ihnen vor. »Ich habe gehört, das Wetter soll jetzt das ganze Wochenende so bleiben.«

Brenda stöhnte. »Um Gottes willen, hoffentlich nicht.«

»Sag mal, du hast doch erzählt, dass du Fotografin bist. Was für Fotos machst du denn?«, fragte Vanessa, während Esther an ihren Haaren zerrte.

»Ach, in letzter Zeit hauptsächlich langweilige Fotos von Turnschuhen, um die Rechnungen zu bezahlen«, sagte Brenda, erzählte dann aber von ihrem Lieblingsprojekt, Fotografien von fremden Fotos, die sie an unerwarteten Orten fand. Das ausgebleichte Polaroid von einem älteren Paar auf einer Wiese, ein in einem Teich treibendes Familienporträt. Insgeheim empfand Daniel das Projekt als sentimental und an der Grenze zum Kitsch. Er hatte ihre alten Arbeiten gemocht, Fotos von abgerissenen indischen Mönchen, die in Müllbergen wühlten, oder von ausgemergelten Äthiopierinnen, die versuchten, ihre Babys zu stillen. Die Bilder waren mutig und verstörend und hatten eine unmittelbare Wirkung auf den Betrachter. »Wenn ich wieder zu Hause bin, könnte ich dir ja mal ein paar von meinen richtigen Fotos schicken«, meinte Brenda.

Vanessa sagte, sie würde sehr gerne welche sehen, und überschüttete Brenda mit weiteren Fragen zu ihrer Arbeit. Brenda drehte sich im Fahrersitz so weit sie konnte nach hinten und erzählte vom Foto eines Schuljungen, das sie in einer Pfütze gefunden hatte und wie rührend sich der kleine Junge darauf bemüht hatte, hart und männlich auszusehen, mit seinen ordentlich gekämmten Haaren und dem frisch gebügelten, zugeknöpften Hemd.

Daniel hatte diese Schulfotos gehasst. Er hatte als Kind sowieso vieles gehasst, aber am allerwenigsten war er mit körperlicher Schwäche klargekommen. Es hatte ihn wahnsinnig gemacht, seinem jüngeren Bruder beim Baseball- oder Fußballspielen zuzusehen, wie er immer wieder über seine eigenen Füße stolperte und ständig den Ball verfehlte. Wie er sich vor allen anderen aus seiner Mannschaft zur Lachfigur machte. Daniel wurde bei diesem Anblick ganz schlecht. Gleichzeitig hatte er die größeren, kräftigeren und wendigeren Jungs auf dem Fußballplatz beneidet und sich insgeheim gewünscht, sie würden hinfallen oder sich wehtun. Dasselbe mit Profisportlern – wenn sein Vater ihn zu einem Baseballspiel mitnahm, träumte er, der Schlagmann würde versehentlich vom Ball am Kopf getroffen und er würde gebeten, als Ersatzmann einzuspringen. Einen Tag vor seinem neunten Geburtstag nahm ihn seine Mutter dann ins Museum of Fine Arts in eine Van-Gogh-Ausstellung mit, die van Goghs frühe Zeichnungen zeigte. Er betrachtete die dünnen Striche, die wirren Tupfen und Schatten. Wenn er ein paar Schritte zurücktrat, entstanden daraus lebendige Menschen und wilde Landschaften, und er meinte, etwas verstanden zu haben. Aus der Nähe betrachtet war Kunst unordentlich. Etwas, was schön war, war gleichzeitig auch hässlich. Diese Erkenntnis erschien ihm bedeutsam. Obwohl er auch weiterhin versuchte, stärker und schneller zu werden, ein immer besserer Fußball- und Basketballspieler und Schwimmer, setzte er sich nach der Schule an den meisten Tagen hin, um zu malen und zu zeichnen. Er zog krakelige Linien und verwischte sie, und wenn er die Augen zusammenkniff und sie von sich weghielt, ergaben sie das, was er zu zeichnen beabsichtigt hatte, Menschen und Bäume oder Flugzeuge.

Aber was ihm noch wichtiger war, es gab keinen Künstler, dem er je etwas Schlechtes gewünscht hätte, und das gab ihm das gute Gefühl, ein besserer Mensch zu sein.

Vanessa erzählte Brenda gerade, wie sie ihren Vater vor fünf Jahren bei einem Bootsunglück verloren habe. Wie um alles in der Welt waren sie plötzlich auf dieses Thema gekommen?, fragte sich Daniel. Hatte Brenda ihr aus irgendeinem Grund von ihrem Onkel erzählt, der auf dieselbe Weise ums Leben gekommen war? Hatte Daniel es nur nicht mitbekommen?

»Ich habe alles vom Strand aus mitangesehen. Wie das andere Boot direkt auf ihn zufuhr, alles.« Brenda senkte den Blick, während sie sich den Rest der Geschichte anhörte, die sich in Daniels Ohren immer erfundener anhörte. Welche Frau erzählt denn jemandem, den sie gerade mal eine Stunde kennt, etwas so Persönliches?

»Lass uns irgendwo hingehen«, schlug er leise vor, als Vanessa fertig war. »Wir haben ja noch Zeit, bis die nächste Fähre fährt. Ich finde, wir sollten uns ein Restaurant oder ein Café suchen.«

»Was meinst du, Vanessa? Hast du Lust?«

Vanessa sah zwischen den beiden hin und her. »Da hinten ist ein Restaurant. *Leary's*, seht ihr es? Geht ihr ruhig etwas essen, ich setze mich so lange mit Esther in mein Auto.« »Bist du dir sicher?«, fragte Brenda, und Vanessa nickte und stieg aus. Sie drückte sich Esther an die Brust und lief über den Parkplatz.

Daniel betrachtete Brenda. Sie sah irgendwie seltsam aus – unter ihren Augen lagen Schatten, ihre Lippen waren aufgesprungen, und die Mundwinkel wirkten etwas entzündet. Auf ihrem Hals breiteten sich rote Flecken aus. Er fragte sich, ob sie schon den ganzen Tag so ausgesehen hatte und es ihm bloß nicht aufgefallen war. Oder hatte es vielleicht sogar etwas mit ihm zu tun? Sie half ihm wieder aus dem Wagen. Er kniff die Augen gegen den Regen zusammen, als er über den holperigen Parkplatz fuhr. Weil er anscheinend nicht schnell genug vorankam, trat sie hinter ihn und schob ihn. Nach kurzer Zeit standen sie vor dem Restaurant, und Brenda riss die Tür auf. Plötzlich war er wieder im Trockenen, es war dämmerig und roch nach Frittierfett.

»Das Leary's«, verkündete Brenda. »Da wären wir.« Sie war völlig außer Atem. Er rollte an einen freien Tisch und winkte sie zu sich. »Komm, Bren, du musst dich setzen.«

»Alles okay, mir geht's gut«, keuchte sie.

»Du hättest nicht so rennen müssen«, sagte er. »Ich wäre schon klargekommen. Ich hätte es auch allein hierher geschafft.«

»Gleich geht's wieder.« Sie stützte sich am Tisch ab, während sie sich auf dem Stuhl niederließ. Ihre Haare klebten strähnig auf den Wangen und am Hals.

»Meinst du, dass wir es jemals dorthin schaffen?«, fragte er.

»Wohin?«

»Auf die Insel?«

Ihr Atem normalisierte sich langsam wieder. »Natürlich.«

»Ich habe das Gefühl, dieser Tag dauert jetzt schon ein Jahr«, sagte er und war erleichtert, jetzt mit ihr allein zu sein.

»*Zwei* Jahre«, sagte sie. »War ich überhaupt schon schwanger, als wir von zu Hause losgefahren sind?«

»Ich glaube nicht«, sagte er und fuhr sich durch das nasse Haar.

»Wenn du den heutigen Tag zeichnen müsstest, wie würde er dann aussehen?«, fragte sie. Das war eine ihrer Lieblingsfragen – sie ermöglichte einen einfachen Zugang zu seinen Gedanken.

Er schloss die Augen und stellte sich eine Windhose vor, die sie mit sich riss. Er wurde aus seinem Rollstuhl geschleudert, und Brenda fegte mit aufgewirbelten Haaren durch die Luft. Und dann sah er noch etwas Kleines, Zusammengerolltes, etwas, das wie ein Baby aussah, das in den Himmel gesaugt wurde. »Eine Windhose«, erzählte er. »Ein gigantischer Arm, der sich aus dem Himmel herabstreckt. Und eine Sprechblase, in der steht: ›Ihr dachtet wohl, das war schon alles?‹« In den letzten eineinhalb Jahren schien hinter jeder Ecke eine Katastrophe zu lauern.

»Oje. Du meinst, es kommt noch schlimmer?«

»Nein. Das geht gar nicht«, sagte er. »Das ist wahrscheinlich nur mein Zweckpessimismus.«

Sie lächelte schwach, und das war zumindest etwas.

Sie bestellten Muschelcremesuppe, und die Bedienung brachte ihnen zwei dampfende Schüsseln. Die weiße, kräftige Suppe stand dick wie Haferschleim vor ihm. Daniel hatte keinen großen Appetit. Sie waren jetzt seit acht langen Stunden unterweg – in der Zeit hätten sie nach Rom fliegen können.

Brenda rührte lustlos mit dem Löffel in der Suppe herum und aß kaum etwas. Ihre nassen Haare klebten ihr wie eine Kappe am Kopf, und ihre Wimperntusche war verlaufen. Sie sah völlig traumatisiert aus. Er fragte sich, ob er ähnlich ausschaute.

»Tja«, sagte sie und ließ den Löffel in der Schüssel liegen.

»Und?«, sagte er. »Meinst du, sie hat gelogen?«

»Wer?«

»Vanessa.«

»Wann?«

»Bei der Geschichte mit ihrem Vater. Mit dem Unfall. Ich weiß nicht, das klang doch ziemlich übertrieben.«

»Daniel. Das ist widerlich. Du bist manchmal wirklich richtig widerlich.«

Er schluckte und sah auf die Tischplatte. Er wollte ihr sagen, dass er nicht anders konnte. Er wusste, dass sie ihn jetzt hasste und sich fragte, wie es mit ihnen beiden so weit hatte kommen können. Jetzt war sie verheiratet. Schwanger. Aber nicht von ihm, und genau das war der Haken. Das Kind stammte nicht von ihm, und sie konnte ihn verlassen, das Kind mitnehmen und weggehen, weil sie wusste, dass das Baby von ihr war und diesem anderen, diesem Jonathan White, diesem sanften, aber Vertrauen erweckenden Mann aus Milwaukee. Vielleicht würde ihr das den Abschied ein wenig einfacher machen. Vielleicht würde sie Jonathan White eines Tages ausfindig machen und feststellen, dass er genauso aussah wie das Baby. Er stand Brenda auch altersmäßig näher, und vielleicht hatten sie noch andere Gemeinsamkeiten. Womöglich würde Brenda sich sogar in ihn verlieben. Daniel merkte, dass es fast wohltuend war, sich einen Mann vorzustellen, der geduldiger war als er, unkomplizierter und geselliger. Jemanden mit dem sie befriedigenden Sex hatte. Jemand, der Auto fahren und ein Baby im Zimmer herumtragen konnte. Er empfand bei diesem Gedanken kein Selbstmitleid und keine Wut. Es war wohltuend, einen besseren Mann für Brenda zu erschaffen, und er hatte den Verdacht, dass solche Phantom-Menschen auch in anderen Beziehungen existierten, Menschen, die in jeder Beziehung zum Partner passten. Er dachte an die Zeit vor seinem Unfall und versuchte sich zu erinnern, ob er damals wenigstens ein wenig wie dieser Mann gewesen war. Es tat gut, sich vorzustellen, dass es so war.

Die Bedienung kam, beugte sich über den Tisch und wollte die Teller abräumen. »Bist du fertig?«, fragte er Brenda.

»Ich habe keinen Hunger«, sagte sie. »Mir geht es nicht so gut.« Sie legte die Hände auf den Bauch.

»Mir auch nicht«, sagte er, obwohl sie natürlich ihre Schwangerschaft gemeint hatte.

»Es schläft schon seit Stunden«, sagte sie. »Seit Stunden und wacht gar nicht mehr auf.«

»Glückliches Baby.«

Nachdem Daniel bezahlt hatte, warteten sie darauf, dass der Regen nachließ. Sie unterhielten sich über seine Familie und überlegten, wie Liz schwanger wohl aussehen würde. »Ich prophezeie, dass sie schon ziemlich zugelegt hat, obwohl sie erst in der … wie weit ist sie? In der siebten Woche? Sie ist von Natur aus ja eher kräftig gebaut«, sagte Brenda. »Na ja, sie kocht eben gern.«

Daniel guckte schockiert. »Du bist ja reizend.«

»Ach komm, ich bitte dich. Ich weiß doch, dass du genau dasselbe denkst. Und was ist mit mir?«, fragte sie.

»Was ist mit dir?«

»Wie sehe ich schwanger aus?«

Er konnte ihr nicht sagen, dass sie sich völlig verändert hatte, in der letzten Zeit für ihn fast nicht mehr wiederzuerkennen war. »Du siehst aus wie eine werdende Mutter.«

»Wie eine Matrone?«

»Nein, nein. Du siehst toll aus, wirklich. Wunderschön.« Sie glaubte ihm nicht, aber wenigstens hatte er es gesagt. »Ich liebe dich«, fügte er leise mit britischem Akzent hinzu.

Der Regen hatte zwar kein bisschen nachgelassen, aber das *Leary's* war so verraucht, dass Brenda lieber im Auto weiter auf die Fähre warten wollte. Sie ließ sich nicht davon abbringen, ihn wieder durch den Regen zu schieben, schnell, viel zu schnell, und er brüllte: »Mach langsamer«, aber sie reagierte nicht. »Ich hätte nichts dagegen, wenn wir langsamer machen würden, ich bin sowieso schon total durchnässt«, rief er, doch sie schien ihn nicht zu hören. »Um Gottes willen!«, stöhnte er, als sie endlich beim Wagen waren. »Du musst einen Gang runterschalten. Bitte. Mir zuliebe.«

»Da kommt Vanessa«, sagte Brenda, und Daniel sah die Frau mit ihrer Tochter auf dem Arm auf sie zulaufen. Brenda ließ das Fenster hinunter.

»Gerade fährt ein Versorgungsschiff rüber – die haben Platz für uns«, keuchte Vanessa. »Ihr seid gerade rechtzeitig zurückgekommen.«

»Sehr gut«, sagte Brenda. Sie ließ das Fenster wieder hoch, krümmte sich, als hätte sie Krämpfe, und sagte leise: »Wahrscheinlich hätte ich vorhin wirklich nicht so rennen sollen.«

»Es tut mir wirklich leid, dass es meinetwegen so lange gedauert hat«, sagte er und meinte es ernst, aber es klang sarkastisch, fast bösartig. Er fragte sich, ob er die Fähigkeit verloren hatte, etwas Beruhigendes und Ernsthaftes zu sagen, etwas ehrlich Mitfühlendes. »Es tut mir leid«, versuchte er es noch einmal vorsichtig. »Wirklich«, und diesmal klang es besser.

Sie beeilten sich, vom Wagen zum Schiff zu kommen, und Brenda schob ihn die schmale Planke hinauf. In einer kleinen Kajüte auf dem Vorderdeck setzten sie sich zu Vanessa, die eine Dose Cola trank und Esther auf dem Schoß schaukelte. Daniel fing Brendas Blick auf und hob die Mundwinkel zu einem Lächeln. Es war kein Grinsen, da war er sich sicher. Es war ein ehrliches Lächeln, wenn auch zugegebenermaßen etwas gezwungen und vielleicht noch nicht einmal sein eigenes, aber wenigstens war es jemandes offenes Lächeln, von dem er hoffte, es würde ihr vermitteln, dass er immer noch da, immer noch ihr Ehemann war.

Esther schaute ihm in die Augen, und aus ihrem Mund lief ein Schwall milchigen Schaums. Das Verhältnis von süßen und ekligen Momenten lag bei Babys wahrscheinlich bei eins zu acht, überlegte er. Vielleicht würde Brenda im Laufe der Zeit auch die Freude an ihrem Baby verlieren. Sie würde ständig in Bewegung sein – Windeln wechseln, stillen, füttern und so weiter –, genau wie bei Daniel vor eineinhalb Jahren, als sie an jedem seiner Handicaps hautnah hatte teilhaben müssen, ihm helfen musste, aufzustehen, sich ein Sandwich zu machen, den Katheterbeutel zu wechseln; aber vielleicht würde ein Teil von ihr sich auch an einen Ort treiben lassen, an dem sie weniger gefordert war als in ihrer Mutterrolle. Nach ein oder zwei Minuten würde sie dann das Schreien nicht mehr hören, weil sie in Gedanken woanders wäre. Nebenan, auf der anderen Straßenseite, irgendwo auf dem Globus, egal wo, und Daniel wäre mit dem Baby plötzlich allein, zwei Menschen mit immensen Bedürfnissen.

Er war sich sicher, Esther dabei ertappt zu haben, wie sie ihn verächtlich ansah, als Vanessa ihr mit ihrem T-Shirt den Mund abwischte. Er schloss die Augen und versuchte sich einen Vorhang vorzustellen, der sich vor seinem Gesicht senkte. Wenn er als Kind nicht einschlafen konnte, hatte seine Mutter ihm immer gesagt, er solle sich einen schwarzen Vorhang vorstellen, der sich zwischen ihn und die bösen Gedanken schob. Als er fünf gewesen war, waren in den Nachbarorten einige Kinder spurlos verschwunden, und er lebte in der ständigen Angst, auf der Straße entführt zu werden oder zu Hause oder aus seinem Bett. Überall im Ort hingen die Fotos der verschwundenen Kinder an Telefonmasten und schwarzen Brettern. Er wusste ihre Namen jetzt noch: Megan Clapham, Sarah Vincent, Edward Coombs. Er misstraute allen Erwachsenen, die allein unterwegs waren, und bald erschienen ihm seine Lehrer, die Nachbarn und sogar sein allein stehender Onkel Norman verdächtig. Jeden Abend bettelte er seine Mutter an, ihn nicht allein zu lassen. »Wir sitzen doch nur ein paar Meter entfernt im Wohnzimmer, Daniel. Dir kann nichts passieren. Alle Fenster und Türen sind fest verschlossen«, sagte sie, konnte ihn aber nie davon überzeugen, dass er wirklich sicher war. »Mach dir schöne Gedanken«, sagte sie, aber das funktionierte auch nie; Gedanken ans Fußballspielen auf einer Wiese verwandelten sich zwangsläufig in Gedanken an einen Mann, der ihn packte und in den dunklen Wald zerrte. Eines Abends schlug seine Mutter ihm vor, er solle sich den Wald vorstellen und dann einen schwarzen Vorhang, der sich davor senkte. »Schau einfach nur auf den Vorhang, auf nichts anderes«, sagte sie. »Ich bleibe bei dir, bis du eingeschlafen bist«, und nach Wochen der Schlaflosigkeit trennte ihn der Vorhang zum ersten Mal von seiner Angst und ermöglichte es ihm, zu schlafen. Der Vorhang war eines von den vielen Dingen, die seine Mutter ihm geschenkt hatte.

Ellen und Joe standen in einer Buchhandlung und sahen in den strömenden Regen hinaus. Jake war nicht an der Fähre gewesen, um sie abzuholen – keiner war da gewesen. Ellen hatte sich in der Nähe des Fahrkartenhäuschens auf eine Bank gesetzt, Babe im Käfig neben sich, während Joe losgegangen war, um Jake zu suchen, und dann hatte es angefangen, schrecklich zu regnen, und Joe war zu ihr zurückgerannt, aber in Zeitlupe, um nicht auszurutschen. Ihr armer, ungelenker Mann – es hatte ausgesehen wie ein verkrampfter Tanz. Er hatte gekeucht: »Ich kann ihn nirgends finden.« Sie war aufgestanden, und gemeinsam waren sie die Straße hinuntergehastet, um ein trockenes Plätzchen zu finden, an dem sie warten konnten.

Und jetzt saßen sie in dieser Buchhandlung fest, in der es nach altem Kaffee und Hund roch. Joe ging auf die Regale zu. Misstönende Musik – ein Cello, Bratsche? – erfüllte den Laden. Wo war Jake nur? Ellen schloss die Augen und spürte ein leichtes Schwindelgefühl. Die blöden Tabletten hatten gar nichts geholfen. Die Welt schloss sich um sie und würde sie zerquetschen, und kein Medikament konnte etwas dagegen ausrichten. Sie dachte an MacNeils großzügig geschnittenes Wohnzimmer mit der hohen Decke und dem glänzenden Parkett. Sie dachte an den weiten, luftigen Innenhof des Gardner Museums, wo sie bald mit ihm sein würde. Als sie die Augen wieder öffnete, ergriff sie instinktiv die Hand neben sich. Sie war groß und kalt, und ihr Besitzer zuckte leicht zusammen, ließ aber nicht sofort los. Es war ein junger Mann, der sie entgeistert anstarrte. Ellen ließ seine Hand fallen und ging zu einem Münztelefon, das in einer Ecke des Ladens hing. Sie sah sich nach Joe um, der es sich auf einem Hocker gemütlich gemacht hatte und in einem Buch blätterte. Wieso schaute er gar nicht nach ihr?

Ein Baby wimmerte, ein Buch fiel zu Boden. Ellen presste die Hände an den Kopf und behielt sie einen Moment dort. Und wenn sie jetzt starb? Vielleicht würde sie hier einfach zusammenbrechen und das wäre dann das Ende. Sie würde nicht nur dieses Wochenende nicht mehr erleben, sondern auch nicht die Geburten, ihre Enkel, nichts mehr. Auch nicht, wie es mit MacNeil weiterging. Sie drückte den Rücken durch und atmete tief in den Bauch. Es ging ihr gut, alles bestens, sie hatte immer noch endlos Leben in sich und würde ins Gardner gehen und mit MacNeil am Charles spazieren und danach mit zu ihm fahren. Alles würde gut werden. Alles würde *schön* werden.

Sie fand den Zettel mit Jakes Telefonnummer in ihrem Portemonnaie und wählte. Sie ließ es fünf, sechs, sieben Mal klingeln, legte auf, überprüfte die Nummer und wählte sie noch einmal. Fünf, sechs, sieben. Vielleicht fuhren sie gerade im Regen herum und suchten nach ihnen. Ellen legte auf und ging zu Joe. »Sie sind nicht zu Hause.«

»Hm?« Er schien gar nicht zu wissen, wovon sie redete.

»Ich habe gerade bei Jake angerufen, und keiner ist ans Telefon gegangen. Was willst du jetzt machen?«

Er legte einen Finger zwischen die Seiten des Buches über Autos, in dem er gerade gelesen hatte, und legte es sich auf den Schoß. »Ich würde sagen, wir können nichts anderes tun als abwarten.«

»Worauf?«

»Vielleicht finden sie uns hier. Ich weiß es nicht. Versuch einfach, Geduld zu haben«, sagte er. »Lass uns warten, bis der Regen aufgehört hat, und dann gehe ich noch mal los und suche ihn.« Er presste die Lippen zu einem traurigen Lächeln zusammen, hielt sich das Buch vor den Bauch, und ihm war anzusehen, dass er sich fragte, ob sie es sehr unverschämt finden würde, wenn er weiter darin las. »Willst du dir ein Buch kaufen?«, fragte er.

»Nein«, sagte sie und legte den Kopf an die rau verputzte Wand. Sie spürte, wie sich die harten kleinen Spitzen in ihre Haut bohrten und in ihrem Haar verfingen. »Jetzt nicht.«

»Na gut«, sagte er und hob sein Buch ein paar Zentimeter höher.

Lies ruhig weiter, ich werde mich in diesem ungemütlichen Laden schon irgendwie beschäftigen, hätte sie sagen können. Wie vorauszusehen, bückte er sich, um nach Babe zu sehen.

»Babe geht es gut«, sagte sie.

Joe sah sie an, als wolle er sagen, *willst du mir das auch noch nehmen? Was bleibt mir denn ohne Babe und meine Bücher?*

Ich, würde sie sagen. *Der Mensch, der direkt vor dir steht und den du nicht mehr siehst.* Sie kam sich kindisch vor, weil sie so verletzt war, bis zur Durchsichtigkeit verschlissen. »Lies ruhig weiter.«

Er erstarrte.

»Lies ruhig weiter«, wiederholte sie, und er hielt sich das Buch vors Gesicht. Im Umdrehen und Weggehen hörte sie ihn sagen: »Sie tauchen irgendwann schon auf. Wir finden sie.«

Sie war zu hart mit ihm gewesen. Er hatte sich doch bloß bemüht, sie zu beruhigen.

Und wenn Jake gar nicht mehr kommen würde? Sie stellte sich vor, wie sie und Joe später zusammengerollt auf dem Boden der Buchhandlung liegen und versuchen würden zu schlafen, Babe neben ihnen, der dünne grüne Teppichboden hart wie Beton unter ihren Hüftknochen. Sie stellte sich vor, in den Schlaf hinüberzudämmern und nie mehr aufzuwachen, und dann wäre dieser unbedeutende kleine Laden der letzte Ort auf Erden gewesen, den sie gesehen hätte. Ihre Gedanken bewegten sich in absurden Sphären.

Sie ließ Joe sitzen, schlenderte an Regalen voller Romane und Lyrikbänden, Memoiren und Biografien vorbei und entdeckte auf einem Buchrücken ein kleines Bild von Isabella Stewart Gardner – es war das Gemälde von Anders Zorn. Ellen zog es sofort heraus. Es war keine Biografie, sondern ein Katalog des Gardner Museums. Wieso gab es so etwas hier zu kaufen, in einer Buchhandlung auf einer kleinen Insel in Maine? Es war ein Zeichen, überlegte sie, ein wunderbares Zeichen – vielleicht eine Art Zustimmung für das, was sie vorhatte. Das Buch wog schwer in ihrer Hand, und sie blätterte bis zur ersten Abbildung: Sargents »El Jaleo«. Die Zigeunerin tanzte mit zurückgeworfenem Kopf, die Männer auf den Stühlen hinter ihr spielten Gitarre, andere Frauen sahen ihnen zu und lachten. Es war das erste Gemälde, das man sah, wenn man ins Museum kam. Es hing, von kleinen Lämpchen beleuchtet, am Ende eines Ganges zwischen ägyptischen Schnitzereien, türkischen Kacheln und dem von italienischen Säulen gestützten maurischen Bogen. John Singer Sargent hatte die Musik, den Tanz und die Kostüme der Zigeuner geliebt, und das riesige, querformatige Gemälde zeigte eine der damals so beliebten Tanzvorstellungen. Später hatte er mit harten, schnellen Strichen eine tanzende Spanierin mit kunstvoll verdrehten Armen und geschlossenen Augen gezeichnet. Er hatte eine ganze Serie angefertigt, die er einem Album für Isabella beigelegt hatte.

Als Ellen wieder zu Joe zurückkehrte, fühlte sie sich erfrischt, als wäre sie gerade von einem schöneren Ort zurückgekehrt. »Du sitzt ja immer noch da«, sagte sie zu ihm. »Du hast dich keinen Zentimeter bewegt.«

Er hob langsam die Lider, schaute verwirrt.

»Hallo, Ehemann.«

»Hallo, Schatz. Was ist das?«, fragte er und deutete mit dem Kinn auf das große Buch in ihrer Hand.

»Kunst«, sagte sie.

»Aha.« Er schaute wieder in sein Buch. Er ahnte nicht, welche Bedeutung diese Seiten für sie hatten.

Irgendwo im Laden brüllte ein Junge herum, und eine Tür schlug zu. Ellen drehte sich um und sah neben einem Tisch eine Frau stehen, die … ja, doch, es war Hilary, die sie seit vier Jahren nicht mehr gesehen hatte, obwohl Ellen im ersten Moment irritiert war, weil das Mädchen ziemlich kräftig gebaut war und zerzauste schulterlange schwarze Haare hatte statt der vertrauten blonden Kurzhaarfrisur. Nein, das konnte nicht Hilary sein, auch wenn sie ihr verblüffend ähnlich sah und ebenfalls eine Efeuranke ums Handgelenk tätowiert hatte. Als Ellen näher trat, sah sie den Nasenring. »Hilary!«, rief sie und stürzte auf ihre Tochter zu. »Hilary! Du bist ja hier!«

Das Mädchen drehte sich um, ja, es war eindeutig Hilary, und ihre Augen leuchteten auf. »Mom.«

Ellen zog sie an sich – sie fühlte sich so dick und weich an, dass Ellen aufpassen musste, sie nicht zu fest zu drücken. »Ach, ist das schön, dich zu sehen! Meine Güte, siehst du gesund aus, lass dich mal anschauen!« Aber als Ellen sie genauer betrachtete, bemerkte sie auch die dunklen Schatten unter ihren Augen und sah, dass sie wirklich stark zugenommen hatte.

»Was machst du denn hier? Wo sind die anderen?«, fragte Hilary. »Ich war schon bei Jake am Haus, aber da war niemand.«

Ellen erzählte ihr von der überfüllten Fähre, den kreischenden Kindern und gereizten Eltern, der Verspätung, wie sie endlich auf der Insel angekommen waren und Joe überall nach Jake gesucht hatte, dem Regen, vor dem sie sich in die Buchhandlung geflüchtet hatten, und dass sie sich selbst fragte, wo um alles in der Welt Jake und Liz steckten. Hilary hörte ihr zu und rieb die Fingerspitzen aneinander, wie sie es schon als kleines Mädchen immer getan hatte, wenn sie ungeduldig wurde. Für Ellen sah das immer so aus, als würde ihre Tochter versuchen, mit den Fingern Feuer zu machen. Aber Hilary war kein kleines Mädchen mehr, sie war eine Frau. Sogar eine unglaublich dicke Frau. Ellen konnte den Blick gar nicht mehr vom Bauch ihrer Tochter lösen.

»Und? Was denkst du?«, fragte Hilary schließlich.

»Ist es das, wonach es aussieht?« Ellen schluckte, und dann schluckte sie gleich noch einmal.

Hilary nickte.

Ellen sah sich nach einem Mann um. Hatte Hilary geheiratet? Aber das hatte sie natürlich nicht – wenigstens das hätte sie ihnen doch wohl gesagt. Nahm sie jedenfalls an.

»Die sehen auch alle, was mit mir los ist.« Hilary zeigte hinter sich.

»Das habe ich doch gar nicht … Ich dachte nur …«

»Der Geburtstermin ist in drei Monaten. Und da du dich das jetzt sicher gerade fragst: Nein, es gibt keinen Vater. Biologisch gesehen natürlich schon, aber er gehört nicht dazu. Ich werde das Kind allein aufziehen.«

Ellen hatte das Gefühl, die Fähigkeit, zu sprechen oder auch nur zusammenhängend zu denken, verloren zu haben. *Schwanger*. Sie war gegen eine Ziegelmauer geknallt. *Kein Vater*. Die nächste Mauer. »Da drüben sitzt Dad«, brachte sie schließlich heraus. »Komm, sag ihm Hallo.«

»Herzlichen Glückwunsch, das ist ja eine tolle Überraschung! Ich freue mich so für dich!«, säuselte Hilary in gespielter Begeisterung, während sie ihr folgte. »Wie ist deine Schwangerschaft denn bisher verlaufen? Können wir irgendetwas für dich tun? Du hast bestimmt Angst davor, das alles allein durchstehen zu müssen, aber das wirst du schon schaffen. Wenn du Hilfe brauchst, sind wir immer für dich da.«

»Ach, Hilary, hör doch bitte damit auf! Ich muss das doch erst einmal verdauen. Herrgott, du hättest uns doch auch ruhig etwas sagen können.«

Hilary war beleidigt, als sie bei Joe ankamen. »Er hat die Schildkröte mit?«

»Babe, kennst du sie nicht mehr? Sie heißt Babe.«

Joe sah von seinem Buch auf, und seine Augen strahlten.

»Hi, Dad«, sagte Hilary.

»Du bist schwanger?« Er schrie es fast.

»Joe!«, mahnte Ellen. Aber warum sollte man nicht ganz offen darüber sprechen?

»Ist schon okay, Mom«, sagte Hilary und umarmte ihren Vater. Sie wiederholte, was sie Ellen gerade erzählt hatte, und er freute sich ehrlich (obwohl Ellen sich sicher war, einen Anflug von Besorgnis in seiner Miene zu entdecken, als Hilary den fehlenden Vater erwähnte). Ellen wurde schlecht bei dem Gedanken daran, dass ihre Tochter das Kind allein aufziehen würde. Wie wollte sie das finanziell bewerkstelligen? Hatte sie überhaupt noch ihre Stelle bei der Zeitarbeitsfirma?

Joe und Hilary unterhielten sich ganz unverkrampft, und einen Moment lang hatte Ellen den Eindruck, als hätte sie ihre Tochter in den vergangenen vier Jahren immer mal wieder gesehen, als würden sie häufig miteinander reden, nicht nur die wenigen Male im Jahr. Als würde Hilary nicht an der Westküste leben und alle paar Monate den Job wechseln und ihnen nichts von ihrem Privatleben erzählen. Sie hätte ihre Tochter gern nach dem Vater des Kindes gefragt, wusste aber nicht, wie sie das Thema ansprechen sollte.

»Ich versuche es noch einmal bei Jake«, verkündete sie schließlich und ging wieder zum Telefon. Abermals kam ihr der Gedanke, bei MacNeil anzurufen, doch dann fiel ihr ein, dass er gar nicht zu Hause war. Er war bei seiner Tochter in San Francisco, lebte gerade den Teil seines Lebens, der nichts mit ihr zu tun hatte. Sollte sie trotzdem anrufen, nur um seine Stimme auf dem Anrufbeantworter zu hören? Meine Güte, sie benahm sich wie ein Schulmädchen, wie ein albernes Schulmädchen. Als sie zum Hörer griff, wählte sie wieder Jakes Nummer. Auch diesmal ging niemand dran. Wo steckte er nur? Das sah ihm so überhaupt nicht ähnlich, dass Ellen sich fragte, ob sie sich im Datum geirrt hatten, aber nein, natürlich nicht, am Sonntag war Joes Geburtstag, und außerdem war Hilary ja auch hier. Draußen strömte der Regen unvermindert weiter, und Ellen begann sich Sorgen zu machen, Jake könne etwas passiert sein – aber ja, wieso war ihr der Gedanke nicht schon früher gekommen? Vielleicht war er zur Fähre gefahren und sein Wagen war von der regennassen Fahrbahn gerutscht. Womöglich lagen er und Liz, unter einer Blechlawine begraben, irgendwo im Graben. Sie ging rasch zurück zu Joe und Hilary und fragte: »Oder könnte es sein, dass ihnen irgendetwas zugestoßen ist?«

Joe winkte ab. »Wahrscheinlich haben sie sich bloß die falsche Ankunftszeit aufgeschrieben. Die finden uns schon noch. Oder wir sie.«

Hilary rieb die Fingerkuppen aneinander.

Babe raschelte in ihrem Käfig.

»Komm, setz dich.« Joe stand auf und bot ihr seinen Hocker an. Sie setzte sich hin und versuchte, sich zu entspannen. Sie stellte Hilary die unverbindlichen Fragen, die sie ja offensichtlich von ihr hören wollte: Wie fühlte sie sich? Litt sie unter Morgenübelkeit, hatte sie sonst irgendwelche Probleme, Schlafstörungen? Jede dieser Fragen war ein Versuch, die wahre Frage zu umgehen, die zunehmend in ihr bohrte – *von wem ist das Kind, Liebes?* Am nächsten kam sie ihr, als sie Hilary in einem mutigen Augenblick fragte, warum sie mit diesem geheimnisvollen Mann nichts zu tun haben wolle, worauf Hilary bloß achselzuckend sagte: »Weil er einfach nicht der Richtige ist.«

»Hat er dir irgendetwas getan?«

»Nein, nein.«

Es musste einen Grund geben, weshalb Hilary sich so bedeckt hielt. Womöglich saß der Mann im Gefängnis. Ellen schauderte es. Aber wie hätte sie dann schwanger werden können – war das logistisch überhaupt möglich? Nein, ein inhaftierter Krimineller, das wäre selbst für Hilary zu extrem. Aber vielleicht war er verheiratet. *Verheiratet.* So wie Hilary gerade den Rücken durchdrückte und den Bauch vorschob, wirkte sie plötzlich kämpferisch, verwegen, wild und trotzig. Ellen lief es kalt über den Rücken. Ihre Tochter war die Geliebte eines verheirateten Mannes.

Sie dachte an die kleine Hilary zurück – ein zartes Kind, ganz schmal mit langen braunen Zöpfen und Sommersprossen. Ihre Lippen waren häufig spröde gewesen, sie hatte immer wieder Ausschläge gehabt und später Ekzeme an den Ellbogen und an den Knien. Ellen versuchte sich vorzustellen, dieses unschuldige, süße Mädchen stünde jetzt neben der erwachsenen Hilary, die gerade in einem Reiseführer über Maines Inselwelt blätterte. Eine kleine schmollmundige Hilary, die am Daumennagel kaute und ihre Fingerkuppen aneinanderrieb, sich an ihre Mutter drückte und insgeheim zu unsicher war, um mit den anderen Kindern zu spielen. War es diese Unsicherheit, die sie in eine Beziehung mit einem verheirateten Mann getrieben hatte? Hatte sie Angst, sich auf die Liebe eines Mannes einzulassen, der frei war? Vielleicht glaubte sie, diese Liebe nicht verdient zu haben. Vielleicht hätte die kleine Hilary mehr aus sich herausgelockt werden müssen, vielleicht hätte man ihr mehr Mut machen müssen, sie spüren lassen, dass sie Liebe im guten, altmodischen Sinn verdient hatte. Immerhin hatte sie eine Menge vorzuweisen – sie konnte sehr geistreich sein und war abenteuerlustig. Wenn sie jemanden liebte (Ellen kam Daniel in den Sinn), tat sie alles für ihn. Sie hatte wunderschöne haselnussbraune Augen. Weshalb hatte sie sich bloß mit einem verheirateten Mann eingelassen?

Ellen dachte daran zurück, wie sie vor einer Woche mit MacNeil durch jedes Zimmer im Gardner Museum gegangen war – durch den Kleinen Salon und das Gobelinzimmer mit seinem Tonnengewölbe, und wie sie vor jedem Kunstwerk stehen geblieben waren: vor den venezianischen Spiegeln, den belgischen Gobelins mit Szenen aus dem Leben Abrahams und Cyrus des Großen, dem mehrarmigen Leuchter, der Kommode aus der Zeit Jakobs I. Jedes einzelne Einrichtungsstück in Isabellas Villa war Kunst. Bald standen sie allein im niederländischen Saal, jedenfalls nahezu allein. Außer ihnen war nur noch ein dicker, glatzköpfiger Museumswärter im Raum, der die Hände fest vor seiner Leibesfülle verschränkt hielt. Er grüßte zwar mit einem Nicken, als sie hereinkamen, blickte aber über ihre Köpfe hinweg. Sie und MacNeil waren also fast allein, und sie hatte zum ersten Mal darüber nachgedacht, wie es wäre, ihn zu küssen. Was wohl geschehen wäre, wenn sie wirklich ganz allein gewesen wären? Wäre MacNeil ihr näher gekommen? Hätte etwas zwischen ihnen passieren können? In dem Raum war es kalt und zugig, und Ellen hatte sich gefragt, ob das schon zu Isabellas Zeit so gewesen war. Aber wahrscheinlich war es in der Villa gemütlich gewesen, denn was hatte es für einen Sinn, so viel schöne Kunst zu sammeln und sie dann in einer ungastlichen Umgebung auszustellen? Erst als sie MacNeil hinter sich sagen hörte: »Und hier hingen die Rembrandts«, merkte sie, dass sie vor zwei leeren Rahmen stand. Unter dem einen hing eine kleine Plakette mit dem Namen des Künstlers.

Ihr fiel ein, dass sie vor Jahren von dem Diebstahl gehört hatte. »Eine echte Tragödie«, sagte MacNeil, und sie war froh, dass er diesen Satz gesagt hatte, weil sie sich sicher war, dass er sich bei ihr zu theatralisch angehört hätte. Der Wärter erläuterte ihnen, weshalb die leeren Rahmen immer noch an der Wand hingen – Isabella hatte in ihrem Testament verfügt, alles im Haus, jeder Kunstgegenstand, jedes Möbelstück, jeder Teppich, Tisch oder Bilderrahmen, müsse nach ihrem Tod im Ursprungszustand belassen werden. Der Wächter leierte die Einzelheiten des Raubs und der anderen Einbrüche, die sich seitdem ereignet hatten, emotionslos herunter – vielleicht wollte er bloß demonstrieren, wie viel er wusste, oder sich an diesem publikumsarmen Tag irgendwie wach halten – und seine unbeteiligte Art erinnerte sie an Joe. Sie begann sich unwohl zu fühlen und wollte den niederländischen Saal schnell verlassen, um die Treppe zum Innenhof hinunterzugehen, wo es heller war und wärmer.

Sie hatte sich nichts zuschulden kommen lassen, sagte sie sich jetzt. Sie hatte sich nie etwas zuschulden kommen lassen. »Weißt du denn schon, in welches Krankenhaus du gehen willst. Hast du einen guten Arzt?«

»Nein, Mom. Ich hatte eigentlich vor, mich allein in den Wald zu hocken und das Baby dort zu kriegen.«

»Das haben andere Frauen schon gemacht«, sagte Ellen und sah sich um, ob ihnen auch niemand zuhörte. »Für wann ist die Geburt denn errechnet?«

»Fünfter November. Ein Dienstag.«

»Ach, am Tag der Präsidentschaftswahl!« Ellen lächelte und beugte sich vor, um ihrer Tochter eine Strähne ihrer langen Haare aus dem Auge zu streichen. »Ein Tag der Entscheidung«, hörte sie sich selbst sagen und bereute es sofort.

Hilary sah sie spöttisch an. »Bei dir hört sich das fast biblisch an. Ich kriege bloß ein Baby, ich werde nicht vor der Himmelspforte stehen. Jedenfalls hoffe ich das nicht.«

»Ich meinte doch nur, dass es ein interessantes Datum ist.« Ellen hätte gern gewusst, ob der Vater des Kindes bei der Geburt dabei sein würde? Hilary hatte zwar gesagt, dass er im Leben des Kindes keine Rolle spielen würde, aber sie fragte sich, ob er wenigstens jetzt für sie da war. War er je für sie da gewesen? Ellen hoffte es. Sie hoffte, dass er Hilary geliebt hatte, dass er sie gut behandelt hatte und dass die Entscheidung, das Kind alleine aufzuziehen, auch tatsächlich ihre gewesen war und nicht seine.

Wegen des peinlichen Zwischenfalls waren er und Liz zu spät losgefahren, um zur Fähre zu kommen, und als sie auf die Hauptstraße einbogen, kroch vor ihnen ein Wagen im Schneckentempo dahin. »Nun mach schon. MACH SCHON«, stöhnte er.

»Wir kommen schon rechtzeitig«, sagte Liz. »Beruhige dich.«

»Es sieht aber aus, als würde es gleich regnen. Ich will nicht, dass sie im Regen auf uns warten müssen.«

»Am Hafen gibt es ein Wartehäuschen. Das werden sie schon finden.« Sie legte sich eine Hand auf den Bauch und setzte sich bequemer hin.

Er warf ihr einen Blick zu. »Ist alles okay? Wie geht es dir?«

»Okay.«

»Sicher?«

»Ja, Jake. Es geht mir gut«, antwortete sie gereizt.

Er trat aufs Gas und fuhr dicht auf den Wagen vor ihnen auf.

»Wenn du den Wagen vor uns rammst, geht es mir gleich nicht mehr gut. Fahr um Gottes willen langsamer.«

»SCHON GUT«, brüllte er und nahm den Fuß vom Gas.

Er fuhr so langsam, dass sie fast stehen geblieben wären, als es etwas bergauf ging. Er gab wieder Gas. Er hatte überreagiert – wie so oft –, wahrscheinlich steckte ihm die Geschichte vom Nachmittag noch in den Knochen. Dabei maß er ihr vermutlich viel zu viel Bedeutung bei, eigentlich war doch gar nichts gewesen. Liz wusste, dass es ganz normal war, sich selbst zu befriedigen – außerdem hatte sie ihre Eltern wahrscheinlich schon in ähnlichen Situationen überrascht.

Als sie am Fährhafen ankamen, war niemand im Wartehäuschen. Und kurz darauf kam der Regen herunter und entpuppte sich als wahre Sturmflut. Jakes Gedanken rotierten. Wie sollte er sich bei seinen Eltern für die Verspätung entschuldigen, wenn er sie erst einmal gefunden hatte? Wo steckten sie überhaupt? Wo sollte er anfangen, sie zu suchen?

»Ich schlage vor, wir fahren nach Hause«, sagte Liz. »Sie haben ja unsere Adresse.«

»Ehrlich gesagt bin ich mir gar nicht sicher, ob ich sie ihnen gegeben habe«, sagte Jake kleinlaut. »Ich habe ihnen gesagt, ich würde sie abholen. Lass uns einfach ein bisschen herumfahren – vielleicht finden wir sie ja.«

Wahrscheinlich irrten seine Eltern gerade durch den Regen und suchten verzweifelt nach ihm. Vielleicht klapperten sie jedes Geschäft ab und schleppten sich mit ihrem schweren Gepäck den Rücken krumm. »Keine Sorge, Ell. Wir finden sie«, würde sein Vater sagen, der immer den Unbesorgten gab. »Dass wir Jake verpasst haben, ist kein Weltuntergang.« Und seine Mutter würde versuchen, sich zu beruhigen, indem sie sagte, *natürlich werden wir Jake finden, und in der Zwischenzeit können wir uns ja mal in Ruhe die Geschäfte ansehen, wir waren ja schon so lange nicht mehr hier. Lass uns mal hier in die Seafarer's Gallery hineinschauen.* »Das ist doch keine Kunst«, würde sie sagen, sobald sie den kleinen, vom Lebensmittelladen in eine Kunstgalerie umgewandelten Laden betreten hätten. »Das sind Abbildungen von Szenen, die schon hunderte von Malern gemalt haben.« Schiffe, Wellen, Leuchttürme. Landschaften im Mondschein, Sonnenuntergänge. »Auf der Insel gibt es viel bessere Künstler.« Sie würde die Nase rümpfen und sich über die Gemälde mokieren, aber seinem Vater würden die vertrauten Anblicke insgeheim gefallen – *ist eine Landschaft im Mondschein oder bei Sonnenuntergang denn nicht immer schön? Wenn wir sie in der Wirklichkeit sehen, sind wir doch auch berührt, warum soll uns dann derselbe Anblick auf einer Leinwand kalt lassen?* – *Weil sie nicht echt sind*, würde seine Mutter erwidern, *sie sind künstlich, Kopien von millionenfachen Kopien*. Jake war zwar im Grunde derselben Meinung, konnte sich aber gleichzeitig nicht erklären, weshalb er es dennoch als tröstlich empfand, wenn er ähnliche Bilder in seinem Büro oder in Arztpraxen hängen sah.

Sie fuhren an ein paar Baugrundstücken vorbei, auf denen gerade neue Häuser entstanden. Überall auf der Insel waren riesige Sommerhäuser wie Pilze aus dem Boden geschossen, und Jake registrierte diesen Bauboom mit stiller Genugtuung. Ihr eigenes Sommerhaus, das sie damals als Schnäppchen erstanden hatten, war jetzt etwas wert. Nicht, dass er es hätte verkaufen wollen, aber sie würden heute weit mehr dafür bekommen, als sie damals bezahlt hatten.

»Wenn die noch mehr solche Klötze hinstellen, geht die Insel bald unter«, bemerkte Liz.

»Könnte gut sein. Unseres ist übrigens auch nicht gerade klein.«

»Ja, okay, aber nicht so groß wie die hier. Ich hätte sowieso nie gedacht, dass ich jemals ein Sommerhaus besitzen würde«, sagte sie. »Du?«

»Ernsthaft habe ich nicht daran geglaubt. Gehofft vielleicht schon. Ich habe mit meiner Mutter früher immer so ein Spiel gespielt, bei dem wir uns vorgestellt haben, was wir machen würden, wenn wir eine Million Dollar hätten.«

»Und jetzt hast du viele Millionen.«

»Hm.« Er dachte nach. »Also, *schlecht* finde ich das nicht.«

»Nein, natürlich nicht. Es ist nur ungewohnt. Manchmal kommt es mir einfach völlig absurd vor.«

»Mir auch«, sagte Jake. »Aber gut absurd, oder?«

Liz beugte sich zu ihm und legte ihm fast mütterlich eine Hand auf die Wange.

»Oder?«, wiederholte er.

»Natürlich«, sagte sie. Sie schlug vor, den Wagen auf der Hauptstraße zu parken und in den Geschäften nach seinen Eltern zu suchen, womit er einverstanden war. Er parkte auf dem Postparkplatz, sie zogen sich ihre Kapuzen über die Köpfe und rannten los. Irgendwann blieb Liz stehen, riss ihren Regenmantel auf, bog den Kopf zurück und streckte ihren Oberkörper dem Regen entgegen. Das Wasser strömte ihr über die Haare und das Gesicht. »Ist das schön«, rief sie, und auch Jake machte seine Jacke auf. »Ist das nicht toll?«, fragte sie. Das blaue T-Shirt klebte ihr an den Brüsten, und er sah die kleinen Spitzen ihrer Brustwarzen.

»Doch«, sagte er und leckte sich die Tropfen von den Lippen, obwohl er in seinem durchweichten Hemd zu frieren begann. Er wollte aber, dass es sich toll anfühlte. Er wollte ein Glücksgefühl dabei empfinden, bis auf die Knochen durchnässt zu werden. »Und ob es dir gefällt oder nicht, du siehst sehr sexy aus, meine Süße.« Er konnte nicht anders, und im Moment, war es ihm auch ziemlich egal, was sie darüber dachte.

Liz beugte sich zurück, um ihre Haare auszuwringen. »Weiter?«, fragte sie.

»Weiter«, sagte er. Er legte ihr einen Arm um die Schultern und massierte ihren nassen Rücken, während sie in den Ort schlenderten, durch die Pfützen platschten und dann und wann an der Hüfte zusammenstießen.

Zitternd betraten sie einen kleinen Lebensmittelladen, wo graugesichtige Fischer in einer Ecke dicht gedrängt zusammenstanden und rauchten. Sie warfen einen Blick in die Galerie und die Eisdiele, aber Jakes Eltern waren nirgends zu sehen, und gerade als er vorschlagen wollte, zum Auto zurückzurennen, rief Liz: »Da! Da drin sind sie!«, und zog ihn ins *Books and Beans*.

Im gleichen Moment entdeckte ihn auch schon seine Mutter und kam ihnen mit vor Freude und Besorgnis weit aufgerissenen Augen entgegen. »Gott sei Dank!« Sie schrie es fast.

Neben ihr stand sein Vater und hinter den beiden Hilary. Jake umarmte Mutter und Vater, und als sie zur Seite traten und Hilary auf ihn zuging, bemerkte Jake, dass sie zugenommen hatte. Selbst ihr Gesicht und ihre Haare wirkten voller.

»Du hast dich aber ganz schön verändert«, brachte er heraus. Er versuchte, Liz' Blick aufzufangen, um sich zu vergewissern, dass sie es auch bemerkt hatte, aber sie unterhielt sich gerade mit seiner Mutter.

»Na?«, begrüßte ihn seine Schwester. Ein Mann versuchte sich an ihr vorbeizuschieben, aber sie blockierte fast den gesamten Gang zwischen den zwei Regalwänden. Er gab es auf und nahm einen anderen Weg. Jake sah an ihrem Bauch hinunter, der sich ziemlich weit vorwölbte. Sehr weit sogar. Aber das konnte gar nicht sein. Einen Moment lang blieb ihm die Luft weg.

»Hattest du einen guten Flug?«, fragte er.

»Was glaubst du denn?«, fragte sie zurück und rieb sich den Bauch. Sie sah ihm in die Augen. »Ich bin schwanger – deshalb der Bauch, falls du dich wunderst. Ich bin nicht einfach dick geworden.«

»Schwanger?« Das war absurd. Hatte sie plötzlich einen Mann?

»Genau. Schwanger. Das Kind kommt in drei Monaten.«

»Wow, das kann Ich gar nicht ... Ich meine, wie ist das denn passiert?«

»Sex, Jake. Du weißt schon, ein Penis, eine Scheide. Beides passt ganz gut ineinander.«

Er sah sich erschrocken um. Hoffentlich hatte das niemand mitgekriegt.

»Keine Angst, jeder Mensch hat ein Geschlechtsteil, und ich glaube, die meisten Leute hier wissen auch, was man damit anstellen kann.«

»Hilary! Könntest du vielleicht ein bisschen leiser reden?«

Sie zuckte mit den Achseln. »Bitte. Na ja, jedenfalls bin ich schwanger, und um es kurz zu machen, ich werde das Kind allein aufziehen. Ohne Vater. Es war eine Art Unfall, aber jetzt bin ich eigentlich froh darüber.«

»Oh«, sagte er mit zugeschnürter Kehle. Mehr fiel ihm nicht ein. »Tja, dann … herzlichen Glückwunsch.« Wie leichtfertig kann man eigentlich sein, dachte er. Wie absolut hochgradig lächerlich leichtsinnig von ihr, sich ein Kind machen zu lassen, ohne einen festen Partner zu haben. Sie war eigensinnig und unvernünftig und promiskuitiv, und er und Liz hatten fünf qualvolle Jahre gebraucht, um schwanger zu werden.

Joe sah zu ihnen hinüber. Er legte einen Finger in sein Buch und hielt es sich wie einen Schutzschild vor die Brust, bevor er es auf einem Tischchen ablegte. Neben ihm auf dem Boden stand ein Käfig. Er hatte seine Schildkröte mitgebracht. Er hatte doch tatsächlich Babe mitgebracht. Wozu? War das beginnende Alterssenilität? »Lasst uns gehen«, sagte Jake und bückte sich nach dem Käfig.

»Sag lieber nichts«, flüsterte seine Mutter mit Blick auf die Wanne.

»Keine Sorge«, sagte Jake, dessen Gedanken schnell zu seiner Schwester zurückkehrten. Es war einfach unfassbar. Auf dem Weg zum Wagen begann er sich Sorgen um Liz zu machen – wie sie es wohl aufnahm? War es nach allem, was sie durchgemacht hatte, ein Schock für sie, zu sehen, dass seine kleine Schwester geschwängert worden war (der Ausdruck erschien ihm angesichts der Situation treffender als »schwanger«)? Er war vor den anderen am Wagen und stellte Babes Käfig auf den Boden, während er nach dem Schlüssel suchte. Sein Vater lief auf ihn zu, hob den Käfig hoch und brummte etwas über den Regen und Jakes Wagen – *wieso brauchte er so ein großes Auto? Wozu brauchte überhaupt irgendwer so ein großes Auto?*

Auf dem Rückweg war wieder ein langsamer Fahrer vor ihm. Auf der nassen Fahrbahn geriet sein Wagen für einen Moment aus der Spur, er rutschte auf einen Baum zu, bekam den Wagen aber wieder unter Kontrolle und spürte, dass seine Nerven zum Zerreißen gespannt waren. Liz schwatzte mit seiner Mutter, Hilary war geschwängert worden, hatte keinen Partner und war ein verwöhntes Gör, sein Vater flüsterte angeregt mit ihr, wie er es mit ihm nie tat, und seine Mutter sagte, er solle langsamer fahren, sonst bekäme sie gleich einen Herzinfarkt, was nicht abwegig sei, weil sie nicht mehr die Jüngste sei und viele in ihrer Familie schwache Herzen gehabt hätten, und was dann? Er atmete langsamer – *eins, zwei* – und nahm den Fuß vom Gas.

Beim Ausladen des Gepäcks ging das Chaos erst richtig los. Jake rannte zum Haus, um die Tür aufzuschließen, und als er zum Wagen zurückkam, belud Hilary ihn mit ihren Taschen. Joe ging währenddessen mit vorsichtigen, unsicheren Schritten auf das Haus zu, wobei er Babe in ihrem Käfig wie eine Hochzeitstorte vor sich hertrug. Jake wusste, dass sein Vater schlecht sah, und rannte, kaum hatte er Hilarys Gepäck abgestellt, sofort wieder hinaus, um ihm die Schildkröte abzunehmen.

»Vorsicht«, mahnte Joe.

»Ich hab sie, Dad.«

»Sei trotzdem vorsichtig, Jake.«

»Das schafft er schon, Joe«, keifte Ellen hinter ihnen und hastete, mit viel zu vielen Taschen beladen, an ihnen vorbei.

Im Haus huschte Liz hin und her, knipste Lampen an, nahm Mäntel und Jacken ab und bot ihnen Handtücher und trockene Sachen zum Wechseln an. Hilary ließ ihre Taschen mit einem lauten Knall auf den Wohnzimmerboden fallen und sah sich um. Jake beobachtete, wie sie die Fotografien – alles Originale – registrierte, den Couchtisch, den sie von einem Schreiner aus Vermont hatten anfertigen lassen, die Sofas, die Liz bei einem Polsterer in Portland in Auftrag gegeben hatte. Er war stolz und zugleich verunsichert.

Joe ließ sich aufs Sofa fallen und streifte seine matschigen Schuhe ab. Jake stürzte auf ihn zu und griff danach, bevor der Schmutz in den Teppich einzog.

»Möchte jemand einen Drink?«, fragte Liz hinter Jake und obwohl er wusste, dass sie eigentlich die anderen meinte, antwortete er: »Ja, ein Bier bitte.«

Ellen streckte sich und sah sich um. »Was für ein wunderschönes Haus, Jake. Ich kann gar nicht glauben, dass es wirklich in so schlechtem Zustand gewesen sein soll.«

»Wir haben es entkernen lassen«, erklärte er. »Und praktisch von Grund auf umgebaut. Liz war dabei federführend.«

»Ich hätte es vorher gern mal gesehen«, sagte sein Vater.

»Ihr könnt euch gar nicht vorstellen, wie es sich verändert hat.«

Liz kam ins Zimmer zurück, reichte ihm ein Bier und lächelte höflich. »Es war eine Höllenarbeit, aber ich finde, es hat sich gelohnt.«

Ellen sah sich anerkennend um. »Das kann man wohl sagen.« Sie strich mit der Fußspitze über den Holzboden. »Das Parkett ist wunderschön. Was ist das – Eiche?«

»Kirschbaum«, sagte Jake.

»Das hat dich sicher eine Stange Geld gekostet«, sagte Joe. »Ist es schwer zu pflegen?«

»Gar nicht. Eigentlich wie jedes andere Parkett auch.«

Joe brummte etwas, und Ellen sagte: »Daniel hat im neuen Haus auch Parkett, aber sie haben noch keine Teppiche, und ich finde, ehrlich gesagt, dass es noch ein wenig nackt aussieht. Eure Teppiche sind aber wirklich herrlich.« Sie ging schwerfällig in die Knie, um über den Perserteppich unter dem Couchtisch zu streichen, und plötzlich änderte sich ihre Miene. »Habt ihr eigentlich schon etwas von ihm gehört?«

»Am frühen Nachmittag hat er mal angerufen«, sagte Liz.

»Hoffentlich ist alles in Ordnung.«

»Das hoffe ich auch«, sagte Jake, dem bewusst war, dass sie das nicht auf diesen Moment bezog, sondern generell meinte. Ihm ging es ja genauso. In den abwegigsten Augenblicken – während einer geschäftlichen Besprechung oder auf dem Tennisplatz – kam ihm plötzlich sein Bruder in den Sinn. Was machte er wohl gerade? Ob er wohl noch schwimmen oder im Rollstuhl Basketball spielen konnte? Überhaupt irgendeinen Sport? Jake sprach mit Daniel nicht viel darüber. Sie sprachen ohnehin nicht oft miteinander. Und wenn Jake ihn einmal im Monat anrief, wusste er einfach nicht, wie er das Thema ansprechen sollte. Er hatte ihm nach dem Unfall gesagt, wie unendlich leid ihm alles tat, und ihm jede erdenkliche Unterstützung angeboten – praktische Hilfe, Geld, Kontakte zu den besten Ärzten, die er in New York kannte. Aber Daniel war damals wie versteinert gewesen, und Jake hatte das Gefühl gehabt, ihn mit seinen Vorschlägen nur zu verärgern. Daniel war es nicht gewöhnt, derjenige zu sein, der Mitleid erregt und von anderen abhängig ist. In den Wochen nach dem Unfall hatte Jake Liz jeden Abend immer wieder zwanghaft von Daniel erzählt, wie gern sein Bruder als Kind Sport getrieben hatte – er war gelaufen, geschwommen, gewandert, hatte mit ihm in ihrem Zimmer gerungen, ihm im Schwimmbecken und im Garten die Seele aus dem Leib geprügelt –, als würde er sich dadurch von etwas befreien, um anschließend in einen schweren, traumlosen Schlaf zu sinken. Liz wusste, dass Jake und Daniel nie ein besonders enges Verhältnis gehabt hatten. Jake war seinem Bruder auf die Nerven gegangen. Er hatte Liz auch erzählt, wie sehr Daniel Tiere geliebt hatte und wie er seine Eltern ständig anbettelte, einen Hund anzuschaffen. Je größer, desto besser, hatte er gesagt. Aber Jake hatte eine Allergie gegen Hunde- und Katzenhaare, und weil er wegen des Gezwitschers der Vögel seines Vaters abends nicht einschlafen konnte, war das Haus nach dem Tod des Wellensittichs Napoleon haustierfrei geblieben, bis sie alle an der Uni waren und sein Vater Babe kaufte.

Nach dem Unfall und den langen, schwierigen Monaten danach hatte sich Jake gefreut, als er von Brendas Schwangerschaft erfuhr. Er nahm an, dass Daniel ein guter Vater sein würde, falls es ihm gelänge, seine Launen in den Griff zu bekommen. Nur die Geschichte mit dem Samenspender erfüllte ihn mit gemischten Gefühlen. Die Kinder, die Liz im Bauch trug, waren zumindest biologisch seine eigenen. Daniel und Brenda war natürlich gar nicht viel anderes übrig geblieben, aber schwierig blieb es trotzdem. Wie gingen sie damit um, falls das Kind keinem von ihnen ähnlich sah? Falls der Spender psychisch krank war und es den Ärzten verschwiegen hatte? Oder plötzlich auftauchte und seine Vaterrolle reklamierte?

Jake trank einen Schluck Bier und sah sich in seinem Wohnzimmer um, betrachtete das Kirschholzparkett, seine schwangere Frau, die an der Wand lehnte, den stürmischen Atlantik vor dem Fenster und spürte Dankbarkeit für all das, was er hatte: dafür dass er nie so einen schlimmen Unfall gehabt hatte wie sein Bruder, dafür, dass er und Liz nicht auf einen Samenspender angewiesen gewesen waren, dass er eine Frau hatte, die er liebte, ein schönes Haus hier auf der Insel und ein anderes in Portland. Einen tollen Job, gute Freunde.

Wieso hatte er manchmal nur das Gefühl, das alles wäre eine Fata Morgana? Warum hatte er oft Angst, eines Morgens aufzuwachen und festzustellen, dass alles – seine Häuser, sein Job, Liz – besonders Liz – verschwunden waren? Er warf einen Blick zu seinem Vater hinüber, der sich gerade an der Tür von Babes Käfig zu schaffen machte, und fragte sich, ob er jemals ähnliche Ängste gehabt hatte? Ob er stolz auf seine Kinder war und auf sein Leben – genügte es ihm? Wahrscheinlich schon, dachte er.

Hilary rieb die Finger aneinander. Als Alex sie vor der Buchhandlung abgesetzt hatte, hatte sie sich zu ihm vorgebeugt und ihn neben den Mund geküsst. Er hatte sich ihr leicht zugewandt und seine Lippen fest auf die ihren gepresst. Als er ihr Gesicht zwischen die Hände nahm, spürte sie, wie sehr es ihr gefehlt hatte, so berührt zu werden. George war viel weicher gewesen. Sanfter und sehr harmlos.

»Tja dann«, sagte er, als er sich zurückzog.

»Das war eine tolle Besichtigungstour.«

»Ich arbeite dieses Wochenende im Laden«, sagte er. »Du könntest mal vorbeischauen.«

Sie griff nach ihrer Tasche und antwortete bewusst nicht.

Sie beschloss, dass sie ihn nicht wieder sehen würde. Sie hätte das, was sie mit ihm getan hatte, gar nicht erst tun sollen, auch wenn es wahnsinnig schön gewesen war. Wahnsinnig. Aber sie würde ihn nicht wieder sehen, Punkt. Es hatte keinen Sinn. Rita näherte sich mit ihrer feuchten

Schnauze ihrem Gesicht, und Hilary wich zurück. »Also dann«, sagte sie und drückte die Tür zu.

Sie hätte nicht so sang- und klanglos gehen sollen, überlegte sie jetzt, während sie eine bequemere Sitzhaltung suchte und die Bewegungen des Babys in sich spürte. Der Moment des Abschieds hatte ihr Angst gemacht. Es war, als würde sie sich von mehr verabschieden als nur von einem Mann.

Ihre Mutter erwähnte gerade, wie sehr sie sich darauf freue, die zarte Brenda schwanger zu sehen. »Man fragt sich, wie das Baby überhaupt in sie hineinpassen soll, nicht wahr?« Ihre Begeisterung schien irgendeine andere Befürchtung zu kaschieren.

Joe saß neben Hilary, beide Hände auf dem Käfig der Schildkröte. Obwohl sie im ersten Moment überrascht gewesen war, dass er Babe mitgebracht hatte, war sie irgendwie auch froh darüber. Ohne sein Haustier bot ihr Vater einen traurigen Anblick, wie ein kleiner Junge, der sich unter lauter Erwachsenen langweilt und unruhig wird. Sie hatte ihn in den vergangenen Jahren vermisst. Am Telefon war er nie so ganz er selbst – er sprach leise und ein bisschen förmlich, stellte ihr die immer gleichen Fragen über ihr Auto und ihre finanzielle Situation, und wenn sie versuchte, ihm etwas Persönlicheres zu entlocken, *war er glücklich? Machte er jetzt im Alter Dinge, die ihn glücklich machten?*, schien er nicht zu verstehen, dass sie doch nur wissen wollte, ob es ihm gut ging. Er antwortete immer einsilbig – *Ja. Natürlich. Prima.* Er geriet in der Familie leicht in den Hintergrund und bekam von keinem genug Beachtung. Besonders von ihrer Mutter nicht, die umgekehrt ständige Aufmerksamkeit von ihm forderte, ohne zu merken, dass er sich auf seine eigene Art immer für sie, für sie alle interessierte. Als Hilary ein Kind gewesen war, hatte er sie jeden Morgen geweckt und hören wollen, was sie geträumt hatte. Jeden Morgen hatte er sie gefragt: »Na, wo kommst du gerade her?«, und sie hatte es ihm erzählt, wenn sie sich noch daran erinnerte. Und wenn nicht, hatte sie Geschichten erfunden, ihm von Orten erzählt, an die sie gern gefahren wäre – von Kalifornien, von China, vom Mond. Er hatte ihr immer aufmerksam zugehört, als enthielten ihre Träume Hinweise auf Wünsche, die sie ans Leben hatte und die er ihr eines Tages vielleicht erfüllen könnte. So funktionierte er nun einmal – er hörte zu. Er beobachtete. Er nahm die leisen Zwischentöne, die ihre Unterhaltungen bestimmten, in sich auf. Und dann ging er ins Nachbarzimmer, beschäftigte sich mit seiner Schildkröte und ließ den anderen Zeit und Raum für sich selbst. Ihrer Mutter war diese unaufdringliche Form der Aufmerksamkeit aber nie genug gewesen.

Hilary drückte seinen Unterarm. »Ich habe dich vermisst«, flüsterte sie, und er sagte lächelnd: »Ich dich auch.«

Liz zeigte Hilary einen kleinen, rosa gestrichenen Raum am Ende des Flurs. In einer Ecke stand ein schmales Bett, das mit seiner rüschenbesetzten rosa Überdecke und dem Berg weißer Spitzenkissen wie ein kleines Mädchen im Sonntagsstaat aussah. »Hier schläfst du«, sagte Liz. »Handtücher liegen auf dem Bett.« Hilary bemerkte einen Stapel pinkfarbener Handtücher, deren Saum mit winzigen weißen Fischen bestickt war.

»Wie geht es dir denn so? Ist dir morgens schlecht? Ich musste acht Wochen lang jeden Tag früher von der Arbeit nach Hause fahren. Irgendwann war ich fast so weit, dass ich eine ganze Packung dieser Pillen gegen Übelkeit auf einmal genommen hätte.«

»Ich bin ständig erschöpft, und manchmal ist mir schlecht.« Liz strich den hauchdünnen rosa Vorhang am Fenster glatt, neben dem sie stand. »Aber ehrlich gesagt, freue ich mich darüber, weil … na ja, du weißt ja, dass es bei uns ein Weilchen gedauert hat.«

»Ja, natürlich.« Hilary überlegte, was sie noch sagen könnte. Erwartete Liz eine Entschuldigung dafür, dass sie schwanger war? Sie hatten nie viel Zeit miteinander verbracht – sie hatte kein Gespür für das, was Liz jetzt hören wollte. »Du bist jetzt bestimmt erleichtert.«

»Ja, schon irgendwie. Was ist mit dir? Macht dich der Gedanke, bald ein Kind zu haben, nervös?«

»Ein bisschen.«

Liz öffnete den Mund, schloss ihn und öffnete ihn wieder. »Und der Vater … bekommst du von ihm Unterstützung?«

Ihre Forschheit überraschte Hilary. »Bestimmt nicht. Vor allem, weil er gar nichts davon weiß.«

»Wirklich?«

»Wirklich«, sagte Hilary und fragte sich, ob es klug war, so viel zu erzählen. »Aber sag das Jake lieber nicht. Sonst redet er kein Wort mehr mit mir. Obwohl – warum eigentlich nicht? Erzähl es ihm ruhig. Es ist wahrscheinlich sowieso nur eine Frage der Zeit, bis er es erfährt.«

»Ach komm, so schlimm ist er auch nicht.«

»Oh doch, ist er. Hat er dir mal erzählt, wie er mich dabei erwischt hat, wie ich die Bar unserer Eltern geplündert habe? Okay, ich gebe zu, ich war erst dreizehn, und es war am helllichten Tag, und mein damaliger Freund war fünf Jahre älter und wartete im Bett auf mich. Jake ist an dem Tag früher von der Schule nach Hause gekommen und hat mir zwei Stunden lang einen Vortrag über Alkoholismus und Verführung Minderjähriger gehalten. Ich bin vor Angst fast gestorben. Abends hat er mich dann gezwungen, zu unserem Vater zu gehen und ihm alles zu beichten. Dad hat sich ein Grinsen verkniffen, und da hat Jake ihn angebrüllt, er sei ein verantwortungsloser Vater und seine

Tochter würde wahrscheinlich eines Tages noch irgendwo tot auf der Straße liegen.«

»Du übertreibst.«

»Kein bisschen.«

»Ich weiß, dass er es nur gut meint.«

Hilary sah Liz an, und beide lächelten.

»Okay, vielleicht nicht«, räumte Liz ein. »Aber was soll er denn machen? Dich zwingen, den Mann anzurufen und ihm zu sagen, dass du schwanger bist? Was spielt es für eine Rolle, was Jake über dich denkt? Es ist nicht sein Leben.«

»Wie wahr.«

»Also – wer ist der Mann?«

Hilary ging zum Bett und setzte sich. Sie sah sich im Zimmer um, das jetzt ziemlich voll aussah, weil zusätzlich zum Bett, der Kommode mit den selbst gemacht aussehenden Bilderrahmen darauf, dem großen Weidenkorb und einem dick gepolsterten pinkfarbenen Sessel jetzt auch noch ihre eigene und eine Tasche ihrer Mutter darin standen. »Er ist Musiker«, sagte sie. Sie dachte an Bill David, an Beatle und Jackie. Dann an George und Camille. »Und Schreiner. Er heißt George David.«

»Und wieso seid ihr nicht zusammen? Richtig zusammen, meine ich. Wieso willst du es ihm nicht sagen?«

»Wahrscheinlich, weil ... Ich weiß nicht. Wahrscheinlich will ich ihn nicht heiraten.«

»Oh«, sagte Liz knapp. »Tja, das leuchtet ein. Tut mir leid, dass ich so neugierig bin. Ich sollte nicht so viel bohren. Ich verspreche dir, dass ich ab jetzt nicht mehr so viele Fragen stelle.«

Aber Hilary hatte fast ein bisschen Hochachtung vor ihrer Schwägerin, weil sie den Mut hatte, sie so direkt darauf anzusprechen. »Ach weißt du, ich denke mir ein paar ähnlich bohrende Fragen aus und stelle sie dir dann, wenn du am wenigsten damit rechnest.«

»Okay, abgemacht.« Im Flur wurden schlurfende Schritte hörbar, und Liz wandte sich zum Gehen. »Mach es dir gemütlich, Hil. Wenn du etwas brauchst, frag mich, oder nimm es dir einfach.«

Kurz darauf hörte Hilary, wie sie sich mit Ellen im Flur über die Insel (immer mehr Leute kauften Grundstücke) und den Regen (wann würde er wohl aufhören?) und über Freud und Leid einer Schwangerschaft unterhielt. »Ihr werdet wunderbare Eltern sein«, sagte Ellen zu Liz.

»Ich bin mir da gar nicht so sicher.«

»Ich sehe schon die Kinderhorden hier durchs Haus toben. Du bist eine fabelhafte Köchin, und Jake macht sich ständig Sorgen«, sagte sie. »Nein wirklich, ihr seid die perfekten Eltern.«

Hilary wünschte sich, Daniel würde endlich ankommen, damit sie ihm erzählen konnte, was ihre Mutter gerade gesagt hatte. Sie könnten zusammen über Jakes Luxusvilla lästern, die aussah wie einem Einrichtungskatalog entsprungen. Sie könnte Daniel von Liz' überraschendem Mut erzählen und ihn fragen, ob er ihren Vater für glücklich hielt – was hatte es zu bedeuten, dass er Babe mitgebracht hatte? Sie hätte gern gewusst, was Daniel zu alldem zu sagen hatte.

Das letzte Mal hatte sie ihn ein paar Monate nach seinem Unfall gesehen, als sie zu ihm an die Ostküste gereist war. Sie war nachts losgeflogen und am Samstagmorgen angekommen, Brenda hatte sie am Flughafen abgeholt und direkt zum Krankenhaus gefahren. Daniel hatte im Bett gelegen, er war ein bisschen schmaler gewesen als bei ihrer letzten Begegnung auf der Beerdigung ihrer Großmutter. Seine Beine hatten wie leblos unter der Decke gelegen, und Hilary hatte versucht, das nervöse Flattern in ihrer Brust zu ignorieren, als sie ins Zimmer trat. Brenda hatte sie dann alleine gelassen, um einen Film im Labor abzugeben, und Hilary hatte die Zimmertür geschlossen und eine Flasche

Wodka aus dem Rucksack gezogen. Und dann hatten sie und Daniel abwechselnd daraus getrunken und Tränen darüber gelacht, dass Hilarys damaliger Freund, ein Berkeley-Student, ihr am Abend zuvor auf einer Mandoline eine Serenade dargebracht hatte.

Hilary konnte es kaum erwarten, ihren Bruder wiederzusehen.

5. Mutterschaft

Das Meer war stürmisch und die Überfahrt rau. Brenda und Vanessa hatten während der gesamten Fahrt nur darüber gesprochen, wie toll Freeman Corcoran war und wie toll Maine war und wie toll es war, ein Kind zu haben. (Daniel schloss aus Vanessas Bemerkungen, dass Esther bei einem One-Night-Stand entstanden war.) Sie schwärmte von ihrem Leben als alleinerziehende Mutter, und Brenda stellte ihr alle möglichen Fragen. »Aber wünschst du dir manchmal nicht, dass jemand da wäre, der Esther auch mal die Windeln wechselt? Glaubst du, dadurch dass du sie allein erziehst, ist deine Beziehung zu ihr besonders eng?«

»Ganz ehrlich? Ja, das glaube ich. Wir haben unsere eigene kleine Welt und unsere eigene Sprache. Ich bin die Einzige, die versteht, was sie möchte, wenn sie auf eine bestimmte Art weint oder sich den Daumen ins Ohr steckt. Freeman versucht zwar, es zu interpretieren, aber er denkt immer, sie hätte Hunger. Tut mir leid, aber ich bin überzeugt davon, dass nur eine Mutter ihr Kind wirklich versteht. Wenn sie weint, bin ich zum Beispiel die Einzige, die sie sofort trösten kann.« Sie blickte nachdenklich auf Daniels Schuhe. »So intensiv, wie man sein Kind liebt, liebt man sonst niemanden. Das ist die allertiefste Liebe, die es gibt – du wirst es merken.«

Brenda sah Esther an, während Vanessa redete. Daniel spürte das rhythmische Auf und Ab der Wellen unter ihnen. Ihm wurde kurz übel, doch dann beruhigte sich sein Magen wieder. Er betrachtete Vanessa – ihre scharfe Nase, ihr markantes Kinn, ihre muskulösen Arme. Sie strahlte etwas Mütterliches und Väterliches zugleich aus. Obwohl er keine klaren Erinnerungen an das Alter hatte, in dem Esther jetzt war, erinnerte er sich noch gut an das Gefühl, dass seine Mutter für ihn der allerwichtigste Mensch gewesen war, dass sie ihn sicher umfing wie ein schützender Kokon. Dieses Gefühl hatte ihn begleitet, als er älter wurde, auch später dann im College und selbst während seines Studiums hatte er es zu einem gewissen Grad noch gespürt – wann hatte es eigentlich aufgehört? Wahrscheinlich nach dem Unfall.

Er beugte sich vor und griff nach der zierlichen Hand seiner Frau. Den ganzen Tag über hatte er sich nicht so entspannt gefühlt wie jetzt, und er sagte sich, dass er diese innere Ruhe genießen sollte, statt gereizt auf Vanessas Ausführungen zur Mutterschaft zu reagieren und sich über Brendas gezielte Fragen zu ärgern.

Die Fähre fuhr langsamer, wendete um hundertachtzig Grad, tuckerte rückwärts an den Steg heran und kam schließlich mit einem Ruck zum Stehen. Bald konnten sie den Rest des Tages frei gestalten – er und seine Frau. Die Leute um sie herum sammelten sich am Ausgang und warteten ungeduldig darauf, dass die Planke angelegt wurde. Sie schoben sich vorwärts, und er rollte die Planke hinab, wobei die Räder seines Rollstuhls das Geländer streiften und Brenda, die hinter ihm ging, ihm ständig mit dem Koffer gegen die Rückenlehne stieß. Dann waren sie wieder draußen im Regen, und er hatte das Gefühl, dass nichts zwischen ihnen stand. Gleich würden sie seine Eltern und Geschwister wieder sehen, und er fühlte sich der Begegnung gewachsen. Und die Frau, mit der er seit beinahe einem Jahrzehnt verheiratet war, stand hinter ihm, und alles war wieder gut.

In einem Wartehäuschen an einer von kleinen Läden gesäumten Straße tauschten Brenda und Vanessa Telefonnummern aus und umarmten sich zum Abschied. Daniel sah zu, wie Vanessa Esther an ihre Brust drückte, durch den Regen eilte und sich in ein Auto setzte. Er griff in seine Jackentasche, um den Zettel mit Jakes Telefonnummer zu suchen. »Siehst du hier irgendwo ein Telefon?«, fragte er Brenda.

»Da hinten.« Sie zeigte über die Straße, wo ein paar Leute unter Regenschirmen vor einer Telefonzelle warteten. Er fuhr los, und sie trat sofort wieder hinter ihn, um ihn zu schieben, wuchtete den Rollstuhl über aufgeplatzte Stellen im Asphalt und über die Bordsteinkante auf die Fahrbahn. Beinahe wäre er in einer breiten Pfütze gelandet, wenn sie nicht plötzlich stehen geblieben wäre. Menschen hetzten an ihnen vorüber, zogen sich ihre Kapuzen über die Köpfe. »Ich mache das schon, Bren«, sagte er und umfasste die Räder mit beiden Händen. Sie antwortete nicht. Sie hatte den Rollstuhl losgelassen und war stehen geblieben. Er hörte das Motorengeräusch der Wagen, die ihretwegen nicht weiterfahren konnten. Einen Moment später folgte sie ihm. Sobald sie den Gehsteig erreicht hatten, blieb sie wieder stehen und beugte sich zu ihm hinunter. »Das Baby schläft zu lang«, schrie sie ihm ins Ohr.

»Wieso, wie lang denn schon?« Daniel hielt die Hand über die Stirn, um sich vor dem Regen zu schützen. Er hätte seine Regenjacke mitnehmen sollen. Eigentlich war er sich sicher, dass er den Regenschirm eingepackt hatte – nur wo war er? »Können wir uns nicht irgendwo unterstellen, müssen wir das hier draußen besprechen?«

»Irgendetwas stimmt nicht, Dan. Ich habe plötzlich richtige Krämpfe im Bauch und im Rücken«, sagte sie. Der Regen strömte gnadenlos auf sie herab und schien die folgenden Minuten zu Stunden zu dehnen. Plötzlich stand Vanessa, die Esther immer noch im Arm trug, wieder neben ihnen, und als Brenda ihr sagte, sie hätte das Gefühl, sie müsse ins Krankenhaus, warf Daniel zwar ein, sie mache sich übertriebene Sorgen – wahrscheinlich bräuchte sie bloß etwas zu essen oder Flüssigkeit oder müsse sich ein wenig ausruhen. Aber Brenda ließ sich nicht davon abbringen, woraufhin Vanessa sie ein kleines Stück die Straße hinunterführte und Brenda auf den Rücksitz eines rostigen Autos bugsierte, ehe sie Daniel auf den Beifahrersitz half. Während sie sich damit abmühte, den Rollstuhl zusammenzuklappen und im Kofferraum zu verstauen, hielt Daniel Esther auf dem Schoß. Sie wimmerte und strampelte in seinen Armen. Daniel drehte sich zu Brenda um, die sich besorgt den Bauch hielt und auf ihre Schuhe starrte. »Ich weiß nicht, was los ist«, sagte sie zum Wagenboden, und dann rutschte Vanessa hinter das Steuer und fuhr sie zur Klinik, einem kleinen, niedrigen Gebäude, das nur ein paar Minuten entfernt war.

Sie standen in einem Warteraum und beobachteten, wie ein Arzt Brenda am Arm nahm und ihr das Kreuz massierte, während er sie einen Flur hinabführte. Sie hätte sich nicht so überanstrengen dürfen – zweimal hatte er ihr gesagt, sie solle langsamer machen und sich nicht so hetzen. Was wäre denn schon dabei gewesen, wenn sie ein bisschen nass geworden wären? Aber vermutlich war sie bloß überanstrengt und erschöpft, der Arzt würde ihr wahrscheinlich ein Glas Wasser zu trinken geben, ihr sagen, sie solle sich ausruhen, und sie nach Hause schicken. Als Esther wieder zu quengeln begann, sagte Daniel zu Vanessa: »Ich komme jetzt allein zurecht. Fahr ruhig nach Hause.«

»Ich bleibe. Das macht mir nichts aus«, sagte sie und rückte das Baby auf ihrer Hüfte zurecht. Sie strich mit den Fingern durch Esthers dünnes Haar. »Ich fahre, wenn ich weiß, dass alles in Ordnung ist.« So warteten sie nebeneinander, und keiner sagte mehr etwas. Der Warteraum war ein schmaler Schlauch mit einigen orangefarbenen Kunststoffstühlen und einer Spielecke, in der ein Haufen altes Spielzeug lag: eine rothaarige Stoffpuppe, der ein Auge fehlte, ein Springteufel-Kästchen, aus dem eine rostige Spirale ragte, und andere ramponierte Spielsachen, die aussahen, als würden sie geduldig auf einen Arzt warten. Daniel hörte von irgendwoher ein schrilles Piepsen, ansonsten war es still. Viel zu still für ein Krankenhaus. Er überlegte, worüber er mit Vanessa reden könnte, und zeichnete sie im Kopf – eine dünne, kleine Strich-Frau mit einem großen, dicken Baby in den Armen. Die Arme bildeten einen Kreis um das Baby. Esther weinte wieder, und Vanessa sagte: »Sie ist müde.«

»Du solltest jetzt wirklich nach Hause fahren. Wenn du willst, rufe ich dich später an und gebe dir Bescheid, dass alles in Ordnung ist. Brenda hat ja deine Nummer.«

Widerstrebend erklärte sich Vanessa dazu bereit. »Aber versprich mir, anzurufen. Ich warte darauf, ja?«, sagte sie, und er nickte. Sie beugte sich vor, klopfte ihm steif auf die Schulter und ging davon. Daniel war erleichtert, endlich allein zu sein.

Als kurz darauf ein kleiner Arzt mit einem grauen Schnurrbart erschien, fuhr er ihm ungeduldig entgegen. »Ich bin Dr. Waller, der diensthabende Gynäkologe«, stellte er sich vor und hob einen Mundwinkel zu einem nervösen Lächeln. Brenda habe einen spontanen unvollständigen Abort, also eine Fehlgeburt gehabt, erklärte er.

»Unvollständig, Gott sei Dank«, entfuhr es Daniel.

Dr. Waller warf ihm einen schrägen Blick zu. »Mr. Miller ... das bedeutet, dass wir umgehend eine Dilatation und Ausschabung vornehmen müssen, um das Gewebe zu entfernen.«

»Das Gewebe?«

»Das Gewebe vom Fötus.«

»Vom Baby.«

»Ja, genau, vom Fötus«, bestätigte Dr. Waller mit leiser Stimme, und erst als Daniel fragte: »Ist es denn gesund?«, nahm er den Kloß wahr, der ihm plötzlich in der Kehle zu stecken schien. »Oh, ich glaube, ich verstehe.«

»Es tut mir leid«, sagte Dr. Waller und erklärte ihm den Eingriff, der unter Narkose stattfinden, aber nicht lang dauern würde.

»Okay.« Der Kloß in Daniels Kehle wuchs.

»Wenn Sie etwas benötigen, wenden Sie sich einfach an eine der Schwestern. Ach so, und Mr. Miller, die Chancen, dass Ihre Frau danach wieder schwanger werden kann, stehen gut. Ich sage das, weil es häufig die erste Frage ist, die man uns stellt.« Daniel schaute auf den Schnurrbart des Mannes, der in seine Mundwinkel hineinragte. »Sobald wir fertig sind, komme ich wieder zu Ihnen und gebe Ihnen Bescheid. Ihre Frau wird das gut überstehen«, versicherte ihm der Arzt, klopfte kurz auf die Rückenlehne des Rollstuhls und verschwand den Flur hinunter.

Daniel sah zu der einäugigen Stoffpuppe und den leeren, ordentlich aufgereihten orangefarbenen Stühlen hinüber. Am Morgen vor seinem Unfall hatte er beschlossen, mit dem Joggen aufzuhören. Beim Aufstehen hatte er regelmäßig Schmerzen in den Knien gehabt und das fortschreitende Alter an Stellen gespürt, über die er früher nie viel nachgedacht hatte. Er hatte sich vorgenommen, nach einer körperlich weniger belastenden Sportart zu suchen, Schwimmen vielleicht oder Radfahren. Womöglich hatte er damit unwissentlich sein Schicksal besiegelt. Er hatte seine Knie aufgegeben, und dafür waren ihm die Beine – sein gesamtes Leben – genommen worden. Er hatte daran gezweifelt, ob er wirklich Vater werden wollte, und begonnen, Jonathan White zu hassen. Und jetzt war ihnen das Kind genommen worden. Aber das waren paranoide Gedanken, tadelte er sich, die zu nichts führten – kein Mensch hatte solchen Einfluss auf die Zukunft. In Wirklichkeit hatte Brenda *ihn* zu sehr unter Druck gesetzt. Und wenn sie sich nicht so überanstrengt hätte, wenn sie nicht zu diesem Familientreffen hätten fahren müssen, wenn es nicht so schlimm geregnet hätte und sie sich nicht so mit seinem Rollstuhl, seinem gottverdammten Rollstuhl, hätte abmühen müssen, dann wäre vielleicht nichts passiert.

Er fuhr in die Ecke des Raums, hob die Stoffpuppe vom Boden auf und drückte sie an seine Brust.

Dr. Waller führte ihn zu Brenda, die immer noch benommen war. Sie lag, mit einem dünnen weißen Laken zugedeckt, im Bett, und ihr Kopf fiel zur Seite, als er ins Zimmer kam. Er rollte zu ihr und wäre beinahe gegen das Bettgestell gekracht, als er nach ihren Händen griff. »Mhm«, murmelte sie. In einem ihrer Unterarme steckte eine Infusionskanüle, er sah den dünnen roten Schlauch, der sich wie ein Wurm unter ihrer Haut krümmte.

»Bren?«, sagte er. Sie murmelte etwas Unverständliches.

Der Arzt sagte, er wolle Brenda zumindest die Nacht über in der Klinik behalten, und Daniel fragte ihn, ob er bei ihr bleiben und in dem unbelegten Nachbarbett schlafen könne. »Selbstverständlich. Ich gebe der Schwester gleich Bescheid.«

Daniel saß bewegungslos da, lauschte auf das Rauschen von laufendem Wasser, das von irgendwo herkam, und wartete darauf, dass jemand noch etwas sagte. »Und was war die Ursache?«, fragte er den Arzt schließlich.

»Das lässt sich jetzt noch nicht sagen. Das Gewebe wird nach Portland in die Pathologie geschickt, und dort werden sie tun, was sie können, um mehr herauszufinden. Es könnte eine Infektion gewesen sein. Leider muss ich Ihnen sagen, dass wir in den meisten Fällen keine genaue Ursache für den Abort feststellen können.«

Ob ein richtiges, ein großes Krankenhaus mit besseren Pathologen womöglich mehr herausfinden könnte, fragte sich Daniel. »Kann man das Gewebe auch woanders hinschicken?«

»Das Labor in Portland ist sehr gut«, sagte Dr. Waller. »Machen Sie sich darüber jetzt keine Gedanken. Ihre Frau wacht bald auf, und dann werden Sie genug zu besprechen haben.«

»Wissen Sie«, sagte Daniel leise. »Es war gar nicht meins.«

»Bitte?«

»Das Kind. Wir hatten einen Samenspender.«

»Oh, ach so. Ja, das leuchtet mir ein«, sagte Dr. Waller.

»Ich meinte nur, ob es vielleicht etwas mit dem Sperma zu tun gehabt haben könnte.« Daniel merkte, dass er sich ziemlich verzweifelt anhörte.

»Das ist eher unwahrscheinlich.« Dr. Waller lächelte wieder sein nervöses Halblächeln. »Wirklich, Sie sollten jetzt nicht so viel darüber nachdenken. Wir werden versuchen, Ihnen so bald wie möglich ein paar Antworten auf Ihre Fragen zu liefern, aber – noch einmal – Sie müssen sich darauf einstellen, dass es vielleicht keine endgültige Antwort gibt.«

Brenda murmelte etwas, und Dr. Waller sagte, er sähe bald wieder nach ihr, und ging.

Daniel drehte sich im Stuhl zu ihr um und legte ihr sanft eine Hand auf die Schulter. In ihren Mundwinkeln hatte sich klebriger Speichel gesammelt, und er griff nach der Schachtel mit Kosmetiktüchern neben dem Bett.

»Es tut ein bisschen weh da unten«, flüsterte sie.

»Soll ich eine Schwester holen?«

Sie schüttelte den Kopf.

»Du fühlst dich bestimmt bald besser«, versuchte er sie zu trösten.

Sie lag reglos da, ihre Lider hoben und senkten sich. »Hast du es ihnen schon gesagt ... deiner Familie?«

»Nein, noch nicht. Ich wollte erst sehen, wie es dir geht.«

»Okay«, murmelte Brenda und schloss die Augen.

Er beugte sich vor und tupfte ihr die Mundwinkel ab. Sie bewegte sich nicht.

Eine hoch gewachsene Schwester erschien in der Tür. »Ist sie aufgewacht?«

»Sie war wach, aber ich glaube, jetzt schläft sie wieder.«

»Sie wird immer wieder aufwachen und wieder eindösen«, sagte die Schwester und warf einen Blick auf das Klemmbrett mit dem Krankenblatt, das am Fußende des Bettes hing. Brendas Kopf lag auf der Seite, ihr Mund stand halb offen. Die Schwester hängte das Klemmbrett zurück und ging rasch und ohne ihn anzusehen aus dem Zimmer.

Er knüllte das Kosmetiktuch in seiner Hand zu einer Kugel zusammen. Brendas Haare standen strubbelig vom Kopf ab, im Schlaf sah sie aus wie ein Kind, unwahrscheinlich jung und weich und zerbrechlich und der Welt ausgeliefert.

Daniel hielt es nicht lange am Bett aus und rollte sich wieder auf den Gang hinaus, wo nur das Summen irgendeines weit entfernten Apparates zu hören war. Zwei Krankenschwestern eilten an ihm vorbei. Ein alter Mann saß gebeugt in einem grünen Sessel vor einem leeren Krankenzimmer. Daniel fuhr wieder in den Warteraum, wo er eine Weile allein sitzen blieb und dem lang gezogenen Hupen eines Autos draußen lauschte.

Liz zeigte Ellen das grün gestrichene Zimmer, in dem sie und Joe schlafen würden. Es standen zwei einzelne Betten darin. Ellen betrachtete den weichen beigefarbenen Teppich und die hauchzarten beige-grünen Vorhänge an den Fenstern. Die reich verzierte bronzene Uhr an der Wand, sicher eine Antiquität. Sie fragte sich, ob das Haus von einem Innenarchitekten eingerichtet worden war. »Handtücher liegen im Wandschrank im Flur. Zusätzliche Kissen und Decken auch, falls ihr welche braucht«, sagte Liz.

Joe stellte Babes Käfig auf eines der Betten und wuchtete seinen Koffer auf das andere.

»Keine Sorge, Babe braucht kein eigenes Zimmer. Sie schläft bei uns«, sagte Ellen, und Joe warf ihr einen kurzen Blick zu.

»Okay, dann kümmere ich mich jetzt mal um das Abendessen«, sagte Liz, und Ellen folgte ihr in die Küche, deren Boden mit Terrakotta gefliest war. Die Arbeitsplatte war aus Granit, und über dem riesigen glänzenden Herd hingen an einem Ring schwere Edelstahltöpfe. Auch der moderne Kühlschrank und die Spüle waren aus Edelstahl. Alles in dem großzügig geschnittenen Raum wirkte massiv genug, um einen Atomkrieg zu überstehen.

Jake schlenderte herein und setzte sich an einen runden Holztisch in der Ecke, auf dem verschiedene, offensichtlich nach irgendeinem System sortierte Lebensmittel lagen. Er hatte in Liz sein perfektes weibliches Pendant gefunden, dachte Ellen und fragte sich, wieso er so perfekt organisiert war und ob sie einen Einfluss darauf gehabt hatte. Bei ihnen hatte ständig Chaos geherrscht, weil das Haus für eine fünfköpfige Familie einfach zu klein gewesen war. Sosehr sie sich auch bemüht hatte, Ordnung zu halten – und sie hatte sich wirklich bemüht –, das permanente Durcheinander aus KFZ-Handbüchern, Spielsachen, Büchern, Kleidungsstücken, Heften, Schuhen, Werkzeug und Zeitungen war unmöglich in den Griff zu bekommen gewesen. Vielleicht war Jakes Ordnungsliebe eine Reaktion auf den Haushalt, in dem er aufgewachsen war. Wenn er erst einmal Vater war, würde noch einiges auf ihn zukommen.

»Ich mache uns ein einfaches Brathähnchen zum Abendessen«, sagte Liz. »Hast du Lust, mir mit dem Salat zu helfen?«

Ellen nickte, und Liz reichte ihr die Tomaten und ein Messer. »Als ich mit Jake schwanger war, hatte ich ständig Appetit auf Hähnchen, komisch, was?«, erzählte sie. »Joe und der Metzger sind in diesen neun Monaten beste Freunde geworden.«

»Ich habe bei mir bis jetzt noch gar keine seltsamen Gelüste festgestellt«, sagte Liz. »Aber das kommt bestimmt noch. Sonst habe ich nämlich fast alle typischen Symptome. Wetten, dass Jake auch noch Appetitschübe bekommt. Couvade-Syndrom nennt man das, glaube ich, wenn die Ehemänner Schwangerschaftssymptome entwickeln.« Ellen wunderte sich über diese Bemerkung, zumal Jake ja direkt neben ihnen saß. Fühlte er sich etwa nicht genug beachtet und forderte deshalb besonders viel Aufmerksamkeit ein? Sie wusste, dass sich einige Männer während der Schwangerschaft ihrer Frau ausgeschlossen fühlten.

Jakes einzige Reaktion war ein gereiztes: »Und Dad hat also seine Schildkröte mitgebracht, ja?«

»Ja.« Die Schneide des Messers richtete auf der prallen Haut der Tomate nichts aus, sondern presste sie nur aufs Schneidebrett. Ellen legte das Messer weg und ritzte die Haut mit dem Daumennagel auf. Sie platzte auf, und ein Schwall von Kernen spritzte ihr über die Finger.

»Wie geht es ihm denn so in letzter Zeit?«, fragte Jake mit besorgtem Unterton. Ellen spürte, dass er das nur fragte, weil er sie dazu bringen wollte, sich über ihn zu beklagen und darüber, dass er Babe mitgebracht hatte.

»Och, ganz gut. Du weißt doch, wie gern er seine Haustiere um sich hat.« Die Tomate war innen noch etwas grün.

»Und wie geht es Daniel so?«

»Wo ist Daniel, das ist die Frage.« Und wieso stellte sie niemand? Weil niemand eine Antwort hatte, deshalb.

»Er ruft bestimmt gleich an«, sagte Jake. »Wir haben uns ja nicht mehr gesehen, seit Brenda schwanger ist.«

»Soweit ich es beurteilen kann, geht es ihm gut. Er hat viel Arbeit. Wir wollten ihn schon seit Wochen zum Abendessen einladen, aber er hat immer zu viel zu tun. Brenda auch.«

»Uns solltet ihr mal zum Essen einladen. Wir waren seit Thanksgiving nicht mehr bei euch.«

»Du weißt doch, dass ihr jederzeit kommen könnt.«

»Ladet uns doch mal ein«, sagte er beiläufig.

Sie nahm eine Hand voll Tomatenviertel und warf sie in die Schüssel mit dem Blattsalat neben sich. Jake schien immer das Gefühl zu haben, sie würde Daniel ihm vorziehen – was, wenn sie ganz ehrlich war, zum Teil auch zutraf. Jeder, der behauptete, ihm sei jedes seiner Kinder gleich lieb, log. Liebe – das war etwas anderes. Sie liebte sie alle drei instinktiv aus tiefstem Herzen. Sie wünschte ihnen allen nur das Beste. Aber *mögen*? Jake geriet schon wegen Kleinigkeiten aus der Fassung. Er versuchte immer alle zu beeindrucken, und seit er zu Geld gekommen war, hatte sich das noch verstärkt (er hatte ihnen vor einigen Monaten doch tatsächlich angeboten, das Dach neu decken zu lassen – eine rührende Geste, aber eben auch großspurig. Sie würden nie von einem ihrer Kinder Geld annehmen). Aber er war ihr Sohn, und er war ein grundgütiger Mensch, der eigentlich nur den Wunsch hatte, gemocht zu werden. »Wenn wir wieder zu Hause sind, schaue ich im Kalender nach, und dann machen wir einen Termin aus, an dem ihr kommt«, versprach sie.

Sie machte den Salat fertig und ging in das grüne Zimmer zurück. Um ein Haar wäre sie über Babe gestolpert, die vor der Tür stand und zu ihr aufschaute. »Eines Tages falle ich ihretwegen noch hin und breche mir das Genick«, schimpfte sie. Joe blickte stirnrunzelnd von seinem Buch auf. Die Brille war ihm bis zum äußersten Ende der Nasenspitze gerutscht und drohte jeden Moment ganz herunterzurutschen. Ellen ging auf ihn zu und schob sie ihm wieder auf die Nasenwurzel.

»Ich muss mich ein bisschen hinlegen«, sagte sie. Die Betten waren wirklich winzig, und ihre Füße ragten über die Matratze hinaus. Zu Hause hatten sie ein luxuriöses Doppelbett, in dem jeder ganz für sich liegen konnte. Sie hatten es sich nach Hilarys Auszug geleistet. Das Haus war ihnen plötzlich so still und leer vorgekommen, und sie hatten das Bedürfnis verspürt, sich etwas Gutes zu tun. Das neue Bett nahm fast das gesamte Schlafzimmer ein, sodass sie ihre Kleiderschränke in die Kinderzimmer stellen mussten. Es kam vor, dass Ellen Joe gar nicht hörte, wenn er auf seiner Seite lag und etwas zu ihr sagte. Aber wenn sie wollten, konnten sie sich dem anderen nähern, und manchmal, wenn auch selten, fanden sie in der Mitte des Bettes zueinander. Hier im grünen Zimmer nahm sie den großen Abstand zwischen den beiden Betten als besonders breit wahr. Der Tag war anstrengend gewesen. Daniel war immer noch nicht da. Und Hilary erwartete ein Kind von einem verheirateten Mann.

»Joe?«

»Ja?«

»Bist du da?«

»Natürlich.«

»Gut«, sagte sie und schloss die Augen. In Gedanken schwebte sie an die Decke, aus dem Zimmer hinaus, den Gang hinunter – die Arme ganz entspannt wie Flügel – ins Wohnzimmer hinein und auf die Terrassentür zu. Dann zum Wasser hinunter, wo die Wellen im Dunkel der Nacht wogten, vom Mond wie von einem Auge beobachtet. Über ihr standen in mythologischen Konstellationen die Sterne. Es war ein merkwürdiges, aber auch sehr angenehmes Gefühl. Sie sah nach unten und entdeckte Babe, die jetzt vor ihrem Bett stand. Ellen bildete sich ein, um das Schildkrötenmaul herum ein schwaches Lächeln zu erkennen. Und vielleicht bildete sie es sich nicht einmal ein, vielleicht war sie ja wirklich allwissend und konnte Gedanken lesen und amüsierte sich gerade über die ihren. Wenn sie ehrlich war, musste sie zugeben, dass ihr die Gesellschaft der Schildkröte manchmal sogar ganz lieb war. Sie fühlte sich dann nicht so allein, wenn Joe in die Zeitung oder in ein Buch vertieft war. Es war immer jemand da, ein Zeuge. Vor Babe war es der Wellensittich Napoleon gewesen. Joe mochte stille, unaufdringliche Tiere. Vor Napoleon hatten sie den Goldfisch Ramone gehabt, der in seinem Aquarium herumschoss und sie die ganze Zeit mit großen Augen anglotzte. Es hätte wahrlich schlimmere Haustiere gegeben. Räudige Hunde oder Katzen, die an den Möbeln kratzten und auf den Teppichen wollige Haarknäuel hinterließen, aber dagegen war Jake ja allergisch gewesen.

Sie dachte an das Gespräch mit MacNeil in dessen Garten – an seine Frage, ob Joe sie ausgesucht hatte oder umgekehrt – und versuchte sich noch einmal ihre erste Begegnung mit Joe ins Gedächtnis zu rufen. Es gab ein paar Dinge, an die sie sich deutlich erinnerte: das Krankenhaus, Joes glänzend schwarze Budapester und wie er versucht hatte, ihren Eltern ein Auto zu verkaufen. Was hatte ihm damals an ihr, an diesem x-beliebigen Mädchen, gefallen? Sie hatte an jenem Tag bestimmt nicht besonders gut ausgesehen, und er war ein attraktiver junger Mann gewesen, mit seinen kurzen, dunklen Haaren, dem dunklen Teint, den braunen Augen. Groß, schlank, mit breiten Schultern. Es hatte ihr Eindruck gemacht, dass er sie, eine völlig Fremde, gefragt hatte, ob alles in Ordnung sei. Joe hatte sie ausgesucht, Joe hatte ihr Schicksal besiegelt – doch, da war sie sich jetzt sicher. Er hatte sich damals in dem Café für sie entschieden. War es in dem Café gewesen oder als sie im Auto auf ihre Eltern gewartet hatte? Sie sah zu ihm hinüber, wie er da auf dem anderen Bett lag, in einer anderen Welt.

Es war still im Haus, und während Ellen ihren eigenen Atemzügen lauschte, fragte sie sich, wo Jake und Hilary jetzt waren. In ihren Zimmern? »Joe«, sagte sie. »Was meinst du, wo Daniel so lange bleibt?«

»Wahrscheinlich wartet er auf die nächste Fähre.«

»Der Regen macht ihn sicher verrückt.«

»Mhm, bestimmt.«

»Hoffentlich hat er an seine Regenjacke gedacht. Glaubst du, sie warten bei dem Wetter auf dem Parkplatz im Auto auf die Fähre? Oder etwa draußen?« Vor ihrem inneren Auge sah sie ihren Sohn im Rollstuhl mitten im prasselnden Regen auf dem verlassenen Parkplatz sitzen, die Beine leblos zur Seite geneigt. »Ich wäre so froh, wenn er jetzt hier bei uns wäre.«

Joe klappte das Buch zu. »Er kommt bestimmt bald«, sagte er sanft, legte das Buch auf den Boden, stand auf und schüttelte seinen linken Fuß wach. Er kam zu ihr herüber, setzte sich auf die Bettkante und bedeutet ihr mit einem Stups, zur Wand zu rutschen. Sie rückte ein Stück zur Seite, um ihm Platz zu machen, und er streckte sich neben ihr aus. Die Matratze war gerade breit genug für sie beide.

Hilary ging draußen schwerfällig an der Tür vorbei. »Ist das zu glauben?«, fragte Ellen. »Ich bin fast umgefallen, als ich sie in der Buchhandlung gesehen habe. Kannst du es fassen, dass sie alle schwanger sind?«

»Ich muss mich auch erst an den Gedanken gewöhnen. In weniger als einem Jahr sind wir nicht mehr zu siebt, sondern zu zehnt. Das wird was geben, wenn wir uns das nächste Mal wiedersehen.«

»Ich mache mir Sorgen um Hilary«, sagte Ellen. »Als alleinerziehende Mutter wird sie es schwer haben – sie ist doch so unorganisiert. Stell dir mal vor, sie lässt ihr Kind in irgendeinem Tatöwierungsstudio zurück. Ich traue ihr zu, dass sie es eines Tages einfach irgendwo vergisst.«

»Ell, ich bitte dich.«

Hilary machte sich keinen Begriff davon, was es bedeutete, Mutter zu sein. »Ich habe bei ihr das Gefühl, dass alles, was sie macht, Rebellion ist. Selbst dass sie jetzt schwanger geworden ist – ich meine, wer ist dieser Mann überhaupt? Mir kommt das wirklich so vor wie eine Art

Trotzreaktion. Als wäre sie bloß schwanger geworden, weil sie es kann.«

»Ich glaube nicht, dass es etwas mit Trotz zu tun hatte. Du weißt doch, wie impulsiv sie ist.« Joe zwängte seine Finger durch die Zwischenräume zwischen ihren Fingern.

»Meinst du, er ist verheiratet … dieser Mann?«

Joe lächelte. »Nein.«

»Aber warum sagt sie uns dann nicht, wer er ist? Glaubst du, es steckt irgendetwas Schlimmeres dahinter?« Sie dachte einen Moment lang nach. »Vielleicht ist es ja ein Krimineller.«

Joe sah sie an, als wäre sie übergeschnappt, und sie machte sich von seiner Hand los. Sie wollte doch bloß ein einziges Mal verstehen, was in ihrer Tochter vorging – was war daran so schlimm? Aus lauter Angst vor einer melodramatischen Szene würden sie Hilary das ganze Wochenende über wie ein rohes Ei behandeln und sich jede konkrete Frage zu ihren Zukunftsplänen verkneifen.

»Jake wirkt angespannt«, sagte Joe.

»Das ist er doch immer.«

»Aber diesmal kommt es mir anders vor. Er hat irgendetwas.«

Joe bemerkte solche Dinge normalerweise nicht, und Ellen schauderte es bei dem Gedanken, welche Geheimnisse sich unter der Oberfläche ihrer Familie noch verbergen mochten. »Wieso, was meinst du damit?«

»Ich weiß es nicht genau. Er ist irgendwie nicht ganz er selbst.«

Sie dachte über ihren Sohn nach. »Ja, aber Jake ist wenigstens sehr diszipliniert. Ich glaube nicht, dass wir uns um ihn wirklich Sorgen machen müssen.« Sie drehte sich zu Joe um. »Jedenfalls glaube ich nicht, dass er mit einem Kriminellen schlafen und sich schwängern lassen würde.«

»Nein, das wahrscheinlich nicht.« Er lächelte und küsste ihre Hand.

»Wann willst du ihnen denn von den beiden erzählen?«, fragte Liz und streichelte ihren Bauch. Sie lag neben Jake auf dem Bett und sah an die Decke. Alle waren in ihren Zimmern, um auszupacken und sich einzurichten.

»Lass uns warten, bis Dan und Brenda hier sind.«

»Eigentlich wollte er sich noch einmal melden, bevor sie die Fähre nehmen, aber inzwischen sind sie bestimmt schon unterwegs.«

»Und was soll ich deiner Ansicht nach jetzt tun?« Das klang gereizter als beabsichtigt.

»Keine Ahnung, es gibt jedenfalls keinen Grund, mich so anzublaffen.« Sie rutschte an ihn heran und streichelte ihm mit einem Finger übers Gesicht. »Du, sag mal, wo hast du eigentlich das *Kamasutra* hingelegt?«, flüsterte sie.

»Wahnsinnig komisch, wirklich.« Er drehte sich von ihr weg und rückte sich sein Kissen zurecht, wobei ihm plötzlich wieder das Pornoheft einfiel, das darunter lag. Er dachte daran, es hervorzuziehen und rasch unters Bett zu werfen, aber das hätte sie mitbekommen.

Sie wickelte sich eine seiner Haarsträhnen um den Daumen. »Entschuldige«, flüsterte sie. »Das konnte ich mir nicht verkneifen.«

»Ich habe dir vorhin schon gesagt, dass es ein Gag sein sollte«, sagte er.

»Ja. Aber ein Körnchen Ernst war schon auch dabei, hm?«

Er sah sie an. »Ach, was weiß ich. Wäre das denn so schlimm?«

»Nicht gerade schlimm, aber vielleicht ein wenig daneben. Vor allem jetzt.« Sie tätschelte ihren Bauch.

»Es gibt viele Frauen, die gerne mit ihren Männern schlafen, wenn sie schwanger sind«, versuchte er es noch einmal. »Es gibt viele Frauen, die *grundsätzlich* gern mit ihren Männern schlafen.«

»Psst – willst du etwa, dass dich alle hören«, zischte sie.

»Nein.« Er drückte beide Fäuste in die Matratze, um sich aufzurichten. Eine Ecke des Hefts – ein Cheerleaderschenkel – lugte unter dem Kissen hervor.

»Was ist das?«, fragte sie.

»Nichts.« Er rutschte nach hinten, setzte sich aufs Kissen, aber sie stemmte sich mit ihrem ganzen Gewicht gegen ihn und versuchte ihn wegzuschieben. »Du bist schwanger«, sagte er. »Du solltest dich nicht so anstrengen.«

»Zeig mir, was das ist.« Sie drückte fester.

»Hör auf.« Er versuchte sie wegzuschubsen, aber im selben Moment gelang es ihr, unter ihn zu greifen, eine Hand unters Kissen zu schieben und das Heft hervorzuziehen.

»*Bounce Magazine*?« Sie lachte und las laut vor: »Lecken Sie Ihre Partnerin in den Siebten Himmel?«

Er versuchte ihr das Heft wegzunehmen, aber sie riss es ihm aus der Hand und las weiter vor: »Die saftigen Geheimnisse der Cheerleader-Zwillinge? Zwillinge, Jake?«

Es dauerte einen Moment, bis er begriff.

Wieso war ihm das nicht selbst aufgefallen? Heute Nachmittag hatte er sich beim Gedanken an die Zwillinge einen runtergeholt. Er hatte keine Sekunde daran gedacht, dass diese Mädchen die Töchter von jemandem waren und eines Tages *seine* Töchter sein könnten. Nicht, dass seine Töchter jemals für so ein Magazin posieren würden. Dazu würden er und Liz zu gute Eltern sein. Hoffentlich. Was war er nur für ein kranker Mann, dass er es nötig hatte, Pornos in seiner Unterwäscheschublade zu horten wie ein notgeiler Teenager? Er würde ein furchtbarer Vater werden. Er war ein furchtbarer Ehemann.

»Meine Güte, was soll ich nur mit dir machen?«, sagte Liz mit einem halben Grinsen und warf das Heft auf den Boden.

Er sprang auf und während er ums Bett herumging, dachte er krampfhaft darüber nach, was er zu seiner Entschuldigung vorbringen konnte, doch sein Kopf war leer. Er spürte ein Surren im ganzen Körper. Und Liz saß auf dem Bett – gelassen, ruhig, rein wie eine Lilie. Ihm in jeder Beziehung überlegen und so selbstgefällig, wie man es nur sein konnte.

»Machst du eigentlich je irgendwas falsch?«, fragte er schließlich.

»Ich kann jedenfalls nicht behaupten, dass ich es mir in letzter Zeit mit einer Ausgabe vom Playgirl gemütlich gemacht hätte, falls du das meinst.«

»Natürlich nicht – du bist ja ein viel reiferer Mensch als ich«, sagte er, weil ihm einfach keine intelligentere oder, ja eben, reifere Antwort einfiel. Er stürmte in die Küche und wäre dort fast mit seiner Mutter zusammengestoßen, die mit besorgter Miene am Tisch stand. Hatte sie etwa etwas mitbekommen? Sein Herz hämmerte. »Hast du Hunger?«, stammelte er. Er wollte ihr keine Gelegenheit geben, zu kommentieren, was sie eben möglicherweise mitangehört hatte.

»Ein bisschen, ja.«

»Willst du schon mal etwas vom Salat?« Erleichtert über die Ablenkung überlegte er, was er ihr sonst anbieten konnte. Die Kartoffeln waren noch nicht fertig; das Hähnchen stand noch im Ofen. Aber er hatte von zu Hause das Brot mitgebracht, das Liz am Vortag gebacken hatte. Es lag auf der Küchentheke.

Ellen setzte sich an den Tisch, stützte die Ellbogen auf und legte die Fingerspitzen aneinander. Sie führte die Finger an die Lippen, dann sagte sie: »Dan hat sich immer noch nicht gemeldet, oder?«

»Wirklich blöd, dass wir nicht einmal herausfinden können, wo er gerade steckt. Ich verstehe nicht, wieso die es nicht schaffen, hier ein funktionierendes Funknetz aufzubauen.« Jake nahm eine kleine Salatschüssel aus dem Schrank (selbst Liz' Salate waren über jeden Zweifel erhaben: Die Mandarinenspalten waren selbstzufrieden grinsende Münder, der Spinat und der Rucola ein flauschiges Polster zartbitterer Gesundheit). »Ich merke doch, dass du dir Sorgen machst. Ehrlich gesagt, mache ich mir allmählich auch welche.«

»Sollen wir bei der Polizei anrufen?«

»Geben wir ihm noch zwei Stunden Zeit. Vielleicht hat er bloß vergessen, anzurufen, bevor die Fähre losgefahren ist«, sagte Jake. »Möchtest du etwas trinken? Zur Entspannung vielleicht, hm? Ein Glas Wein? Wir haben ganz gute hier. Sogar ein paar richtig edle Jahrgänge.«

Sie lächelte. »Nein, danke. Du wirst bestimmt ein guter Vater«, sagte sie dann. »Du gehst so sehr auf andere Menschen ein. Du möchtest immer, dass sich alle mit dir wohl fühlen.« Es klang, als würde sie sich selbst etwas vormachen.

»Ich weiß nicht. Ehrlich gesagt, habe ich ein bisschen Panik davor«, sagte er, obwohl es das eigentlich nicht ganz traf. Von seinem Streit mit Liz hatte sie jedenfalls eindeutig nichts mitbekommen. »Ich frage mich manchmal, ob ich der Aufgabe gewachsen bin, oder ob ich dafür überhaupt gut genug bin. Als Mensch, meine ich.«

»Ach, du machst das schon, und wenn ihr uns braucht, sind Dad und ich sofort bei euch, um zu helfen. Für Panik besteht wirklich kein Anlass. Und was die Frage angeht, ob du gut genug bist – du bist einer der besten Menschen, die ich kenne.« Sie griff nach seiner Hand. »Ich glaube, du könntest gar kein schlechter Mensch sein, selbst wenn du es versuchen würdest.«

Jake lächelte bekümmert.

»Und außerdem sorgt ihr zu zweit für das Kind. Denk mal an deine Schwester, wie schwer die es haben wird.«

»Mom, meinst du, du schaffst es, eine Weile ein Geheimnis für dich zu behalten?« Er konnte einfach nicht anders.

Ihre Augen leuchteten, und sie nickte.

»Wir wollten ja eigentlich warten, bis alle da sind, und es euch dann zusammen sagen, aber so wie es aussieht, wird das ja noch etwas dauern.«

»Was ist denn?«

»Wir bekommen zwei.«

»Zwei was?«

»Zwei Babys, Mom.«

Sie blinzelte mehrmals und stockte, die Gabel vor dem Mund. »Zwillinge?«

Das verdammte Pornoheftchen. Er versuchte, den Gedanken an die blonden Cheerleader zu verdrängen. »Ja.«

»Nein.«

»Toll, was?«, sagte er ausdruckslos.

Sie nickte heftig. »Aber ja, und wie! Zwei auf einmal!« Sie schrie es fast und senkte dann die Stimme. »Ich muss sagen, dass ich anfangs meine Zweifel wegen dieser Hormonbehandlung hatte, die Liz durchmachen musste. Wahrscheinlich bekommt sie deshalb Zwillinge, oder? Und deswegen bist du wahrscheinlich auch so angespannt, so …«

»Jake«, sagte eine Stimme hinter ihm, und als er sich umdrehte, sah er Liz in der Tür stehen, die Hände in die Hüften gestemmt, die Lippen zusammengekniffen. Sie wirbelte herum und rannte hinaus.

Er stand auf, um ihr zu folgen. »Sie wollte, dass wir es euch allen zusammen sagen«, erklärte er seiner Mutter.

Ellen runzelte die Stirn. »Ich würde sie jetzt erst mal in Ruhe lassen. Gib ihr ein bisschen Zeit.«

Er blieb stehen. »Vielleicht hast du recht.«

Im Gang hörte man schwere Schritte, und Hilary erschien mit noch halb geschlossenen Augen und strubbeligen Haaren in der Tür. Ihr Piercing ragte ein Stück zu weit aus dem Nasenflügel. »Hi«, sagte sie. »Ich bin halb verhungert.« Sie setzte sich zu ihnen an den Tisch, fischte schläfrig Mandarinenspalten aus dem Salat und betrachtete kritisch jeden der grinsenden Münder, bevor sie ihn sich in den Mund steckte.

Jake hätte mit seiner Mutter gern über die Risiken gesprochen, die eine Zwillingsschwangerschaft für ihn und Liz bedeutete – all die Gefahren, die der Arzt aufgezählt hatte –, und irgendetwas in ihm drängte ihn auch, ihr von seinem Tag zu erzählen, von seinen Problemen mit seiner Frau, dass sie nicht mit ihm schlafen wollte, es auch schon seit längerem nicht mehr getan hatte, und was sollte er tun, falls sie überhaupt nie wieder Lust bekam? Aber er würde erst einmal nicht mehr von den Zwillingen reden (und über den Tag oder Liz würde er gar nichts sagen. Das war zu intim, sie würde ihn sofort verlassen, wenn er es täte). Er beschloss, Liz tatsächlich erst einmal in Ruhe zu lassen und zu warten, bis Daniel da war.

Hilary schaufelte sich mit ausdrucksloser, müder Miene Salat in den Mund und biss dazu dicke Stücke vom Brot ab. Jake hatte vergessen, dass sie ihr Essen immer mahlte wie eine Kuh. Er schaute weg.

»Iss langsamer, sonst verschluckst du dich«, mahnte seine Mutter, was Hilary nur mit einem Achselzucken quittierte. Jake spürte, dass die gereizte Stimmung zwischen ihnen zu explodieren drohte, und erhob sich, um Liz zu suchen. Wozu sollte er warten?

Sie saß unter dem Dachvorsprung auf der Terrasse und sah dem Regen zu, der vom Dach tropfte. Als er die Glastür aufschob, drehte sie sich nicht um.

»Hey!«, Er steckte den Kopf zu ihr hinaus. »Du wirst hier draußen klatschnass.«

»Dann trockne ich mich nachher eben ab.« Sie schaute stur nach vorn.

»Es tut mir leid, Liz«, entschuldigte er sich. »Es tut mir wirklich leid, dass ich es ihr erzählt habe. Es ist mir einfach herausgerutscht. Und das mit dem verdammten Heft tut mir auch leid.«

Sie schlang die Arme um ihren Oberkörper. »Vielleicht solltest du dir eine Freundin suchen«, sagte sie. »Vielleicht brauchst du ja eine kleine Affäre.«

»Wie bitte? Wovon redest du? Soll das jetzt ein Witz sein?« Er trat hinaus und schob die Tür hinter sich zu.

»Nein.« Endlich drehte sie sich doch um und sah ihn an. »Du hast ja anscheinend Bedürfnisse, die ich zur Zeit nicht befriedigen kann.«

Er setzte sich neben sie. »Sag so etwas nicht. Das klingt, als würdest du mich für irgendein Tier halten.« Auf ihren Schuhen perlten feinste Regentropfen, und Jake wackelte mit den Zehen. »Ich liebe dich«, sagte er.

»Ich weiß doch.« Sie presste die Lippen aufeinander. »Mein Vater hatte früher Freundinnen, zu denen er ging, wenn meine Mutter auf Geschäftsreise war oder Grippe hatte oder sonst etwas los war. Eine war darunter, für die er wirklich viel empfand, und nach einer Weile gab es für ihn nur noch sie. Sie hieß Elsie. Besonders hübsch war sie nicht, eher dicklich, und sie hatte eine große Hakennase. Aber sie mochte ihn wirklich sehr. Und sie war nett zu mir. Sie hat mir immer Geschenke mitgebracht – Miniseifen, die sie aus Hotels mitgenommen hat. Die habe ich damals gesammelt.«

»O Gott. Das hast du mir ja nie erzählt.« Er schluckte.

»Weil ich dachte, du würdest es nicht gut finden«, sagte sie. »Und würdest meine Eltern dann nicht mehr so mögen.«

»Aber ich mag sie, das weißt du doch. Sie sind eben ein bisschen eigen – aber das weißt du auch. Und außerdem … fandest du es denn nicht schlimm?«

»Ich war noch so klein. Ich habe das wahrscheinlich gar nicht richtig begriffen.«

»Ja, aber kam es dir nicht merkwürdig vor? Die Mütter und Väter deiner Freundinnen haben ihre Geliebten ja wohl kaum zu sich nach Hause eingeladen, damit ihre Kinder sie kennenlernen, oder?«

»So viele normale Mütter und Väter kannte ich nicht«, sagte sie. »Außerdem ist Elsie, als ich dreizehn war, bei einem Autounfall ums Leben gekommen. Wir waren alle bei ihrer Beerdigung. Ich war unheimlich traurig. Mein Vater konnte gar nicht sprechen, meine Mutter auch nicht.«

»Und dann?«

»Nichts und dann«, sagte sie. »Mein Vater hatte danach nie wieder eine Freundin. Meine Mutter ist nicht mehr so häufig geschäftlich unterwegs gewesen und hat mehr Zeit mit ihm verbracht. Sie hat sich damit abgefunden. Aber seit Elsies Tod ist mein Vater melancholisch geworden und hat sich in sich zurückgezogen. Er ist nur noch ein schwaches Abbild seiner selbst.«

»Ich habe eigentlich den Eindruck, dass es ihm ganz gut geht.«

»Du kanntest ihn früher nicht.«

Sie saßen da, beobachteten die herannahende Flut, die an den Strand schlug. Der Mond war hinter den Wolken versteckt und kaum zu sehen.

»Findest du, dass ich ein schwaches Abbild meines früheren Ichs geworden bin?«, fragte er vorsichtig.

»Nein, das nicht, aber seit ich schwanger bin oder eigentlich schon seit wir angefangen haben, es zu versuchen, habe ich das Gefühl, es dir überhaupt nicht mehr recht machen zu können. Es kommt mir vor, als würdest du immer mehr von mir haben wollen, als ich dir geben kann. Und du versuchst immer krampfhafter, mich glücklich zu machen. Du kümmerst dich rührend um mich und nimmst mir alles Mögliche im Haushalt ab, und das freut mich. Aber ich habe den Eindruck, du erwartest im Gegenzug etwas von mir, irgendetwas, was dir zeigt, dass ich dich liebe und auch wirklich glücklich bin. Aber, was soll ich sagen? Ich bin glücklich. Ich bin *über*glücklich, schwanger zu sein.« Sie wandte ihm das Gesicht zu. »Vielleicht ist es ja sogar gesund, dass du selbst dafür sorgst, deine Bedürfnisse zu befriedigen. Es ist normal, Bedürfnisse zu haben.« Für Jake hörte es sich an, als würde sie sich durch einen Wust von Gedanken arbeiten, die ihr seit geraumer Zeit im Kopf herumgingen.

Er schnaubte. »Ich glaube nicht, dass ich mir in absehbarere Zeit irgendeine Elsie suche.«

»Das habe ich mir schon gedacht. Aber wenn du das Gefühl hast, es vielleicht doch irgendwann zu wollen, lass es mich wissen. Okay?« Er spürte, dass es ihr ernst war. »Sei einfach offen mit mir. Wir können zumindest darüber reden.«

»So weit wird es nicht kommen. Das verspreche ich dir. Das würde ich niemals wollen.«

»Ich weiß, Jake, ich sage es ja nur.«

»Ich fasse es nicht, dass du so etwas sagst.« Er sah sie an. »Könnte es sein, dass *du* eine Affäre haben willst?«

»Nein, natürlich nicht.«

Der Wind hatte aufgefrischt, und es war kühl geworden. »Hast du denn gar keine Angst, dass unser Leben völlig auf den Kopf gestellt wird, wenn die Zwillinge erst einmal da sind? Dass wir dann überhaupt gar keine Zeit mehr füreinander haben werden?«

»Ich weiß nicht, ich glaube, dass es das wert sein wird.«

»Okay, dann drücke ich es anders aus. Ich habe den Eindruck, dass du mich sexuell nicht mehr attraktiv findest.« Er hätte es nicht so direkt sagen sollen. Er musste ja schließlich nicht aussprechen, was sie für sich womöglich noch nicht einmal so definiert hatte. »Oder nehme ich das alles bloß zu persönlich?«

»Ja, tust du. Überleg dir doch mal, was mein Körper gerade alles durchmacht.« Das war ihr Mantra geworden. Dagegen kam man nicht an. »Ich brauche einfach ein bisschen Freiraum.«

»Du redest die ganze Zeit von meinen Bedürfnissen, aber was ist mit deinen? Hast du denn gar keine?«

»Solche habe ich in letzter Zeit jedenfalls nicht.« Sie sah ihn an und nagte an ihrer Unterlippe. »Du hast deiner Mutter den Salat gegeben, der eigentlich fürs Abendessen gedacht war, und du hast ihr von unserem Geheimnis erzählt.«

»Stimmt«, murmelte er. Sie konnte aber auch nie etwas mal einfach auf sich beruhen lassen.

»Du wolltest dich an mir rächen.«

»Meine Mutter hatte Hunger.«

»Und deswegen hast du ihr von den Zwillingen erzählt?«

»Herrgott, Liz, ich bin eben nicht perfekt, okay? Wie oft muss ich dir das noch sagen? Ich bin verdammt noch mal nicht perfekt.« Das sagte er immer, wenn er bei einem Streit nicht weiterwusste, aber er konnte nicht anders. Eine bessere Erklärung fiel ihm einfach nicht ein.

Sie massierte sich eine Seite ihres Nackens.

Er erhob sich. »Mal schauen, ob sich Daniel inzwischen gemeldet hat.«

»Bleib doch noch kurz bei mir«, bat sie. »Lauf nicht gleich weg.«

Er blieb stehen. »Liz. Es tut mir leid, okay? Was soll ich denn noch sagen? Ich bin ein schlechter, erbärmlicher Mensch voller Fehler.«

»Ich will doch bloß wissen, warum du es ihr erzählt hast. Ich will den wirklichen Grund hören.«

»Meine Eltern und meine Schwester sind da drin. Müssen wir das jetzt besprechen? Kann das nicht noch warten?«

Sie drückte das Kinn an die Brust. »Na gut, ich sage dir jetzt mal, was ich glaube: Du bist wütend auf mich, weil du dich in letzter Zeit nicht genug beachtet fühlst und weil du Angst hast, dass das jetzt so bleiben wird. Du hast Angst, dass ich nie mehr mit dir schlafe.«

»Ja, genau. Genau das ist es. Gott sei Dank, du hast es endlich ausgesprochen«, sagte er.

»Du hast dich an mir gerächt.«

»Ich gehe rein.«

»Wirklich, Jake. Das ist ein Problem, das man lösen kann. Dass du dir Pornohefte anschaust, stört mich nicht. Ich finde das gesund. Es ist absolut okay. Ich möchte nur, dass wir über solche Dinge offen sprechen.«

»Du spinnst doch«, sagte er.

Als Jake ins Haus zurückkam, war Hilary kurz davor, ihre Mutter zu erwürgen. Ihre mitleidigen und sorgenvollen Blicke, ihre kaum verhüllten kritischen Kommentare zu allem, von ihrer Schwangerschaft bis hin zu ihrer Art zu essen. »Ich kritisiere dich doch überhaupt nicht, Liebes, ich habe nur Angst, dass du dich verschluckst, wenn du so schlingst«, hatte sie gesagt. Und davor: »Ich möchte dir mit dem Baby helfen. Du sollst doch nur wissen, dass Dad und ich immer für dich da sind, wenn du uns brauchst. Wir könnten für eine Weile zu dir fliegen oder du kommst mit dem Baby zu uns. Ich hätte das niemals geschafft, so ganz allein ein Kind aufzuziehen. Du hast dich, was den Mann angeht, in der Zwischenzeit wahrscheinlich nicht anders entschieden, oder?« Alles, was sie sagte, war bevormundend oder unterschwellig missbilligend, und das hatte Hilary ihr auch gesagt, aber Ellen hatte es bestritten. Und dann hatte Jake durchnässt und mit rotem Gesicht die Glastür aufgeschoben, als Joe gerade im Flur auftauchte und fragte: »Kann mir jemand sagen, wo ich eine zweite Bettdecke finde?«

Jake stieß einen schrillen Schrei aus, flog vornüber und landete bäuchlings auf dem Boden. Joe eilte auf ihn zu, Ellen sprang auf, und Hilary konnte nicht anders als laut zu lachen.

»VERDAMMTE SCHEISSE!«, brüllte Jake.

Joe kniete am Boden und drehte Babe auf den Bauch.

Ellen streichelte Jakes Kopf. »Hast du dir wehgetan?«

Er verzog das Gesicht und stöhnte. Jake war immer schon ungeschickt gewesen.

»Ruft einen Krankenwagen«, rief Ellen, ohne damit jemanden Bestimmten anzusprechen.

»Ich glaube, ich habe mir etwas gebrochen«, stöhnte Jake. Er hielt sich mit einer Hand den Knöchel, mit der anderen den Nacken.

Joe hastete mit Babe in den Händen über den Flur.

»Dieses verdammte Vieh«, schimpfte ihre Mutter hinter ihm her. »Hil! Ruf einen Krankenwagen.«

»Es tut so weh!«, wimmerte Jake.

Hilary sah, wie ihr Vater im Schlafzimmer verschwand.

»Hilary Jane!«, mahnte Ellen.

»Ja, ja, schon okay, Mom. Hör auf, so zu schreien.« Hilary ging zur Terrassentür, schob sie auf und sagte Liz, was passiert war.

»Du willst mich veräppeln, oder?« Liz verdrehte die Augen.

»Nein«, sagte Hilary, etwas überrascht über Liz' Reaktion.

»HILARY!«, gellte die Stimme ihrer Mutter von drinnen.

»Mom will, dass ich einen Krankenwagen rufe.«

»Hier gibt es gar kein richtiges Krankenhaus und auch keine Krankenwagen. Warte, ich komme rein.« Liz stand auf und ging schnell zu Jake. »Wo tut es denn weh?«, fragte sie ihn.

Mit schmerzverzerrtem Gesicht deutete er auf sein Fußgelenk.

»Meinst du nicht, es wäre besser, ihn zu einem Arzt zu bringen?«, fragte Ellen, die immer noch neben ihm kauerte.

»Kannst du den Fuß belasten?«, wollte Liz von Jake wissen.

»Ich kann mich nicht bewegen«, sagte er und wälzte sich auf den Rücken.

Joe erschien wieder. »Soll ich ihn ins Krankenhaus fahren?«, fragte er.

»Gott.« Liz stöhnte. »Das ist lächerlich.«

Hilary sah ihren Vater an, der allein im Flur stand.

»Ich fahre mit, Dad«, sagte sie.

»Schon okay. Es geht gleich wieder«, blaffte Jake.

»Joe, komm her und hilf mit«, rief Ellen, und Hilary ging zu den beiden, um sie zu unterstützen. Was für ein Witz, dachte sie. Zwei schwangere Frauen und ein alterndes Paar müssen dem Mann, der eigentlich der Fitteste von ihnen sein sollte, auf die Füße helfen.

»Es geht schon«, murmelte Jake. »Es reicht, wenn ihr mir zur Couch helft.«

»Joe, hol deinen Mantel«, sagte ihre Mutter, aber ihr Vater rührte sich nicht. »JOE.«

»Ist schon okay, Mom«, sagte Jake. Sie führten ihn durch das Zimmer zum Sofa, wo ihm Hilary ein Kissen unters Bein schob. Das Leder quietschte, als er darauf herumrutschte. »Es geht schon. Ich muss mich nur ein bisschen hinlegen.«

»Und wenn etwas gebrochen ist?«

»Ich hole Eis«, sagte Liz, und Hilary folgte ihr in die Küche. »Manchmal ist er so ein Tollpatsch«, sagte Liz zu ihr. »Er sollte sich mal in Ruhe hinsetzen und aufhören, um alle herumzuwuseln.«

»Niemand hindert ihn daran, sich hinzusetzen. Er kann sich ausruhen, so viel er will«, sagte Hilary. Außerdem war es Liz gewesen, nicht Jake, die seit ihrer Ankunft um alle herumgewuselt war. Liz riss ein paar Blätter Papier von einer Küchenrolle, wickelte Eiswürfel hinein, und beide gingen ins Wohnzimmer zurück.

»Liz«, sagte Ellen. »Hilf mir doch, deinen Mann davon zu überzeugen, dass er zum Arzt muss. Er könnte sich etwas gebrochen haben.«

»Das wird schon wieder, Ellen. Lass ihn jetzt einfach in

Ruhe«, sagte Liz und drückte den improvisierten Eisbeutel fest gegen Jakes Knöchel. Hilary hatte ihre Schwägerin noch nie so gereizt erlebt. »Wie ist das?«

»Gut«, sagte er mit zusammengekniffenen Augen. Er lag steif auf dem Rücken, die Arme eng an die Seiten gepresst. Hilary ging ihren Vater suchen. Wie sie vermutet hatte, war er im Schlafzimmer, wo er mit Babe am Boden saß und sie mit Babykarotten fütterte. Hilary hatte beinahe den Eindruck, die beiden bei einer intimen Unterhaltung zu stören – vertraute er sich der Schildkröte an? Erzählte er ihr Dinge, über die er sonst mit niemandem sprach? Sie hoffte, es gab irgendjemanden, mit dem ihr Vater ganz offen sein konnte, und sei es nur eine Schildkröte. Sie überforderten ihn alle. Es war nur natürlich, dass er sich zu einem Wesen hingezogen fühlte, das nicht sprechen konnte, sich nicht beschwerte und nicht ständig Aufmerksamkeit einforderte. »Dad? Alles klar?«

»Sicher doch«, sagte er geistesabwesend. »Und bei dir?«

Sie setzte sich neben ihn aufs Bett und sah auf Babe hinunter. »Ganz schön anstrengender Tag«, sagte sie. Babe lugte in Richtung des anderen Bettes. Zu Hause hatten ihre Eltern ein monströses Ehebett, das wie ein riesiges Floß in ihrem kleinen Schlafzimmer stand. Hilary war sich ziemlich sicher, dass ihre Eltern seit Jahren keinen körperlichen Kontakt mehr hatten.

Joe strich der Schildkröte mit dem Zeigefinger über den Kopf und hielt ihr noch eine kleine Karotte hin. Jake würde einen Tobsuchtsanfall bekommen, wenn er sehen könnte, wie das Tier eine schleimige Babykarotte zum Bett rollte und ein Stück davon abbiss, wobei es gleich auch noch ein Stück des teuren Teppichs mit abriss.

»Und? Hat Babe es überstanden«, fragte Hilary.

»Ich glaube schon. Sie ist nur etwas aufgeregt.« Er sah sie an. »Und du, überstehst du das Familientreffen so weit?«

»Sieht so aus.«

»Können wir dir mit dem Baby irgendwie helfen? Brauchst du Geld?«

Sie bückte sich und berührte den kühlen Panzer der Schildkröte. »Nein, ich glaube nicht. Ach, ich weiß auch nicht. Ich überlege mir, ob ich nicht wieder an die Ostküste ziehen soll«, sagte sie. »Ich glaube, ich habe genug von Kalifornien. Mein Job macht mich fertig, und, ehrlich gesagt, die Leute in San Francisco kommen mir immer fieser vor. Das Viertel, in dem ich wohne, geht den Bach runter.« Sie holte tief Luft. »Ich merke, dass sich bei mir etwas verändern muss, und habe mir überlegt, dass ich mit dem Baby gern einen Neuanfang machen würde. Ich habe auch schon einen Untermieter für meine Wohnung gesucht.«

Er strahlte. »Was würdest du denn gern beruflich machen?«

»Ich weiß nicht«, sagte sie, und ihr wurde bewusst, dass sie diesen Satz in letzter Zeit zu häufig gebrauchte. »So weit bin ich noch nicht. Aber ich habe ein bisschen Geld gespart. Es reicht, um mich eine Weile über Wasser zu halten, bis ich klarer sehe. Wenn ich sparsam lebe.«

»Wir helfen dir schon. Und wo willst du hin?«

»Das habe ich noch nicht entschieden«, sagte sie vorsichtig.

»Wir würden uns freuen, wenn du zu uns kommen würdest«, sagte er.

Der Gedanke, wieder nach Hause zu ziehen, war ihr noch nicht gekommen. Aber sie hatte es auch nicht vor. Ihr schauderte schon bei der Vorstellung, jemandem sagen zu müssen, sie würde wieder zu ihren Eltern ziehen. »Das wäre doch eine Belastung für euch«, sagte sie.

»Überhaupt nicht.« Sein Ton änderte sich. «Deine Mutter wäre begeistert. Wir wollen doch auch etwas von deinem Kind haben.« Er lächelte. »Wir würden uns freuen. Ehrlich.«

Sie wollte ihren Vater nicht verletzen, deshalb nickte sie bloß unverbindlich. Vielleicht suchte sie sich einfach still und heimlich eine Wohnung in Boston und erzählte ihren Eltern erst davon, wenn alles geregelt war.

Sie legte sich aufs Bett zurück und betrachtete ihren Bauch, der wie ein Hügel vor ihr aufragte. Wie schon viele Male zuvor dachte sie daran, dass nicht nur das Geschlecht ihres Kindes, sondern auch sein Aussehen eine Überraschung für sie sein würde. Würde sie sofort wissen, wer der Vater war, wenn sie es zum ersten Mal sah? Würde es Georges große braune Augen haben oder Bills hohe Wangenknochen? Sie hätte erfahren können, ob es ein Mädchen oder ein Junge war, hatte es aber zum großen Erstaunen der MTA, die den Ultraschall gemacht hatte, nicht wissen wollen. Es lag nicht daran, dass Hilary nicht neugierig gewesen wäre, sondern hatte etwas damit zu tun, dass es das Baby noch mehr vermenschlicht hätte, und das wollte sie nicht. Denn obwohl es Momente gab, in denen sie es kaum erwarten konnte, das Lebewesen in ihrem Bauch kennen zu lernen, gab es andere, wo es ihr beinahe Angst machte, weil es von so großer Bedeutung war und eine solche Herausforderung darstellte.

Sie schmiegte ihr Bein an das ihres Vaters und starrte an die Decke. Draußen prasselte der Regen herunter. Sie dachte an Alex. Wo er jetzt wohl gerade war? In der Buchhandlung oder vielleicht bei einer seiner Freundinnen? Ihre Familie wäre geschockt, wenn sie wüsste, wo und wie sie den Nachmittag verbracht hatte. In dem Moment hatte es sich richtig angefühlt, aber im Rückblick … Welche schwangere Frau tat denn so etwas, aus purer Lust und Laune? Bestimmt hatte Alex sie sowieso schon längst vergessen. Und wenn nicht, wenn er sie nett fand oder daran dachte, sie wieder zu sehen, diese schwangere Frau, die ihn, kaum hatte sie ihn kennengelernt, verführt hatte – dann stimmte etwas nicht mit ihm, etwas Grundlegendes.

Nebenan brachen Ellen und Jake in lautes Lachen aus. »Ich habe mir schon gedacht, dass es nichts Schlimmes ist«, sagte Hilary.

Joe nickte lächelnd. »Ich auch, aber es hat bestimmt weh getan. Das war schon ein heftiger Sturz.« Ihr Vater war der geborene Diplomat.

»Danke, Dad.«

»Wofür?«

»Dafür, dass du mir angeboten hast, wieder nach Hause zu ziehen. Dafür, dass du mich nicht hasst, weil ich schwanger bin.«

»Niemand hasst dich, Hil.«

»Ich weiß nicht, Mom hasst mich im Moment vielleicht schon ein bisschen. Und Jake hundertprozentig.«

»Hass ist ein sehr starkes Wort. Vielleicht waren sie bloß überrascht, hm?«

»Vielleicht«, sagte sie ohne Überzeugung.

»Wie könnte dich irgendwer hassen?«

»Ich könnte es. Ich kann. Manchmal mache ich spontan die größten Dummheiten, bloß weil sich die Gelegenheit dazu bietet.«

Joe knüllte eine Ecke der Bettdecke zwischen seinen Fingern zusammen, und Hilary konnte beinahe sehen, wie ihm das Herz ein wenig schwer wurde.

»Aber manchmal bin ich auch gar kein so schlechter Mensch«, räumte sie ein. »Manchmal finde ich mich ganz okay.«

»Du bist viel mehr als okay«, sagte er. »Für mich bist du wunderbar. Du bist klug und ehrlich, und du bleibst dir selbst treu.«

Hilary lächelte und dachte daran, dass ihr Vater vielleicht der einzige Mann war, der ihr jemals etwas so Treuherziges, so Liebevolles sagen würde.

6. Ein schönes, glückliches Leben

Am Ende des Flurs entdeckte Daniel einen Münzfernsprecher und nahm den Hörer ab, um Jake anzurufen. Er war froh, dass sich seine Mutter meldete. Es wäre ihm falsch erschienen, Jake oder Liz noch vor seinen Eltern zu erzählen, was passiert war. Die Worte, die aus seinem Mund kamen, klangen hölzern. »Wir haben das Baby verloren.« Als würde er den Satz aus einem Drehbuch vorlesen.

»Was?«, keuchte Ellen.

»Brenda hatte einen sogenannten spontanen Abort«, sagte er, und sie fragte ihn atemlos, was genau geschehen war und wann und weshalb, als wüsste er mehr, als er ihr gegenüber zugab und als hätte er es vielleicht verhindern können.

»Wir haben das Baby verloren, Mom. Mehr weiß ich im Moment auch nicht.«

»Natürlich nicht. Es tut mir leid. Es tut mir so schrecklich leid, Dan«, sagte sie. Sie schluckte. »Ich liebe dich.«

»Ich weiß«, sagte er. »Ich liebe dich auch.«

»Sag Brenda bitte auch alles Liebe von mir. Ist sie da? Bist du bei ihr?«

»Nein.« Er erklärte ihr, dass er von einem Telefon draußen im Gang aus anrief.

Ellen wiederholte noch einmal, wie sehr sie ihn liebte und auch Brenda – sie wusste ganz offensichtlich nicht, was sie sagen sollte, und deshalb unterbrach er sie schließlich. »Ich gehe jetzt wieder zu ihr und setze mich neben ihr Bett. Ich rufe euch an, sobald ich weiß, wann morgen Besuchszeit ist und wann sie entlassen wird.«

Ellen sagte noch etwas über Hilary und Jake und den Regen, als wolle sie ihn noch ein bisschen länger am Telefon halten. »Daniel«, sagte sie schließlich, als ihr die unverfänglichen Themen anscheinend ausgegangen waren. »Dann sehen wir uns bald, ja?«

Er stellte sich ihr Gesicht vor – wahrscheinlich war sie außer sich vor Sorge, hatte die Augenbrauen zusammengezogen. Dann stellte er sich das Zimmer in Jakes Haus vor, in dem sie gerade saß – sicher war es groß und komplett neu möbliert. Saßen die anderen neben ihr?

»Daniel?«

»Ja. Ich melde mich morgen.«

Er umfasste die Räder des Rollstuhls und fuhr durch den hell erleuchteten Flur zu Brenda zurück, vorbei an zwei lachenden Krankenschwestern und dem alten Mann, der an seinen Fingern herumzupfte. Die Leuchtstoffröhren im Zimmer summten, und er schaltete sie aus. Brenda schlief fest, bewegte sich aber leicht, als er sich ihr näherte. Sie hatte die Hände über ihrem nun erkennbar geschrumpften Bauch gefaltet. Er zog die Decke, die sie losgestrampelt hatte, über ihren nackten Oberschenkel und steckte sie wieder unter der Matratze fest.

Ihre Lider flatterten. »Dan?«

Er strich ihr eine Haarsträhne aus den Augen und musste aus irgendeinem Grund an Ruth und Dimitri denken, ein befreundetes Paar, das vor ein paar Jahren ein Kind bekommen hatte. Obwohl der Junge inzwischen selbst laufen konnte, schleppte Ruth ihn auch jetzt noch immer überall herum. Auf das kleinste Signal hin knöpfte sie sich die Bluse auf und schob ihm ihre riesige, geäderte Brust zwischen die Lippen. Dabei war er längst kein Baby mehr, sondern ein ausgewachsener Junge, der Hosen und Hemden trug und klar und deutlich seinen Namen sagen konnte – Ian. Sobald er »Mama Bu, Mama Bu« sagte, war das für Daniel das Stichwort, sich abzuwenden. Dimitri, der früher so prüde gewesen war wie ein Mönch, nahm die nackten Brüste seiner Frau gar nicht mehr wahr, und Brenda fand es toll, wie locker Ruth und Dimitri waren. »Wozu soll sie sich verstecken? Stillen ist etwas ganz Natürliches und Wunderschönes. Das sollten die Leute akzeptieren.« Daniel wollte kein Spielverderber sein. Er hätte sich gewünscht, der Anblick von Ruth, ihren Brüsten und ihrem Sohn würde ihn nicht so stören. Am allerliebsten wäre ihm gewesen, er hätte ihn auch schön finden können.

Er stellte sich vor, wie Ian, Ruth und Dimitri hinter einem dunklen Vorhang verschwanden, und bald sank sein Kopf zur Seite, und er schlief ein.

»Du stehst auf meiner Decke«, hörte er ein paar Minuten später jemanden sagen.

Daniel blinzelte sich wach. Brenda beugte sich aus dem Bett und zerrte das dünne weiße Laken unter dem linken Rad hervor. Daniel fuhr ein Stück zurück.

»Bist du jetzt wach?«, fragte er vorsichtig.

Sie nickte, und sie sahen einander an. Er versuchte sich daran zu erinnern, was sie zu ihm gesagt hatte, als er nach seinem Unfall in einem Raum voller Krankenschwestern aufgewacht war und die kühle Flüssigkeit spürte, die ihm aus einem Infusionsbeutel in den Arm gelaufen war. Sie hatte steif und nervös neben dem Arzt gestanden und geschwiegen. Daniel hatte gehofft, sie würde auf ihn zugehen, ihn küssen und etwas zu ihm sagen, irgendetwas, eigentlich war es ihm egal gewesen, was, aber sie hatte sich im Hintergrund gehalten und erst einmal die Ärzte sprechen lassen.

Jetzt rollte er ans Bett heran, beugte sich vor und umschlang ihre Beine.

»Pass auf. Mir tut da unten alles weh.«

Er zog sich zurück. »Ich liebe dich«, sagte er mit britischem Akzent. »Weißt du das eigentlich?«

Sie sah sich im Zimmer um, als hätte sie ihn nicht gehört.

»Ich habe gerade bei Jake angerufen«, erzählte er. »Meine Mutter war dran. Ich habe es ihr gesagt.« Er sah auf seine Beine. »Dadurch ist alles irgendwie noch viel realer geworden.«

»Ich sollte meine Mutter auch anrufen«, sagte sie, und er schob ihr das Telefon hin, das auf dem Nachttisch stand.

»Danke«, flüsterte Brenda und nahm den Hörer ab. Ihre Finger tanzten über die Ziffern, und sie betrachtete ihre Füße, während sie darauf wartete, dass ihre Mutter abhob. Als sie sich meldete, platzte es förmlich aus ihr heraus. »Mom, Gott sei Dank, ich bin so froh, dass du da bist«, sagte sie, und ihre Augen füllten sich mit Tränen, als sie erzählte, was geschehen war. »Ich weiß, ich weiß.« Sie schluchzte und sah Daniel an. »Ja, genau, ganz genau«, sagte sie, und er fragte sich, was ihre Mutter gerade gesagt hatte. »Eine Insel vor Maine, ja, nicht so weit vom Festland entfernt. Man fährt mit der Fähre und …« Sie stockte, anscheinend hatte ihre Mutter etwas eingeworfen. »Nein, gar nicht. Sie ist kleiner, wahrscheinlich auch viel weniger Leute.« Die beiden unterhielten sich noch etwas, und dann sprach Brenda mit ihrem Vater und dann wieder mit ihrer Mutter und schaute diesmal aus dem Fenster.

Schließlich verabschiedete sie sich unter Tränen, stellte das Telefon weg und legte den Kopf zurück. »Ich wusste, dass irgendwas nicht stimmt«, sagte sie. »Ich habe es gespürt – weißt du noch, wie ich gesagt habe, dass sich das Baby nicht mehr bewegt?« Es hörte sich fast so an, als wäre sie wütend auf ihn.

»Stimmt, das hast du gesagt.«

Sie saßen schweigend da, und er wartete darauf, dass ihre Züge sich entspannten und sie wieder zu weinen begann. Aber sie weinte nicht – sie nestelte an ihrer Decke und murmelte schließlich: »Ich hätte früher reagieren sollen. Bevor wir die Fähre genommen haben.«

»Es hat jetzt keinen Sinn, sich den Kopf über so etwas zu zerbrechen, Bren.«

Sie setzte sich auf und wandte sich ihm zu. »Aber ich habe gewusst, dass irgendetwas nicht stimmt. Ich habe es gespürt. Ich kenne mich und meinen Körper sehr gut.«

»Hör auf damit, ja? Es ist vorbei. Es ist passiert, und man kann jetzt nichts mehr rückgängig machen.«

Sie sah ihn an, dann blickte sie zu Boden.

»Es tut mir leid, dass es passiert ist. Es tut mir unendlich leid.« Er versuchte so ernsthaft zu klingen, wie er konnte, so ernst, wie ihm auch zumute war. »Es hat jetzt keinen Sinn, das Was-wäre-wenn-Spiel zu spielen.«

»Sei still«, zischte sie. »Ich möchte deine Stimme jetzt nicht hören.« Sie drehte sich unbeholfen auf die andere Seite.

»Ich habe auch etwas verloren.«

Ihre Schultern hoben und senkten sich.

»Bren, es tut mir so leid.«

Sie rührte sich nicht.

»Herrgott, jetzt ignorier mich doch nicht!« Er schlug mit der Faust auf die Matratze, und sie zuckte zusammen. »Ich bin verdammt noch mal dein Mann. Ich sitze hier an deiner Seite, und ich liebe dich, und du musst mir zuhören. Scheiße, Brenda, du darfst mich nicht einfach ignorieren.« Er umschlang seinen Oberkörper mit den Armen. Sie drehte sich wieder auf den Rücken und sagte mit zusammengekniffenen Augen: »Ich muss nachdenken. Ich brauche jetzt einfach ein bisschen Zeit, und ich brauche meine Mom und meinen Dad.« Als wäre er Luft.

Ein grauenhafter, ohrenbetäubender Schrei brach aus ihm hervor. Das schreckliche Geräusch hallte in seinem Kopf und in seinen Schultern und Armen wider, und hinterher fühlte er sich völlig leer und nackt. Brenda, das Zimmer, die gesamte Welt, alles war einen Moment lang verschwunden, und ihm wurde schwindelig, alles verschwamm. Er lauschte seinen schnellen Atemzügen – er war immer noch da, auch sein Puls und seine Zunge und seine Zähne in seinem Mund. »Ich bin hier«, gelang es ihm ruhig zu sagen. »Und du bist hier, und jetzt geht es nur um uns. Und ich möchte, dass du mir erlaubst, dein Ehemann zu sein und etwas zu tun, damit es dir ein bisschen besser geht.«

Sie sah ihn mit geweiteten Augen an. Er versuchte sich vorzustellen, was sie in diesem Moment sehen wollte: Stärke, eine Stütze. Trost. Er hielt sich so aufrecht, wie er nur konnte, und versuchte, seine Atmung zu beruhigen. »Dieser Tag ist bald zu Ende, und ich glaube jetzt einfach mal, dass morgen ein besserer Tag wird und übermorgen ein noch besserer. Wahrscheinlich ist das jetzt der schwärzeste Moment des schwärzesten Tages, aber es wird immer besser.« Er wusste nicht, woher die Worte kamen, aber er war froh, dass er sie gesagt hatte.

Sie zog sich das Laken übers Gesicht und die Augen.

Er legte eine Hand auf ihre Stirn. »Schsch«, machte er und strich ihr sanft über die Haare, wie es eine Mutter tun würde. »Ruh dein Herz jetzt mal ein bisschen aus.« Das hatte seine eigene Mutter immer gesagt.

Brenda nickte und ließ das Laken los. Ihre Augen hatten sich mit Tränen gefüllt, und sie presste die Lippen aufeinander, wodurch sie aussah, als würde sie zugleich lächeln und traurig schauen. »Ich will nach Hause«, sagte sie. »Ich will hier weg.«

»Okay«, sagte er. »Aber ich glaube nicht, dass der Arzt dich so schnell gehen lässt.«

»Aber deine Eltern verstehen das, oder? Wenn wir gleich nach Hause fahren und gar nicht mehr zu Jake gehen.«

Er hatte den Geburtstag seines Vaters völlig vergessen. »Ich denke schon«, sagte er, obwohl er sich da nicht sicher war. Bei der Vorstellung, einfach wieder auf die Fähre zu steigen, und dann zu zweit in ihr leeres Vorstadthäuschen zurückzufahren, wurde ihm plötzlich schwer ums Herz. »Ich würde sagen, wir machen einen Schritt nach dem anderen. Warten wir erst mal ab, was der Arzt sagt, ja?« Brenda war einverstanden und griff nach dem Plastikbecher mit Wasser, der auf dem Nachttisch stand. Sie wirkte jetzt ruhiger. »Komisch, dass ich hier im Krankenhaus liege und du neben mir sitzt.«

»Ist noch gar nicht so lang her, da war es umgekehrt, was?«

Sie trank einen tiefen Schluck. »Das ist mir wirklich schwer gefallen. Ich wusste nie, was ich zu dir sagen sollte. Oder auch nur, was ich denken sollte.«

»Ging mir genauso.«

»Ja, natürlich.«

»Ich hatte das Gefühl, im Auge des Sturms zu sitzen«, sagte er. »Und du warst draußen, auf der anderen Seite, und hast alles mitangesehen.«

»Aber so war es nicht. Ich war bei dir, mitten im Sturm. Alle waren bei dir – deine Eltern, deine Geschwister, sogar die kleine Meredith Ringley. Und irgendwie sind wir es immer noch.«

Vor etwa sechs Monaten hatte Meredith bei ihnen in Brooklyn angerufen und gebeten, ihn besuchen zu dürfen. Sie hatten sie vorher nie persönlich getroffen. Als damals der Krankenwagen gekommen war, hatte sie die Unfallstelle so schnell wie möglich verlassen und danach übers Telefon mit ihm kommuniziert. Daniel hatte dem Treffen spontan zugesagt und sich erst hinterher gefragt, was sie sich eigentlich davon erhoffte. Dass er ihr die Schuldgefühle nahm? Er konnte sich nicht vorstellen, dass sie sich besser fühlen würde, nachdem sie ihn im Rollstuhl gesehen hatte. Sie kam ein paar Minuten vor der verabredeten Zeit. Daniel hatte bereits nach ihr Ausschau gehalten und sah das blaue Auto mit dem Stufenheck auf den Parkplatz gegenüber einbiegen. Die Beulen waren nicht mehr zu erkennen, die Windschutzscheibe und die Motorhaube waren ersetzt worden. Das kleine Auto sah aus wie jedes andere auf der Straße. Meredith war jünger, als er erwartet hatte, wahrscheinlich Anfang zwanzig. Daniel öffnete die Tür, und sie stand vor ihm. Groß und knochig, mit fleckigem Teint und langen, feinen braunen Haaren, die ihr auf die Brust reichten. Sie stand da, knabberte an ihrem Daumennagel und schaute auf ihre Füße. Sie trug eine dicke Brille, die ihr Gesicht schmal und die Augen riesig wirken ließ. Sie kam ins Loft geschlichen und setzte sich mit ihnen an den Küchentisch, wo sie Kaffee tranken. Sie erzählte mit leiser, monotoner Stimme von ihrem Studium an der NYU, und als sie sagte, dass sie Grafikdesign studierte, lächelte sie. Sie beantwortete ihre Fragen, stellte ihnen aber selbst keine, als wäre sie nur gekommen, um sich ihnen zu präsentieren, damit sie sehen konnten, dass sie bloß eine dünne, schüchterne, etwas linkische Studentin war, keine Verbrecherin. Und irgendwie funktionierte es sogar. Später hatten sie ihr hinterhergeschaut, wie sie aus dem Haus gegangen und in ihr Auto gestiegen war, und Daniel hatte gesagt: »Unglaublich. Sie ist noch ein Kind. Wie kann jemand, der so unschuldig wirkt, von einer Sekunde auf die andere das Leben eines anderen Menschen zerstören?«

Brenda stiegen jetzt wieder Tränen in die Augen, und Daniel suchte verzweifelt nach einem harmlosen Gesprächsthema. »Mir ist eine Idee für das Titelbild eingefallen, das ich noch machen muss. Ein Boot, das außen an einem Gebäude hinaufsegelt.«

»Ich dachte, das ist nur ein ganz kleiner Teil der Handlung.«

»Klein, aber wichtig«, sagte er. »Der Autor stellt sich etwas vor, was Bewegung und Kontrast zeigt. Der Roman spielt in einem kleinen Bürogebäude in Havanna, und der Mann, um den es geht, spart auf ein Boot.«

Sie rieb sich die Augen. »Ich dachte, es geht um Politik, um Castro oder so.« Die Tränen liefen ihr jetzt über die Wangen, und sie bedeckte ihr Gesicht mit beiden Händen.

Er beugte sich vor und umschlang ihre Beine, dann versuchte er, nach ihren Händen zu greifen, aber sie hielt sie flach ans Gesicht gepresst. »Ich habe mir dieses Kind wirklich gewünscht«, sagte Daniel, und das war die Wahrheit. Jedenfalls nach Brendas Schicksalsflug aus Afrika und danach ... Er hatte sich zumindest das gewünscht, was das Kind für sie hätte bedeuten können.

Er sah zu ihr hinauf. »Ich habe mir für uns beide wirklich ein schönes, glückliches Leben gewünscht.« Sie nickte und zog laut die Nase hoch. »Ich auch.«

Als sie den Hörer auflegte, spürte sie zuerst eine Welle der Erleichterung – Daniel und Brenda lebten –, dann wurde ihr schwindelig. Sie ging ins Wohnzimmer, wo die anderen saßen und sie erwartungsvoll ansahen. Sie erklärte ihnen mit seltsam mechanischer Stimme, was passiert war.

»Mein Gott«, sagte Hilary.

Liz, die in einer Ecke in einem Ledersessel saß, schlug die Hände vors Gesicht. Jake stand hinter ihr, beide Hände auf ihren Schultern. »Wissen sie etwas über die Ursache?«

»Ich glaube nicht«, sagte Ellen. Sie hörte, dass es draußen immer noch regnete. »Aber ich habe Daniel gar nicht so genau gefragt. Vielleicht hätte ich fragen sollen. Ich weiß nicht, warum ich es nicht getan habe.«

»Es spielt ja auch keine Rolle«, sagte Liz, deren Gesicht sich fiebrig rosa verfärbt hatte.

»Vielleicht hat es ja etwas damit zu tun, dass es eine Samenspende war«, sagte Ellen. »Ich hatte da ja gleich meine Befürchtungen.«

»Das kann ich mir nicht vorstellen«, sagte Hilary scharf.

»Liz hat recht«, warf Joe ein. »Was spielt es denn für eine Rolle?« Er stand auf, ging zu Ellen hinüber und nahm eine ihrer Hände zwischen seine.

»Es bringt gar nichts, sich jetzt darauf zu versteifen, nach der Ursache zu suchen«, meinte Liz und erzählte von einer Freundin, die eine Fehlgeburt im späten Schwangerschaftsstadium gehabt hatte, aber Ellen konnte sich nicht auf die Geschichte konzentrieren. Ihr Sohn Daniel, der für den Rest seines Lebens im Rollstuhl sitzen würde, hatte jetzt auch noch sein Kind verloren. Sie entzog Joe ihre Hand. Jemand sagte etwas, jemand antwortete, und sie drehte sich weg und ging auf den Flur hinaus ins grüne Zimmer. Babe war in ihrem Käfig einen Schritt vorwärts gekrochen und sah zu ihr auf. Sie stand bewegungslos über ihr. Sie wusste nicht, was sie jetzt mit sich anfangen sollte.

»Mom?« Jake stand plötzlich hinter ihr in der Tür.

Ellen setzte sich auf eines der Betten und spürte, wie sich ihr Rücken verkrampfte.

»Es ist furchtbar«, sagte er, und sie nickte und wandte den Blick ab. Er kam ins Zimmer und setzte sich neben sie, sein Gewicht drückte die Matratze hinunter. Ihr wurde warm, und sie fühlte sich eingeengt. Jake atmete tief ein und aus, und Ellen fragte sich, ob er sich jetzt wegen seiner eigenen Babys Sorgen machte. Sie griff nach dem durchsichtigen Vorhang und rieb das dünne Gewebe zwischen den Fingerspitzen, während sie überlegte, was sie ihm Tröstliches sagen könnte.

Aber er sprach zuerst. »Kannst du dich noch daran erinnern, wie Dan mich verprügelt hat, weil ich Dad verraten hatte, dass er seinen Taschenrechner kaputt gemacht hat? Ich glaube, ich war ungefähr in der vierten Klasse.«

Ausgerechnet darüber wollte Jake jetzt reden? »Ja, ich erinnere mich.« Sie betrachtete den Vorhangstoff zwischen ihren Fingern. Jake hatte als Kind ziemlich unter Daniel zu leiden gehabt. Vermutlich hätte sie häufiger eingreifen sollen, aber die zwei hatten ihr mit ihren ewigen Streits und Raufereien den letzten Nerv geraubt, und irgendwann war sie einfach dazu übergegangen, sie nicht zu beachten.

»Meine Lippe war geschwollen, und ich hatte ein blaues Auge, weißt du noch?«

Sie nickte.

»Da hat es mir ein für alle Mal gereicht. Er hatte mich so oft verprügelt, dass ich vor Wut nicht mehr weiterwusste. Und dann habe ich allen seinen Freunden erzählt, er hätte lauter fiese Sachen über sie gesagt.« Jake sah zu Boden. »Rick Bernard habe ich gesagt, Dan hätte mir von dem ekligen großen Muttermal auf seinem Hintern erzählt – dabei hatte ich es selbst einmal im Bad gesehen. Und Mark Sullivan habe ich gesagt, Dan würde behaupten, er schliefe bei seinen Eltern im Bett, weil er zu viel Angst hätte, allein zu schlafen.« Jake lächelte kleinlaut. »Jeff Myers habe ich gesagt, Dan hätte behauptet, er sei der schlechteste Spieler in ihrer Baseball-Mannschaft. Er würde nur mitspielen, weil Dan in der Mannschaft sei und er auf ihn neidisch sei.«

»Die drei waren seine besten Freunde.«

»Ich weiß.«

Sie dachte an die Zeit damals zurück. »Die Jungen haben ihm die Freundschaft gekündigt. Erst als er ein Jahr später an die Junior High überwechselte, hat er wieder neue Freunde gefunden. Er wurde damals auch schlecht in der Schule und konnte nachts nicht einschlafen.«

Jake nickte.

»Nun ja, das ist lange her«, sagte sie und versuchte, sich die leichte Wut, die in ihr aufstieg, nicht anmerken zu lassen.

»Ja, aber trotzdem. Es war ganz schön grausam von mir. Daniel gegenüber, aber auch den anderen Jungen gegenüber.« Jake ließ sich zu Boden gleiten und sah zu ihr auf. »Ich weiß noch, dass ich wütend auf ihn war, weil er mich immer so schlecht behandelte und trotzdem so viele Freunde hatte und alle ihn so toll fanden.«

Jake klang beinahe selbst wieder wie ein Kind. Er hatte sich doch bloß eigene Freunde gewünscht. Ellen ließ den

Vorhang fallen und zwang sich, ihrem Sohn durchs Haar zu streicheln. Nach einer Weile fühlte sich die Geste natürlicher an. Er hatte es aus Neid getan, und Daniel war ein emotional starker Junge gewesen. Er hatte neue Freunde gefunden. Nach einer Weile hatte er auch wieder besser geschlafen, und seine Noten hatten sich verbessert. Jake war derjenige, der sich bis heute nicht davon erholt hatte, dass er sich als Kind ungeliebt gefühlt hatte.

Neben ihnen grub sich Babe in einen Haufen Sägespäne. Jake lehnte sich mit seinem ganzen Gewicht an ihre Beine, und so blieben sie einen Moment lang sitzen, ihre Hand immer noch auf seinem Kopf, ihre Augen geschlossen.

Nach einer Weile stand Jake auf, sagte, er ginge jetzt lieber wieder zu den anderen zurück.

Ellen hörte gedämpfte Stimmen aus dem Wohnzimmer, zog die Bluse über den Beinen straff und schob sie sich unter die Schenkel. Draußen trommelte der Regen aufs Dach. Der Himmel war jetzt ganz schwarz. Sie dachte an Brenda und Daniel, die irgendwo auf dieser Insel allein in einem kalten Krankenhauszimmer von der Nacht umgeben waren. Sie stand auf, ging entschlossen ins Wohnzimmer und verkündete, sie wolle jetzt in die Klinik fahren.

»Dazu ist es spät, Ell. Hat Daniel vorhin nicht gesagt, er meldet sich morgen und sagt uns, wann wir kommen können? Er hat doch gesagt, die Besuchszeit sei für heute vorbei, oder?«, fragte Liz.

»Ich bin seine Mutter, und ich will ihn sehen«, sagte Ellen, ohne ihre Schwiegertochter anzusehen oder die weichen Ledermöbel und das Kirschholzparkett und die importierten türkischen Kelims, die ihr plötzlich protzig vorkamen, erst recht für ein Sommerhaus. »Ich will meinen Sohn sehen.«

»Okay, Mom, aber was ist mit dem, was er will?«, sagte Hilary, und Ellen hätte ihr am liebsten eine Ohrfeige gegeben.

»Wir fahren morgen früh sofort hin«, versprach Joe. »Gleich nach dem Aufstehen als Allererstes. Ich sorge dafür, dass wir die ersten Besucher sind, die morgen diese Klinik betreten.«

»Als Allererstes?« Sie seufzte, gab sich geschlagen und ging müde zur Couch. »Na gut.«

Joe folgte ihr und setzte sich neben sie.

Stunden später erwachte Ellen in tiefster Nacht. Das einzige Geräusch, das sie hörte, war Joes leises Schnarchen. Sie lag in einem schmalen, harten Bett. War sie im Schlaf gestorben? Sie wusste nicht, wo sie war. Die Dunkelheit vor Augen, fühlte sie sich nahezu gewichtslos, war nur ein Torso, und als sie versuchte, die Finger und Zehen zu bewegen, gelang ihr das zunächst nicht. Das Gefühl kehrte bald zurück, aber sie wusste immer noch nicht, wo sie war. Joe schlief neben ihr in einem kleinen Bett, und als sie aufstand und durchs Zimmer ging, spürte sie rauen Teppichboden unter den Fußsohlen. Erst als sie die Tür öffnete und über den Flur ins Wohnzimmer blickte, wo der Mond einen Lichtstrahl über ein braunes Ledersofa warf, wusste sie wieder, dass sie in Jakes Sommerhaus auf Great Salt Island war.

Sie ging mit nackten Füßen über den kühlen Holzboden im Flur ins Wohnzimmer und begriff plötzlich, was die Stille bedeutete: Der Regen hatte aufgehört. Welche Erleichterung. Sie sah einen Stapel Decken auf der Couch, erinnerte sich, dass sie für Daniel und Brenda bestimmt gewesen waren, und die Ereignisse des Tages kehrten zu ihr zurück. Sie faltete die Hände und zwang sich dazu, weiterzugehen. Die Tür zu Jakes und Liz' Schlafzimmer stand halb offen. Jake lag auf dem Rücken, die Arme drohend vor der Brust verschränkt. Liz lag ganz genau so da, und als Ellen die beiden so sah, stockte ihr einen Moment lang der Atem. Liz hob den Kopf. »Ellen?«

»Schsch, schlaf weiter. Ich wollte bloß nach dem Rechten sehen.«

»Brauchst du irgendetwas?«

»Nein. Schsch«, flüsterte Ellen wieder und zog die Tür hinter sich zu.

Im Nebenzimmer schlief Hilary nackt auf der Seite. Sie hatte sich mehrere Kissen zwischen die Beine und unter die Arme geschoben. Ellen konnte nicht anders, als sie neugierig zu betrachten. Der Körper ihrer Tochter hatte sich durch die Schwangerschaft sehr verändert, in der Dunkelheit sah Hilary aus wie ein kleiner Wal. Ellen konnte ihr Gesicht nicht erkennen, aber sie sah, wie sich die Silhouette des Mädchens – der Frau – mit jedem Atemzug leicht hob und wieder senkte, und sie sah die vielen Kissen, die wie ein zweiter Körper zwischen ihren Gliedmaßen verkeilt lagen.

Sie trat ins Zimmer. Am liebsten hätte sie sich für einen Moment neben ihre Tochter gelegt und sie fest in die Arme genommen, aber davon wäre sie natürlich aufgewacht, und so setzte sie sich nur auf einen niedrigen Sessel in der Ecke. Sie fragte sich, weshalb sie früher nicht öfter nach ihren schlafenden Kindern geschaut hatte. Meist war Joe derjenige gewesen, der nachts nach dem Rechten sah, Ellen brachte sie immer ins Bett, aber sobald sie selbst einmal eingeschlafen war, hatte sie wie ein Stein geschlafen. Die Tiefe ihres Schlafes hatte ihr früher selbst Angst gemacht. Es konnte so viel passieren, und sie würde es nicht merken, bis es zu spät war. Aber heute Nacht war sie da, heute war sie wach. Es war wie ein Geschenk – sie wachte über sie, sah sie atmen und träumen. Wäre doch nur Daniel hier! Wären doch all ihre Kinder hier und lägen behütet in ihren Betten.

Sie blieb noch einen Moment im rosa Zimmer sitzen und sah Hilary beim Atmen zu.

Jake erwachte, weil ihn die Sonne heiß aufs Gesicht schien. Er hatte vergessen, die Fensterläden zu schließen. Wo war Liz? Er räkelte sich, blinzelte mehrmals und setzte sich auf. Als ihm der Schmerz wie ein Blitz durchs Genick schoss, erinnerte er sich an seinen Sturz von gestern. Er stand mit steifem Hals auf, schlüpfte in seinen Bademantel und machte sich auf den Weg in die Küche, wo Liz gerade Würstchen in die schwere Bratpfanne legte.

»Sind wir die Einzigen, die wach sind?«

»Dein Vater und deine Schwester sind spazieren«, sagte sie. Die Würstchen knallten im Fett.

»Dan und Brenda«, sagte er. »O Gott. Gerade ist es mir wieder eingefallen.« Seine Mutter hatte ausgesehen wie ein Gespenst, als sie es ihnen gesagt hatte.

Liz schob die Würstchen mit einem Bratenwender in der Pfanne herum. »Ich habe vorhin schon in der Klinik angerufen. Die Schwester hat gesagt, dass sie noch schlafen. Ich soll es in einer Stunde noch mal versuchen.«

Er dachte an ihren Streit auf der Terrasse gestern Abend. »Komm her«, sagte er.

»Ich hantiere hier mit heißem Öl, Schatz.«

»Ist mir egal. Komm her«, sagte er und trat hinter sie. Er umschlang mit beiden Armen ihre Taille, spürte ihren Rücken breit und warm an seinem Bauch und flüsterte: »Ich habe dich eben im Bett vermisst. Und ich meine nicht auf *die* Art.«

Sie wandte ihm ihr Gesicht zu und lächelte.

Es war erbärmlich, sich so wieder bei ihr einzuschmeicheln, aber irgendwie fühlte er sich erleichtert. Erleichtert darüber, wie albern und unbedeutend ihm ihr Streit jetzt erschien.

Er blickte aus dem Fenster und sah das Meer im Tageslicht glitzern. Es war der schönste Anblick der Welt, dachte er, der Atlantik vor seinem Küchenfenster, die Morgensonne über dem gekräuselten Wasserspiegel. Er war froh, dass sein Vater und Hilary draußen waren und sich daran erfreuten. Worüber sie sich wohl gerade unterhielten? Worüber sie überhaupt so redeten? Die beiden hatten eine Schwäche füreinander, wenn er sich auch nicht erklären konnte, wieso. Hilary liebte ihren Vater über alles, erkundigte sich ständig, ob ihm auch warm genug sei oder kühl genug, ob er hungrig sei, müde. Die Beziehung zwischen ihm und seinem Vater schien sich dagegen eher in den Pausen zwischen den Sätzen zu manifestieren, wenn sie einander einfach zuhörten und zu verstehen versuchten. Er konnte nicht umhin, die beiden um die unverhohlene Zuneigung zu beneiden, die sie füreinander empfanden, und er fragte sich, was es war, das seinen Vater und Hilary – ausgerechnet Hilary – verband. Schließlich war er derjenige, der alle aus der Familie regelmäßig anrief. Im Gegensatz zu seinen Geschwistern vergaß er nie einen Geburtstag, und wenn er beim Einkaufen etwas entdeckte, von dem er glaubte, es könne einem von ihnen Freude machen, sei es ein Pullover, eine Kamera oder ein Fotoband über die Geschichte des Automobils, kaufte er es sofort und schickte es ihnen.

Er küsste Liz auf den Hals und ging ins Wohnzimmer hinüber, wo Hilary gerade die Terrassentür aufschob. »Ich hoffe, dir ist klar, was du hier für einen traumhaften Garten hast«, sagte sie und ging barfuß durch den Raum. Joe stand vor der Tür und rieb seine sandigen Schuhe an der Matte ab. Hilary ließ sich auf einen Sessel fallen, ohne die Sandkörner zu beachten, die sie auf dem Teppich verteilt hatte. »Das riecht aber lecker«, sagte sie und hob die Nase wie ein Hund.

»Würstchen!«, rief Liz aus der Küche. »Und Rühreier mache ich uns auch noch.«

»Paradiesisch.« Hilary legte den Kopf zurück. Joe stellte sich hinter sie und legte ihr einen Pulli über die Schultern, Hilary schnitt dazu eine alberne Grimasse. Die gestrige Tragödie war anscheinend schon wieder völlig vergessen.

»Was machen wir jetzt mit Daniel und Brenda?«, fragte Jake.

»Hm?«, murmelte Hilary.

»Glaubt ihr, dass sie trotz allem noch kommen wollen? Zu uns, meine ich.« Er schwieg nachdenklich. »Es wird höllisch für sie, euch beide schwanger zu sehen.«

Hilary sah ihn an. »Stimmt, könnte sein.«

Joe setzte sich auf die Couch. Er zog sich die Schuhe und Socken aus, legte sich einen Fuß auf den Oberschenkel und massierte seine Zehen.

Unter Hilarys T-Shirt wölbte sich ihr Bauch wie ein dicker Wanst. »Wie ist das denn für dich – kommst du dir dabei nicht irgendwie komisch vor?«, fragte Jake.

»Worauf willst du hinaus?«

Er suchte nach den richtigen Worten. »Na ja, ich meine, du musst zugeben, dass Dan und Brenda nach allem, was sie im letzten Jahr so durchgemacht haben, es von uns dreien am ehesten verdient hätten, ein gesundes Kind zu bekommen.«

»Och, ich weiß nicht. Du und Liz, ihr habt so lange daran gearbeitet, ihr habt es euch schon auch verdient. Na, so was? Da bleibe wohl nur noch ich übrig, die eindeutig nichts Gutes und Schönes verdient hat, habe ich recht?« Sie sah ihn herausfordernd an.

»Bei ihnen hätte es einfach besser gepasst«, sagte Jake. »Immerhin sind sie zu zweit. Und sie haben es sich gewünscht.«

Hilary öffnete den Mund

»Hört auf!«, brummte Joe, ohne jemanden Bestimmten anzusehen. Er schob den Daumen in dem Zwischenraum neben dem großen Zeh hin und her. »Hört auf, ihr beiden, bevor es noch schlimmer wird.«

»Jake, kommst du mal?«, rief Liz. Plötzlich stand sie vor ihm. »Ich brauche Hilfe beim Frühstück.« Sie packte ihn an der Hand und zog ihn in die Küche.

»Was soll das denn? Gerade jetzt, wo alles so gut lief«, flüsterte sie. »Ich hatte gerade einen Draht zu ihr gefunden.«

In der Küche ließ sie seine Hand los. »Ich versuche hier Frühstück für deine Familie zu machen, und ich brauche dazu deine Hilfe.« Sie hielt ihm die Schachtel mit den Eiern hin.

Jake ging hinter ihr her durch die Küche. »Ich wollte einfach darüber gesprochen haben, bevor sie kommen. Damit wir vorbereitet sind. Ich will nicht, dass Dan und Brenda sich bei Hils Anblick unwohl fühlen.«

»Schatz, du bist nicht der Einzige, dem das, was passiert ist, schrecklich nahe geht.« Sie reichte ihm eine Schüssel und er ging damit zum Tisch.

»Wie kann man in ihrem Alter überhaupt ungewollt schwanger werden? Es ist doch nicht so, als wüsste sie nicht, wie es funktioniert. Aber das kümmert in dieser Familie ja anscheinend niemanden«, sagte er. Vielleicht reagierte er deshalb so aggressiv auf Hilary, weil er den Eindruck hatte, dass sich außer ihm niemand über sie aufregte. Sie war ganz objektiv einer der verantwortungslosesten Menschen, die er kannte. Wieso sagte niemand etwas dazu? Gut, seiner Mutter war eine leichte Gereiztheit anzumerken, aber sie war längst nicht so schockiert wie er. »Außerdem sollten wir jetzt vor allem an Dan und Brenda denken. Was sagen wir denn zu ihnen, wenn wir sie nachher sehen?«

»Wir warten einfach ab, wie sie damit umgehen, und reagieren dann darauf.« Bestimmt redete sie in diesem salbungsvollen Ton auch mit ihren Schülern, dachte Jake.

»Ja, aber ich weiß nicht, ob das reicht«, sagte Jake und rieb sich die Schläfen. »Ich würde so gern mehr für sie tun.«

»Um dein *eigenes* schlechtes Gewissen zu erleichtern?«

»Nein. Oder vielleicht auch doch. Was wäre so schlimm daran?«

Liz schüttelte den Kopf. Durch das Fenster in ihrem Rücken strömte Licht, und er konnte ihr Gesicht kaum erkennen. »Wir brauchen eine große Portion Rührei, also mach dich mal an die Arbeit«, sagte sie schließlich.

Sie versammelten sich zum Frühstück um den Küchentisch. Hilary suchte sich einen Platz, der möglichst weit von Jake entfernt war, weil sie Angst hatte, ihm eine Bratwurst ins Gesicht zu schleudern, falls er noch ein Wort zu ihr sagte. Ihr Vater hatte sich neben sie gesetzt, und ihnen gegenüber saß ihre Mutter, die eben erst aufgestanden war, was ungewöhnlich war, denn Ellen war sonst immer die Erste und stand oft schon vor Morgengrauen auf. Hilary erinnerte sich mit leiser Wehmut daran, wie ihre Mutter unten in der Küche immer klappernd zugange gewesen war, während sie alle noch oben in ihren Betten lagen. »Alles okay?«, fragte sie.

Ellen sah auf ihren Teller, teilte mit der Kante ihrer Gabel ein Bratwürstchen in drei Stücke und steckte sich eines davon in den Mund. Sie schluckte und sagte: »Geht schon. Nur dass ich letzte Nacht nicht so gut geschlafen habe.«

»Vielleicht weil du nicht in deinem eigenen Bett lagst?«, fragte Hilary, um einen einigermaßen freundlichen Tonfall bemüht, als sie von Jake unterbrochen wurde. »Das wird schrecklich für sie sein«, sagte er zu ihrer Mutter. »Für Brenda, meine ich, wenn sie Hilary und Liz sieht. Ich frage mich, ob es überhaupt gut ist, wenn sie herkommen. Vielleicht sollten wir ihnen ein Zimmer im irgendeiner Pension besorgen, oder sie fahren gleich nach Hause, sobald Brenda entlassen wird. Ob sie wohl starke Schmerzen hat? Wie ist das, kennt sich da jemand aus? Ist es wie eine normale Geburt?«, fragte er Liz. »Musste sie es richtig herauspressen?«

Hilary hielt mit der Gabel voll Rührei vor den Mund inne und starrte ihn an.

»Ich schaue mal unter *Dilatation* im Lexikon nach, so hieß es doch, oder, Mom?«, fragte er, nachdem ihm niemand geantwortet hatte. Ellen nickte sanft, und er ging davon. Hilary wollte ihn zurückhalten und warf Liz einen gereizten Blick zu, aber die schüttelte den Kopf und schaute auf ihren Teller. Kurz darauf kehrte Jake mit einem dicken medizinischen Nachschlagewerk zurück (Hilary tippte sich innerlich an die Stirn. Wer hatte denn bitte ein Medizinlexikon im Sommerhaus stehen?) und blätterte darin herum, bis er den gesuchten Eintrag gefunden hatte. »Nach der Narkose, blablabla … ja, gut, aber was wird da genau gemacht? Und wie lange dauert es, bis man sich davon erholt?«, fragte er, las weiter und schüttelte schließlich den Kopf. »Im Grunde steht da nichts drin.« Er ließ das Buch so schwer auf den Tisch fallen, dass die Glasplatte zitterte, und nahm es dann sofort wieder in die Hand. »Ich frage mich, ob da drin irgendwo steht, wie häufig so etwas vorkommt.« Er sah Liz an, deren Gesicht leicht gerötet war und die sich erhoben hatte, um den Tisch abzuräumen.

»Ach wisst ihr was, ich rufe jetzt einfach ein paar Pensionen an«, verkündete er, »und frage, ob es noch freie Zimmer gibt. Danach fahre ich zur Apotheke und rede mit dem Apotheker. Mal sehen, was er vorschlägt. Vielleicht sollten wir ihr ein Heizkissen besorgen? Wir könnten ihnen ja auch gleich etwas zu essen in der Klinik vorbeibringen. Aber am besten fahre ich allein mit Mom und Dad. Hil und Liz bleiben lieber hier.«

Wie üblich war es Ellen, die sich einschaltete, um ihren hysterischen Sohn zu beruhigen. »Jake«, sagte sie und stand auf. Sie stellte sich hinter ihn und legte ihm beide Hände auf die Schultern. »Versuch nicht immer, alles auf einmal zu regeln.«

Liz stand, beide Hände in die Hüften gestemmt, neben dem Tisch und sagte: »Dann versuche ich jetzt mal, das Thema zu wechseln. Ich finde, jetzt könnt ihr ruhig *alle* erfahren, dass Jake und ich Zwillinge bekommen.«

»Liz«, Jake hüstelte.

Hilary schluckte den Bissen herunter, den sie im Mund hatte. »Wow«, sagte sie und sah ihren Vater an. Er schien genauso überrascht zu sein wie sie.

»Das ist ja eine wunderbare Nachricht«, sagte ihre Mutter. »Ganz toll.«

»Ja, wirklich«, sagte Joe.

»Wir wollten es euch eigentlich allen zusammen sagen«, sagte Liz hastig. »Wir hatten uns vorgestellt, wie ihr alle vor uns sitzt, und uns schon auf eure Gesichter gefreut, aber jetzt, wo Dan und Brenda vielleicht gar nicht kommen werden, weiß ich nicht, ob sich überhaupt noch eine Gelegenheit ergibt.«

Zwillinge. Das lag bestimmt an der Hormonbehandlung. Sie hatten Glück, dass es keine Drillinge wurden. Hilary nahm einen Bissen von ihrem gebutterten Toast und dann gleich noch einen. Sie sah zwei winzige Jakes vor sich. Zwei übereifrige, selbstgerechte kleine Jakes.

Jake sprach über die Risiken einer Zwillingsschwangerschaft und die Sorgen, die er sich um seine Frau mache, wurde aber von Liz unterbrochen, die sagte, darüber wolle sie jetzt gar nicht nachdenken, sie freue sich einfach darüber, bald eine Familie zu haben und ihre zwei Kinder gleichzeitig zu bekommen. Sie hätten sich sowieso immer zwei Kinder gewünscht.

Irgendwie hatte das Ganze etwas Poetisches, überlegte Hilary. Brendas Fehlgeburt, Jakes Zwillinge. Ein Verlust auf der einen, ein Gewinn auf der anderen Seite – und wie passte sie in das Bild? War sie das Gleichgewicht zwischen den beiden, eine Mutter mit einem Kind? Die Familie saß jetzt in einem schwankenden Boot, Daniel rutschte im Heck aufs Wasser zu, Jake saß glücklich mit seinem Geld und seinen Häusern und Kindern am Bug. Wäre Daniel jetzt doch nur hier bei ihnen! Hilary sehnte sich danach, ihm ins Gesicht zu sehen und die Gewissheit zu haben, dass er sich noch über Wasser hielt.

»Was ist mit dir, Hil?«, sagte Ellen. »Hast du auch noch irgendwelche Überraschungen für uns?« Sie wollte natürlich unbedingt wissen, wer der Vater des Kindes war. Sie verzehrte sich vor Neugier.

»Doch, da gibt es wirklich etwas. Ich habe mit Dad schon darüber gesprochen, dass ich überlege, wieder an die Ostküste zu ziehen. Meine Möbel habe ich schon eingelagert, und die Wohnung kann ich untervermieten.« Alle starrten sie einen Moment lang an und blickten dann wieder auf ihre Teller. Der Deckenventilator über ihnen surrte. »Hast du denn Arbeit?«, fragte Jake. »Und was ist mit deiner Stelle bei der Versicherung?«

»Der Arbeitsvertrag ist ausgelaufen. Und einen neuen Job habe ich nicht – noch nicht«, sagte sie. »Aber ich habe ein bisschen Geld gespart. Und außerdem hat Dad angeboten, mir eventuell erst einmal auszuhelfen, bis ich mit dem Kind allein klarkomme.«

Jake zog die Augenbrauen zusammen. »Und wo willst du wohnen?«

Ihr Vater mischte sich ein. »Natürlich zieht sie wieder zu uns, jedenfalls fürs Erste. Wie das im Einzelnen aussehen wird, darüber machen wir uns später Gedanken ...«

»Noch ist nichts entschieden«, unterbrach ihn Hilary, was sie zum Schweigen zu bringen schien, zunächst zumindest.

Alle widmeten sich wieder dem Essen, und zum ersten Mal nahm Hilary im Haus die Wellen wahr, die sich am Strand und an den Felsen brachen. Sie empfand dieses Geräusch, das nichts mit ihr oder ihrer Familie zu tun hatte, als tröstlich; das Meer rauschte unbeirrt vor sich hin.

»Schön, dass ich das auch mal erfahre«, sagte ihre Mutter schließlich. Sie war wütend. Sie war stinksauer, dass Joe ihr nichts von seinem Gespräch mit Hilary erzählt und die Sache nicht zuerst mit ihr besprochen hatte.

Liz erhob sich und räumte die Teller zusammen. »Mach

doch nicht wieder alles allein«, sagte Hilary und stand mit Ellen auf, während die Männer ins Wohnzimmer hinübergingen. Es war empörend, wie sie in ihre prähistorischen Rollen zurückfielen – zusammenhockten und über Autos oder Politik redeten, während die Frauen kochten und abspülten. Eigentlich hätten sie auch Lendenschurze tragen können.

Hilary stellte sich ans Spülbecken und drehte das Wasser auf. Sie spürte eine Hand auf ihrer Schulter. »Setz dich hin, ich mache das schon«, sagte Ellen.

»Das ist kein Problem für mich, Mom.«

»Setz dich, Liebes. Und du auch, Liz. Setzt euch zu den anderen.«

Liz ging zu den Männern ins Wohnzimmer, aber Hilary blieb in der Küche bei ihrer Mutter, die sie sanft zur Seite drängte und ihren Platz am Spülbecken einnahm. Hilary rieb die Fingerspitzen aneinander, während Ellen die Teller in den Seifenschaum tauchte. »Du willst also wieder zu uns ziehen?«, stellte sie fest, ohne den Blick vom Spülbecken zu nehmen. Ihre Augen lagen im Schatten zwischen feinen Runzeln, die noch nicht da gewesen waren, als Hilary sie das letzte Mal gesehen hatte.

»Ich weiß es noch nicht, aber wahrscheinlich eher nicht«, antwortete Hilary. »Du bist wütend, oder? Du bist sauer auf Dad, weil er dich nicht gefragt hat und es dir noch nicht einmal erzählt hat.«

»Darum geht es nicht«, sagte Ellen. »Obwohl ich es schon gern vorher erfahren hätte. Nein, es ist … Wenn ich ehrlich bin, mache ich mir einfach die ganze Zeit über diesen Mann Gedanken. Über den geheimnisvollen Kindsvater. Hältst du es für eine gute Entscheidung, so weit von ihm wegzuziehen?«

»Ich habe dir doch gesagt, dass er keine Rolle spielen wird. Ich mache das ohne ihn – ich ziehe das Kind allein auf.«

»Dann ist es wahrscheinlich wirklich das Beste, wenn du zu uns kommst und wenigstens deine Familie in der Nähe hast.«

»Das klingt, als wärst du vor Freude außer dir.«

Ellen drehte das Wasser ab und trat einen Schritt auf Hilary zu. »Hilary, hör mal zu: Ich freue mich, dass du nach Hause kommst.«

»Gar nicht. Du hältst mich für eine Versagerin, weil ich ohne Mann ein Kind bekomme.«

»Wieso sagst du so etwas? Nein. Wenn du die Wahrheit wissen willst, Hil – ich finde es sogar unglaublich mutig von dir. Das warst du immer schon. Manchmal wünschte ich, ich hätte auch nur einen Bruchteil deines Mutes.« Ihre Worte klangen dürr, wie Sätze auf einer Grußkarte: *Gratuliere zu Deinem Mut! Alles Gute zur Unabhängigkeit!* Außerdem hatte die Entscheidung nichts mit Mut zu tun gehabt. Sie war aus der Not geboren, aus einem Mangel an Alternativen, Augen zu und durch. Hätte sie denn noch einmal die Chance bekommen, ein Kind zu kriegen? Immerhin war sie fünfunddreißig, und keine ihrer Beziehungen hatte je länger als ein paar Monate gehalten.

»Liebes?« Ihre Mutter griff nach ihrer Hand und drückte sie.

»Es hat nichts mit Mut zu tun, das weißt du genau, sondern mit etwas viel weniger Bewundernswertem.«

»Unsinn.« Ellen drehte sich wieder zum Becken und spülte weiter ab.

»Gestern war ich viel zu früh bei Jake und bin noch einmal in den Ort zurückgegangen und habe dort jemanden kennengelernt. Er arbeitet in der Buchhandlung.« Sie fragte sich, warum sie seit Jesse Varnum eigentlich keinen ihrer Freunde mehr mit nach Hause gebracht und ihren Eltern vorgestellt hatte.

»Ach?«

»Wir sind ein bisschen auf der Insel herumgefahren. Er

hat mir Great Salt Island gezeigt und so ein riesiges Wiesengrundstück, das genau in der Mitte der Insel liegt, und danach sind wir noch zu ihm. Er wohnt ganz in der Nähe des Buchladens.«

Ihre Mutter nickte bedächtig.

Was wollte sie ihr eigentlich damit sagen? »Ich glaube, er fand mich ganz nett.«

»Hast du Angst, wir könnten denken, dass es keinen Mann gibt, der dich lieben kann? Ist es das?«, fragte Ellen mitfühlend. War *das* Hilarys Sorge? »Aus irgendeinem Grund denkst du, dass der richtige Vater nicht geeignet ist, ein Kind aufzuziehen, habe ich recht?«

»Jetzt rätst du ins Blaue hinein«, sagte Hilary.

»Aber was ist es dann?« Ellen kam wieder ein paar Schritte auf sie zu. »Hilf mir doch, zu verstehen, was du durchmachst. Wir können darüber sprechen, und dann geht es dir besser.«

Hilary merkte, wie sie lächelte. »Mom, du hättest Therapeutin werden sollen.«

»Ach was, dazu bin ich nicht geduldig genug. Aber weißt du was? Malerin wäre ich gern geworden.« Sie hielt sich erschrocken die Hand vor den Mund.

»Im Ernst?«

Ellen seufzte. »Ja. Ich hätte gern gelernt, so zu malen wie die alten Meister, wie die ganz Großen. Ich wäre auch gern auf irgendeine Art groß. Albern, oder? Dass deine alte Mutter solche Sachen sagt.«

»Und ich wollte Archäologin werden«, sagte Hilary. »Wollte ich wirklich. Wenn bloß die Lernerei nicht gewesen wäre und die langweiligen Vorlesungen und die ganzen Klausuren.«

»Weißt du noch, wie gern du am Strand warst? Du hast immer gesagt, dass du dir sicher bist, dass die größten Schätze dieser Erde im Sand verborgen liegen. Diamanten und Rubine und Gold. Du wolltest immer ewig dort bleiben, auch wenn wir anderen schon einen Sonnenbrand hatten und gehen wollten. Vielleicht ist es ja nicht zu spät. Du könntest noch einmal an die Uni zurück und Kurse belegen.«

»Ich bin einfach nicht für ein Studium geeignet. Du weißt doch, dass ich kein Durchhaltevermögen habe.« Hilary fuhr mit dem Finger über den Granit der Arbeitsplatte. »Und außerdem muss ich mir jetzt überlegen, wie ich ein bisschen Geld verdienen kann.«

»Aber du könntest doch wenigstens so eine Art Abendstudium machen? Dad und ich könnten dich finanziell unterstützen. Versuch doch einen Archäologen in der Gegend zu finden, der gerade eine Assistentin braucht, oder ein paar Leute, die dir weiterhelfen können.«

»Vergiss nicht, dass ich bald alleinerziehende Mutter bin. Ich glaube kaum, dass das jetzt der ideale Zeitpunkt ist, um an meiner Traumkarriere zu basteln.«

»Du wirst schon eine Möglichkeit finden, da bin ich mir sicher. Du schaffst das schon. Du schaffst es doch immer«, sagte Ellen mit plötzlich leuchtenden Augen, und in diesem Moment begriff Hilary, dass ihre Mutter tatsächlich an sie glaubte. Dass es in ihren Augen Mut bewies, heimlich im Wald hinter dem Haus zu rauchen, an die Westküste zu ziehen und ohne Mann ein Kind zu bekommen. Mut, der aus einem tiefen Gefühl herrührte, frei zu sein und tun zu können, was man will, einem Gefühl, das sie selbst nie gekannt hatte. Hilary war im ersten Moment gerührt, aber dann machte sie der Gedanke eher traurig, weil er nicht zutraf. Es gab Unmengen ängstlicher, unsicherer, verkrampfter Leute, die rauchten, von einer Küste zur anderen zogen und allein Kinder zur Welt brachten. »Du willst mir nicht sagen, wer er ist, oder?«, fragte Ellen leise, und Hilary schüttelte den Kopf, jedenfalls wollte sie es ihr jetzt noch nicht sagen. Nicht, solange ihre Mutter noch damit beschäftigt war, zu verarbeiten, was Daniel und Brenda passiert war.

7. Überall Stückchen von Italien

Eine kleine, ältere Dame mit einem riesigen Blumenstrauß in der Hand stand plötzlich in der Tür. »Lydia?«, fragte sie zaghaft in den Raum hinein. Sie trug eine dicke Brille, und ihre Haare sahen aus, als hätte sie sich eine umgedrehte weiße Schüssel über den Kopf gestülpt. »Lydia, Liebes?«

»Ich glaube, Sie sind im falschen Zimmer«, sagte Daniel. Er saß neben Brendas Bett und sah, wie die Frau verunsichert blinzelte.

»Wie bitte?«, murmelte sie.

»Sie sind im falschen Zimmer«, wiederholte er ruhig, und Brenda ergänzte: »Hier ist keine Lydia.«

Aber die Frau machte keinerlei Anstalten zu gehen. Sie schien so sehr damit beschäftigt, den schweren Strauß zu halten, der einmal ein ganzer Garten voll weißer Nelken und gelber Margeriten gewesen sein mochte, dass sie die beiden weder sah noch hörte. Sie öffnete den Mund, ohne etwas zu sagen.

»Sie sind wirklich im falschen Zimmer«, sagte Brenda. »Vielleicht erkundigen Sie sich mal bei den Schwestern am Ende des Gangs, wo Sie hinmüssen.«

»Entschuldigung, wie bitte?«

»Ich bringe Sie zum Schwesternzimmer«, sagte Daniel, und endlich schienen seine Worte bei ihr anzukommen. »Oh, ich bin wohl im falschen Zimmer«, sagte sie und errötete. »Entschuldigen Sie bitte.« Sie drehte sich langsam um und stieß beim Hinausgehen an den Türrahmen. Dabei lösten sich zwei Margeriten aus dem Strauß und fielen zu Boden.

Daniel rollte sich quer durch den Raum, beugte sich mit einiger Mühe vor und hob die beiden Blumen auf. Er kehrte zum Bett zurück und hielt sie Brenda hin, die sie matt lächelnd auf den Nachttisch legte. Es wurde still im Zimmer, keiner von ihnen rührte sich. Als er Brenda betrachtete, die mit geschlossenen Augen dalag, kam ihm eine Idee. Er fuhr ganz nah ans Bett heran, stemmte sich mit beiden Fäusten auf die Matratze und hievte sich schwungvoll hinauf.

»Aua!« Sie schrie auf, als er mit seinem ganzen Gewicht auf ihrem Bein landete. Sein Stuhl schoss durchs Zimmer, prallte an die gegenüberliegende Wand und rollte zurück. Irgendetwas bohrte sich in seinen Handballen – ein Ohrring, wie er erkannte, als er den dünnen Drahtbügel herauszog. Ein Tropfen Blut quoll hervor.

»Mensch, sei doch vorsichtig, Dan! Das ist kein Doppelbett.«

»Ist das deiner?«

Sie nickte und nahm ihm den Ohrring aus der Hand. »Du hättest mir fast das Bein gebrochen.«

»Wenigstens wären hier gleich Ärzte in der Nähe.«

Sie rückte etwas von ihm ab. »Du liegst immer noch halb auf mir, Liebling.«

»Na gut. Bitte. Dann lasse ich dich eben in Ruhe«, sagte er und stützte sich auf die Ellbogen. Leider stand sein Rollstuhl ein paar Zentimeter zu weit vom Bett entfernt.

»Sei nicht so kindisch.«

Sein Gesicht wurde heiß. »Ich gebe mir ja Mühe, ich gebe mir wirklich Mühe, aber ich muss sagen ...« Er stieß sich ab – mit etwas Glück würde er den Stuhl erreichen. Aber obwohl er sich an der Matratze und an der Decke festklammerte, rutschte er langsam von der Bettkante herunter, bis er sich fast die linke Hand unter dem Oberschenkel zerquetschte, als er auf dem kalten Linoleumboden landete. »Weißt du was? Du kannst wirklich ein ganz schöner Eisklumpen sein. Aua! Verdammt!« Er stemmte sich mühsam auf die Handflächen und stellte die Bremsen am Stuhl fest. Sein linkes Handgelenk schmerzte von dem Sturz, seine rechte Hand brannte wegen des Ohrrings. Er setzte sich mit dem Rücken zum Stuhl hin, sortierte seine Beine, griff rückwärts nach den Reifen, umklammerte sie und zog sich daran empor. Auf seiner Stirn bildeten sich Schweißperlen, und seine Handgelenke pulsierten. Brenda sah ihm zu, sah seine zitternden Arme, seine verdrehten Beine, das vom Regen steife T-Shirt und die Shorts, seine verfilzten Haare und wandte sich einfach ab. Er betrachtete das winzige Herstellerlogo auf der Sitzfläche des Rollstuhls, den runden Stempel mit dem Rotkehlchen darin, und dachte, wie absurd, wie absolut absurd es war, ausgerechnet einen Vogel als Markenzeichen für etwas zu wählen, was einen so elend an die Erde fesselte.

Er presste die Hände zusammen und rieb erst die Stelle, an der sich der Ohrring in den Ballen gebohrt hatte, und dann sein schmerzendes Handgelenk, während er darauf wartete, wieder zu Atem zu kommen. Er stellte sich vor, einfach aufzustehen und aus der Klinik zu gehen, den ganzen Weg bis zu Jakes Haus, wo ihn seine Eltern sehnsüchtig erwarteten, wo Hilary saß und sich wahrscheinlich Sorgen um ihren älteren Bruder machte, der für sie immer noch das war, was er schon als Kind für sie gewesen war, ihr bester Freund.

»Dan?«, sagte Brenda irgendwann.

Er dachte an den Tag, an dem man ihm den Rollstuhl in sein Krankenhauszimmer gebracht hatte, und an seine verblüffte Reaktion. Ein Rollstuhl gehörte ins Schaufenster eines Sanitätsfachgeschäfts, in dem orthopädische Schuhe und Erwachsenenwindeln verkauft wurden, aber doch nicht zu ihm, um bald ein unverzichtbarer Bestandteil seines Lebens zu werden. Er hatte das Gefühl gehabt, sich selbst von außen dabei zu beobachten, wie er ihn betrachtete. Er, Daniel Miller, konnte nicht gelähmt sein (Daniel Miller war jemand, der ständig in Bewegung war, der reiste, rannte, Rad fuhr, immer unterwegs war).

»Daniel?« Ihre Stimme klang ängstlich.

Er dachte an Fotos von sich als kleiner Junge. Er hatte immer noch dasselbe lange Gesicht. Dieselben walnussbraunen Haare, die eng stehenden, braunen Augen, den dunklen Teint. Schon damals hatte er es gehasst, fotografiert zu werden, und seinem Lächeln, diesem künstlichen Lächeln, war anzusehen, wie viel Widerwillen es ihm bereitet hatte, Glück vorzutäuschen. Schon damals hatte er sich gewünscht, seine Mutter oder sein Vater würden die Kamera weglegen und sich zu ihm setzen und mit ihm spielen, statt ihn zu bitten, für sie zu posieren. Er war immer noch derselbe. Natürlich war er immer noch Sohn. Und Ehemann. Und Künstler. Im Kern war er immer noch derselbe.

»Daniel?«

Er löste die Bremsen und drehte sich herum. Seine Hand brüllte vor Schmerz, und seine Stirn wurde wieder warm.

»Sag mal, was hast du eigentlich?«

»Ich muss den Arzt sprechen«, presste er hervor, »und fragen, wie lange sie dich noch hier behalten wollen. Anschließend rufe ich Jake an.« Er fuhr aus dem Zimmer, ohne sich noch einmal umzuschauen – er brauchte jetzt einfach ein paar Minuten für sich.

Daniels Mutter kam mit seinem Vater und seinem Bruder eine Stunde nachdem er sie angerufen hatte. Der Arzt war endlich bei ihnen gewesen und hatte erklärt, er wolle Brenda noch eine Nacht zur Beobachtung dabehalten, und Brenda hatte weinend gesagt, sie wolle jetzt nur noch nach Hause in ihr eigenes Bett und ihre eigenen flauschigen Hausschuhe anhaben und ihren Frotteebademantel und nicht diesen »lachhaften Fetzen«.

Daniel hatte seiner Mutter extra eingeschärft, sie sollten sich erst einmal in den Warteraum setzen, damit er sie vorher kurz allein sprechen konnte, doch das schien sie vergessen zu haben. Jetzt stürmten sie das Zimmer, Ellen in einem weit schwingenden blauen Rock und einer hellblauen, kurzärmligen Bluse; Joe, der sich dicht neben ihr hielt und sich seine große, runde Brille auf die Nasenwurzel schob; Jake, mit dunklen Augenringen und dünner als letztes Mal, als Daniel ihn gesehen hatte. Am Telefon hatte Ellen darauf bestanden zu kommen, und Daniel hatte sich einverstanden erklärt, *aber Liz und Hilary bleiben bitte zu Hause* – ihr Anblick würde Brenda derzeit wahrscheinlich noch überfordern. Seine Mutter hatte ihm erzählt, dass Liz Zwillinge erwartete, weshalb es vermutlich wirklich besser sei, wenn sie zu Hause bliebe, und Brenda solle man es wohl vorerst auch lieber verschweigen, worauf Daniel gesagt hatte: *Und wie kommst du darauf, dass man es mir erzählen kann?*

Jetzt standen sie vor ihm in Brendas Zimmer, schauten unschlüssig und wussten offensichtlich nicht, wie sie sich verhalten sollten. Daniel rollte an Brendas Bett und nahm ihre Hand, als wolle er demonstrieren, dass sie nicht unter einer ansteckenden Krankheit litt. »Na, habt ihr uns gefunden?«, sagte er verlegen.

Ellen ging als Erste auf ihn zu und drückte seinen Kopf an ihre Brust. Sie roch nach einem schweren Parfüm und fühlte sich weich und kuschelig an, und Daniel spürte, wie ihm Tränen in die Augen traten. Joe kam als Nächster näher. Er legte kurz eine Hand auf Daniels Schulter und schloss Brenda fest in die Arme. Daniel bekam Angst, sein Vater könne ihr dabei unbeabsichtigt wehtun, und sie würde wütend werden. Jake blieb mit den Händen in den Hosentaschen an der Tür stehen und stierte auf den Boden, als würde er fieberhaft überlegen, was man in so einer Situation am besten sagte.

»Hast du hier alles, was du brauchst, Brenda?«, erkundigte sich Ellen. »Ist das Bett bequem? Wir haben euch Muffins aus der Bäckerei mitgebracht. Blaubeermuffins. Bekommst du denn hier überhaupt etwas zu essen? Weißt du was? Du kommst jetzt mit uns nach Hause und versuchst dich noch etwas zu erholen.« Ihr kamen die Tränen. »Wir haben uns solche Sorgen um euch beide gemacht, weil ihr nicht gekommen seid, und dann kam dein Anruf und …«

»Wir müssen noch eine Nacht hier bleiben«, unterbrach Daniel sie.

»Dann bringen wir euch heute Abend etwas zu essen vorbei«, entschied sie. »Und wir kommen alle und leisten euch Gesellschaft. Dads Geburtstag könnten wir doch eigentlich morgen früh auch hier feiern, oder?« Sie griff nach Daniels Hand.

Er überlegte, wie er ihr diplomatisch beibringen könnte, dass Brenda nach ihrer Entlassung am liebsten sofort nach Hause fahren wollte. Dass sie Joes Geburtstag dieses Jahr wohl nicht mitfeiern würden.

Er spürte Brendas Blick und murmelte: »Mal sehen. Lass uns doch jetzt in den Warteraum gehen und dort reden«, schlug er vor. »Und ein paar Muffins essen.«

»Wir haben schon gefrühstückt. Die Muffins haben wir für euch mitgebracht«, sagte Jake, aber Ellen flüsterte: »Also los, gehen wir«, und scheuchte sie aus dem Zimmer. Kurz bevor sich die Tür hinter ihnen schloss, warf Daniel einen Blick auf Brenda, aber sie hatte die Augen geschlossen und war schon wieder woanders.

Die Männer ihrer Familie füllten fast die Hälfte des kleinen Warteraums aus. Sie wirkten erschöpft, blass und unglücklich, wie sie da so vornübergebeugt auf den orangefarbenen Kunststoffstühlen saßen. Nur Joe nicht. Merkwürdig. Er rührte mit ruhiger Miene in dem Kaffee, den er sich auf der Fahrt zur Klinik an einer Tankstelle gekauft hatte, und sie hätte gern gewusst, woran er gerade dachte. Jake erkundigte sich bei Daniel nach seiner Arbeit, der erzählte, er würde gerade eine Illustration für einen Buchtitel zeichnen, eine Broschüre entwerfen und noch irgendetwas – sie konnten seine genuschelten, knappen Sätze kaum verstehen. Ellen sah zu ihrem Mann hinüber und hatte den Eindruck, als wäre er gerade in Gedanken woanders, sehr weit weg, irgendwo, wo es warm war und behaglich.

Außer ihnen befand sich nur noch ein anderer Mann im Raum, der ihnen mit einem Sandwich in der Hand gegenübersaß. Während ihre Söhne sich unterhielten, beobachtete Ellen, wie er den Mund öffnete und ein großes Stück von seinem Sandwich abbiss – und das um diese Uhrzeit! Es war noch nicht einmal elf Uhr. Er zog die Nase hoch und schluckte gleichzeitig, man sah deutlich, wie der Brocken seine Kehle hinabglitt. Sie wünschte, er wäre nicht da. Es war ihr unangenehm, dass er ihr Gespräch mithörte, die gezwungenen Fragen, die Jake stellte.

Joe hielt beim Umrühren inne. »Das wird schon wieder, Dan«, sagte er, und Ellen sah ihn an. »Bald sind wir alle wieder glücklich und gesund.« Es klang wie ein flüchtiger Wunschgedanke, der ihm herausgerutscht war.

»Das hoffe ich auch«, sagte Jake.

Ellen wandte sich Daniel zu. »Meinst du, wir sollten Brenda irgendetwas mitbringen, damit sie sich ablenken kann? Ein paar Zeitschriften vielleicht?« Sie sah sich im Raum um und entdeckte ein paar schäbige Spielsachen in einer Ecke. Ganz oben auf dem Haufen thronte eine einäugige Stoffpuppe mit roten Haaren. Ellen schaute weg. »Oder ein Buch? Sollen wir im Ort ein paar Sachen besorgen?« Sie dachte darüber nach, wie sie ihn behutsam fragen könnte, ob er inzwischen mehr über die Ursache für die Fehlgeburt wusste und wie es jetzt weitergehen würde.

Daniel stemmte sich im Rollstuhl ein Stück hoch und ließ sich wieder sinken. »Ich glaube, sie braucht im Moment nur Ruhe.«

Sie blieb hartnäckig. »Sollen wir vielleicht mit zu euch nach Hause kommen? Dir helfen, Brenda zu pflegen?«, fragte sie.

»Der Arzt meint, dass es ihr in ein paar Tagen schon besser gehen wird. Er hat sogar gesagt, dass sie wieder schwanger werden kann.« Er schälte einen Muffin aus dem Papier und betrachtete ihn mit einem merkwürdig ängstlichen Ausdruck.

»Oh«, entfuhr es ihr. »Gut«, schob sie dann hastig hinterher. Und wenn Brenda noch einmal eine Fehlgeburt hatte? Wenn es etwas Physisches war, etwas, was mit ihr zu tun hatte? Ellen griff nach Daniels Händen. Sie hätte ihn so gern auf ihren Schoß gezogen und ihn fest umarmt, wie sie es getan hatte, als er noch klein gewesen war. Sie schloss die Augen, spürte Daniels tiefe Atemzüge und versuchte, sich von ihrer Familie und aus ihrem Körper zu lösen. MacNeil hatte ihr nach Veras Tod erzählt, er habe oft das Gefühl gehabt, über sich zu schweben und mitanzusehen, wie sich sein Körper schwer und traurig durch die langen Tage schleppe. Ellen versuchte das jetzt auch, aber eine Schwere in ihrer Brust drückte sie zu Boden. Also blieb sie in ihrem Körper, betrachtete ihren Sohn und dachte aus irgendeinem Grund daran, wie er als Junge beim Schwimmen im Hallenbad die anderen Leute mit Wasser bespritzt hatte (wo war das nur gewesen? In Boston?). Sie erinnerte sich daran, wie Jake und Hilary im Becken ihre ersten Schwimmversuche gemacht hatten und wie ängstlich sie wegen des tiefen Wassers gewesen war. Und dann dachte sie noch weiter zurück, an den Familienurlaub auf Great Salt Island vor Hilarys Geburt (ja, es war hier gewesen, jetzt erinnerte sie sich ganz deutlich). Sie hatten zu viert in einem Zimmer übernachtet, und Ellen wusste noch genau, dass sie jeden Abend als Letzte eingeschlafen war und noch lange ihre Kinder und ihren Mann betrachtet hatte, wie sie in der Geborgenheit des Raumes so nah nebeneinander lagen.

Daniel zog seine Hände weg. »Ich glaube, ich gehe jetzt lieber wieder zu Brenda zurück«, sagte er, und sie nickte. Mehr konnte sie im Moment nicht für ihn tun.

Auf der Rückfahrt kamen sie auf Hilarys Umzug an die Ostküste zu sprechen, und Jake ereiferte sich, er könne nur hoffen, sie und Joe würden es Hilary nicht zu einfach machen, denn wenn alle um sie herum ihr immer alles abnahmen, würde sie nie erwachsen werden. Joe fiel ihm irgendwann ins Wort. »Wir helfen dir auch gern. Lass es uns wissen, wenn du etwas von uns brauchst«, worauf Jake fürs Erste verstummte.

Hilary und Liz saßen auf der Terrasse. Ellen hatte eigentlich gute Lust, ihnen von Jakes missgünstigen Kommentaren zu erzählen (wenn er erst mal selbst Vater war, würde er schon sehen, dass man kaum eine *Wahl* hatte, man stand seinen Kindern ganz automatisch bei und half ihnen), aber natürlich verkniff sie es sich. Sie legte Hilary lediglich eine Hand auf den Kopf, ohne etwas zu sagen. Ihre Haare fühlten sich überraschend weich an. Ellen ließ die Hand einen Moment lang liegen. Zum ersten Mal, seit sie hier war, sah sie aufs Meer hinaus. Sie hatte immer davon geträumt, einmal am Meer zu leben, und war froh, dass wenigstens ihr Sohn jetzt diese Chance hatte, dass es wenigstens jemandem vergönnt war, den sie liebte. Am Himmel hingen dichte Wolken, die sie an unordentlich auf einem Haufen liegende graue Laken erinnerten. Sie konnte den Horizont kaum ausmachen, weil das Meer so unruhig war und genauso grau wie der Himmel.

Sie drehte sich um und ging ins Wohnzimmer, vorbei an Joe und Jake, die Zeitung lasen, in Jakes Schlafzimmer, wo sie auf dem Nachttisch ein Telefon gesehen hatte. Sie nahm den Hörer ab und wählte ohne nachzudenken MacNeils Nummer. Er würde zwar erst am Nachmittag zurückkehren, aber sie wollte jetzt seine Stimme auf dem Anrufbeantworter hören. Während sie auf das Tuten im Hörer lauschte, fragte sie sich plötzlich nervös, was sie sagen sollte, falls er doch schon zu Hause sein sollte. Und dann wusste sie es. Aber natürlich. Sie würde ihm von den Tragödien des Wochenendes berichten. Und sie würde genau dieses Wort benutzen: Tragödien. Sie würde ihm von Daniel und Brenda erzählen, von Jakes Sturz, dass sich Joe auf der Herfahrt beinahe verfahren hätte und von dem merkwürdigen Jungen an der Tankstelle. Von alldem würde sie MacNeil erzählen. Er würde sie verstehen und voller Mitgefühl zuhören und würde dann eine kluge Bemerkung darüber machen, wie schwer das Leben manchmal sein konnte. Sonst war er derjenige, der über seine Tragödie sprach, und sie war es, die ihn tröstete. Würde ihn ihr Wochenende überhaupt interessieren? Oder würde er lieber von seinen eigenen Erlebnissen erzählen wollen? Vermutlich würde er das Gespräch wieder auf sich lenken und über Vera und seine Trauer sprechen – das, was immer zwischen ihnen stand. Es klingelte drei, vier, fünf Mal, und endlich meldete sich seine Stimme auf dem Anrufbeantworter, die sagte: »Gerade nicht zu Hause, hinterlassen Sie eine Nachricht«, so als brächte er es nicht über sich, »*Ich*« zu sagen. Sie legte rasch auf und ging nach nebenan ins Wohnzimmer, wo sie sich zu Jake auf die Couch setzte. Sie wusste nicht, was sie zu ihm sagen sollte, weil sie fürchtete, er würde gleich wieder anfangen zu predigen. Sie waren jetzt allein im Zimmer und schwiegen.

»Sag mal, Mom«, sagte Jake nach einer Weile. »Hast du eigentlich jemals irgendetwas gesammelt?«

Sie schüttelte den Kopf. »Haargummis als Kind. Aber seitdem eigentlich nichts mehr. Wieso fragst du?«

»Und was hältst du grundsätzlich davon? Findest du es kindisch?«

Sie fragte sich, worauf er hinauswollte. »Kommt wahrscheinlich darauf an, was man sammelt. Hast du denn vor, eine Sammlung anzulegen?« Sie sah sich im Zimmer um. »Kunst?«, fragte sie, von dem Gedanken fasziniert.

»Nein, nein, nichts so Anspruchsvolles. Aber manchmal finde ich so Sachen … Sachen, die auf der Straße liegen.«

»Aha?«, sagte sie in der Hoffnung, er würde sich etwas klarer ausdrücken, aber er schwieg. »Also, ich träume manchmal schon davon, dass wir es uns leisten könnten, Kunst zu sammeln. Stell dir mal vor, an den Wänden unseres kleinen schäbigen Häuschens würden echte Gemälde hängen.«

»So schlimm ist es doch auch nicht. Außerdem könntet ihr euch ein, zwei Bilder wahrscheinlich schon leisten. Ich könnte euch helfen.«

»Nein, nein«, wehrte sie lächelnd ab. »Das will ich nicht.«

»Du hast immer mehr gewollt«, sagte er leise.

»Ja, vielleicht. Aber ich habe nie mehr *gebraucht*.«

»Das hätte jetzt auch von Dad kommen können. Mom, darf ich dich etwas fragen?«

Sie nickte.

»Bitte, das soll jetzt nicht unverschämt klingen, aber wieso habt ihr eigentlich nie daran gedacht, euch beruflich zu verändern? Etwas mehr Geld zu verdienen?«

Die Frage war genau das: unverschämt. Hässlich und geschmacklos. Ellen verkrallte die Hand im Lederpolster der Couch und sah aus dem Fenster auf eine kleine Wolke, die über dem Wasser schwebte. »Uns ging es nicht schlecht«, sagte sie. »Und außerdem hatten wir nun mal unsere Berufe – was hätten wir denn sonst machen sollen? Du weißt doch, wie sehr dein Vater seinen Beruf liebt. Und ich fühle mich in der Schulbücherei wohl. Dort kenne ich mich aus. Wozu hätten wir uns denn zu Tode schuften sollen, bloß um mehr Geld zu verdienen?«

»Das heißt, du bereust nichts?«

Sie schüttelte den Kopf. Sie hatte so viele Jahre geträumt und sich gleichzeitig mit dem Bestehenden abgefunden, dass beides wahrscheinlich kaum mehr voneinander zu unterscheiden war. Sie sah ihn an. »Diese Sachen, die du findest – heißt das, du hast irgendwo eine kleine Müllsammlung?«

Er sah sie tief verletzt an. »*Mom.*« Er konnte einfach nicht über sich lachen. Sie hatte das Bedürfnis, ihm durchs Haar zu fahren und es zu verwuscheln. »Was glaubst du, warum Leute den Drang haben, etwas zu sammeln?«

»Vielleicht um irgendeine Leere zu füllen?«

»Hm.« Er sah plötzlich furchtbar traurig aus.

»Aber es gibt sicher noch andere Gründe«, sagte sie. »Hast du etwa heimlich angefangen, Leichen im Keller zu sammeln? Du wirst doch wohl kein Serienkiller geworden sein?«

»Das ist nicht komisch«, fauchte er.

»Och, ein bisschen schon.« Sie klang wie Joe, wenn er versuchte, jemanden aufzuheitern, aber es klappte nicht. Also änderte sie ihre Taktik und erzählte von Isabella Stewart Gardners Sammlung. Als sie von dem Buch sprach, das sie über sie gelesen hatte, fragte sie sich plötzlich besorgt, ob sie womöglich zu viel preisgab. Aber nein – das Museum war das eine, MacNeil das andere. Es war nichts Verwerfliches daran, dass sie das Museum so einzigartig fand und sich für das Leben dieser Frau interessierte. Gut, ohne Vera und MacNeil hätte sie das Gardner Museum womöglich nie kennengelernt, und MacNeil hatte ihr natürlich viel von Isabella erzählt und ihr Bücher über sie geliehen, aber was hieß das schon? Ihre Begeisterung für das Museum hatte nichts mit MacNeil zu tun. Gar nichts. »Nach dem Tod ihres einzigen Kindes und dem Scheitern ihrer Ehe hat sie die ganze Welt bereist – sie war in Skandinavien, Russland, Wien, Paris, später im Nahen Osten. Und dann begann sie, Italienisch-Vorlesungen an der Universität zu besuchen und später Kunst zu sammeln.« Obwohl Jakes Blick im Zimmer herumwanderte, redete Ellen unbeirrt weiter. »Zuerst hat sie Mode und Schmuck aus Paris gesammelt, dann kam ihr die Idee, ihr Haus außerhalb von Boston in eine Art venezianischen Palazzo zu verwandeln. Sie hat den Umbau des Hauses höchstpersönlich überwacht und bestimmt, wo jede Säule und jeder Bogen, jede einzelne Tür hinkommen sollte. Insgesamt hat sie zweihundertneunzig Gemälde, zweihundertachtzig Skulpturen, sechzig Zeichnungen, hundertdreißig Drucke, vierhundertneunundsechzig antike Möbelstücke, zweihundertfünfzig Wandbehänge und Textilien und zweihundertvierzig Keramik- und Glasobjekte zusammengetragen, und dazu kamen noch viele seltene Bücher und Handschriften.« Jake sah sie schräg von der Seite an und nickte. Ellen hatte die Zahlen vor ein paar Wochen auswendig gelernt. Sie erschienen ihr so gewaltig, so enzyklopädisch wie die Einkaufsliste eines Gottes, und es machte ihr Spaß, sie vor anderen Leuten herunterzurattern. In einem mürrischen Moment hatte MacNeil gesagt, die Zahlen würden nur belegen, mit welcher Besessenheit Isabella alles an sich gerafft hatte, was sie zwischen die Finger bekam, aber Ellen war davon überzeugt, dass mehr als nur Materialismus dahinter steckte.

Sie dachte an Daniels neues Haus, das so unfertig war. An die hohen Fenster, vor denen immer noch keine Vorhänge hingen, und an den kalten Parkettboden. Vielleicht sollte sie ihnen schöne, freundliche Vorhänge nähen und nach ein paar preiswerten, farbenfrohen Teppichen suchen. Sie könnte ihnen auch ein paar Kunstdrucke besorgen, beruhigende Szenen weit entfernter Orte, die ihnen helfen würden, das Geschehene zu vergessen, und sei es nur für einen Moment. Wobei die beiden natürlich einen merkwürdigen Geschmack hatten. Daniel, der selbst so ernsthaft war, begeisterte sich für humoristische Kunst. In seinem Arbeitszimmer hingen lauter Originale eines Comiczeichners namens Robert Crumb, der grässlich dicke Frauen zeichnete – mit Brüsten groß wie Wassermelonen –, die eklig verhutzelten, kleinen alten Männern nachjagten. Und auch Brenda hatte einen morbiden Geschmack, bei ihr waren es aber hauptsächlich Fotografien von Unglück und Armut, von Krieg und Verzweiflung. Ellen beschloss, ihnen ein paar La-Tour- oder Vermeer-Drucke mitzubringen. Bilder voller Licht. Voller Hoffnung. Sobald sie wieder zu Hause war, würde sie sich im Museumsshop des Gardner umschauen und sich inspirieren lassen. Und sie würde ins Gartencenter fahren und ein paar pflegeleichte, farbenprächtige Pflanzen kaufen. Orchideen oder vielleicht Usambaraveilchen, das waren Veras Lieblingsblumen gewesen.

Später stellte Liz Zutaten für Sandwiches auf den Tisch, aber niemand hatte besonderen Appetit. Ellen sah sich in der Küche um, wo jeder in seine eigene Welt versunken zu sein schien – Jake starrte aus dem Fenster und dachte wahrscheinlich an seine mysteriöse Abfallsammlung; Joe las Zeitung – erstaunlicherweise das Feuilleton; Hilary rieb ihre Fingerspitzen aneinander, und Liz hatte beide Arme um ihre Knie geschlungen und blickte tief bestürzt drein, als würde sie gleich gebären. Und wenn es so wäre? Wenn die beiden noch unausgebildeten Babys zu früh zur Welt kommen würden?

Ellen setzte sich aufrecht hin und konzentrierte sich auf den gefliesten Boden, auf die kleinen, dunkelroten Vierecke. Isabella hatte bunte Fliesen für ihre Böden ausgesucht, mediterrane Blau- und Grüntöne. Sie hatte einen

Weg gefunden, das grelle neuenglische Licht so zu mildern, dass es dem viel weicheren italienischen Sonnenlicht ähnelte. Vor die riesigen Fenster hängte sie zartgraue Spitzengardinen und an die Wände ringsum Gemälde von Heiligen, von Göttern der Antike und Maria mit dem Jesuskind. Bilder, die Wärme und etwas Sakrales ausstrahlten, aber gedämpft und unaufdringlich wirkten. In einem Brief an ihren guten Freund Bernard Berenson schrieb sie: »Während ich dies schreibe, blicke ich hinaus in den Regen, der den Schnee in Pfützen verwandelt und Mensch und Tier verschluckt! Aber hier drinnen in meinem Boudoir, in dem ich diese Zeilen schreibe, ist es entzückend. Überall Stückchen von Italien.« Den letzten Satz hatte Ellen auf die Rückseite eines Kassenzettels gekritzelt, der jetzt in ihrem Portemonnaie steckte. Für sie hörte er sich wie der Anfang eines Gedichts an.

Es war drückend schwül geworden, die schlimmste Art von Klima, bei dem die Mücken in Schwärmen auftauchten und die Menschen auf der Insel sich, vor Schweiß glänzend, nur noch im Zeitlupentempo fortbewegten. Jake streckte sich in einem Stuhl auf der Terrasse aus und tupfte sich die Stirn mit einem Taschentuch ab. Er sah Liz und Hilary hinterher, die den schmalen Pfad zum Meer hinuntergingen, ihre Sandalen von den Füßen zogen und die Zehen ins Wasser hielten. Sie standen einander gegenüber, redeten und nickten lebhaft. Seltsamerweise – unbegreiflicherweise – schienen sie im Laufe dieses Wochenendes Sympathien füreinander entdeckt zu haben. Aus der Ferne sahen sie einander sogar ähnlich: Beide waren groß, wenn Liz auch etwas größer war; beide waren ziemlich rund, obwohl Hilarys Bauch natürlich viel größer war. Selbst von hier oben aus konnte Jake die flachen Grübchen in ihren Kniekehlen erkennen, die tiefen Falten, wo die Arme in den Rumpf übergingen. Liz' Körper war straffer, an den Schultern und Schenkeln muskulöser, mit breiten Hüften. Sie hatte eine viel bessere Haltung.

Er dachte an Brenda. Während er entspannt auf der Terrasse sitzend zusah, wie Liz und Hilary plauderten, lag sie in ihrem Bett im Krankenhaus. Jake wünschte sich mehr als alles andere, er wäre bei ihr, in ihrem Zimmer an ihrer Seite, um ihr und Daniel zu sagen, wie leid es ihm tat, was sie durchmachen mussten. Als sie am Vormittag bei ihnen gewesen waren, hatte er nichts gesagt, bloß stumm hinter seinen Eltern gestanden und vergeblich nach den richtigen Worten gesucht. Er hätte ihnen sagen sollen, dass es wohl nichts Schlimmeres gab als das, was sie gerade durchmachten, und wie furchtbar, dass es ausgerechnet hier passiert war, weit weg von ihrem Zuhause. Aber das schiere Ausmaß der Tragödie hatte ihn eingeschüchtert – ihm waren nur unbeholfene Beileidsbekundungen eingefallen und schale Ermunterungen, von denen er wusste, dass sie alles nur schlimmer gemacht hätten.

Liz und Hilary standen im seichten Wasser, wo die Wellen ihre Füße umspielten. Hilary gestikulierte mit weit ausholenden Bewegungen. Vielleicht erzählte sie Liz gerade eine längere Geschichte, denn Liz nickte alle paar Sekunden. Sie war die geborene Zuhörerin – es gelang ihr, jedem das Gefühl zu vermitteln, ein faszinierender Gesprächspartner zu sein. Nach einer Weile drehten sich die beiden um und gingen zum Haus zurück. Beide grinsten vor sich hin und sahen aus, als hätten sie gerade über ihn gesprochen. Am liebsten hätte er ihnen zugerufen: *Wisst ihr eigentlich, was ihr für ein Glück habt? Wie könnt ihr in einem solchen Moment bloß so fröhlich aussehen?*

»Hey«, rief Hilary ihm zu. »Du solltest mal die Füße ins Wasser stecken. Das reicht, um dich für den Rest deines Lebens aufzuwecken.«

Liz rief: »Sie hat Recht.«

Er stand auf, hob die Hand zu einem Gruß und ging ins Haus. Sein Vater hockte mit dem Rücken zu ihm neben dem Couchtisch auf dem Boden und beugte sich über etwas. »So ist es richtig, meine Süße«, sagte er gerade, und als Jake genauer hinsah, sah er die Schildkröte in einer von Liz' Auflaufformen sitzen, die Joe mit Wasser gefüllt hatte. »Bist eine ganz Brave, Babe. Ja, dein Daddy liebt dich – und wie er dich liebt.« Seinen Kindern hatte Joe seine Liebe nie so offen gezeigt. Er streichelte Babe über den Panzer und fuhr fort: »Wir hatten ein schwieriges Wochenende, Babe. Dan ist etwas ganz Schlimmes passiert.«

Da Jake kein Bedürfnis verspürte, noch mehr zu hören, räusperte er sich laut, worauf Joe sich umdrehte.

»Hab dich gar nicht gesehen«, brummte er.

»Ich bin auch gerade erst reingekommen«, sagte Jake. Er setzte sich neben seinen Vater auf die Couch und sah auf Babe herunter. »Du liebst dieses Untier wirklich«, stellte er fest. Sein Vater nickte.

»Du kannst die Auflaufform gern mit nach Hause nehmen.«

»Babe ist ganz sauber, da mach dir mal keine Sorgen. Ich spüle die Schüssel nachher auch gründlich aus.«

»Ist ja schon gut«, sagte Jake. »Du sag mal, kann ich dich etwas fragen? Worüber unterhältst du dich mit Hilary eigentlich so?«

Joe sah zu ihm auf. »Na ja, sie erzählt mir von ihrem Leben. Und ich höre zu.«

»Und was erzählt sie dir?« Es hatte keinen Sinn, um den heißen Brei herumzureden, also stellte er seine Frage ganz offen. »Hat sie dir etwas über den Vater des Kindes erzählt? Wer er ist? Hat sie ein schlechtes Gewissen, weil sie das Kind alleine großziehen will?«

»Nein.« Sein Vater sah kurz zu ihm auf und dann wieder zu Boden. »Natürlich nicht.«

»Also, ich mache mir jedenfalls Sorgen um sie«, sagte Jake.

»Und ich mache mir um euch alle Sorgen.«

»Wie, um mich etwa auch?«

»Na klar. Du wirst es selbst erleben, wenn deine eigenen Kinder erst einmal da sind. Man hört nie auf, sich Sorgen zu machen, selbst wenn sie erwachsen sind.« Babe hob den Kopf.

»Du lässt dir das aber nicht so anmerken.«

»Nein«, sagte Joe. »Ich wüsste auch nicht, wozu das gut sein sollte.«

Liz und Hilary setzten sich draußen auf die Terrasse. Liz streckte die Arme über den Kopf und brach dann in lautes Lachen aus.

»Worüber machst du dir denn Sorgen?«, fragte Jake und fuhr sich kurz über die Stirn. Sie fühlte sich wieder warm an.

»Na ja«, brummte Joe und presste seine Hände aneinander. »Zunächst mal darüber, dass bei euch zwei Babys unterwegs sind. Da kommt eine Menge Arbeit auf euch zu. Ihr habt aber jemanden, der euch hilft, oder?«

»Liz hat ein Kindermädchen engagiert, und ihre Kolleginnen an der Schule haben uns ihre Hilfe angeboten, falls wir noch Unterstützung brauchen. Ich glaube, sie hat schon alles organisiert.«

»Du hast Glück mit Liz.« Joe schwieg, als würde er versuchen zu erahnen, was Jake von ihm hören wollte. »Man muss sie einfach gern haben. Und dich habe ich natürlich auch gern, Jake. Ich habe alle meine Kinder sehr gern.«

Jake zerknüllte ein Taschentuch in der Hosentasche.

»Deine Mutter und ich hätten es wahrlich schlimmer erwischen können. Ich habe Freunde, deren Kinder nie erwachsen geworden sind. Bill Dooleys Sohn wohnt zum Beispiel noch immer zu Hause. Und die Tochter von Maureen, der Freundin deiner Mutter, ist immer wieder in der Psychiatrie.«

Jake lag ein *deine Maßstäbe sind ja ganz schön hoch* auf der Zunge, aber er verbiss es sich.

Babe drehte im selben Moment ruckartig den Kopf zur Seite und schien ihn anzusehen. »Gott!« Jake schaute weg. »Erinnerst du dich noch an den Angelausflug, zu dem du mich vor tausend Jahren mal mitgenommen hast?«, fragte er dann. »Nur wir beide? Wir wollten Angeln lernen, haben aber beide nichts gefangen.« Es war Ellens Idee gewesen. Jake hatte in der Schule wegen Kleinigkeiten Wutanfälle bekommen, und Ellen dachte, es würde ihm gut tun, Zeit mit seinem Vater zu verbringen.

Sein Vater kniff nachdenklich die Lippen zusammen. Er erinnerte sich offensichtlich an gar nichts mehr. »Ich kann dir sagen, woran ich mich erinnere«, sagte er schließlich. »Du warst damals vielleicht zehn und warst mit Hilary und ein paar anderen Kindern Fahrrad fahren, und sie ist vom Rad gefallen. Sie hat sich den Zeh gebrochen, weißt du noch? Es begann zu regnen, und sie konnte nicht laufen, also hast du sie Huckepack genommen und bist mit ihr im strömenden Regen fast fünf Kilometer nach Hause gelaufen. Als ihr ankamt, hast du erzählt, du hättest erst versucht, sie aufs Rad zu setzen, hättest aber Angst gehabt, dass sie noch einmal fällt und sich wehtut, und hättest sie deswegen lieber getragen.« Joe lächelte. »Du wirst ein guter Vater sein.«

»Hoffentlich«, sagte Jake, der sich nur noch verschwommen an diesen Tag erinnerte. »Obwohl ich mir da manchmal nicht so sicher bin.« Er überlegte, ob er seinem Vater von der peinlichen Situation mit Liz erzählen konnte, ohne zu sehr ins Detail zu gehen, aber dann war es ihm plötzlich doch nicht mehr so wichtig. Kurz darauf kamen die Frauen ins Haus, und Hilary setzte sich zu Joe, während Liz Jake kurz eine Hand auf die Schulter legte und ins Schlafzimmer ging. Er stand auf, ging ihr hinterher und schlug vor, Daniel anzurufen, um zu fragen, ob sie sich wegen Joes Geburtstagsessen schon entschieden hätten. Als er sich aufs Bett setzte und den Hörer abnahm, stellte Liz sich vor ihn hin und legte beide Hände an seine Wangen. Während er auf das Tuten im Hörer lauschte, drückte sie seine Stirn gegen die leichte Wölbung ihres Bauches.

»Da ist unsere ganze Familie drin«, flüsterte sie in dem Moment, in dem sich eine Schwester der Klinik meldete.

»Hallo, hallooo«, sagte Jake glücklich und versuchte seiner Stimme dann die nötige Ernsthaftigkeit zu verleihen, als er darum bat, mit Brendas Zimmer verbunden zu werden.

Brenda hob selbst ab. »Mhmm?«

»Ich bin's, Jake. Geht es dir ein bisschen besser?«

»Einigermaßen. Möchtest du mit Dan sprechen?«

Jake konnte den Blick nicht von seiner Frau abwenden, die über ihm stand und auf ihn herablächelte. »Gerne, aber sag mir zuerst, wie es *dir* geht«, fragte er. »Wir haben den ganzen Tag an dich gedacht.«

»Ganz gut, habe ich doch gerade schon gesagt.«

Sie sprach so leise, dass er sie kaum verstand. Obwohl Jake durchaus nachvollziehen konnte, weshalb sein Bruder Brenda geheiratet hatte – sie war attraktiv und begabt und schien ziemlich intelligent zu sein –, wirkte sie auf ihn immer etwas reserviert. Er hatte den leisen Verdacht, sie würde ihn nicht sonderlich mögen, vielleicht wegen seines Geldes oder weil er für große Konzerne arbeitete (nicht dass sie wirklich verstand, was er machte. Keiner aus seiner Familie verstand es oder hatte je dafür Interesse gezeigt), wegen ihres großen neuen Hauses, oder weil Liz eine so patente Köchin und Hausfrau war, was sie möglicherweise spießig fand. Irgendwie kam er sich ihr gegenüber immer extrem amerikanisch vor – plump, angeberisch, materialistisch.

Als Daniel den Hörer übernahm, erkundigte sich Jake, ob sie vorhätten, zu Joes Geburtstagsessen zu kommen.

»Brenda muss ja nicht mitkommen, wenn sie den Anblick von Hil und Liz noch nicht verkraftet. Du könntest ja auch kurz alleine vorbeischauen«, schlug er vor. »Und wenn du willst, könnte ich versuchen, euch ein Zimmer in einer Pension zu besorgen, da hättet ihr dann eure Ruhe.«

»Wir müssen erst mal abwarten, wie es ihr geht. Heute Abend kommen wir auf keinen Fall mehr, aber vielleicht morgen. Sag Dad, dass wir es versuchen.« Beide schwiegen einen Moment und verabschiedeten sich dann.

Ellen wanderte im Flur vor dem Schlafzimmer auf und ab und wartete offensichtlich auf irgendetwas. »Brauchst du etwas, Mom?«

»Ich wollte bloß mal kurz telefonieren.«

»Wolltest du in der Klinik anrufen? Ich habe gerade mit Dan gesprochen. Sie versuchen zu kommen, können aber nichts versprechen.«

»Ach so, ja?« Sie wirkte nervös. »Nein, eigentlich wollte ich kurz mal bei unseren Nachbarn anrufen.«

»Wozu?«

»Um zu fragen, ob zu Hause alles in Ordnung ist«, sagte sie und betrachtete ihre Hände.

Jake nickte, und sie schob sich an ihm und Liz vorbei. »Was war das denn?«, flüsterte er Liz ins Ohr.

»Vielleicht hat sie eine Affäre«, murmelte sie und zog die Augenbrauen hoch.

»Ha!«, sagte er. »Meine Eltern tun so was nicht.« Es war ihm herausgerutscht, und er bereute es sofort.

Liz verdrehte die Augen und ging in die Küche zu Hilary, die vor dem Spülbecken stand und grüne Bohnen putzte. Jake setzte sich wieder auf die Couch, legte die Beine auf den Stapel Decken und schloss die Augen.

»Fünfundsiebzig«, ertönte Joes Stimme in dem stillen Zimmer, und Jake zuckte zusammen. Sein Vater saß immer noch mit Babe auf dem Boden.

»Wie bitte?«

»Kannst du dir vorstellen, dass dein Vater schon so alt ist?«

Wurde Joe mit zunehmendem Alter etwa selbstmitleidig und sentimental? »Das ist nicht alt«, sagte Jake.

»Natürlich ist es alt. Ich bin alt. Dein Vater ist ein alter Mann.« Joe nahm die Auflaufform in beide Hände und wollte sich erheben, aber seine Beine zitterten zu sehr. Er stöhnte und beugte sich vor.

»Schaffst du's?«

Seine Knie knacksten, aber schließlich gelang es ihm, die Beine durchzudrücken. »Was machst du, wenn ich einmal nicht mehr aufstehen kann?«

»Hör auf.«

»Keiner will darüber nachdenken, wie es ist, wenn es mal so weit ist. Ich will ja nicht klagen, aber trotzdem. Manchmal ist es unbegreiflich.« Sein Vater setzte sich seufzend in Richtung Schlafzimmer in Bewegung.

Vielleicht tröstete es ihn, wenn er hörte, dass er nicht der Einzige war, der sich Gedanken über die Zukunft machte. Jake rief ihm hinterher: »Mir macht das auch Angst, Dad.«

»Hmm?« Joe blieb stehen und drehte sich um.

»Ich habe auch Angst vor dem Älterwerden.«

Joe lehnte sich an die Wand und runzelte die Stirn. »Meine Eltern waren eine Belastung für mich, weißt du«, sagte er. Er sprach selten über seine Vergangenheit oder seine Eltern. Beide waren vor Jakes Geburt gestorben, aber Joes Mutter hatte noch, bis er fünfundzwanzig war, bei ihm gelebt. Als sie Krebs bekommen hatte, hatte Joe sie gepflegt. Aber er redete nie darüber, und Jake wusste nicht mehr als das. »Ich glaube, ich kann mich besser um andere Leute kümmern, als zu akzeptieren, dass man sich um mich kümmert«, sagte Joe schließlich.

»Dad, dir fehlt aber nichts, oder? Ist alles in Ordnung?«

»Ja, ja. Mir geht es gut. Wahrscheinlich bin ich bloß ein wenig grüblerisch, weil ich morgen Geburtstag habe.«

Jake nickte nachdenklich.

Joe zuckte die Achseln und schüttelte den Kopf. Er hatte genug von sich geredet. »Und du? Hältst du das Wochenende durch?«

»Klar«, sagte Jake.

»Mit Liz alles in Ordnung? Und in der Arbeit?« Er setzte sich auf die Kante des Sessels und stellte Babe in ihrer Badeschüssel auf dem Couchtisch ab.

Jake rutschte auf der Couch näher an seinen Vater heran und erzählte ihm, dass er Krach mit Liz gehabt hatte, weil er sich dieses Wochenende ein paar Dummheiten geleistet hatte. Dass der Stress im Job bald wieder zunehmen würde und dass seine Nerven ziemlich blank lagen, weil er gehofft hatte, alle würden das Haus und den Strand genießen und sich hier so wohl fühlen wie er. Er habe sich einfach nur gewünscht, dass alle ein erholsames Wochenende verleben, sagte er, und jetzt sei so vieles schief gelaufen.

Joe sah ihn an. »Es war eine gute Idee, uns einzuladen.«

Jake nickte.

»Und alles andere – tja, ich würde sagen, das ist ziemlich normal.«

»Wie meinst du das?«

»Dass deine Nerven blank liegen. In deinem Leben passiert ja auch gerade ziemlich viel.« Er schien noch mehr sagen zu wollen.

»Findest du?«

Joe griff wieder nach der Schüssel und stand auf. »Natürlich.«

Jake streckte die Hand aus, um die Auflaufform zu stützen. »Danke, Dad.«

»Wofür?«

»Dafür, dass du das gesagt hast.«

Joe brachte die Schüssel wieder ins Gleichgewicht. »Das war doch gar nichts.«

»Oh, doch.«

»Jetzt muss Babe aber ins Bett«, sagte Joe leise und ging ins Schlafzimmer.

Hilary hatte Liz von Alex erzählt und wie sie ihn kennengelernt hatte. Von der großen Wiese im Zentrum der Insel, dem mächtigen Salzbaron und seinen Erben, von Alex' Wohnung und auch von dem, was dort zwischen ihnen vorgefallen war. Sie hatte ihre Schwägerin vorher erst ein paar Mal gesehen und stellte fest, dass Liz ihr gar nicht so unsympathisch war, wie sie immer gedacht hatte, wobei sie nach wie vor ein gewisses Misstrauen hegte, weil Liz so proper und rotbackig aussah und eine etwas biedere Art hatte – als ihr ein Teller heruntergefallen war, hatte sie »Sch...eibenkleister« gerufen, und sie sortierte ihr Gewürzregal in alphabetischer Reihenfolge. Aber dann waren sie zum ersten Mal allein gewesen und zum Strand hinuntergegangen, und Hilary hatte das Bedürfnis verspürt, jemandem zu erzählen, was sie in den ersten paar Stunden auf der Insel erlebt hatte, und Liz war neugierig gewesen. »Du bist mit ihm nach Hause gegangen?«, hatte sie gefragt und eher beeindruckt als schockiert gewirkt. »Und wie ging es weiter?« Sie hatte sich alles haarklein erzählen lassen und dann entschlossen die Hände in die Hüften gestemmt. »Weißt du was? Ich finde, wir sollten heute Abend zu *Books and Beans* fahren.« – »Vergiss es«, hatte Hilary gesagt. »Ich will nicht, dass er denkt, ich würde jetzt irgendetwas von ihm erwarten oder wäre nach dem einen Tag rettungslos in ihn verliebt.« Liz hatte sie bittend angesehen. »Ach komm, und wenn wir nur hinfahren, damit ich ihn mir mal anschauen kann.« Ihr Interesse hatte Hilary ebenso überrascht wie die Tatsache, dass sie es offenbar gar nicht schlimm fand. Im ersten Moment hatte sie gezögert, ihr überhaupt davon zu erzählen, weil sie sich ein bisschen vorkam wie jemand, der einer Jungfrau gesteht, mit regelmäßig wechselnden Partnern Geschlechtsverkehr zu haben. Nicht, dass Liz sonderlich prüde wirkte, aber ihr Leben mit Jake war Hilary immer so sauber wie ein frisches Stück Seife erschienen. »Warum sollte ich ihn im Laden besuchen? Ich glaube, uns ist beiden klar, dass das eine einmalige Geschichte war«, sagte Hilary schließlich. »Oder ist das etwa ein verzweifelter Versuch von dir, einen Vater für mein Kind zu suchen?« Liz lachte auf. »Na, du traust mir ja einiges zu. Nein, da würde ja selbst ich mir die Zähne ausbeißen.« Hilary schluckte, rang sich ein gequältes Lächeln ab und schlug vor, wieder ins Haus zurückzugehen.

Jetzt standen sie in der Küche und bereiteten das Abendessen zu. Hilary merkte, dass ihr Alex einfach nicht aus dem Kopf ging, dass sie sich fragte, wo er den heutigen Abend wohl verbrachte und mit wem – aber wozu machte sie sich überhaupt solche Gedanken? »Du, Liz?« Sie knipste das spitze Ende einer Bohne ab und warf sie in eine Schüssel. »Darf ich dir eine komische Frage stellen, für die du mich hinterher wahrscheinlich hassen wirst?«

»Aber sicher«, sagte Liz. »Das sind doch sowieso die besten.«

»Was hat dir an Jake gefallen? Weshalb wolltest du mit ihm zusammen sein?«, fragte Hilary. »Und bitte sag jetzt nicht, dass es der Sex war.«

Liz lächelte und verdrehte die Augen. »Es war nicht der Sex«, sagte sie. »Keine Ahnung. Wahrscheinlich weil er das Gegenteil von all meinen bisherigen Freunden war. Ich glaube, dass es stark von der eigenen Vorgeschichte abhängt, in wen man sich verliebt. Den Männern, mit denen ich vorher zusammen war, musste ich immer hinterherjagen. Ich habe mich immer für die unnahbaren Typen interessiert, die mir unweigerlich das Herz gebrochen haben. Und dann lernte ich Jake kennen, der mir all seine Ängste und Schwächen auf einem Silbertablett präsentierte und unbedingt mit mir zusammen sein wollte.«

Alex ähnelte der Galerie seiner Vorgänger. Er war ein weiterer Bill David, ein weiterer Tom Beston – wieso fühlte Hilary sich trotz allem immer wieder zu solchen Typen hingezogen? Vielleicht hatte man ihr noch nicht oft genug das Herz gebrochen? Vielleicht hatte sie aber auch nicht zugelassen, dass es gebrochen wurde – aber warum hätte sie es auch zulassen sollen?

»Hast du dich zu ihm hingezogen gefühlt?« Sie konnte sich die Frage nicht verkneifen.

»Ich habe mir jemanden gewünscht, der mit mir zusammen sein will, und das wollte er. Also habe ich mich zu ihm hingezogen gefühlt, ja.«

»Immer noch?«

»Natürlich.« Liz griff an Hilary vorbei und nahm sich eine Bohne. Sie steckte sie sich in den Mund und sah zu Boden.

»Er ist jedenfalls verrückt nach dir«, sagte Hilary und nahm sich auch eine Bohne. Sie verspürte plötzliches Mitgefühl für ihren Bruder, wollte aber lieber nicht weiter darüber nachdenken. »Soll ich schon mal den Tisch decken?«

Das Abendessen verlief schweigsam, und nur Ellen gab dann und wann einen Kommentar zum Essen ab oder Jake zum Wetter. Hilary sah sich in der Runde um und beobachtete, wie sich alle stumm über ihre Teller beugten. Vielleicht hatte ihre Familie sämtlichen Gesprächsstoff schon aufgebraucht. Sie hatte immer damit gerechnet, dass das eines Tages passieren würde. Immerhin saßen hier fünf sehr unterschiedliche Menschen zusammen. Wie sollte sich eine Familie nach so vielen gemeinsamen Jahren noch viel zu sagen haben? Obwohl dieses Schweigen wahrscheinlich ganz normal war, fühlte sie sich dabei immer unbehaglich. Sie hatte Angst, dass sie auch mit ihrem Kind dieses Schweigen erleben würde. Wenn es ganz klein war, natürlich sowieso, aber auch später, wenn es dann sprechen könnte und sie ebenfalls allen verfügbaren Gesprächsstoff aufgebraucht hätten, weil sie schließlich auch nur eine Familie waren und daher per se nur eine begrenzte Anzahl von Gesprächsthemen hatten.

Als Hilary später mit ihrer Mutter das Geschirr spülte, nahm Liz sie beiseite und flüsterte: »Also was ist jetzt mit *Books and Beans?*«

»Ich dachte, wir hätten die Idee verworfen?«

»Nicht, dass ich wüsste.«

»Jake hast du aber nichts davon erzählt, oder?« Hilary presste ihre Fingerspitzen aufeinander.

»Nein, habe ich nicht. Obwohl er wahrscheinlich im Moment eine kleine Ablenkung gut gebrauchen könnte.«

Hilary merkte, wenn auch widerstrebend, dass ihr der Gedanke gefiel, das zunehmend stiller werdende Haus für ein paar Stunden zu verlassen, um in den Ort zu fahren und Alex wieder zu sehen.

Draußen wurde es allmählich dunkel. Sie hörte den Wind ums Haus streichen. »Na ja, vorbeifahren könnten wir ja mal«, sagte sie. »Kurz.«

»Na also.«

Hilary ging ins Badezimmer, um einen Blick in den Spiegel zu werfen. Ihr Gesicht hatte sich im Laufe der Schwangerschaft in einen aufgequollenen Mond verwandelt, ihre Lippen waren aufgesprungen. Sie war ein hoffnungsloser Fall und dachte daran, die ganze Sache abzublasen und Liz zu sagen, sie fühle sich nicht so besonders. Aber das würde Liz ihr natürlich nicht abkaufen.

Liz klopfte an die Tür. »Bist du so weit?«

Hilary öffnete ihr und nickte widerwillig.

Im Flur kam ihnen ihr Vater entgegen und fragte, was sie vorhätten. Er sagte, er würde gern mitkommen, und bevor sie ihn davon abhalten konnte, ging Liz schon mit ihm zur Haustür.

Auf der Fahrt in den Ort saß Joe stumm auf dem Rücksitz, während Hilary und Liz sich unterhielten. »Hast du dir denn schon überlegt, was du sagst, wenn du ihn siehst?«, fragte Liz plötzlich, aber Hilary brachte sie mit einem Zischen und einem Wink in Richtung ihres Vaters zum Schweigen. »Joe hört gar nicht zu, stimmt's?«, sagte Liz.

»Nein, nein, ich bin gar nicht da«, bestätigte er.

Hilary drehte sich zu ihm um. »Liz will unbedingt, dass ich jemandem Hallo sage, den ich am ersten Tag im Buchladen kennengelernt habe, als ich auf euch gewartet hab.«

»Aha?«

»Einen *Mann*«, ergänzte Liz.

»Aber da war gar nichts«, sagte Hilary. »Liz ist bloß krankhaft neugierig.«

»Verstehe.« Joe lächelte mitfühlend. »Na, wir können uns ja die Bücher anschauen, während Liz sich mit ihm unterhält.«

»Hilary ziert sich nur«, sagte Liz. »In Wirklichkeit gefällt er ihr. Sie will es bloß nicht zugeben.«

»Gar nicht.« Sie klangen wie kleine Mädchen.

Joe zuckte lächelnd mit den Schultern. »Es ist doch nichts dabei, wenn er dir gefällt.«

»Er gefällt mir aber nicht, Dad«, sagte Hilary. »Ganz ehrlich nicht.« Sie machten viel zu viel Aufhebens darum, und indem sie es abstritt, machte sie sich nur verdächtig.

Sie parkten den Wagen in der Hauptstraße und gingen schweigend an dem kleinen Supermarkt und der Galerie vorbei. Es war nach wie vor schwül und schon fast dunkel.

Außer ihnen war niemand unterwegs. »Wollen wir einen Blick in die Galerie werfen?«, schlug Hilary zaghaft vor, worauf Liz sagte: »Vergiss es.«

Im *Books and Beans* lehnte Alex hinter der Kasse an der Wand. Neben ihm stand ein gebräuntes Mädchen mit dickem schwarzem Zopf, der ihr über die Schulter hing. Die beiden flüsterten miteinander, und Alex streifte ihr mit der Hand über die Taille. Joe, Liz und Hilary, die sich rasch hinter eines der hohen Bücherregale schob, blieben kurz stehen und sahen zu ihm hinüber. In Hilarys Brust zog sich bei diesem Anblick etwas zusammen. »Kommt, wir gehen woanders hin. Das ist doch lächerlich. Ich will ihn nicht in Verlegenheit bringen«, sagte Hilary, aber Liz packte sie am Arm. Ihr Vater steuerte auf das Regal mit den Biografien zu. »Los jetzt, sprich ihn an«, zischte Liz. »Wahrscheinlich ist sie bloß eine Kollegin.«

»Ich will aber nicht.« Hilary versteckte sich wieder hinter dem Regal, in dem, wie sie jetzt sah, Ratgeberbücher standen, und zog ein Buch für werdende Väter heraus. Liz war am Ende des Gangs stehen geblieben und beobachtete Alex und das Mädchen verstohlen. »Ich habe das Gefühl, sie sind bloß Kollegen oder gute Freunde«, sagte sie ohne große Überzeugung. »Er sieht aber wirklich nicht schlecht aus. Ich kann dich gut verstehen.«

»Liz!«, fauchte Hilary.

Liz kam auf sie zu und nahm ihr das Buch aus der Hand. »›Wie werde ich ein guter Vater?‹ Aha.«

»Vielleicht wäre das was für mich.«

»Wir sind aber aus einem anderen Grund hier – vielleicht vergisst du das Thema mal für einen Abend.«

»Ich kann es aber nicht vergessen.« Hilary griff wieder nach dem Buch. »Außerdem will ich es auch gar nicht.« Sie holte tief Luft und sah in das erwartungsvolle Gesicht ihrer Schwägerin. »Gott, das ist echt lächerlich«, sagte sie schließlich. Sie drängte sich an Liz vorbei, ging entschlossen zur Kasse und schob Alex das Buch über die Theke.

»Hilary!«, sagte er, als würde er sie jetzt erst sehen.

»Hallo«, sagte sie. »Ich kaufe das Buch für meinen Bruder. Und für meine Schwägerin. Sie steht da hinten und versteckt sich.«

Alex warf einen Blick hinter sie und lächelte. Das Mädchen zupfte an ihrem Zopf und leckte sich über die Lippen. Ihre Eckzähne standen leicht vor. Sie hatte blassblaue Augen, schwere Lider, Sommersprossen. Sie war schön, aber irgendwie auch nichts Besonderes.

»Und? Hast du ein schönes Wochenende mit der Familie?«, fragte er, während er den Preis des Buches eintippte. Das Mädchen beobachtete sie genau.

»Ehrlich gesagt, nicht so.« Sie zögerte, aber dann brach es einfach aus ihr heraus. »Mein anderer Bruder und seine Frau hatten gestern eine Fehlgeburt.«

»O Gott, das tut mir leid«, sagte er hilflos.

Hilary reichte ihm den Geldschein, und er betrachtete ihn einen Moment lang. Dann schob er ihre Hand zurück. »Ach, lass nur. Ich schenke es dir.«

Sie kam sich vor wie eine tragikomische alte Jungfer. »Nimm das Geld. Wenn du willst, kannst du es ja selbst einstecken«, sagte sie.

»Es tut mir leid«, sagte er noch einmal.

Das Mädchen schaute auf Hilarys Bauch.

»Ich bin schwanger«, klärte Hilary sie auf, damit sie nicht glaubte, sie wäre dick. Wahrscheinlich würde sie daraus schließen, dass Hilary nur eine Bekannte von Alex war und keinerlei Bedrohung darstellte, falls sie irgendwelche Absichten in dieser Richtung hatte. Das Mädchen sah zu Boden, rückte ein bisschen dichter an Alex heran und sagte: »Gratuliere.« Hilary konnte nicht sagen, ob sie es ironisch meinte oder ernst.

»Also, wir gehen jetzt. Auf Wiedersehen.« Hilary drehte sich mit klopfendem Herzen um. Sie ging zur Tür und hakte sich bei Liz unter.

»Was? Und jetzt? Willst du ihn nicht zu uns nach Hause einladen?«

Hilary zog sie wortlos weiter. »Wo steckt denn Dad?«

Er blätterte gerade in einem Buch mit dem Bild einer blassen Frau auf dem Titel, und obwohl er nicht aussah, als wolle er schon gehen, stellte er das Buch schnell ins Regal zurück und folgte ihnen nach draußen.

Auf der Rückfahrt starrte Hilary aus dem Fenster auf den Ozean, der jetzt tiefschwarz war. Was für eine peinliche Aktion! Wie unglaublich dämlich, dass sie sich von Liz dazu hatte überreden lassen. Sie spürte, wie sich das Baby in ihr bewegte und sie in die, was war es wohl – die Leber? – boxte. Neben ihr klagte Liz über Schmerzen in den Beinen und rückte unruhig hin und her, während sie versuchte, eine bequemere Sitzposition zu finden. Bei jeder Bewegung trat sie unabsichtlich fester aufs Gas, und das Auto machte einen Satz vorwärts. Hilary legte sich das Buch auf den Schoß und schlug es auf, konnte aber in der Dunkelheit nichts entziffern. Sie würde es in Ruhe zu Hause lesen. Und dann würde sie sich alles beibringen, was einen guten Vater ausmachte, und vielleicht konnte sie es dann ja allen zeigen, ihnen beweisen, dass sie sehr wohl in der Lage war, diesem anderen Leben gerecht zu werden, diesem kleinen Wesen, das so sehr von ihr abhängig sein würde. Sie rieb die Fingerspitzen aneinander. Keiner von ihnen traute es ihr zu. Na gut, Daniel vielleicht. Aber Jake und wahrscheinlich auch ihre Mutter hielten das Kind schon jetzt für verloren.

»Ich fand ihn nicht so nett«, sagte ihr Vater von hinten.

»Danke, Dad.«

»Du hast jetzt sowieso erst mal genug um die Ohren.«

»Ganz genau«, sagte sie.

»Da stehst du drüber«, sagte er so leise, dass es kaum zu verstehen war.

»Wo steht sie drüber?«, fragte Liz. »Über Männer?«

»Männer, Kerle, alles«, sagte Hilary mit so viel Überzeugungskraft, wie sie aufbringen konnte. Sie drehte sich zu ihrem Vater um, der sie voller Stolz ansah und lächelte.

8. *Der Klang der Vergebung*

Als Brenda Daniel nach Vanessa fragte, wie lang sie noch geblieben sei und ob sie mitbekommen habe, was passiert war, fiel ihm wieder ein, dass er Vanessa versprochen hatte, sie anzurufen. Brenda suchte die Telefonnummer heraus, nahm das Telefon vom Nachttisch und wählte die Nummer. Als sich am anderen Ende jemand meldete, sprach sie sehr leise, mit starkem britischem Akzent, und fragte nach Vanessa. Sie legte eine Hand auf die Muschel, sagte unhörbar: »Freeman«, und Daniel nickte. Als Vanessa ans Telefon kam und Brenda zu erzählen begann, was geschehen war, drehte sie sich von ihm weg und zog die Schultern ein. »Nein, sie mussten operieren«, sagte sie und dann: »Ich weiß, ich habe gemerkt, dass irgendetwas nicht stimmt. Ich hatte schon eine ganze Weile nichts mehr gespürt.« Sie versicherte Vanessa, dass es ihr einigermaßen gut ginge, dass die Klinik einen recht guten Eindruck mache und, danke nein, sie bräuchte nichts, Vanessa müsse nicht herkommen, sie habe ihr nur Bescheid geben und ihr dafür danken wollen, dass sie sie zur Klinik gefahren habe. »Also, dann. Ich melde mich bei dir, wenn ich zu Hause bin. Vielleicht können wir ja noch einmal herkommen, nächsten Sommer oder so, oder vielleicht kommt ihr uns besuchen«, sagte sie, und Daniel sah vor seinem inneren Auge Brendas seltsame, willkürlich aufgelesene Freundesschar – Vanessa und Esther, Morris Arnold mit seiner Freundin und seiner verlausten Töle Rex und sogar Freeman Corcoran – mit einem Drink in der Hand dicht gedrängt in ihrem Wohnzimmer stehen. Nachdem Brenda aufgelegt hatte, versuchte sie aufzustehen, aber sie schwankte und musste sich am Bettgitter festhalten. Nach ein paar gescheiterten Versuchen setzte sie sich wieder hin.

»Was ist bloß los mit uns? Weshalb ziehen wir das Unglück so an?«, fragte Daniel.

»Sieh doch nicht alles so düster.« Die Leuchtstoffröhre über ihnen flackerte und summte.

»Tu ich nicht, ich meine es ernst. Guck uns doch mal an.«

»Lieber nicht.« Sie zog sich die Decke über die Beine. »Um ehrlich zu sein, habe ich keine Lust, hier zu sitzen und zu grübeln.«

Er rückte seine Brille gerade. Brenda war noch nie der Typ gewesen, der lange grübelte, wenn etwas schief lief. Wahrscheinlich entsprach er mit seinem Bedürfnis, alles zu analysieren und zu sezieren, viel mehr dem weiblichen Stereotyp. Merkwürdig, dass seine eigene Frau diese Neigung nicht teilte. »Kann ich dich mal was fragen?«, sagte er dennoch, weil er spürte, dass ihn diese Frage innerlich auffressen würde, wenn er sie nicht stellte. »Magst du mich eigentlich noch?«

»Natürlich«, sagte sie, den Blick auf die Bettdecke gerichtet. »Aber, ich weiß nicht, manchmal bist du wirklich hart, Dan. Das weißt du ja selbst. Manchmal denke ich daran zurück, wie es war, als wir uns kennengelernt haben und was ich damals an dir mochte. Wahrscheinlich mochte ich deine mürrische Art, weil du bei mir nicht mürrisch warst, bloß bei allen anderen. Dadurch hatte ich das Gefühl, Mitglied in einem exklusiven Club zu sein. Deine tiefe Stimme hat mir gefallen. Und ich mochte deine Nase.«

»Meine Nase?«

Sie leckte sich zweimal über die Lippen. »Ja. Ich fand, dass du eine schöne, kräftige Nase hast, genau die richtige Länge, ohne Höcker oder so etwas. Du sahst dadurch so stark und entschlossen aus, und ich habe damals nicht viele entschlossene Männer gekannt.«

»Und wie ist es jetzt?« Er trommelte auf die Lehne des Rollstuhls. Er wusste, dass er sie eigentlich fragen sollte, wie sie sich fühlte, ob er ihr irgendetwas Gutes tun könnte – sie massieren, ihr ein Glas Wasser bringen. »Magst du meine Nase immer noch?«, fragte er leise.

Sie zuckte mit den Schultern. »Mom sagt, du weißt wenigstens, was du brauchst und willst, und du kannst es artikulieren. Das könnten die wenigsten Menschen.«

»Wieso hast du mir das eigentlich nie gesagt? Ich habe gar nicht gewusst, dass du meine Stimme magst. Oder meine Nase.«

»Wahrscheinlich habe ich bloß vergessen, es dir zu sagen. Außerdem wusstest du doch eigentlich immer, was ich über dich denke.«

»Dass ich zu viel rummotze und dass es deprimierend ist, mit mir zusammen zu sein.«

Sie knabberte an ihrer Unterlippe. »Du hast die Hölle durchgemacht.«

»Du jetzt auch«, sagte er. »Wir sind gar nicht so verschieden, finde ich.« Er dachte daran, wie er mit ihr im Bett gelegen und nur mit Worten ihre Füße skizziert hatte. Das schien Jahrzehnte her zu sein.

»Wir hassen beide Anchovis«, sagte sie.

Er nickte. »Und wir lieben Barcelona und Lagos und unsere kleine griechische Flitterwocheninsel.«

»Ja, aber du hasst Nizza, während ich mir absolut vorstellen kann, dort zu leben und glücklich zu sein.« Mit dem Begriff »Glück« ging sie oft geizig um, als wäre das etwas, was nur sie empfinden könnte, während er emotional oder vielleicht sogar biologisch gar nicht dazu in der Lage war. Manchmal hatte er den Eindruck, als hätte es für sie etwas mit dem Geschlecht zu tun, als könnten nur andere Frauen – ihre Mutter, ihre Freundinnen oder Vanessa – ihre Suche nach Glück verstehen und selbst wahres Glück empfinden.

»Nizza ist teuer und von arroganten Europäern überlaufen«, sagte er.

»Wir schlafen beide auf der linken Seite, selbst jetzt noch«, sagte sie.

»Es gibt Dinge, die sich nicht verändert haben.«

»Ein paar.«

»Ich bin größtenteils derselbe Mensch wie früher, nur dass ich in einem nicht mehr ganz so gut funktionierenden Körper lebe.« Er war sich nicht sicher, ob er sich selbst glaubte, wenn er den Unfall so herunterspielte, aber vielleicht stellte es ja schon eine Art Fortschritt dar, solche Sätze auszusprechen.

Sie lächelte schwach, als wäre sie auch nicht überzeugt. »Wir haben beide etwas auf der Straße verloren«, sagte er und schluckte. Das hatte sich ganz anders angehört, als er es sich vorgestellt hatte. Brendas Augen füllten sich mit Tränen, und er rollte ans Bett heran und nahm ihre zarten Hände zwischen seine. »Bitte entschuldige. Das hätte ich nicht sagen sollen.«

Sie zuckte mit den Schultern und zog ihre Hand zurück. Leise, fast unhörbar, sagte sie. »Dir sei verziehen.«

Er hätte gern gefragt, ob er gerade richtig gehört habe, und wenn ja, ob er es bitte noch einmal hören könne und noch einmal und noch einmal, aber er hatte Angst, sie würde es wieder zurücknehmen oder ihm sagen, er würde nur diesen drei kleinen Wörtern zu viel Bedeutung beimessen. Trotzdem redete er sich ein, sie würde ihm mehr vergeben als diesen einen unsensiblen Kommentar – auch seine Verachtung für Tammy Ann Green und Morris Arnold, seine Gereiztheit gegenüber Vanessa, seine Verbitterung und seinen Pessimismus vor und nach dem Unfall. Er hatte sich nämlich wirklich nicht sehr verändert. Sie hatte ihn im Laufe der Jahre nur viel besser kennengelernt.

Er sah sie an und blickte dann aus dem Fenster auf die belaubten Eschen, deren Äste im Wind wippten. Er dachte an das neugeborene Kind eines befreundeten Paares, das mit den Füßen voran auf die Welt gekommen war, und an das koreanische Baby, das George und John adoptieren wollten. Er dachte an Lily und Maria – oder war es Marie? –, die Zwillinge von Brendas Londoner Cousine, und an das Foto der beiden in winzigen knallrosa Pullis, mit Riesenteddys, die dieselben rosa Pullis trugen, im Arm. Er dachte an James Roger McDonald, den Sohn, den sein Agent Richard vor einem Jahr bekommen hatte. Ein hübsches Baby mit weichem blondem Haar und runden, glänzenden blauen Augen. Daniel war ganz schlecht geworden, als Richard ihm den Jungen zum ersten Mal in den Arm gelegt hatte, weil er keine Ahnung hatte, wie man ein Baby hielt. Er war federleicht, und sein Kopf lag in Daniels Hand wie ein Baseball. Er sah zu Daniel auf, sah ihm direkt in die Augen, und Daniel beugte sich vor und gab ihm einen Kuss auf die Stirn. Er roch nach Banane, und Daniel küsste ihn noch einmal. Er staunte darüber, dass er ein ganzes Leben in den Händen hielt und wie wenig es wog. Dass er sich jetzt noch an den vollen Namen des Babys erinnern konnte, verblüffte ihn. Normalerweise hatte er ein miserables Namensgedächtnis.

Brenda schlummerte bald wieder ein, und auch Daniel döste weg. Kurz darauf wurde er von einer Schwester geweckt, die ihm half, sich in das andere Bett zu legen, dessen Kissen zu dünn war und dessen Laken muffig rochen. Er versuchte, das unbequeme Kissen und den Geruch zu ignorieren und wieder zur Ruhe zu kommen. Brenda schlief jetzt tief. Aber vielleicht tat sie auch nur so. Er hatte kürzlich dasselbe getan, als er hörte, wie sie sich im Bett wälzte und wegen ihres Bauches offensichtlich keine bequeme Schlafstellung fand. Jetzt erschien es ihm wie die schlimmste Form des Betrugs.

Er überlegte, wie es wohl sein würde, wenn sie nach Hause kamen und das Haus zum ersten Mal ohne Baby betraten und ohne Pläne, wie es weitergehen sollte. Als Erstes würden sie wohl bei der Ärztin in der Samenbank anrufen, um sie zu informieren. Dann würde Brenda mit ihrem Gynäkologen und ihrer Familie telefonieren. Und danach? Was blieb zu tun, wenn niemand mehr zu benachrichtigen war?

Plötzlich erinnerte er sich wieder an die Bilder von Freeman Corcoran – kindlich gemalte Häuser in knalligen Primärfarben, glückliche kleine Häuser, die durch die Luft flogen oder im Meer schwammen, an der Sonne oder am Mond vorbeischwebten. Alberne, rundliche Fische, Boote und Wale. Es war geradezu kriminell, dass Corcoran mit seinen unbeholfen gemalten, läppischen Motiven, die jeder Fünfjährige malen konnte, solchen Erfolg hatte. Die Leute zahlten Unsummen für seine Werke. Brenda hatte bestimmt gelogen, als sie zu Vanessa gesagt hatte, wie toll sie seine Arbeiten fände. Sie musste gelogen haben – genau diese Art Kunst hatten sie beide immer zutiefst gehasst. Platte, hübsch anzusehende, infantile Kunst, die den breitestmöglichen Konsumentengeschmack bediente. »Spaß«-Kunst.

Tammy Ann Green fiel ihm ein. Und dann kam ihm eine Idee. Sobald sie zu Hause waren, würde er den Arzt anrufen, bei dem sie arbeitete, und ihn fragen, ob er bereit wäre, sich mit ihm zu treffen und ihm mehr über seine Forschungen auf dem Gebiet der Rückenmarksverletzungen zu erzählen. Wieso hatte er daran nicht schon viel früher gedacht? Tammy Ann würde er aber nicht nach der Nummer des Arztes fragen – sie würde bestimmt versuchen, es ihm auszureden. Er würde sie schon selbst herausfinden müssen, aber seinen Namen kannte er immerhin schon, weil Tammy Ann so oft von ihm gesprochen hatte. Daniel lächelte in sich hinein – er hatte einen Plan. Vielleicht würde er eines Tages tatsächlich wieder gehen können.

»Und? Hast du dir etwas zu lesen gekauft?«, fragte Ellen Hilary, als sie zurückkamen.

»Sie hat sich einen Ratgeber für werdende Eltern besorgt«, sagte Liz und grinste verschwörerisch. Die beiden verstehen sich ja bestens, dachte Ellen missbilligend und erhob sich vom Sofa. Aber wenn sie trotz der traurigen Ereignisse des Wochenendes noch lachen konnten – bitte schön. »Es ist spät, und es war ein langer Tag. Ich gehe ins Bett«, verkündete sie, und Joe folgte ihr ins grüne Schlafzimmer.

»Worüber amüsieren sich die beiden so?«, fragte sie ihn. Die dünnen Vorhänge bauschten sich im Luftzug.

»Männer.«

»Was?«

Ellen schob das Fenster noch ein Stück höher und atmete den durchdringenden Salzgeruch des Ozeans ein.

»Liz wollte Hilary mit irgendeinem Kerl verkuppeln, den sie kennengelernt hat.«

Das war eine Premiere. Sonst bekam Joe solche Dinge nie mit – und wenn doch, redete er nicht darüber.

»Ach ja, stimmt. Sie hat mir da so etwas erzählt.«

»Ich weiß nicht, wie alt er war; er sah jünger aus als Hil. Aber es ist sowieso nichts daraus geworden. Sie hat es sich in letzter Minute dann doch anders überlegt.«

»›Es‹? Was hat sie sich anders überlegt?«

»Das weiß ich, ehrlich gesagt, auch nicht so genau.« Er zog sich das Hemd über den Kopf. »Ich wollte aber auch nicht danach fragen.«

»Natürlich nicht«, sagte sie. Sie zog ihr Nachthemd unter dem Kissen hervor, schlüpfte aus dem Rock und merkte plötzlich, dass sie seit Stunden zum ersten Mal nicht an Daniel oder Brenda oder MacNeil gedacht hatte. »Hat sie dir gesagt, wer der Vater des Kindes ist?«

»Nein.«

»Du würdest es mir aber sagen, wenn sie es dir gesagt hätte, oder?«

»Ellen.«

»Oder?«

»Natürlich würde ich es dir sagen, aber sie wird es mir nicht sagen, und du solltest aufhören, dich deswegen unglücklich zu machen.«

Sie versuchte einen kleinen Rückzieher. »Es wird Hilary gut tun, wenn sie wieder in unserer Nähe wohnt«, sagte sie.

»Ganz bestimmt. Wir können ihr dann auch mit dem Kind unter die Arme greifen.«

»Hauptsache, du überlässt mir nicht die ganze Schwerstarbeit«, sagte Ellen eigentlich grundlos, denn als die Kinder klein gewesen waren, hatte Joe viel mehr getan als die anderen jungen Väter aus ihrem Bekanntenkreis. Er war Experte im Windelnwechseln und Baden von Babys. Am glücklichsten war er gewesen, wenn sich die Kinder am frühen Morgen noch im Schlafanzug um den Frühstückstisch versammelt hatten, sich den Schlaf aus den Augen rieben und das Zimmer mit ihrem Lärm erfüllten.

Ellen schlüpfte unter die Bettdecke. Joe knipste die Lampe zwischen ihnen aus und holte einmal tief Luft. Er würde in ein paar Sekunden fest schlafen, aber sie war noch nicht müde. Ihr gingen zu viele Gedanken im Kopf herum. Hilary als alleinerziehende Mutter – es fiel ihr nach wie vor schwer, sich das vorzustellen. Im Geiste ging sie noch einmal die Unterhaltung durch, die sie vorhin mit ihrer Tochter geführt hatte. Wieso kümmerte sie sich eigentlich nicht selbst darum, herauszufinden, welche interessanten Archäologen es in Boston gab, um Hilary mit ihnen zusammenzubringen? Wenn das Kind ein bisschen größer war, würde sie mehr Zeit haben, und einen Job brauchte sie ohnehin. Warum nicht einen, der ihr auch Spaß machte? Joe konnte sie dabei unterstützen. Nichts machte ihm mehr Spaß, als Informationen zu recherchieren. Aber im Moment benötigten Daniel und Brenda ihre Hilfe dringender. Sie würde sich in den nächsten Wochen darauf konzentrieren, ihr Haus mit Kunst und Farbe und Leben zu füllen, ihre Welt zu verschönern. Ja, genau! Nach dem Tod ihres Mannes Jack hatte sich Isabella auf den Aufbau ihres Museums und die Vergrößerung der Sammlung gestürzt, hatte sich in all die wichtigen Detailfragen vertieft. Erst nach der zweiten Tragödie ihres Lebens war sie zu einer wahren Kuratorin geworden. Zwei Schicksalsschläge hatten ihr letztendlich zum Glück verholfen.

Am nächsten Morgen räkelte sie sich ausgiebig, weil sie fast die ganze Nacht in derselben Stellung geschlafen hatte und ihre Arme schmerzten, und ging dann auf Zehenspitzen aus dem Zimmer. Offenbar war sie die Erste, die wach war. Morgensonne durchflutete das Wohnzimmer, und als Ellen auf die Terrasse trat, dachte sie, dass heute der sonnigste Tag seit ihrer Ankunft war. Ihr Baumwollnachthemd flatterte in der kühlen Brise. Sie fühlte sich fast nackt hier draußen. Eilig ging sie auf einen Stuhl zu, setzte sich und zog sich das Nachthemd um die Schenkel.

Frühmorgens war ihr Kopf immer am klarsten, und manchmal blieb sie, lange nachdem Joe schon aufgestanden war und Kaffee gemacht hatte, nur um nachzudenken, im Bett liegen. Aber ganz gleich, ob sie im Bett lag oder in der Küche wirtschaftete – der Morgen bedeutete für sie Frische, Neuanfang und Perspektive. Nach dem Regen und der drückenden Schwüle empfand sie diesen Morgen als besonders wohltuend. Die Luft war warm und trocken, das Haus lag ganz still da, und unter ihr rauschte gleichmäßig das Meer, schäumte heran und zog sich wieder zurück. Am Strand war kein Mensch zu sehen, und sie hatte das Gefühl, als würde der große, weite Atlantik mit all seinen Fischen und Pflanzen und Strömungen für einen Moment ihr gehören. Wie perfekt, wie freundlich von der Sonne, sich heute an Joes Geburtstag entschieden zu haben, so zu strahlen. Lag es vielleicht am Licht und gar nicht an der Uhrzeit, dass sie sich trotz allen Kummers so wohl fühlte?

Jedenfalls war sie schon lange nicht mehr so von Optimismus erfüllt gewesen. Sie überlegte, was sie für Joes Geburtstagsessen besorgen mussten – sie würde Jake und Liz gegenüber darauf bestehen, wenigstens das Essen zu bezahlen. Ellen entschied, dass es Rinderfiletbraten, gefüllte Ofenkartoffeln, Römersalat mit Knoblauchcroutons und Parmesan und dazu selbst gebackene Milchbrötchen geben würde. Ein ungesundes, cholesterinreiches Mahl, aber darüber wollte sie jetzt nicht nachdenken, weil es Joes Lieblingsgerichte waren.

Wieder strich ihr eine kühle Brise um die Beine. Wie wäre es wohl gewesen, mit Vera und MacNeil ein Wochenende auf der Insel zu verbringen? Joe und MacNeil waren nicht die besten Freunde, aber sie hatte den Eindruck, dass sie einander respektierten. Bei ihren Abendessen mit Vera hatten die Männer natürlich über Sport und Politik gesprochen, aber vor allem hatten sie das Gespräch ihrer Frauen aus dem Hintergrund heraus verfolgt und nur dann und wann einen beiläufigen Kommentar eingeworfen. Die Frauen sprachen über Veras Reisen und ihre Kunstsammlung, über die schulischen Leistungen von Ellens Kindern oder die Filme der letzten Zeit, und die Männer nickten dazu oder bekräftigten das Gesagte mit kurzen Sätzen – »Es war unglaublich kalt. Das schlimmste Wetter, das man sich für Venedig vorstellen kann«, ergänzte MacNeil Veras Bericht über ihren Italienurlaub – »Er ist wirklich ein kleiner Teufelsbraten«, bestätigte Joe Ellens Geschichte. Es ließ sich nicht leugnen, dass Vera der Motor ihrer Freundschaft gewesen war, sie hatte Ellen und Joe zum Abendessen nach Lincoln eingeladen, die Museumsbesuche organisiert, die Diskussionen über Liebe, Sexualität, Politik oder Kunst angestoßen und belebt und sie bis spät in die Nacht hinein bei Laune gehalten. Vera hatte von ihnen allen am meisten Charisma gehabt. Ellen dachte über die vergangenen Wochen nach. Was immer letztlich der Grund für MacNeils Anziehungskraft auf sie war – Sehnsucht nach einem anderen Leben? Neid auf seine finanzielle und geistige Unbeschwertheit? –, war von Mitleid durchwoben, schlichtem Mitleid und dem Bedürfnis, sich dieses Mannes anzunehmen, der einen Tod zu verkraften hatte. Er brauchte ihre tröstenden Worte und ihr offenes Ohr. Auch jetzt nach so vielen Monaten noch.

Liz erschien auf der Terrasse, ihr Gesicht war verquollen, ihre Augen waren gerötet. »Die Sonne!«, rief sie. »Ich hatte fast vergessen, dass es sie gibt.«

»Du bist früh wach«, stellte Ellen fest und drehte sich nach ihr um. »Wie ist das eigentlich, wenn man zwei bekommt? Wie fühlt es sich an? Fühlst du überhaupt schon etwas?«

Liz' Miene erhellte sich. »Ich bin die ganze Zeit hungrig, aber sobald ich etwas esse, fühle ich mich voll und aufgebläht. Müde bin ich auch ständig.« Sie sah Ellen an. »Aber ich freue mich unheimlich. Ich kann es immer noch nicht so ganz fassen, dass ich Zwillinge bekomme. Ich mache mir die ganze Zeit Sorgen, dass etwas passieren könnte.« Sie fuhr sich mit der Hand an den Mund, als hätte sie sich eigentlich vorgenommen, nicht über ihre Ängste zu sprechen, jedenfalls nicht Ellen gegenüber, dann strich sie ihre Jogginghose an den Oberschenkeln glatt und sah auf den Ozean hinaus. »Wie ging es Daniel gestern?«

»Ganz gut«, sagte Ellen. »Nein, eigentlich nicht gut. Er hat wahrscheinlich auch keine Kraft mehr übrig. Aber wer hat die schon? Man denkt immer, schlimmer könnte es nicht kommen, und dann passiert doch wieder etwas, und man wünscht sich, es hätte einen selbst getroffen und nicht sie. Wenn deine Kinder erst einmal da sind, wirst du auch merken, dass du sofort bereit wärst, ihnen alles Schlimme abzunehmen. Das ist wirklich so.« Ellen zögerte. »Entschuldige. Ich sollte nicht über so etwas reden.«

»Nein«, sagte Liz. »Entschuldige dich nicht dafür.«

»Ihr werdet sicher tolle Eltern. Jake wird sich die Beine für seine Kinder ausreißen. Er war immer schon der geborene Vater.«

Liz lächelte. »Das stimmt. Er würde den Menschen, die er liebt, auch alles abnehmen, wenn das ginge. Er zerbricht sich ständig den Kopf über anderer Leute Probleme und leidet fürchterlich, wenn etwas nicht so läuft, wie er es sich vorgestellt hat, oder wenn er nicht helfen kann. Das macht ihn ganz rasend.«

»Er kann eben nicht anders«, sagte Ellen.

»Ja, wahrscheinlich nicht.« Liz fuhr sich sanft lächelnd durch die Haare und ging wieder ins Haus.

Eine große Wolke zog vor die Sonne, und Ellen beobachtete, wie der Schatten ihrer Hand auf der Stuhllehne verblasste. Sie erinnerte sich, wie sie von MacNeil weggefahren war, nachdem sie das erste Mal bei ihm zum Tee gewesen war. Auf der Heimfahrt hatte sie mit stechenden Kopfschmerzen gekämpft und den ganzen restlichen Tag nur noch daran gedacht, dass MacNeil jetzt allein war. Er hatte ihr aufgezählt, was er alles noch erledigen musste – den Inhalt von Veras Kleiderschrank in Kisten verpacken, ihre Abonnements abbestellen –, und sie hatte ihm angeboten, sich um alles zu kümmern, um die Kleider, die Abos und was sonst zu tun war. Wenn sie jetzt an den dauernden Kopfschmerz zurückdachte, an ihre Mattheit und daran, wie ausgehöhlt sie sich gefühlt hatte, so als hätte sie einen wichtigen Teil ihres Inneren verloren, dann nahm sie es MacNeil übel, so leichtherzig weggegeben zu haben, was er für sich hätte behalten sollen. Bei ihrem nächsten Treffen war er etwas munterer gewesen, ein bisschen weniger nachdenklich, und er sprach sogar davon, sich ein Abonnement für ein experimentelles Theater zu besorgen, über das sich Vera immer lustig gemacht hatte. Anfangs freute Ellen sich, weil sie glaubte, ihm über die schwierigste Zeit hinweggeholfen zu haben, aber im Laufe des Nachmittags beschlich sie Traurigkeit bei der Erinnerung an Veras konservativen Theatergeschmack. Jetzt erkannte sie auch, dass es sie getroffen, geradezu beleidigt hatte – ja, genau das war ihre Empfindung gewesen –, als MacNeil vor kurzem ganz nüchtern gesagt hatte, er sei sich nicht sicher, ob er den Garten jemals wieder so zum Blühen bekommen könne und überlege, ob er ihn nicht sich selbst überlassen solle. Außer natürlich, Ellen habe Interesse, sich darum zu kümmern.

Joe hatte nie so sehr ihren Trost gebraucht, nicht einmal während der schlimmsten Zeiten – weder an diesem Wochenende noch nach Daniels Unfall, noch als damals der Autosalon Konkurs gemacht hatte oder als er vor vier Jahren den Bypass bekommen hatte. Er zog sich zurück und wurde melancholisch, aber er behielt seinen Kummer größtenteils für sich. Er war immer derjenige, der die anderen tröstete, selbst wenn er gerade eigene Sorgen hatte. Niemals hätte er von ihr erwartet, ihm etwas von seinem Kummer abzunehmen.

Während die anderen wach wurden und duschten und die Zeitung lasen, schlenderten Ellen und Hilary die Straße hinunter zu einem kleinen Supermarkt. Ellen zuckte zusammen, als ein paar Autos an ihnen vorbeifuhren. »Man kann sich gut vorstellen, wie es hier vor hundert Jahren ausgesehen hat«, sagte sie. »Bevor die Autos und die Menschen kamen.«

»Es ist bloß ein kleiner Flecken Land mitten im Ozean.«

»Früher muss es hier wunderschön gewesen sein.«

»Ist es immer noch, wenn du zwischen den Bonzenvillen hindurchschaust.« Hilary deutete auf ein riesiges hölzernes Skelett und einen Bagger links von ihnen. Gleich dahinter fiel das mit hohen Gräsern bewachsene Land sanft zum Wasser ab.

»Mhmm, du hast recht«, murmelte Ellen.

Am Eingang des Supermarktes bückte sich Ellen nach einem Plastikkorb und fragte Hilary, während sie an Kisten voll matschiger Tomaten und struppiger Zwiebeln vorbeigingen, nach ihren Plänen für den Umzug an die Ostküste – hatte sie schon eine Umzugsfirma beauftragt? (Nein.) Hatte sie sich in Boston schon einen Frauenarzt gesucht? (Nein.) Hilary wurde zunehmend wortkarger, bis sie schließlich murmelte: »Ich hole schon mal den Braten«, und zur Fleischtheke ging.

Hilary hatte offenbar irgendein Problem, in das Ellen sich lieber nicht einmischen wollte, also ließ sie ihre Tochter ziehen und suchte allein die übrigen Zutaten für das Essen zusammen.

An der Kasse trafen sie sich wieder. Hilary rieb hektisch ihre Fingerkuppen aneinander und sah zur Decke. »Was hast du denn, Liebes?«, fragte Ellen.

»Nichts, Mom.«

Ellen dachte an ihren gestrigen geheimnisvollen Ausflug zur Buchhandlung. »Geht es um einen Mann? Machst du dir Gedanken über den … den Vater?«

»Meine Güte, kannst du damit vielleicht mal aufhören?« Das Piercing in Hilarys Nase wippte auf und ab, während sie redete.

»Ich finde es völlig in Ordnung, dass du dich nicht gleich wieder auf etwas Neues einlassen willst«, sagte Ellen, wobei ihr erst in diesem Moment einfiel, dass sie wahrscheinlich vom gestrigen Abend gar nichts wissen durfte.

»Wovon redest du?«

Sie schluckte. »Dad hat mir von dem Verkäufer in der Buchhandlung erzählt.«

»Ach so, das. Aber da war gar nichts. Ich hoffe, das hat er dir auch erzählt.«

»Eines Tages wirst du schon den Richtigen treffen«, sagte Ellen.

Hilary zuckte mit den Schultern und guckte schlecht gelaunt. Der Kassierer winkte sie zu sich, und Hilary legte die

Waren aufs Band. Wenn sie nur eine bessere Haltung hätte, sich ein wenig zurechtmachen und diesen schrecklichen Nasenring herausnehmen würde. Sie hatte so ein hübsches Gesicht und wirklich wunderschöne haselnussbraune Augen.

Der Kassierer zog einen Sack Kartoffeln zu sich heran. Er war ein gut aussehender junger Mann mit einem wirren braunen Haarschopf, dichten Brauen und dunklen Augen. Ellen hatte den Eindruck, dass Hilary den Blickkontakt mit ihm vermied, und fragte sich, ob er dem anderen, den sie gestern Abend in der Buchhandlung besucht hatte, ähnlich sah. Fand sie ihn attraktiv? Manchmal wirkte Hilary so verloren auf sie, als würde sie ziellos durchs Leben treiben und vergeblich nach Liebe suchen, wie so viele andere Menschen auch, während sie es der Welt gleichzeitig verübelte, dass genau das von ihr erwartet wurde.

Jake trat einen Schritt zurück, als sich die Wellen seinen Sandalen näherten. Er war mit seinem Vater jetzt schon eine Weile am Strand und unterhielt sich mit ihm über die Stadt, in der er aufgewachsen war und in der Joe und Ellen immer noch dasselbe kleine Haus in derselben kleinen Straße bewohnten wie früher. Die Immobilienpreise seien in der letzten Zeit immens gestiegen, und ein paar Straßen weiter sei eine ganz neue Siedlung aus dem Boden gestampft worden, palastähnliche Villen, in denen Kleinstfamilien wohnten, manchmal sogar Paare ganz ohne Kinder, erzählte sein Vater. »Vorne haben sie schmiedeeiserne Tore und kugelförmig gestutzte Büsche«, schimpfte er. »Ihre Autos sind riesige Kutschen. Überhaupt muss bei denen anscheinend alles riesig sein. Ihre Hunde, ihre Autos, selbst die Türen und Fenster ihrer Häuser. Deine Mutter und ich gehen dort manchmal spazieren, und dann stellen wir uns vor, was drinnen wohl vor sich geht.«

»Ich hoffe, ihr stört niemanden. Die Leute wollen ja auch ihre Privatsphäre.«

»Wir gehen doch bloß spazieren. Das ist kein Verbrechen.«

»Ja, aber trotzdem.« In Portland hatte Jake auch öfter irgendwelche Spaziergänger durch ihr Viertel streifen sehen, die vor jedem Haus, an dem sie vorbeikamen, lange Hälse machten. Schließlich hatte er zur Straßenseite hin eine hohe Hecke pflanzen lassen, damit er und Liz beim Frühstück und ihren täglichen Verrichtungen vor neugierigen Blicken geschützt waren.

Die Sonne glitzerte auf dem Wasser. Es war ein Tag wie aus dem Bilderbuch, und entsprechend viele Leute waren am Strand unterwegs. Eine erst kürzlich ein paar Häuser weiter eingezogene Familie saß am Wasser, und die Kinder waren dabei, einen kleinen Jungen im Sand einzugraben. Der Junge machte nicht den Eindruck, als fände er das besonders lustig. Im Gegenteil, er beschwerte sich sogar lautstark.

»Ich fand das immer ganz schrecklich, als ich klein war«, sagte Jake. »Daniel und Hilary haben mich doch auch immer eingegraben und dann stundenlang so liegen lassen, erinnerst du dich noch?«

»Stunden waren es nun nicht gerade. Und du weißt, dass wir niemals zugelassen hätten, dass dir etwas passiert.« Ein kleines Mädchen tanzte um den Kopf des Jungen herum, streute ihm Sand in die Haare und sang dazu ein Lied über irgendeinen Vogel. »Kinder machen so etwas, und man lässt sie machen«, meinte sein Vater und Jake wusste nicht, ob das ein Gebot war oder nur eine Feststellung.

Sie schlenderten weiter. Es versetzte Jake einen Stich, als er bemerkte, dass er seinem Vater inzwischen auf den Kopf sehen konnte – unter ein paar einzelnen Haarsträhnen schaute die Kopfhaut glänzend hervor. Er wandte den Blick ab, und plötzlich kam ihm ein Gedanke: Er würde den

Kasten mit seinen Fundstücken seinem Vater schenken. Er würde ihm sagen, wie tief ihn jeder einzelne Gegenstand berührt hätte und dass er die Sachen aufgehoben habe, weil sie andernfalls im Müll gelandet oder verrottet wären. Irgendwie erinnerte ihn der Kasten aus ungebeiztem Eichenholz in seiner Schlichtheit und Zweckmäßigkeit an seinen Vater. Er würde ihm sagen, dass er durch ihn gelernt habe, ein guter Mensch zu sein, diszipliniert zu arbeiten und seine Familie zu lieben.

Als sie wieder zu Hause waren, ging Jake den Kasten holen. Joe hatte sich zu Hilary und Ellen gesetzt, die im Wohnzimmer Limonade tranken. Jake beschloss, ihm sein Geschenk später, wenn sie allein waren, zu geben, weil er nicht wollte, dass die anderen etwas davon mitbekamen. Sie würden es merkwürdig und sentimental finden, dass er diese Dinge gesammelt hatte, und gar nicht begreifen, worum es ihm ging. Er und Liz hatten seinem Vater wie schon in den vergangenen Jahren einen Pullover und ein Hemd zum Geburtstag gekauft. Liz mochte zweckmäßige Geschenke, weil sie in einem Haushalt aufgewachsen war, in dem Minibuddhas und gehäkelte Betschals verschenkt worden waren. Er ging mit dem Kasten in den Keller, wo er eine Rolle Geschenkpapier und Klebestreifen gesehen hatte.

Als er wieder nach oben kam, schwelgte Hilary mit seinem Vater in Erinnerungen. Sie erzählte, wie er sie in den Autosalon mitgenommen und ihr erlaubt hatte, sich hinter das Steuer der teuersten Limousinen zu setzen. »Und da gab es doch auch immer Popcorn für die Kunden, weißt du noch? Ich verbinde Chevrolets heute noch mit dem Duft von geschmolzener Butter.«

Jake ging in die Küche und holte sich von dort einen Stuhl. Es wurde still im Raum, und er sagte: »Ach, ist das schön.«

»Mhm.« Seine Mutter nickte. »Meine ganze Familie vereint.«

»Fast«, sagte Hilary. »Hat jemand mit Dan gesprochen?«

»Als ich vorhin angerufen habe, sagte er, sie würden versuchen, nachher zu kommen«, sagte Ellen.

»Na ja, wenn sie es nicht schaffen, ist das auch nicht schlimm«, sagte Joe bestimmt. »Es reicht mir schon, dass ihr alle hier bei mir seid.«

»Ich weiß nicht. Irgendwie hoffe ich schon, dass sie noch kommen«, sagte Hilary, und Jake stimmte ihr zu.

Liz, Hilary und Ellen wirtschafteten in der Küche, und Jake stand unschlüssig hinter ihnen und fragte, wie er ihnen helfen könne – die Milchbrötchen aufschneiden? Das Fleisch schneiden? »Ruh dich einfach aus«, sagte seine Mutter und fragte dann plötzlich: »Sag mal, wenn du dich schon so dafür interessierst, etwas zu sammeln – hast du schon mal daran gedacht, Kunst zu sammeln?«

Hilary schob sich mit einer Salatschüssel in den Händen an ihm vorbei.

»Eigentlich nicht«, sagte er nervös, weil er befürchtete, sie würde das Thema jetzt vertiefen wollen. Warum hatte er überhaupt mit ihr darüber geredet? Wahrscheinlich weil er schon den ganzen Tag ziemlich nachdenklich war. Sogar noch grüblerischer als sonst.

»Solltest du aber. Ich könnte dir Tipps geben.«

»Kunst ist nicht so mein Ding, Mom, das weißt du doch.« Liz stieß ihn auf dem Weg zum Herd mit dem Ellbogen beiseite. »Mir sind Bilder von Sonnenuntergängen und Wäldern immer noch am liebsten. Die wirklich teuren Sachen kann ich gar nicht beurteilen. Und ehrlich gesagt interessieren sie mich auch nicht so sehr.« Er warf seiner Frau einen Blick zu. Merkte sie, dass er trotz seines beruflichen Erfolgs immer noch derselbe bodenständige Typ geblieben war?

Ellen ging achselzuckend zum Kühlschrank, und weil Jake das Gefühl hatte, ihnen nur im Weg zu sein, ließ er sie in der Küche allein. Sein Vater hatte sich auf die Terrasse gesetzt und las dort eine Zeitschrift. Jake ging schnell den Kasten holen. Sein Vater sah nicht auf, als er wieder auf die Terrasse trat. Der Strand war nun menschenleer, wahrscheinlich waren alle zum Mittagessen nach Hause gegangen. Nur ein Schwarm Möwen umkreiste den zertretenen Sandhügel, unter dem der kleine Junge begraben gewesen war. Jake fragte sich, ob die Familie Essensreste oder Spielzeug zurückgelassen hatte, und dachte daran, hinunterzugehen und nachzusehen. Vielleicht würde er einen zweiten Kasten mit Fundstücken anlegen, den er eines Tages seinen Kindern schenken könnte. Eigentlich konnte er gleich zwei besorgen, einen für jedes Kind.

»Ich spüre mich, wenn ich ganz still sitze«, sagte sein Vater.

»Hm?«

»Selbst wenn ich gar nichts mache, spüre ich jeden einzelnen Knochen. Wenn es mal so weit ist, weißt du, dass du alt bist.«

»Du bist nicht so alt, Dad.« Jake drückte ihm rasch sein Geschenk in die Hand. »Hier. Von mir. Ein bisschen was Ungewöhnliches.« Er wartete stumm, während sein Vater mit leicht zittrigen Händen das Papier aufriss und sich den Kasten vor die Augen hielt.

»Eine schöne Kiste«, sagte er und schüttelte sie.

»Ja, genau. Finde ich auch«, sagte Jake.

Joe nahm jeden Gegenstand einzeln heraus – das verkratzte Hundehalsband, die fleckige Bibel, den Schnuller, das Foto des alten Paares – hielt ihn ins Licht und wendete ihn hin und her.

Jake wurde verlegen, weil die Sachen so alt und verdreckt aussahen. »Das sind alles Dinge, die ich gerettet habe«, sagte er. »Dinge, die ich im Lauf der Jahre gefunden habe.«

»Abfall?«

»Irgendwie wohl schon. Aber dann auch wieder nicht. Es sind Sachen, die Leute irgendwo verloren haben. Ich fand, dass sie nicht weggeworfen werden sollten. Ich sammle sie, seit ich ein Kind war.«

»Ach was, wirklich?« Sein Vater stellte sich den Kasten in den Schoß.

»Ich wollte dir dafür danken, dass du so ein guter Mensch bist, und dir zeigen, dass ich auch gut sein kann ... dass ich mir Gedanken mache ...«

»Das weiß ich doch«, sagte Joe.

»Ich stelle mir vor, dass hinter jedem dieser Gegenstände ein Mensch steht, ein ganzes Leben.« Laut ausgesprochen hörte es sich albern an, als Gedanke war es ihm ganz vernünftig erschienen. »Immer wenn ich etwas finde und es mit nach Hause nehme, habe ich das Gefühl, etwas Wichtiges aufzuheben.«

Joe nickte bedächtig. »Ein schöner Gedanke, hm?« Jake beobachtete, wie die Linien der Wellen auf den Strand zustrebten und dann im Sand zerflossen. Er fragte sich, ob sein Vater dasselbe sah wie er. Wie das Wasser vielfingrig auseinander lief und triefende, glänzende Algenhaufen zurückließ, die aussahen wie nasse, vergessene Kleidungsstücke.

»Verstehst du, weshalb ich dir den Kasten schenken wollte?«

Sein Vater nickte wieder und stand mit knacksenden Knien auf. »Ja.«

Jake sah ihn an. »Keiner weiß etwas von meiner Sammlung, noch nicht einmal Liz.«

»Ich werde ihnen nichts davon erzählen.« Joe streckte sich.

Jake hatte sich diesen Moment irgendwie anders vorgestellt. »Hältst du mich für verrückt, weil ich diese Sachen aufhebe?«

»Nein«, sagte Joe. Er betrachtete den Kasten in seinen Händen. »Ich habe gerade gedacht, dass wir uns ziemlich ähnlich sind. Als ich Babe damals am Straßenrand gefunden und in mein Hemd gewickelt habe und sie mit nach Hause genommen habe, war das für mich das schönste Gefühl der Welt.«

»Ich dachte immer, du hättest Babe in einer Zoohandlung gekauft.«

Joe lächelte, und in seinen Augen funkelte es. »Sag das bloß nicht deiner Mutter.«

»Mach ich nicht«, sagte Jake. »Wahrscheinlich sind wir beide ein bisschen verrückt.«

»Na ja, wir sind eine Familie«, sagte Joe, drückte Jakes Schulter und ging, den Kasten in der Armbeuge, ins Haus.

Hilary zog sich in ihr rosa Zimmer zurück, um sich eine Weile hinzulegen. Die Matratze, die ihr gestern zu weich und kurz erschienen war, fühlte sich jetzt perfekt an, und sie schloss die Augen.

Sie hörte, wie Liz Jake in der Küche anwies, den Tisch abzuräumen, ihr zwei Eier zu geben und nach der Rührschüssel zu suchen, worauf Jake gereizt zurückgab, er könne immer nur eins nach dem andern machen. Sie hörte auch, dass ihre Mutter im Nebenzimmer alle zwei Sekunden den Hörer vom Telefon nahm und wieder auflegte, weil es im Telefon neben ihrem Bett dann jedes Mal leise klickte. Irgendwann nahm sie den Hörer ab und lauschte hinein. Sie hörte es tuten, dann meldete sich ein Mann, dessen Stimme ihr vage bekannt vorkam. Ellen und der Mann fragten einander, wie sie ihr Wochenende verbracht hatten, und ihre Mutter erzählte von Daniel und Brenda, von Hilarys überraschender Schwangerschaft (»und über den Vater schweigt sie sich *eisern* aus«), von Jakes schönem Haus und dem schlechten Wetter. Zuletzt kam sie wieder auf Daniel und Brenda zurück und darauf, welche Schicksalsschläge Daniel zu ertragen hätte.

Hilary umkrallte den Hörer wie erstarrt. Als ihre Mutter fertig war, herrschte einen Moment lang Schweigen, bis der Mann schließlich sagte: »Das tut mir leid.« Mehr nicht. Ellen wiederholte noch einmal, wie unsäglich traurig sie das Schicksal ihres Sohnes mache, als hoffte sie, den Mann dazu zu bringen, doch noch etwas mehr zu sagen, irgendetwas. »Ich weiß einfach nicht, was ich zu ihm sagen soll. Was soll man seinem Sohn sagen, der all das durchgemacht hat?«, fragte sie, und der Mann erwiderte: »Ich wünschte, ich wüsste es. War es Oscar Wilde, der gesagt hat: ›Wo Leid ist, da ist geweihte Erde‹?«

»Aha, kann sein. Aber ich glaube nicht, dass das jetzt das Passende wäre«, sagte Ellen. Der Mann wechselte behutsam das Thema und erzählte von seinem Besuch bei seiner Tochter in San Francisco, von ihren Kindern, und was sie dort alles unternommen hätten. Hilary zerbrach sich den Kopf darüber, welche der Freunde ihrer Mutter Kinder hatten, die in San Francisco wohnten. Ellen hätte ihr doch bestimmt von ihnen erzählt und vorgeschlagen, sich zu treffen. Aber ihr fiel niemand ein. Er sprach vom MOMA, von den Gemälden von Matisse und Diebenkorn, von den hervorragenden Daguerreotypien, und Hilary konnte förmlich hören, wie die Gedanken ihrer Mutter wieder zu Brenda und Daniel zurückkehrten. Sie dachte daran, aufzulegen, fürchtete aber, sich durch das Klicken zu verraten, also blieb sie in der Leitung. Der Mann erwähnte irgendeine Verabredung, die sie für die kommende Woche getroffen hatten, ein Konzert im Gardner Museum, und anschließend vielleicht ein Abendessen, und schließlich verabschiedeten sie sich. »Du fehlst mir«, sagte ihre Mutter leise, worauf der Mann antwortete: »*À bientôt*, E.«

»Vermisst du mich denn?«

»Aber natürlich.«

»Ich meine, vermisst du mich als Menschen? Nicht die Zeit, die wir miteinander verbringen, oder die Sachen, die wir machen. Vermisst du *mich*?«

Er schien nachzudenken. »Ja?«, antwortete er zögernd. »Ist alles in Ordnung?«

»Natürlich«, sagte Ellen. »Ach, ich weiß auch nicht. Hier ist zurzeit eigentlich gar nichts in Ordnung. Hast du nicht gehört, was ich dir erzählt habe?«

»Was kann ich tun?«

»Du könntest mehr sagen. Du könntest mir sagen, dass alles gut wird, selbst wenn es nicht stimmt. Du könntest mich ein bisschen trösten.« Sie schwieg einen Moment. »Du könntest herkommen.«

»Das geht nicht. Du hast deine ganze Familie dort. Ich bin gerade erst zurückgekommen und ...«

»Ich weiß, ich weiß«, sagte sie leise.

»Mir ist nicht ganz klar, was du von mir möchtest.«

»Ich glaube, ich will nicht, dass du solche Sachen sagst. Ich möchte, das du etwas tust, irgendetwas, M. Ich würde dich gern etwas fragen: Was möchtest *du* von mir? Was empfindest du überhaupt für mich?«

Er schluckte hörbar. »Dankbarkeit. Tiefe Dankbarkeit, Wärme, Zuneigung und Liebe.«

Hilary hielt den Hörer weg und presste ihn sich dann gleich wieder ans Ohr, gerade rechtzeitig, um ihre Mutter sagen zu hören: »... noch?«

»Aber natürlich. Ich hätte diese letzten Monate ohne dich nicht überlebt. Du warst meine Rettungsleine, das weißt du. Ohne dich wäre ich verrückt geworden. Du fehlst mir, und ich will, dass du zurückkommst. Ich will, dass wir nächste Woche ins Gardner Museum gehen, und ich will dir etwas geben, was ich in Kalifornien für dich gekauft habe. So kitschig es klingt – ich brauche dich. Ich brauche dich, und ich liebe dich und ...«

»Ich muss auflegen.«

»E?«

Ein Mann, der nicht Hilarys Vater war, hatte einen Kosenamen für Ellen. Er liebte sie und hatte ihr einen Kosenamen gegeben. Der Mann mit dieser vage vertrauten und doch nicht erkennbaren Stimme, dieser völlig Fremde, wusste jetzt alles über die Ereignisse des Wochenendes. Ellen sagte noch einmal: »Ich muss jetzt Schluss machen. Ich rufe dich an, wenn wir wieder zu Hause sind«, und legte dann schnell auf. Hilary knallte den Hörer auf und sah sich im Zimmer um. Ihr wurde schwindelig – hatte sie sich das alles nur eingebildet? Vielleicht lag es an ihrer zunehmenden Erschöpfung und dem steigenden Hormonspiegel, dass sie sich Dinge einbildete. Womöglich war das ganze Wochenende nur eine Art Fata Morgana und sie würde in ihrer Wohnung in San Francisco aufwachen, Beatle würde am Fenster kratzen, und unten auf der Straße würden Krankenwagen mit heulender Sirene zum Krankenhaus rasen.

»Verdammt, was war das? Was ist hier los?«, sagte sie ins Leere hinein. Sie fuhr sich mit dem Zeigefinger in Kreisen über den Bauch und versuchte sich vorzustellen, dass darin, den Kopf an die Bauchwand geschmiegt, ein Baby kuschelte. Sie konnte es dort fühlen, es lag so, dass es ihr ins Gesicht sehen könnte. »Verheiratete Leute sind bloß unglücklich. Du kriegst vielleicht nie einen Vater, Kleines«, flüsterte Hilary. »Aber dann bin ich für dich vielleicht beides. Wie fändest du das? Wäre das okay?« Das Baby lag reglos unter ihren Händen.

Sie seufzte. Sie würde versuchen, irgendwo hinzuziehen, wo die Nachbarn füreinander da waren, eine echte Gemeinschaft bildeten. An einen Ort, der nicht so groß war wie San Francisco, überschaubarer, wo jeder jeden kannte und wo sie Hilfe bekommen würde, einfach nur, weil sie dort lebte. Sie schloss wieder die Augen und strich sich mit den Fingerkuppen sanft über den Bauch. Trotz allem, was dieses Wochenende schief gelaufen war, gefiel es ihr auf der Insel. Sie mochte das launische Wetter, die engen Straßen, die Geschichte der Insel, ihre Bewohner – die Taxifahrerin, der Kassierer im Supermarkt (sie konnte sich nicht erinnern, wann ihr zuletzt – oder überhaupt je – ein Kassierer zwinkernd empfohlen hatte, sie solle die Sonne genießen, man wisse ja nie, wann sie das nächste Mal scheinen würde). Sie wirkten so unschuldig und bodenständig. Hilary dachte an den Mann, der ihr mit dem Gepäck geholfen hatte, und an die süße alte Taxifahrerin. Man hatte das Gefühl, als würden sie schon seit Tausenden von Jahren hier leben. Sie dachte an Alex. Vielleicht, so überlegte sie, wären Jake und Liz bereit, ihr das Sommerhaus zu vermieten, bis sie etwas Eigenes gefunden hatte. Dann dachte sie an das Mädchen aus der Buchhandlung, an Alex' chaotische Wohnung, seine aufdringliche Hündin. Aber viel schlimmer und wahrscheinlich auf Dauer auch problematischer fand sie etwas anderes, was ihr an ihm aufgefallen war. Wenn sie ihm etwas erzählt hatte, hatte er manchmal so gewirkt, als wäre er in Gedanken plötzlich ganz woanders, als würde er ständig Fluchtpläne hegen. Aber sie zog ja schließlich nicht seinetwegen hierher. Im Gegenteil. Wer würde schon wegen eines Menschen, mit dem man gerade mal einen Nachmittag verbracht hatte, irgendwo hinziehen?

Außerdem gehört die Insel nicht ihm. Bei ihren Zukunftsplanungen durfte er einfach keine Rolle spielen. Wenn sie das Gefühl hatte, die Insel war der richtige Ort, um sich niederzulassen, dann war das eben so. Sie konnte sich Arbeit in einem der Geschäfte oder in einem der Restaurants unten im Ort suchen. Sie hatte oft genug als Bedienung gearbeitet. Hilary lächelte erleichtert. Endlich hatte sie wieder einen Plan. Erst dann fiel ihr wieder das merkwürdige Telefongespräch ihrer Mutter ein und dass sie sich gleich alle an einem Tisch versammeln würden, um den fünfundsiebzigsten Geburtstag ihres Vaters zu feiern.

Hilary stand in der Küche und sah zu, wie Liz einen dampfenden Schokoladenkuchen aus dem Ofen holte. Ellen saß am Küchentisch und blätterte in der Zeitung.

»Warst du in letzter Zeit mal im Gardner Museum?«, fragte Hilary. Sie konnte es sich nicht verkneifen. Ihre Mutter sah überrascht auf.

»Ja. Wenn du wieder bei uns wohnst, können wir gern mal zusammen hingehen.«

»Ach, weißt du, ehrlich gesagt …«, begann Hilary, beendete den Satz jedoch nicht. Ihre neuen Zukunftspläne würde sie erst nach dem Essen bekannt geben. Sie wollte vor dem Geburtstagsessen keine Diskussionen provozieren, und ihre Mutter würde von ihrer Idee, auf der Insel zu bleiben, vermutlich nicht so angetan sein. Jake sowieso nicht. *Was hast du denn hier für Möglichkeiten?*, würden sie fragen. *Wie willst du hier einen Mann finden? Wieso musst du eigentlich alle fünf Minuten deine Meinung ändern? Entscheide dich für etwas und dann bleib dabei.*

»Ehrlich gesagt, was?« Liz drehte sich um.

»Nichts«, sagte Hilary. »War nicht so wichtig.«

Während ihre Mutter still einen Artikel in der Zeitung las, ihr Vater im Wohnzimmer döste und ihr Bruder sich irgendwo anders zu schaffen machte, auf der Terrasse vielleicht, half Hilary Liz, die Glasur für den Kuchen anzurühren, und genoss die Ruhe, die auf einmal im Haus herrschte. Es hätte so viel gesagt werden können – so viele Befürchtungen geäußert, so viele Vorwürfe gemacht werden –, aber niemand sagte etwas, und dafür war sie dankbar. Ihre Mutter faltete im Weiterlesen die Zeitung, und Hilary hörte, wie sich ihr Vater auf dem Sofa herumdrehte. Nichts änderte sich. Nichts passierte. Selbst Jake ließ sie in Ruhe.

Hilary hatte für ihren Vater drei Fotorahmen mitgebracht. Im ersten steckte ein Bild, das sie an ihrem siebten Geburtstag mit ihm zusammen zeigte (sie standen vor einem Eiswagen auf Cape Cod, und er hielt sie an der Hand), im zweiten eines von ihnen beiden, das vor ein paar Jahren bei der Beerdigung ihrer Großmutter aufgenommen worden war (Hilary hatte ihm gerade von ihrem neuen Job bei der Versicherung erzählt, und er schaute skeptisch, als sei er sich nicht sicher, ob es das Richtige für sie war), und der dritte Rahmen war im Moment noch leer. In ein paar Monaten würde sie ihrem Vater ein Bild schenken, das sie und ihn zusammen mit dem Baby zeigen würde. Vergangenheit, Gegenwart und Zukunft, alles fein säuberlich für ihn gerahmt. Sie hatte ursprünglich überlegt, ihm Bilder der gesamten Familie zu schenken, aber ihre Mutter hatte das Haus ohnehin mit Familienfotos gefüllt. Ihr Vater besaß kein Foto, das nur sie und ihn zeigte, und überhaupt keines aus der letzten Zeit. Sie hatte jeden Rahmen einzeln eingepackt. Jetzt lagen sie auf ihrem Bett im rosa Zimmer, und bevor sie ihr Geschenk holen ging, fragte sie Liz, wo sie den Gabentisch aufbauen sollten.

Der Kuchen war glasiert, der Braten fast fertig. Niemand wusste, ob Daniel zum Essen kommen würde, aber anscheinend waren alle ganz froh, das Thema einstweilen ruhen zu lassen.

»Gleich hast du es geschafft«, sagte Hilary und setzte sich zu Joe auf die Couch. *Ellen hatte mit ziemlicher Sicherheit eine Affäre*, aber diesen Gedanken verdrängte Hilary. »Du bist doch um halb zwei geboren worden, oder?« Sie erinnerte sich, vor vielen Jahren einmal auf dem Schreibtisch ihres Vaters die Geburtsurkunden ihrer Eltern gefunden zu haben.

»Ich würde gern für immer vierundsiebzig bleiben.«

»Hört, hört«, sagte sie. Sie nahm einen Kuli vom Tisch und hielt ihn sich wie ein Mikrofon vor den Mund. »Haben Sie noch so etwas wie einen letzten Ratschlag? Gedanken, Eindrücke, Hoffnungen, Wünsche?«

»Bedauere«, sagte er. »Oder doch. Mir fällt etwas ein, was du mal zu mir gesagt hast, als du ungefähr acht warst. Du warst von zu Hause weggelaufen, und deine Mutter hat mich in den Wald geschickt, um dich zu suchen. Als ich dich gefunden hatte, hocktest du auf einer Eiche. Du warst ganz bis nach oben geklettert, und ich stand unten und fragte mich, wie um alles in der Welt ich dich da herunterbekommen sollte. Erst habe ich versucht, dich zu überreden herunterzusteigen, dann bin ich auf den Baum gestiegen, aber du hast zu mir gesagt: ›Geh weg! Lass mich einfach hier sitzen, irgendwann muss ich ja sowieso runterkommen. Du kannst mir nicht immer bei allem helfen.‹ Erinnerst du dich daran?«

Hilary versuchte es, hatte aber keine Erinnerung an diese Szene.

Sie war so oft in den Wald gerannt, dass sie sich an die einzelnen Male nur verschwommen erinnerte. »Das habe ich wirklich gesagt?«

»Hmm.« Er nickte. »Das war ein guter Rat. Vielleicht merkst du ihn dir für dein Kind.«

Hilary nickte. Aber wenn sie so darüber nachdachte, hatte sie das Gefühl, dass ihr Vater ihr im Laufe ihres Lebens schon sehr oft geholfen hatte. Er hatte sich jahrelang ihre Klagen über die Schule, ihre Mutter und Jake angehört, er hatte ein paar Mal das merkwürdige Verhalten ihres Bruders für sie enträtselt, und wenn sie Geld gebraucht hatte, hatte er ihr heimlich so viel geschickt, wie er erübrigen konnte. Sie dachte an die zehn oder zwanzig Geburtstage, die noch vor ihm lagen, die schlimmen Tage, die noch kommen und nur die Vergänglichkeit der Zeit markieren würden. Sie griff nach seiner Hand und drückte sie fest.

»Noch trete ich nicht ab«, sagte er, als würde er spüren, was ihr durch den Kopf ging.

Liz hatte silbernes Geschenkband gekauft, das sie um blaue Seidenservietten binden wollte, und holte jetzt zwei Margeritensträuße von der Terrasse herein – wo und wann hatte sie die schon wieder besorgt?, dachte Hilary und stand auf, um ihr zu helfen. Als Liz wieder ins Wohnzimmer zurückkam, drückte sie Hilary ein Tütchen winziger Sternchen aus Silberfolie in die Hand und bat sie, den Tisch damit zu dekorieren. »Ich weiß, ich übertreibe«, lachte Liz, aber Hilary sagte: »Ach was, das ist doch schön.« Und das war es auch. Hilary war froh, dass jemand den wirklichen Anlass des Tages – nämlich ihren Vater – wieder in den Vordergrund rückte. Sie streute die Sternchen auf das weiße Tischtuch. Zwischen ihren Fingern fühlten sie sich an wie Sandkörnchen, und sie glitzerten im Sonnenlicht. Liz schlang das silberne Geschenkband um die Servietten, legte sie in gleichmäßigem Abstand nebeneinander und ging dann in die Küche, um die gekühlten Gläser aus dem Gefrierfach zu holen.

In den kommenden Jahren, wenn die drei Kinder auf der Welt waren, würden sie noch viele Geburtstagsfeste feiern. Hilary dachte an Daniel und Brenda, die irgendwo auf dieser Insel in einem Krankenhaus saßen, und dann an den Tag, an dem sie Daniel zum ersten Mal nach seinem Unfall im Krankenhaus gesehen hatte, die Beine leblos unter der dünnen Decke. Sie konzentrierte sich wieder auf den Tisch und auf die hunderte von Silbersternchen und stellte sich vor, wie sie den ersten Geburtstag ihres Kindes hier auf der Insel feiern würde, mit lauter neuen Freunden, vielleicht sogar mit Alex – vielleicht aber auch nicht. Wahrscheinlich eher nicht. Sie musste ihn ein für alle Mal aus ihren Gedanken streichen.

Liz legte eine CD von Hank Williams auf, der zu Joes Lieblingssängern gehörte, und fragte Hilary, ob sie Durst habe. In der Küche an die Arbeitsplatte gelehnt, tranken sie Limonade, und Hilary fragte Liz, ob sie es sich vorstellen könne, das ganze Jahr über auf der Insel zu leben, wie viele Familien hier eigentlich wohnten und wie die hiesigen Schulen waren. Liz sah sie schräg von der Seite an und fragte, worauf sie eigentlich hinauswolle, und als Hilary ihr ihren neuesten Plan anvertraute, klatschte sie in die Hände und sagte, das sei die beste Idee, die sie seit Jahren gehört habe. »Du könntest als unsere Verwalterin hier im Haus wohnen«, sagte sie glücklich. »Und wenn das mit dem Kerl aus der Buchhandlung etwas Ernstes wird, kann er gleich mit hier einziehen.«

»Liz.«

»Ja?«

»Er hat nichts mit meinen Plänen zu tun.«

»Okay«, sagte Liz.

»Ich kenne ihn seit zwei Tagen.«

»Okay, okay«, sagte Liz. »Ich verspreche dir, dass ich ihn nicht mehr erwähne.«

»Gott sei Dank.«

»Aber versprich du mir auch etwas. Wenn doch mehr daraus wird, erzählst du es mir, ja?«

»Was fasziniert dich daran eigentlich so?«, fragte Hilary.

»Was könnte faszinierender sein, als Sex zwischen zwei Menschen, die sich kaum kennen? Was ist faszinierender als pure körperliche Anziehungskraft?«

Aus Liz' Worten klang eine unangenehme Mischung aus Voreingenommenheit, Sensationslust und etwas anderem, über das Hilary am liebsten nicht näher nachdenken wollte. Sie bereute es, ihr überhaupt etwas erzählt zu haben. »Da kann ich mir einiges vorstellen«, sagte sie schließlich.

Hilary bemerkte, wie ihre Mutter ihren Vater am Arm berührte (sie schauspielerte, ganz klar, sie belog sie alle), als er seinen Platz am Kopfende der Tafel einnahm. Da saß nun also der größte Teil einer Familie versammelt, um den fünfundsiebzigsten Geburtstag des Vaters zu begehen. Es war halb fünf, eigentlich zu früh fürs Abendessen, und Hilary fühlte sich zwischen den zwei Paaren, dieser Gruppe, die immer weiter wuchs, plötzlich sehr fremd.

9. Gregory Peacock fliegt

Daniel und Brenda warteten in ihrem Zimmer auf Dr. Waller, der ihnen die Entlassungspapiere geben und sich verabschieden wollte. Am Vormittag hatte Brenda sich entschieden, doch noch mit zu Jake zu fahren, um Joes Geburtstag zu feiern. Irgendwann musste sie die Familie ohnehin wieder sehen, und jetzt waren sie schon mal hier und hatten auch ein Geschenk für Joe. Sie hatte sich überreden lassen, ein paar Stunden dort zu bleiben und anschließend nach Hause zu fahren. Jetzt saß sie am Fußende des Bettes und blätterte in Broschüren über Fehl- und Totgeburten, und Daniel sah aus dem Fenster auf den wolkenlosen Himmel. Er horchte auf das Rauschen des Ozeans, der nicht weit sein konnte, weil die Insel so klein war, hörte aber nichts.

Er wünschte sich, hier in der Klinik auf der Insel bleiben zu können. Nicht etwa, weil er es in der Klinik besonders schön gefunden hätte und auch nicht auf der Insel, von der er, wenn man von dem Urlaub in seiner Kindheit absah, praktisch nichts gesehen hatte. Aber er sehnte sich plötzlich danach, Brenda und seine Familie um sich zu haben, und zwar an einem Ort, der vom Rest der Welt abgekoppelt war. Er und Brenda hatten oft davon geträumt, eines Tages auf einer Insel zu leben. In ihren Flitterwochen waren sie nach Athen geflogen und danach über Rhodos nach Lipsi gesegelt, eine winzige Dodekanes-Insel, die näher an der Türkei lag als an Griechenland, und ihnen von einer von Brendas Freundinnen empfohlen worden war, die sagte, dort könnten sie ganz für sich sein. Zum Kummer ihrer Eltern hatten sie in New York nur standesamtlich geheiratet. Sie hatten weder Geld noch Lust gehabt, eine Riesenhochzeit zu feiern, und wollten ihr Geld lieber für schöne Flitterwochen verwenden. Lipsi erhob sich hügelig und leuchtend grün, überstrahlt vom endlosen Azurblau des Himmels. Die Farben hatten ihn später in seinen Arbeiten zu ganz neuen Farbtönen inspiriert. Sie wohnten im obersten Stock des einzigen Hotels auf der Insel, lagen an den Nachmittagen faul im Bett und suchten auf ihren Körpern nach Malen, die sie noch nicht kannten – Daniel fand ein winziges fächerförmiges Muttermal unter Brendas linkem Busen, und sie entdeckte eine verblasste alte Narbe an der linken Seite eines seiner Fußgelenke. Sie liebten sich im Bett und auf dem Boden und in der Dusche, wo er Brenda, wie er sich jetzt erinnerte, hochhob, gegen die kühlen blauen Kacheln presste und die Weichheit im Inneren ihres Körpers erspürte, ihren absoluten Mittelpunkt, so empfand er es. Danach fielen sie in tiefen Schlummer, und wenn sie erwachten, liebten sie sich wieder. Sie waren die einzigen Gäste im Hotel, das von einer untersetzen alten Frau mit weichem weißem Flaum um den Mund geführt wurde. Ihre Wirtin saß den ganzen Tag am Hafen und unterhielt sich lautstark mit den Fischern, die ihre Netze flickten. Nach drei Tagen kannten alle Einheimischen sie als das jung verheiratete Paar. Ein Mann klopfte an ihrer Tür und überreichte ihnen mit einer Verbeugung einen Orchideenstrauß und eine Flasche Ouzo. Ein anderer setzte sich beim Frühstück zu ihnen an den Tisch und erzählte in gebrochenem Englisch von seinem Rekord als bester Taucher der Insel. Brenda war bezaubert. Daniel anfangs auch, doch bald ging ihm der Mangel an Privatsphäre auf die Nerven, die fremden Leute, die ständig auf sie zukamen und lächelnd auf ihre Herzen deuteten. Der abgerissene Alte mit den struppigen Augenbrauen, der vor ihnen auf die Knie fiel und ein – wie Daniel vermutete – Liebeslied sang.

»Wo bleibt Dr. Waller denn?«, fragte Brenda jetzt und legte die Broschüren aufs Bett.

»Soll ich ihn suchen gehen?«

»Nein, geben wir ihm noch ein paar Minuten.« Sie griff wieder nach einer der Broschüren.

Irgendwann würde dieses Wochenende zu einem Teil ihrer beider Vergangenheit werden, einem fernen Wendepunkt, nur dass er noch nicht wusste, in welche Richtung es weiterging. Brenda erholte sich schnell von Rückschlägen, von kleinen wie von großen, das lag in ihrem Naturell. Aber bei ihm war das anders. Die Tragik verfolgte ihn – er merkte, dass er sie nicht abschütteln konnte. Sie formte seine Stimmungen, verbitterte ihn in seiner Grundhaltung, blieb ihm ins Gedächtnis gestanzt. Er würde sich noch Jahre später an Details ihres Aufenthalts in der Klinik erinnern: an den Anblick der beiden Margeriten auf dem gebohnerten Linoleum, Dr. Wallers Angewohnheit, an seinem Schnurrbart zu zupfen, die einäugige Lumpenpuppe im Warteraum. Er würde sich immer daran erinnern, wie es sich angefühlt hatte, in einem schmalen Bett neben seiner Frau zu liegen, die gerade ihr Baby verloren hatte, und an den stechenden Schmerz der Wunde vom Ohrring in seinem Handballen.

Er könnte versuchen, sich nicht nur an die schweren Zeiten zu erinnern. Er könnte sich an die Sonntage erinnern, an denen sie bis zum Abend im Bett gelegen hatten, die Abendessen mit ihren Freunden in Brooklyn, an ihre vielen gemeinsamen Reisen. »Was hat dir in Lipsi am besten gefallen?«, könnte er sie jetzt fragen, um sie auf andere Gedanken zu bringen. »Woran erinnerst du dich am deutlichsten?« Plötzlich überkam ihn das Bedürfnis, ihr zu sagen, dass er von nun an ein besserer Ehemann sein würde, weil er endlich verstanden hatte, dass er im Kern immer noch der Mensch war, der er immer gewesen war. Der Unfall hatte nichts daran geändert, wer er war, nur wie er funktionierte.

Aber dann sah er sie in ihrem Umstandskleid aus blauem Leinen auf der Bettkante sitzen, die Hände ineinander gelegt, den Blick auf die Füße geheftet, und dachte, dass diese Worte zu zurechtgelegt klangen, um glaubhaft zu sein, und viel zu spät kamen, um für sie überhaupt noch von Bedeutung zu sein. Was sollte er auch sagen? »Ich habe mich gebessert«? Das würde keine Gefühle wieder aufleben lassen. Im Gegenteil würde es mit Sicherheit alles noch schlimmer machen.

Endlich erschien Dr. Waller, einen Stift an den Lippen, in der Tür. »Sie müssen sich jetzt schonen. Treiben Sie eine Weile erst mal keinen Sport, und heben Sie nichts Schweres«, sagte er zu Brenda. Er nannte ihr ein Schmerzmittel, das sie nehmen sollte, und empfahl ihr, sich auszuruhen. Sie solle drei Monate abwarten, bevor sie einen nächsten Versuch startete, wieder schwanger zu werden. Mit einem engen BH könne sie der Milchproduktion in ihren Brüsten entgegenwirken, kalte Brustwickel würden den Schmerz lindern. Sie solle Binden verwenden, keine Tampons. Daniel stellte sich vor, wie er in Gedanken eine Checkliste abhakte. »Ist sonst noch etwas?«, sagte Dr. Waller abschließend und antwortete auf Brendas Frage, die Asche könne sie am Eingang zur Säuglingsstation abholen. Eine Schwester würde sie ihnen übergeben.

Sie saßen auf der Rückbank eines Taxis, den schweren Kunststoffzylinder mit der Asche im Koffer. Die Übergabe der Urne vor der Säuglingsstation war demonstrativ nüchtern vonstattengegangen, und Brenda hatte sie bereits im Koffer zwischen ihren Kleidern verstaut, bevor ihm etwas Besseres eingefallen war.

Er hatte seinen Eltern und Geschwistern nicht hundertprozentig zugesagt, dass sie zum Geburtstagsessen seines Vaters kommen würden, falls es Brenda lieber gewesen wäre, nicht hinzugehen. Als sie von der Klinik abfuhren, entschied er, dass dies sein Geschenk für seinen Vater sein würde: ihre Anwesenheit. *Brendas* Anwesenheit. Sie hatten Joe zwar auch zwei Reiseführer über Europa besorgt, aber dass sie jetzt zu seinem Geburtstag kamen, würde ihr wahres Geschenk an ihn sein. Sie hatten sich vorher nicht telefonisch angemeldet und würden alle überraschen, indem sie einfach mit dem Taxi hinfuhren.

Die Bremsen quietschten, als sie um eine Ecke bogen. »Bist du ganz sicher, dass du zu Jake willst? Das ist jetzt unsere letzte Chance, noch umzukehren«, sagte Daniel zu Brenda, die antwortete: »Wir bleiben ganz kurz, dann haben wir es hinter uns und können nach Hause fahren.«

Sie hatte sich nie richtig für seine Eltern und Geschwister erwärmen können. Sie brauchte sie nicht, hatte ihre eigene Familie und empfand sie wohl eher als eine Art Verpflichtung.

Daniel sah aus dem Wagenfenster. Sonnenlicht sickerte durch das Laub der hohen Eichen und Ahornbäume am Straßenrand, und kurz darauf fuhren sie durch eine kleine Einkaufsstraße. Die Insel huschte an ihm vorüber, und er nahm all das wahr, was er vor zwei Tagen nicht gesehen hatte: ein Café, in dem mehrere Frauen in weiten, bunten Kleidern zusammensaßen und sich unterhielten; eine Buchhandlung namens *Books and Beans*, vor der Bistrotischchen auf dem Gehsteig standen. Ein Restaurant, das *The Mermaid's Table* hieß, eine kleine Eisdiele, typische Touristenläden. Die Straße führte zur Küste hinunter, und zu ihrer Linken lag der Ozean in unzähligen Blauschattierungen. Dicht über dem Wasser flogen Möwen, und der Kiesstrand war verwaist.

Jakes Haus war für ein Sommerhaus relativ groß, aber dennoch schlicht; es war mit blassgrauen Schindeln verkleidet, und die Haustür war in einem dezenten Blau gestrichen. Vor dem Haus blühten Rosensträucher, und an den Streifen auf dem Rasen war zu erkennen, dass er offenbar kürzlich erst gemäht worden war. Daniel staunte immer noch darüber, dass sein jüngerer Bruder – der als Kind bei jeder Gelegenheit losgeheult hatte und dem immer alles missglückt war, im Sport, bei Freundschaften und bei allen Mädchen, in die er sich verliebte – jetzt sogar zwei Häuser besaß und eine so nette Frau wie Liz geheiratet hatte. Er hätte gern gewusst, was Liz von ihrem plötzlichen Wohlstand hielt. Kam sie gut damit zurecht, oder fand sie es manchmal gewöhnungsbedürftig, sich plötzlich so viel leisten zu können, nachdem sie ein Leben lang mit wenig hatte auskommen müssen? Ihre Eltern waren ziemlich komische Käuze, und sie war in einer schäbigen Bruchbude irgendwo in Oregon aufgewachsen, erinnerte er sich. Oder war es eine Kommune gewesen?

Sie bezahlten den Taxifahrer, der ihnen half, den Rollstuhl und das Gepäck auszuladen. Daniel legte sich den kleinen Koffer auf den Schoß und fuhr über den spitzen Kies hinter Brenda her auf die Haustür zu. Jake hatte ihm aus mehreren langen Brettern eine Rollstuhlrampe gebaut. Er tat wirklich alles, um Daniel das Leben zu erleichtern. Brenda dagegen drehte sich nicht einmal um, um zu schauen, ob er Probleme mit dem Koffer hatte oder mit dem Rollstuhl gut über den Kies kam.

Als er sie eingeholt hatte, trat sie bereits ungeduldig von einem Bein aufs andere und wartete darauf, dass ihnen jemand aufmachte. Er versuchte sich vorzustellen, was sie jetzt verspürte – Widerwillen, weil sie gleich zwei schwangeren Frauen gegenübertreten musste? Vielleicht hatte sie Bauchschmerzen und ihre Brüste spannten. Er wollte sie gerade fragen, ob alles in Ordnung sei, als Liz ihnen auch schon die Tür öffnete. Daniel freute sich und war sogar ein bisschen erleichtert, als er ihr sommersprossiges Gesicht sah, ihre leicht schief stehenden Zähne und ihr breites Lächeln. Sie empfing sie überschwänglich mit Umarmungen, Lächeln, besorgten Fragen und fröhlichem Geplauder. Ellen drückte Daniel kurz die Schulter und fuhr ihm mit der Hand durchs Haar.

»Möchtet ihr etwas trinken, oder habt ihr Hunger?« Jake kam auf sie zugestürzt. »Oder wollt ihr euch vor dem Essen noch ein Weilchen ausruhen? Soll ich euch das Haus zeigen, aber nein, ihr seid sicher erschöpft …«, bis Daniel ihn schließlich unterbrach. »Immer mit der Ruhe, Jake.«

»Wir haben uns gerade zum Essen an den Tisch gesetzt«, sagte Ellen und ging zu Joe. Er stand in einiger Entfernung neben Hilary, deren schwangerer Bauch doppelt so dick war wie Brendas noch vor kurzem. Seine Schwester war so groß und wirkte so gesund. Erst jetzt merkte Daniel, wie sehr sie ihm im letzten Jahr gefehlt hatte. Sie ging immer so aus sich heraus und zeigte alles von sich – ein Mensch, der nichts verbarg. Sie blätterte in einer Zeitschrift, als wolle sie nicht den Eindruck erwecken, sie sehnsüchtig erwartet zu haben, als hätte sie keine Lust, sich an dem familiären Wirbel zu beteiligen, und als wüsste sie ohnehin nicht, was sie zu ihm oder Brenda sagen sollte. »Hallo, Larry«, begrüßte Daniel sie. »Du siehst aus wie ein anderer Mensch.«

Sie nickte ihm zu. »Hey, Danielle.« Sie hatten sich in Gegenwart der anderen nie so genannt – vor Urzeiten hatten sie einen Pakt geschlossen, die Namen geheim zu halten –, aber das kümmerte Daniel im Moment nicht. Er konnte nicht anders. Sie kam auf ihn zu und drückte ihm einen Kuss auf die Wange und küsste dann auch Brenda, die ihr höflich lächelnd das Gesicht hinhielt. Sie verwandelte sich in Brenda mit den tadellosen Manieren, die eiserne Brenda, die keine Gefühlsregung zeigte.

Liz trat hinter Daniel und schob ihn in das völlig überdesignte, geradezu aufdringlich homogen gestylte Innere des Hauses auf einen mit glitzernden Silbersternchen geschmückten Esstisch zu, auf dem bereits für sie gedeckt war. Er sah zu Brenda hinüber, die zwischen Liz und Hilary so jung, zurückhaltend und winzig wirkte, als könne sie jeden Moment zusammenschrumpfen und sich in Nichts auflösen. Sie blickte starr auf ihren Teller. »Möchtest du Limonade trinken?«, fragte er sie, und ihr »Nein« kam schnell und fast tonlos.

Einen Moment lang sagte niemand etwas, und Daniel horchte wieder auf das Rauschen des Ozeans. Da war es endlich, all das Wasser, das sie hier umgab. Er fragte sich, ob Brenda es auch hörte, und wollte sie gerade danach fragen, als Jake sagte, er bestehe darauf, dass sie etwas trinken *müsse*.

Nachdem alle endlich da waren, konnte Ellen sich entspannen. Sie schnitt ein Stück Fleisch ab, das in der Mitte noch ganz rot war, und kaute lustvoll. Ihre Arterien würden verklumpen, aber was machte das schon? Das war jetzt nicht der Moment, sich zu disziplinieren.

MacNeil liebte sie nicht. Er liebte ihre Fürsorge und ihr Mitgefühl, er liebte die Aufmerksamkeit, die sie ihm schenkte, und die Dinge, die sie für ihn tat, und das war – zumindest in seinen Augen – eine Form von Liebe. Aber liebte er *sie*, sie als Person? Tja. Da hatte sie sich ihm einmal in ihrer Traurigkeit offenbart, und ihm war dazu nur Oscar Wilde eingefallen. Und dann hatte er über das MOMA geredet und über die Ausflüge, die er mit seiner Tochter und ihren Kindern unternommen hatte, wie groß seine Enkelinnen geworden waren und in was für einer malerischen Umgebung sie lebten (»am Pazifik. Wirklich *direkt* am Pazifik«), als würde er mit der Mutter dieser Kinder reden. Kein Mensch interessiert sich so sehr für deine Kinder wie du als deren Mutter – das war eine Lektion, die Ellen früh gelernt hatte – er eindeutig nicht, oder aber – und das war wahrscheinlicher – es war ihm egal. Sie trank einen großen Schluck Limonade. In der letzten Zeit hatte er immer häufiger von seinen Kindern gesprochen. »Ich glaube, ich hätte sie gern in der Nähe«, hatte er vor kurzem gesagt, und sie hatte schon befürchtet, er würde ernsthaft mit dem Gedanken spielen, an die Westküste zu ziehen, doch dann hatte er gesagt: »Ich will sie einfach wieder hier um mich haben. Hast du dich eigentlich jemals gefragt, warum Hilary so weit weggezogen ist?«

»Nein«, hatte sie geantwortet. Sie hatten bei ihm zu Hause im Esszimmer gesessen, bei Backgammon und Pinot Noir. »Wir wissen ja, wie sie ist, da hat es uns nicht gewundert, dass sie zum Studieren weggezogen ist«, und dabei war ihr deutlich bewusst gewesen, dass sich das Wörtchen »wir« in diesem Moment wie ein Fremdkörper ins Gespräch schlich.

»Ich nehme es persönlich. Sie sind an der Ostküste aufgewachsen. Wir haben diese Gegend geliebt, Vera hat sie geliebt. Wir hatten nie den Wunsch, woanders zu leben.«

»Heutzutage ziehen doch alle weg. Das sollte man nicht persönlich nehmen.« Sie umschloss die Würfel mit der Hand und schüttelte sie.

»Wir hören uns so alt an.«

»Wir sind alt.« Sie lächelte ihn an und würfelte. »Es ist schon in Ordnung, dass sie weg sind.«

»Ja?«

»Ja«, sagte sie, obwohl sie wusste, dass es für ihn nicht in Ordnung war, vor allem jetzt, da Vera nicht mehr lebte. Doch an diesem Tag hatte Ellen nicht mit ihm trauern wollen. Sie hatte gewollt, dass bloß sie und er im Zimmer waren, Ellen und MacNeil. »Leben sie denn gern dort?«

»Ja«, sagte er.

»Na dann.« Sie sah auf das Spielbrett. Sie hatte die Partie gewonnen.

»Auch wenn es egoistisch ist, ich hätte sie nun mal gern bei mir.« Er erhob sich von der Couch, um ins Bad zu gehen. Die Stille dauerte eine gefühlte Stunde. Voller Sorge, sie habe zu viel gesagt, sei womöglich selbst diejenige, die zu egoistisch war, wartete Ellen, bis er dann zurückkam, etwas von Bach auflegte und ihr einen Bildband von Klee zeigte, den er gerade gekauft hatte. Lauter Bilder, die für sie so aussahen, als hätte eine Katze mit ihren Krallen Leinwände voll knalliger Farben und dicht gedrängter geometrischer Formen zerkratzt. Sie hatte nicht gewusst, dass er etwas für Klee übrig hatte. MacNeil hatte ihr die Bedeutung des Namens im Deutschen erklärt, und sie hatte sich gefragt, welche Reaktion er von ihr erwartete. Sie hatte einfach »Oh« gesagt und leicht irritiert weiter im Buch geblättert. Sie fühlte sich durch diese Bilder ausgeschlossen. Als wüssten sie etwas und existierten in einer Welt, die nicht die ihre war. »Daniel liebt Klee«, sagte sie. »Er hätte ein richtiger Künstler werden können.«

»Er ist ein richtiger Künstler«, sagte MacNeil.

»Gewissermaßen.«

»Ich bin mir sicher, dass er sich als richtigen Künstler sieht.«

»Da hast du recht.« Sie nickte. »Er ist unglaublich talentiert. Er konnte schon als Kind so gut zeichnen. Er war auf dem Spielplatz ein Rabauke und nicht besonders gut in der Schule, aber wenn man ihm Wachsmalkreiden und Farben gab, war er ein Engel.« Und jetzt verbrachte er sein Leben im Rollstuhl.

MacNeil schien in die Betrachtung eines Bildes mit Kurven und Linien vor einem blassblauen Hintergrund versunken, und Ellen fragte sich, was das Bild wohl für eine Bedeutung hatte, ob es ihm und Vera etwas bedeutet hatte. Der Bildband lag wuchtig in seinen Händen – ein solches Buch war ein echter Luxus. Es sollte genügen, sich Kunst in einem Museum anzusehen. Wozu musste man ein Buch besitzen, das – wie Ellen fassungslos festgestellt hatte – fünfundsiebzig Dollar gekostet hatte?

Außerhalb seiner Trauer liebte er sie nicht. Und vielleicht liebte sie ihn auch nicht.

»Jetzt stoßen wir aber mal an.« Joe hob sein Wasserglas, und alle wandten sich ihm zu. »Auf mich«, sagte er. »Und auf euch, weil ihr es dieses Wochenende hierher geschafft habt.«

»Auf unsere immer größer werdende Familie«, sagte Jake, und Liz ließ klirrend ihre Gabel fallen. Alle zuckten zusammen, und Jake wurde rot. Er trank einen großen Schluck Wein.

»Schon in Ordnung«, sagte Brenda, den Blick starr auf den Teller gerichtet. Ellen fiel nichts ein, was sie sagen könnte, um den Augenblick schneller verstreichen zu lassen.

»Das ist mir herausgerutscht«, entschuldigte sich Jake. Er trank den Rest des Weines und füllte sich das Glas neu.

Brenda presste sich beide Hände seitlich so fest ans Gesicht, dass es ihre Mundpartie vorschob.

»Möchtest du dich vielleicht hinlegen, Liebes?«, fragte Ellen, aber Brenda murmelte: »Bitte beachtet mich einfach nicht. Wirklich, es geht mir gut.« Ihr britischer Akzent schien stärker als sonst.

»Aber ja, okay«, sagte Ellen und blickte auf ihren Teller hinunter; das Essen darauf sah plötzlich schrecklich unappetitlich aus.

»Sag uns, was dir jetzt gut tun würde, Bren«, sagte Jake. »Möchtest du vielleicht ein bisschen allein sein? Der Weg zum Strand hinunter ist sehr schön.« Hilary warf ihm einen gereizten Blick zu. Brenda starrte immer noch auf ihren Teller, und Jake redete zwanghaft weiter. »Ich kann mir vorstellen, wie entsetzlich das für dich gewesen sein muss. Bestimmt ist es sehr schmerzhaft für dich, jetzt hier zu sitzen«, sagte er. Er hielt sich für so unglaublich einfühlsam und meinte immer so genau zu wissen, was für jeden in der Familie das Beste war, weil er sich so hingebungsvoll mit seinen eigenen Bedürfnissen beschäftigte. Inwieweit hatten sie und Joe, fragte sich Ellen, dieses Verhalten gefördert?

»Vielleicht kann ich später darüber sprechen, aber jetzt bin ich noch nicht so weit. Es tut mir leid.«

Zum Glück begann Joe von irgendeinem Buch zu erzählen, das er gerade las, und Liz ging sofort lebhaft darauf ein. Während die beiden sich unterhielten, widmete sich der Rest der Familie stumm dem Essen. Und als das Thema erschöpfend behandelt war, kam Schweigen auf.

»Ich bleibe übrigens hier auf der Insel«, verkündete Hilary auf einmal. »Ich ziehe nicht zu dir und Dad nach Hause.« Sechs Augenpaare waren auf sie gerichtet. »Liz hat gesagt, dass ich hier wohnen kann, bis ich etwas Eigenes finde.«

»Das hat sie gesagt?« Jakes Lippen waren an den Rändern blau vom Wein.

»Habe ich«, sagte Liz und schnitt seelenruhig ihr Fleisch.

Ellen starrte ihre Tochter an, die jetzt heftig die Finger aneinander rieb. Vielleicht würde sie es irgendwann schaffen, Funken zu schlagen. Vielleicht würde sie das Haus in Brand setzen, und sie würden alle in Rauch aufgehen.

»Ach so, na dann«, sagte Joe.

»Das ist alles, was du dazu sagen kannst«, schnaubte Jake. »Ach so, na dann?« Er wandte sich an Hilary. »Hast du dich mal gefragt, wovon du leben willst? Wie willst du dich hier ganz allein um das Kind kümmern? Wer soll dir helfen? Kannst du dir das überhaupt leisten? Und weißt du, wie die Winter hier sind? Hast du dir darüber schon mal irgendwelche Gedanken gemacht?«

»Dass du so reagieren würdest, war ja klar«, sagte Hilary, an deren Kinn ein Kartoffelrest klebte. »Ich hätte es dir gar nicht erzählen sollen. Ich hätte mein verdammtes Maul halten sollen und erst darüber reden sollen, wenn ich hier alles organisiert hätte.«

Ellen musste sich zusammenreißen, um sich nicht vorzubeugen und ihrer Tochter das Gesicht abzuwischen. »Schsch! Bitte«, zischte sie. Ihre Schläfen pochten. »Weiß dieser Mann von deinen Plänen, Hilary? Weiß seine Frau davon?«

Brenda hob den Kopf und tauschte mit Daniel Blicke. Joe sah auf seinen Teller.

»Von wem redest du eigentlich?«, blaffte Hilary.

Jetzt war es heraus – was hatte es für einen Sinn, noch um den heißen Brei herumzureden? »Vom Vater deines Kindes, Herrgott.«

»Er hat keine Frau, Mom.«

»Warum erzählst du uns dann nichts von ihm? Ich bin davon ausgegangen, ich meine, ich dachte …«

»Weil ich nicht weiß, *wer* es ist, okay? Und *er* weiß nichts, weil es da *zwei* Männer gab, und *beide* könnten es sein, und das Ganze ist bloß passiert, weil ich eine verantwortungslose Schlampe bin, so.«

Ellen lief es kalt über den Rücken. Hatten die anderen das gewusst? Hatte Joe es gewusst und vor ihr geheim gehalten, weil er geglaubt hatte, sie würde nicht damit fertig werden? Und war die Antwort, die sie bekommen hatte, nun besser oder schlimmer als ihre Vermutungen?

»Schon okay, Hil«, sagte Daniel. «Du bist deshalb kein schlechter Mensch.«

Liz beugte sich zu Hilary und legte eine Hand auf ihre Schulter.

Zwei Männer. Ellen sah ihre Tochter an, deren Gesicht und Hals sich rot färbten, während sie in einem Zug ein halbes Glas Limonade austrank. Als sie fertig war, setzte sie das Glas hart auf dem Tisch auf.

Die anderen unterhielten sich plötzlich angeregt über das Essen und den Wein.

Schließlich zwang sich Ellen zu sagen: »Du hast dir also überlegt, eine Weile hier zu leben?«

»Sie ist dann ja nicht so weit von euch weg und auch näher bei uns«, sagte Liz aufmunternd, worauf Ellen automatisch antwortete: »Aber hier ist sie ganz allein.«

»Und genau das ist das wahre Problem, stimmt's, Mom? Weil du dir nämlich nicht vorstellen kannst, dass irgendein Mensch – erst recht keine Mutter – allein leben kann. Du erträgst Einsamkeit nämlich nicht, und mit Dad fühlst du dich einsam, weil du denkst, dass er dich nicht genug beachtet, was er übrigens durchaus tut, aber weil du es nicht merkst, gehst du nächste Woche mit einem anderen Mann ins Gardner Museum.« Ihr Gesicht lief wieder rot an. Ellen stemmte rechts und links von ihrem Gedeck beide Hände auf die Tischplatte. Joe sah Hilary an. Liz starrte finster auf ihren Teller. Daniel füllte die Backen mit Luft, als würde er gleich in eine Trompete blasen.

»Es tut mir für dich leid, Dad«, sagte Hilary mit lauter Stimme, einer Stimme, die parteiisch war und egoistisch und voller Wut. Endlich fiel ihr das Kartoffelstückchen vom Kinn. »Es tut mir wirklich leid.«

Während Ellen sich erhob und ihre um sie versammelte Familie ansah, erfüllte sie eine tiefe Empörung. »Ich bin nächste Woche mit MacNeil Burgess verabredet, und wir werden ins Gardner Museum gehen«, sagte sie, als würde sie dem Takt eines Metronoms folgen. »Er ist mit uns befreundet, und Vera war viele Jahre meine gute Freundin und sie ist kürzlich gestorben.«

Hilary starrte sie voller Zorn an und wartete darauf, dass sie weiterredete. Joe blickte ausdruckslos. Er kannte sie nicht. Keiner aus ihrer Familie kannte sie, und es machte sie wütend, wie wenig sie von ihrer Seele wussten – diesem Teil von ihr, dem sie so lange keine Beachtung geschenkt hatte – und von den tiefen Gefühlen, nach denen sie sich sehnte, und es machte sie wütend, wie wenig sie sich dafür interessierten. Denn sie, sie kannte sie alle in- und auswendig. Sie hatte sie von Geburt an gekannt, hatte sie weinen sehen und wusste, was sie tröstete, was sie am liebsten aßen, anschauten, rochen und hörten, und später dann, was sie zum Lachen brachte, zum Schaudern, zum Einschlafen. Und Joe – wie gut Ellen ihn kannte: Sie wusste, wie er seinen Tee trank, dass er jeden Morgen um Viertel nach sechs Uhr aufwachte und noch eine Viertelstunde döste, dass er bestimmte Tiere liebte, weil sie so ruhig waren, und Kinder wegen ihrer angeborenen Lebenslust und Neugier. Er liebte sie, weil sie seine Frau war, weil sie an seiner Seite war und es den größten Teil ihres Lebens gewesen war, jeden Morgen und jeden Abend. Weil es zum Leben dazugehörte, jemanden zu lieben, und weil man seine Frau liebte, und das genügte ihm als Grund. Sie kannte ihn als alten Mann und hatte ihn als jungen Ehemann und jungen Vater gekannt, als Geschäftsführer eines Autosalons. Obwohl es da natürlich auch noch einen anderen Joe gab, an den sie sich kaum erinnerte, den Joe, mit dem alles begonnen hatte, den jungen Mann, den sie nach der Blinddarmoperation kennengelernt hatte. Es berührte sie schmerzlich, keine klare Erinnerung an den Tag ihrer ersten Begegnung mehr zu haben. Daran wie sehr sie sich zu ihm hingezogen gefühlt hatte, an die riesigen Erwartungen – nicht einmal an das Gefühl konnte sie sich erinnern. Im Laufe der Zeit waren Teile dieses Tages immer mehr verblasst, bis sie gar nicht mehr zu existieren schienen. Sie waren vollständig aus ihrem Gedächtnis verschwunden. Sie vermisste das erregende Gefühl der Ungewissheit dieses Tages und der vielen anderen Tage danach, das Gefühl, dass die Zeit eine riesige Galaxie war, die man nicht durchqueren konnte, die keine andere Seite hatte.

»Ich weiß natürlich, dass eure Mutter und MacNeil befreundet sind«, erklärte Joe ruhig. Ellen hielt die Serviette in der einen Hand, die Gabel in der anderen und spürte, wie ihre Knie leicht zitterten. Die Gesichter am Tisch entspannten sich. »Vera war immerhin ihre gute Freundin. Und ich weiß, wie viel ihr das Gardner Museum bedeutet.«

»Euer Vater weiß, dass MacNeil um seine Frau trauert und sich an seine Freunde gewandt hat, um Trost zu bekommen«, ergänzte Ellen und fragte sich gleichzeitig, wie viel Joe tatsächlich wusste? Was gab es überhaupt zu wissen? Dies waren die Fakten: Sie half einem Freund über den Tod seiner Frau hinweg. Sie trauerte selbst um eine liebe Freundin. Und daraus konnte man im Grunde genommen überhaupt nichts folgern.

Brenda ließ wie ein kleines Mädchen den Kopf hängen. Ellen spürte, wie sich alles um sie herum zu drehen begann, ihr wurde plötzlich ganz leicht, und sie musste sich an der Lehne des Stuhls abstützen. Vera war tot. Ihr eigenes ungeborenes Enkelkind war gestorben. Ihr Sohn saß als gebrochener Mann im Rollstuhl. Ihre Tochter würde ihr Leben alleine verbringen. Ihre Stirn wurde heiß. Sie spürte Jakes Hand auf ihrem Arm und Hilarys Hand an ihrer Hüfte, die sie sanft zur Seite und dann nach unten drückte. Ellen ließ sich langsam auf den Stuhl zurücksinken und landete mit einem leisen *Plumps*.

Jake atmete aus. Er hatte den Eindruck, seit Stunden den Atem angehalten zu haben. Sein Gesicht glühte, als er nach seinem Weinglas griff. Was war da in seiner Familie plötzlich explodiert? Wie kam Hilary auf so einen Unsinn? Ihre Mutter und ein anderer Mann – das war lächerlich. Sie war eine alte Frau, die bald Großmutter wurde. Und sie liebte seinen Vater. Natürlich war sie auch mit anderen Männern befreundet. Natürlich stritten die beiden miteinander und lebten manchmal aneinander vorbei, aber welches verheiratete Paar tat das nicht? Hilary hatte einfach keine Ahnung, wie langjährige Beziehungen funktionierten. Sie rannte vor Konflikten davon und war zu dickköpfig, um an Problemen zu arbeiten oder sie auszusitzen. Man musste sie sich doch nur ansehen. Emotional war sie im Laufe der Jahre kein bisschen reifer geworden. Und jetzt wurde sie bald Mutter, und Liz hatte ihr angeboten, in ihrem Haus zu wohnen, ohne ihn vorher zu fragen. Hilary brauste sorglos über die Buckelpiste des Lebens und fand immer jemanden, der ihr weiterhalf.

»Weißt du, Hil, ich gehe nicht so gern ins Gardner Museum«, sagte Joe plötzlich. »Für meinen Geschmack ist es dort ein wenig zu verstaubt und zu still. Deine Mutter weiß, dass mir die ganzen Treppen zu viel sind.«

Ellen nickte lächelnd, und Jake spürte, dass seine Eltern eine stillschweigende Übereinkunft getroffen hatten. Er leerte sein Glas und schenkte sich Wein nach. »Du bist an einem verschneiten Wintertag mal mit uns ins Museum of Fine Arts gefahren, Mom«, sagte er. »Erinnerst du dich? Wir haben das Auto aus dem Schnee gegraben und sind auf der eisglatten Straße in die Stadt gefahren. Ich habe Todesängste ausgestanden – wir haben uns ein paar Mal im Kreis gedreht und einmal sogar die Leitplanke gestreift. Außer uns und den Wärtern war kein Mensch im Museum, und du hast zu uns gesagt, wir sollen uns vorstellen, dort zu wohnen. Ich glaube, du hast gesagt, wir wären Prinzen und du wärst die Königin. Daniels Schlafzimmer war das mit den Van-Gogh-Skizzen, stimmt's? Und meines war der Saal mit den alten Statuen.«

»Das habe ich gesagt?«, sagte Ellen erstaunt. »Wie originell von mir.«

»Ich kann mich daran nicht erinnern«, sagte Hilary, und Jake sagte: »Vielleicht war das vor deiner Geburt. Dan, kannst du dich denn erinnern?«

Daniel antwortete nicht, und Jake war sich nicht sicher, ob er die Frage überhaupt gehört hatte. Seit seiner Ankunft hatte er kaum ein Wort gesprochen. Seine Haare waren ungekämmt, und er sah aus, als hätte er seit Tagen nicht richtig geschlafen, was vermutlich auch der Fall war. Jake wurde flau im Magen, wenn er ihn nur ansah.

»Ich erinnere mich an diesen Wintertag«, sagte Joe. »Ich bin zu Hause geblieben und habe gearbeitet, weiß aber noch gut, dass ihr alle ganz aufgeregt nach Hause kamt, als wärt ihr in einem anderen Land gewesen.«

Liz stand auf und ging mit der Fleischplatte um den Tisch, um jedem, der wollte, noch ein Stück Braten aufzulegen. Sie lächelte Jake zu, und er verspürte Dankbarkeit. Hätten sie sich früher kennengelernt, in der Schule zum Beispiel, hätte sie sich nicht in ihn verliebt, dachte er. Vor etwa einem Jahr hatte er auf dem Speicher, wo er nach einem Gartenschlauch gesucht hatte, ihre alten Skizzenbücher gefunden. Das erste, das er geöffnet hatte, enthielt kindliche Zeichnungen von Erwachsenen, unter die sie die Namen ihrer Eltern und anderer Leute, die er nicht kannte, geschrieben hatte. Die Linien waren krakelig, die Farben absurd, die Augen schielten, und die Ohren standen ab wie Flügel. Er erkannte ihren typischen Humor wieder, für sie sahen Menschen wie Karikaturen aus. Und schon als Kind war sie so methodisch vorgegangen wie heute – jede Seite war gewissenhaft datiert. Ihre Selbstporträts von damals waren zum Verlieben: Riesenkopf, Augen, die praktisch übereinander saßen, eine lächerlich lange Nase, dicke Lippen, winzige Hände, und das alles klebte an einem eiförmigen Körper. Er blätterte sich durch die Bilder, die sie mit sechs, sieben und acht gezeichnet hatte, und betrachtete ihre Freundinnen, ihre Eltern, die an ihren idiotischen Wasserpfeifen saugten. Er blätterte sich durch ihre Jugend, Bilder von Jungen, die schon weniger comicartig aussahen und mehr Details aufwiesen. Im Dämmerlicht des Speichers blieb sein Blick an der Zeichnung eines blauäugigen, engelhaft aussehenden blonden Jungen namens Gregory Peacock hängen. Er war viel lebensechter gezeichnet als die anderen; schon mit elf hatte sie bemerkenswertes Talent gehabt. Als Jake genauer hinsah, bemerkte er schwache Bleistiftlinien unter dem Filzstift, schnurgerade, wie mit dem Lineal gezogen. Gregory Peacock tauchte auf mehreren Seiten zusammen mit Liz' Eltern auf, neben Tieren, unter einem Baum, und einmal flog er mit flatterndem Cape durch die Luft – dies war Jakes Lieblingszeichnung. Gregory war zweifellos Liz' erste Liebe gewesen, ihr frühestes, reinstes Begehren. Er sah sich die Zeichnungen des Jungen eingehend an und stellte dann fest, dass die nachfolgenden Seiten bis zu der schwarzen Fotopappe am Ende des Buches leer waren. Mit dem Bild des fliegenden Gregory Peacock vom 14. Dezember 1973 hatte sie aufgehört. Sie war elf Jahre alt gewesen. Jake legte das Tagebuch beiseite und griff nach dem nächsten, das sie am 21. April 1980 begonnen hatte, also mit achtzehn. Nach dem Tagebuch, das die fehlenden sieben Jahre dokumentierte, suchte er vergeblich. Sie hatte sieben Jahre ausgelassen. Und vom 21. April 1980 an hatten sich die Zeichnungen völlig verändert. Sie waren weniger verspielt und zeugten von einem kritischen Blick. Die Striche waren kantiger, der Ausdruck auf den Gesichtern ernster. Liz' Eltern tauchten überhaupt nicht mehr auf, und die Jungen waren größer und schlanker. Keiner lächelte oder bewegte sich, geschweige denn, dass er flog. Jake betrachtete Bilder einer molligeren Liz, die sich hinter langen glatten Haaren versteckte, immer mit gefalteten Händen. Neben ihr standen junge bärtige Männer – warum versteckte sich in diesem Alter eigentlich jeder hinter Haaren? Sie waren schwarz angezogen und blickten unglücklich drein – übertrieben waren nur ihre beleidigten Münder, ihre sorgenvoll gerunzelte Stirn und ihr zynisches Grinsen. Jake hätte die Bilder der fehlenden Jahre zu gern gesehen, weil er das Gefühl hatte, durch sie würde er etwas Entscheidendes über Liz erfahren. Später dann tauchte er selbst in den Zeichnungen auf, als großer, magerer junger Mann mit breitem

Lächeln. Er hatte diese Bilder nie gesehen. Liz hatte ihm spätere Skizzen gezeigt, aber diese nie, und als er die freier fließenden Linien betrachtete, die Lebendigkeit der Finger, Zehen, Lippen und Augen, fand er, dass er im Vergleich zu den kantig gezeichneten, finster blickenden Typen etwas zu bieten hatte. Mehr Leichtigkeit. Allerdings nicht so viel Leichtigkeit wie Gregory Peacock. Die Zeichnungen von ihm waren auch nicht so schön, so liebevoll und so vollendet wie die Bilder des perfekten blonden Jungen. Liz hatte Jakes Brille gezeichnet, seine riesigen braunen Augen dahinter und seinen breiten Mund. Sein Lächeln lag breit wie eine Scheibe Wassermelone auf seinem Gesicht. Wie aus einem Comic, dachte er. Fast albern. Bald zeichnete sie sich an seiner Seite, die Haare kürzer und voller, und auch auf ihrem Gesicht lag ein Wassermelonenlächeln. Wie zwei Kinder aus einem Zeichentrickfilm sahen sie aus, fast wie Bruder und Schwester lächelten sie arglos zu ihm hinauf und hatten keine Ahnung, was vor ihnen lag. Die Zeichnungen hatten nichts von der Sorgfalt ihrer früheren Bilder, keine Spur von ausradierten Bleistiftstrichen. Er hatte Liz nie erzählt, dass er ihre Skizzenbücher gefunden hatte, und war sich auch nicht sicher, ob er hören wollte, was sie vielleicht dazu zu sagen gehabt hätte.

Scheiß auf Gregory Peacock, murmelte er jetzt in sich hinein. Er seufzte. Er war angetrunken und auf dem besten Wege, betrunken zu werden. »Ich werde betrunken«, sagte er, obwohl er den Eindruck hatte, dass niemand es mitbekam.

Hilarys Gabel kratzte auf dem Teller. Na gut, es war kein Weltuntergang, wenn sie hier im Haus wohnte, er hoffte bloß, sie setzte es nicht versehentlich in Brand. Er konnte sie seinen Bekannten hier vorstellen, den Geschäftsleuten im Ort und den Besitzern der anderen Sommerhäuser. Vielleicht fand sich sogar ein Job für sie. Das würde sie freuen – und sie wäre ihm dankbar, weil er ihn ihr vermittelt hatte. Sie müsste ihm dankbar sein. Er konnte ihr helfen, hier auf der Insel eine Existenz aufzubauen, und sie wäre immerhin wieder an der Ostküste und nicht am anderen Ende des Landes. Und sie würde nicht wieder zu seinen Eltern zurückziehen, was, wie Liz ihm gesagt hatte, wohl der ursprüngliche Plan gewesen war. Das wäre nur ein Rückfall in ihre Jugend gewesen, so war es wenigstens ein Neuanfang.

Ellen wirkte abwesend – wahrscheinlich dachte sie immer noch an das Museum.

»Es hat riesigen, riesigen Spaß gemacht, so zu tun, als würden wir in dem Museum wohnen«, sagte Jake, der bemerkte, dass er zu lallen begann. »Irgendwie war es auch ein bisschen traurig, als wir wieder in unsere kleine Einfahrt einbogen.«

»Sei froh, dass wir überhaupt eine Einfahrt hatten«, sagte sein Vater. Das war sein ständiger Refrain gewesen, besonders als sie jünger gewesen waren und er sich mit seiner Mutter oft vorgestellt hatte, was für großartige Dinge sie sich kaufen würden, wenn sie eine Million Dollar hätten.

»Natürlich, Dad.« Jake fühlte sich schrecklich. »Tut mir leid. Ich bin bloß ein bisschen betrunken.«

»Wenn ich das Geld gehabt hätte, um euch das Gardner Museum zu kaufen, hätte ich es getan.« Es klang fast so, als würde er sich über sie lustig machen.

Jake fragte sich, was sein Vater wohl empfunden hatte, als er sie zum ersten Mal in Portland besucht und das schmiedeeiserne Tor, die lange, von einer Hecke gesäumte Einfahrt und die gemähte Rasenfläche vor dem Haus gesehen hatte. Am Morgen ihres ersten Besuchs war Jake so in das Gespräch mit seiner Mutter vertieft gewesen, dass er auf Joe gar nicht so sehr geachtet hatte. Jetzt meinte er sich zu erinnern, dass er ständig am Ärmel seines Pullis genestelt und sich nach allen Seiten umgesehen hatte, als wäre er gerade auf dem Mond gelandet. Jake füllte sein Weinglas und nahm einen tiefen Schluck. War sein Vater denn gar nicht stolz auf ihn?

Hilary merkte, dass sie außerhalb des familiären Kontextes nicht viel über ihren Vater oder ihre Mutter wusste. Letztlich wusste sie über niemanden etwas, nur das, was sie zu wissen glaubte. Durch ihre Vorwürfe schienen ihre Eltern nur enger zusammenzurücken. Was für absurde Gedanken sich ihre Mutter zum Vater ihres Kindes gemacht hatte – ein verheirateter Mann! Na ja, es hätte schlimmer sein können. Und was stellte sie sich jetzt vor, nach ihrem Geständnis? Dass die beiden in Frage kommenden Männer Brüder wären oder Kriminelle, die sie bei einem Besuch in San Quentin geschwängert hatten? Ellen saß erschöpft da, überwältigt. Sie schien im Laufe des Abendessens grauer geworden zu sein, ihre Lider hingen welk herab. Hilary warf einen Blick auf die Uhr an der Wand. Es war erst halb sieben. Konnte man innerhalb von gerade mal zwei Stunden sichtbar altern? Jetzt bereute sie es, die Sache überhaupt angesprochen zu haben. Sie nahm sich vor, ihre Mutter später zu Seite zu nehmen, sich dafür zu entschuldigen, dass sie an ihr gezweifelt hatte, ihr zu versprechen, oft zu Besuch zu kommen, und sie zu fragen, ob sie ihr daheim das Gästezimmer herrichten könnten.

Aber sie würde ihr auch sagen, dass sie den Ton in ihrer Stimme und die Heimlichtuerei zwischen ihr und MacNeil trotzdem nicht verstand und auch nicht, weshalb sie über Liebe gesprochen hatten. Wieso hatte ihre Mutter ihm von diesem Wochenende erzählen müssen? War er wirklich nur ein guter Freund, und wenn ja, machte es das besser? Hilary kam der Gedanke, dass manche Freundschaften wahrscheinlich länger hielten und tiefer waren als viele Ehen.

Eigentlich hatten alle vorgehabt, am Sonntagabend nach dem Geburtstagsessen abzureisen. Ellen hatte am Montag vormittag einen Zahnarzttermin und Jake eine Besprechung mit seinen Geschäftspartnern in Portland. Aber angesichts der Ereignisse des Wochenendes entschieden sie, eine weitere Nacht zu bleiben. Der Arzttermin und die Besprechung konnten verschoben werden. Nur Brenda zögerte anfangs, aber am Ende erklärte sie sich damit einverstanden.

Weil alle vom Essen noch satt waren, wurde beschlossen, mit dem Geburtstagskuchen noch etwas zu warten. Sie deckten den Tisch ab und räumten die Küche auf, und Hilary ging rasch ins Wohnzimmer, um nachzusehen, ob noch Gläser oder schmutziges Geschirr auf dem Couchtisch standen. Jake war ihr hinterhergegangen und stieß mit ihr zusammen, als sie plötzlich stehen blieb. »Hoppla!«

»Pass doch auf«, murmelte sie und warf Daniel, der in der Nähe der Couch in der Ecke saß, einen kurzen Blick zu. Brenda saß in der gegenüberliegenden Ecke im Sessel. Hilary ging auf den Couchtisch zu. »Hey, Danielle.«

»Hey, Larry.«

Konnte eine Ehe so viel Traurigkeit aushalten? Ohne ihn anzusehen, fragte sie: »Und? An was für Projekten arbeitest du zur Zeit?«

Jake folgte ihr und ließ sich ganz ans Ende der Couch fallen.

»Schon gut«, sagte Daniel zu Hilary. »Du kannst ruhig danach fragen. Obwohl …« Er sah zu Brenda hinüber, die kurz nickte. Hilary hatte das Gefühl, dass Brenda sie mochte, irgendwie. Vielleicht, weil sie sich eher selbst schlecht machte, weil sie absolut keine Bedrohung darstellte und ihren großen Bruder Daniel auf eine unschuldige, kindliche Art vergötterte.

»Sicher, Bren?« Daniel sah besorgt aus.

»Immerhin ist es deine Familie. Natürlich möchte ich,

dass du mit ihnen darüber sprichst.« Sie redete, als wäre Hilary nicht da.

Joe kam ins Zimmer und ließ sich auf der Armlehne von Brendas Sessel nieder, und sie hörten sich Daniels Beschreibung vom Freitagabend an. Brenda erzählte von ihren schleichenden Ängsten und ihren Rückenschmerzen, von Vanessa (Hilary nahm sich vor, sie kennen zu lernen – sie schien interessant zu sein), von Freeman Corcoran und dem Regen, den Ärzten und der Operation und der alten Frau mit den Margeriten. Während sie erzählten, gingen Hilary mehrere mögliche Szenarien durch den Kopf. Sie könnte bei den beiden einziehen, dann würde es automatisch ihrer aller Kind werden. Oder sie überließ es ihnen, suchte sich eine Wohnung in der Nähe und verbrachte die meiste Zeit bei ihnen. Aber das waren eher Phantasien und kaum realisierbare, geschweige denn die Lösung für irgendjemandes Probleme.

»Dan konnte an nichts anderes mehr denken als an den Spender«, sagte Brenda leise. »Er hat sich richtig reingesteigert und sich ausgemalt, was er für ein Typ ist.«

»Wirklich?«, fragte Jake.

»Ich finde es einfach unglaublich, dass er nie erfahren wird, was passiert ist«, sagte Daniel.

»Vielleicht ja doch«, meinte Hilary. »Ob die in der Samenbank es ihm wohl sagen?«

»Nein, es sei denn, in der Autopsie würde festgestellt, dass es etwas mit seinem Sperma zu tun gehabt hat. Aber der Arzt hielt es für unwahrscheinlich, dass sie etwas finden«, sagte Daniel. Er dachte nach. »Vielleicht ist es besser für ihn, es nicht zu wissen. Wozu soll man ihn unnötig in Unruhe versetzen?«

»Habe ich gerade richtig gehört?«, fragte Brenda.

»Es ist wahrscheinlich wirklich besser so«, sagte Jake. »Ich meine, wollt ihr ihn da jetzt wirklich mit einbeziehen?«

Hilary sah Daniel an. »Wie hast du ihn dir denn vorgestellt? Was für einen Menschen hast du aus ihm gemacht?«

»Wir haben ihn Jonathan White genannt«, sagte Daniel zögernd, dann sah er Brenda an und schüttelte den Kopf. »Es ist albern, ich will gar nicht damit anfangen. Ich bin mir sicher, dass er ein netter Kerl ist.«

»Was glaubst du, was er für einen Beruf hat und wie er so ist?«, fragte Hilary. Ihr Bruder war einer der phantasievollsten Menschen, die sie kannte. »Ich wette, du hast dir das alles genau überlegt.«

»Weißt du was?«, sagte er nachdenklich. »Ich glaube nicht, dass ich darüber sprechen sollte.«

Joe sagte: »In einer Ehe gibt es immer Menschen, die kommen und gehen – eure Kinder, Freunde, Familienangehörige. Aber das ändert nichts an dem, was euch miteinander verbindet.« Normalerweise gehörte er nicht zu den Menschen, die anderen weise Ratschläge gaben, aber jetzt streckte er sich und fuhr fort: »Es ändert nichts an dem, was euch ganz am Anfang zusammengeführt hat, und an all den Jahren, die ihr gemeinsam durchlebt habt.«

Niemand rührte sich. Hilary sah Brenda an, die zum Fenster hinausschaute. Jake sah zu Daniel hinüber, als warte er auf eine zustimmende Geste.

»Du bist im Alter so sentimental geworden, Dad«, sagte Daniel schließlich.

»Kann sein.« Joe lächelte.

»Das gefällt mir nicht«, sagte Hilary. »Ich möchte nicht die letzte verbliebene Zynikerin der Familie sein.«

»Was ist mit mir?«, fragte Daniel. »Schließlich habe ich dir alles beigebracht, was ich weiß.«

Jake stöhnte. »Oh bitte, Dan, Hil ist schon als Zynikerin zur Welt gekommen. Du hattest nichts damit zu tun.«

»Ich weiß nicht. Ich stelle mir schon gern vor, dass ich einen gewissen Einfluss auf sie hatte«, sagte Daniel.

Hilary sah ihn an und verdrehte die Augen.

Jake murmelte etwas Unverständliches.

»Was hast du gesagt?«, fragte Daniel.

»Ich habe nur gesagt, dass ihr beide wirklich unerträglich sein könnt. Ihr benehmt euch, als gäbe es auf der Welt nur euch beide.«

»Was soll das heißen?«, fragte Hilary.

»Vielleicht denkt ihr mal dran, dass hier noch andere Leute im Raum sind?« Er deutete auf Brenda, die von einem zum anderen sah und wahrscheinlich sehnsüchtig an ihre eigene Familie dachte. Hilary wusste, dass sie zu ihrer Mutter ein besonders enges Verhältnis hatte – Daniel hatte ihr von den horrenden monatlichen Telefonrechnungen erzählt.

»Alles okay?«, fragte Daniel seine Frau, die kurz nickte. Er sah Jake an. »Ich sehe hier niemanden, der ein Problem hat.«

Jake presste die Lippen zusammen.

Ellen kam ins Zimmer, ging zur Couch und setzte sich neben Jake. Es war, als würden sie alle möglichst dicht bei Daniel sitzen wollen.

»Ach, vergiss es«, schnappte Jake.

»Was soll er vergessen?«, erkundigte sich Ellen.

»Jake denkt mal wieder, alle hätten es auf ihn abgesehen«, sagte Hilary. Diese dämliche Unterhaltung hatten sie schon zu oft in verschiedenen Varianten geführt. Immer hatte Jake versucht, ihre Beziehung zu Daniel zu sabotieren, indem er ihm »schlimme« Sachen gepetzt hatte, die sie getan hatte (Jakes Spielzeug geklaut, heimlich Daniels Schlittschuhe benutzt und später Alkohol getrunken, geraucht, gekifft, zu viel Sex gehabt). Und ihr hatte er gesagt, sie solle Daniel nicht immer wie ein kleines Hündchen hinterherlaufen, sie würde ihn damit nur nerven. Aber es ging nicht nur um sie beide. Er hatte auch nicht ertragen, dass Daniel so viele Freunde gehabt hatte und Hilary so viele Beziehungen. Es ging um all die Freundschaften und Vertraulichkeiten, von denen er sich ausgeschlossen gefühlt hatte.

»Ach, lasst mal gut sein.« Jake lachte. »Ich dachte doch nur, dass es ganz nett wäre, Brenda in dieses Gespräch mit einzubeziehen oder Dad, der ja immerhin heute Geburtstag hat.«

»Mir geht es gut, Jake«, sagte Brenda

»Ja, okay«, sagte Jake. »Aber das wusste ich ja nicht.«

»Du wolltest bloß rücksichtsvoll sein«, sagte Joe. Er war unerträglich diplomatisch.

»Das hat nichts mit Rücksicht zu tun«, sagte Hilary, »sondern mit Unsicherheit.«

»Hilary«, zischte Ellen.

»Weißt du was, Hil?«, sagte Jake. »Ich glaube, ich möchte nicht, dass du in unserem Haus bleibst, wenn wir fahren. Ehrlich gesagt möchte ich gar nicht, dass du auf dieser Insel wohnst.«

»Prima. Damit habe ich gar kein Problem«, sagte Hilary.

»Ach komm, Jake«, sagte Liz.

»Du zeigst nie auch nur ein Fünkchen Dankbarkeit, wenn man etwas für dich tut«, sagte Jake. »Aber alle sollen sich um dich kümmern und dich unterstützen, egal was für idiotische Entscheidungen du triffst. Und sie tun es sogar! Die ganze Familie findet es toll, dass du schwanger bist. Es ist ja so toll, dass da draußen ein Mann herumläuft, der noch nicht einmal weiß, dass er Vater wird. Aber wahrscheinlich verstehe ich es ja bloß nicht, und wahrscheinlich verstehe ich auch nicht, wieso ihr alle so selbstverständlich davon ausgeht, dass man es versteht.«

Hilary wurde blass. »Soll ich dir mal was sagen? Ich bin dankbar. Ich bin sogar enorm dankbar, wenn man mir Respekt entgegenbringt und mich wie eine Erwachsene behandelt, die ich – so leid es mir tut, dir das sagen zu müssen – nun mal auch bin.«

»Ach, wirklich? Mir bist du nämlich nie wie eine vorgekommen.«

»Jake, hör auf«, sagte Daniel.

»Du Arschloch«, sagte Hilary zu Jake.

»Hilary«, sagte Joe.

»Du unsicheres, borniertes Arschloch«, wiederholte sie.

»HILARY«, wetterte Joe.

Sie stand auf, rannte über den Flur in ihr Zimmer und schmetterte die Tür zu, so fest sie konnte. Sie bückte sich nach ihren am Boden liegenden Kleidern und begann sie in ihre Reisetasche zu stopfen, die auf dem Sessel stand. Kurz darauf hörte sie ein zaghaftes Klopfen an der Tür, dann ein etwas lauteres. »Ich bin es«, sagte ihr Vater, und sie ließ ihn widerstrebend herein.

»Was machst du da?«, fragte er mit Blick auf ihre Tasche. »Du kannst jetzt nicht gehen.«

»Ich glaube aber, dass das besser wäre.«

»Hil. Leg die Bluse hin, und bleib mal eine Sekunde lang ruhig.«

Sie zerknüllte die Bluse in der Hand, hielt aber inne. Ihr ganzer Körper schien zu beben.

»Jake hält dich nicht für einen schlechten Menschen. Er hält dich nicht für ein Kind oder ein Flittchen oder sonst irgendetwas.«

»Wollen wir wetten?«, sagte sie.

»Er möchte einfach nur dazugehören. So war er immer schon, das weißt du genau. Und er weiß, was er sagen muss, um dich zur Weißglut zu bringen.« Er schwieg einen Moment. »Er weiß, was du über dich selbst denkst.«

Sie legte die Bluse hin und setzte sich aufs Bett. »Wie meinst du das?«

Er sah sie an und setzte sich dann neben sie. »Du zeigst es doch ziemlich offen.«

Aber Jake hatte ihr vorgeworfen, dem Vater des Kindes nichts gesagt zu haben. Im Grunde hatte er ihnen allen den Vorwurf gemacht, sie gewähren zu lassen und überhaupt zugelassen zu haben, dass sie schwanger geworden war. So war Jake immer schon gewesen. Und das hatte er nicht gesagt, weil er ihre tiefsten Sorgen erahnte und sie im krankhaften Verlangen, ihr nahe zu sein, gegen sie verwendete. Er hatte sein Urteil über sie verkündet. Weil ihr die Tränen in die Augen schossen, zog sie sich die Decke über den Kopf. Sie dachte noch einmal über das nach, was ihr Vater gerade gesagt hatte, und fragte sich, ob nicht vielleicht doch ein Körnchen Wahrheit darin steckte. »Er ist echt so ein Riesenidiot«, sagte sie in die Decke.

Und Joe antwortete: »Manchmal schon, aber ich glaube nicht, dass er so sein will.«

»Dan und Brenda sollten sich mit so einem Scheiß heute nicht auseinander setzen müssen.«

»Ich könnte mir vorstellen, dass Jake gerade genau dasselbe denkt.«

Wahrscheinlich hatte er recht. Sie ließ die Decke los. Was würde aus Daniel werden? Und aus Brenda? Was würde aus ihnen allen werden? »Dad, glaubst du, dass ich eine schreckliche Mutter werde?«

»Nein.«

Sie hob den Kopf. »Ich habe aber keine Ahnung, was zu tun ist. Ich kann noch nicht einmal Windeln wechseln. Ich habe noch nie in meinem Leben eine gewechselt. Noch kein einziges Mal«, sagte sie, und er beugte sich zu ihr hinunter, legte seine Hand auf ihren Arm und sagte: »Dafür sind wir ja da.« Sie sah zur Decke. »Ich hasse Jake.«

»Ich weiß, aber manchmal hasst du ihn auch nicht.«

»Meistens aber schon.«

Er drückte ihren Arm und setzte sich still neben sie, wahrscheinlich war er darüber, dass der Abend so eskaliert war, noch bekümmerter als sie.

»Ich weiß, Hass ist ein furchtbar starkes Wort«, sagte sie nach einer Weile.

»Ist es«, sagte Joe.

10. *Die Gegenwart in der Vergangenheit*

Als Hilary und Joe leise ins Zimmer zurückkamen, war Jake gerade dabei, die Abfahrtszeiten der Fähre vorzulesen (selbst in angeheitertem Zustand tat er nichts lieber, als zu organisieren und zu planen). »Wie wäre es, wenn du jetzt mal deine Geschenke aufmachst?«, schlug Hilary ihrem Vater vor. Ihre Augen waren rot gerändert. Jake sah erst zu ihr, dann zu Joe und sagte schließlich, das sei eine gute Idee – und ganz plötzlich, einfach so, schien sich die Spannung im Raum aufzulösen.

Brenda ging zu ihrem Koffer, der in einer Ecke des Zimmers stand. Daniel sah zu, wie sie zwischen den Kleidern wühlte, und bemerkte dabei die Urne, die neben seinem Kulturbeutel lag. Er versuchte, ihr einen mitfühlenden Blick zuzuwerfen, als sie sich wieder umdrehte, doch sie wich seinem Blick aus. Er hätte sich nicht einverstanden erklären sollen, noch eine Nacht zu bleiben – sie wollte es offensichtlich nicht. Sie war in Gedanken irgendwo anders. Wo? Wieder zu Hause, wo sie mit Morris Arnold auf seiner Veranda saß und plauderte? Nein, wahrscheinlich saß sie auf der anderen Seite des Ozeans neben ihrer Mutter auf dem alten blauen Sofa, und beide redeten atemlos aufeinander ein. Und wahrscheinlich war er in ihren Gedanken nicht mit bei ihnen im Zimmer. Sie legte die Geschenkpäckchen auf den Tisch und kehrte zu ihrem Sessel zurück. Er rollte zu ihr hin. Wieso hatte er bloß zugesagt, noch eine Nacht zu bleiben? Wahrscheinlich hatte er im Augenblick einfach das Bedürfnis, die Familie zusammenzuhalten. Es war ein Impuls gewesen, ein egoistischer Impuls. Er sah auf die Uhr – nun war es zu spät, noch zu fahren. Die letzte Fähre hatte bereits abgelegt.

»Ihr hättet mir doch nichts schenken müssen«, sagte Joe, als Hilary und Liz noch mehr Päckchen vor ihn auf den Couchtisch legten. »Ihr wisst doch, dass ich nichts brauche.«

»Ach, jetzt zier dich nicht so, und mach eins auf«, sagte Ellen. Sie saß mit gekreuzten Füßen im anderen Sessel. »Geschenke kann man immer gebrauchen.« Daniel dachte an Hilarys merkwürdig vorwurfsvolle Andeutung während des Essens und dann an das Gardner Museum, diese riesige, düstere Villa in der Nähe von Boston. Er war einmal dort gewesen, allein, an einem regnerischen Samstag, kurz nachdem sie nach Massachusetts zurückgezogen waren. Brenda hatte ihn abgesetzt und war dann ein paar Stunden zum Einkaufen in die Stadt gefahren. Er erinnerte sich an John Singer Sargents Porträt von Isabella Stewart Gardner, das sie in einem schwarzen kurzärmligen Kleid mit einer Kette aus Perlen und Rubinen um die schmale Taille und einer Rubinkette um den Hals zeigte. Sie stand vor einer weinroten und ockerfarbenen Tapete, deren Muster es aussehen ließ, als würde aus ihrem Kopf im Zentrum des Gemäldes ein herbstlich gefärbter Baum wachsen. Haut, Gesicht und Haare passten nicht zur verschwenderischen Sattheit der Herbstfarben und dem Rot der Rubine. Ihre Haut war winterweiß, und das rostbraune Haar war in einem straff geflochtenen Zopf um den Kopf geschlungen. Aber am auffälligsten war der Ausdruck auf ihrem Gesicht. Daniel erinnerte sich, wie er auf das verkniffene Gesicht der Frau geblickt hatte, die aussah, als sei sie gerade im Begriff, etwas zu sagen. Die geröteten Augenwinkel, die Falten um ihren Mund – sie wirkte ängstlich oder ärgerlich, als sähe sie nicht diese unbezahlbaren Gemälde, Skulpturen und Möbelstücke vor sich, sondern etwas, was sie enttäuschte. Ihr Mund schien »Halt« oder »Moment mal« zu sagen. Er hatte sich damals gefragt, was Sargent wohl dazu bewogen hatte, ausgerechnet diesen Ausdruck festzuhalten.

Jake und Liz überreichten seinem Vater eine leichte Abwandlung ihres üblichen Geschenks: ein kurzärmliges, blau kariertes Hemd und einen beigefarbenen Altmännerpullover aus Baumwolle. Er hielt ihn hoch und bedankte sich höflich.

Hilary gab ihm drei kleine, in schwarzes Papier eingeschlagene Päckchen. Sie war so konsequent in ihrer Abneigung gegen Farbe, dass sie sich sogar bis hin zur Wahl des Geschenkpapiers erstreckte, und genau das liebte Daniel so an ihr, ihre absolute, durch nichts zu erschütternde Konsequenz. In jedem Päckchen lag ein kleiner Fotorahmen. »Vergangenheit, Gegenwart und …« Hilary deutete auf den leeren Rahmen, »Zukunft. Freu dich auf ein Foto von mir und meinem Kind.«

»Ah! Was für eine schöne Idee«, sagte er. »Du kommst mich aber besuchen und hilfst mir, einen schönen Platz für die Bilder zu finden, ja?« Er legte sie aufeinander auf den Tisch.

»Wer ist der Nächste?«, fragte seine Mutter. »Daniel?«

Brenda reichte Joe den silbernen Karton, und Joe beugte sich darüber, während er das Papier aufriss und behutsam ein Buch nach dem anderen herausnahm. Er war immer leicht verlegen, wenn er Geschenke bekam. Joe schenkte lieber, als dass er sich beschenken ließ, und zog es vor, andere im Rampenlicht stehen zu lassen. Daniel hatte dafür größtes Verständnis.

»Frankreich und Deutschland«, las Joe die Titel laut vor. »Wunderbar.« Er betrachtete die Fotos in den Reiseführern, legte sie dann vor sich auf den Tisch und blickte in die Runde. »Das war doch viel zu viel. Und alles, bloß weil ich älter werde. Schon eine komische Sitte, was? Dass man den Tag feiert, der einen dem Ende näher bringt?« Er sprach leichthin, als wäre ihm die Schwere seiner Worte nicht bewusst.

»Warte, warte! Wir sind ja noch gar nicht fertig.« Ellen sprang auf, verschwand in der Küche und kehrte mit ein paar kleinen, in blassblaues Papier gewickelten Päckchen zurück. Das erste enthielt eine silberne, verzierte Dose Jasmin-Tee, die, wie Daniel vermutete, wohl eher Ellens Geschmack traf als den seines Vaters. Das zweite enthielt eine Baseballmütze der Red Sox. »Seine alte fällt bald auseinander«, erklärte sie, während sein Vater bedächtig das letzte Geschenk auspackte, vorsichtig jeden Klebstreifen abzog und das Papier ordentlich faltete und beiseite legte.

»Nun mach schon«, drängte Ellen. »Du musst das Papier nicht aufheben.«

Es war eine kleine rechteckige Plastikschachtel mit einem Kartenspiel, dessen Rückseite ein Foto der Familie schmückte. »Im Einkaufszentrum habe ich einen Laden entdeckt, wo sie so etwas machen«, erzählte Ellen. »Wenn wir jetzt Rommee spielen, denken wir immer an euch. Die bedrucken dort auch Untersetzer und Platzsets, aber ich wollte mein Glas oder mein Abendessen nicht auf euren Gesichtern abstellen.« Sie faltete lächelnd die Hände im Schoß, während Joe die Karten betrachtete.

»Was für eine schöne Idee, Ell«, sagte er. »Vielleicht bringen dir die Karten Glück. Vielleicht gewinnst du jetzt ja auch mal.«

Daniels Eltern spielten vor anderen gern das kabbelnde Ehepaar, aber Daniel wusste, dass ihre Sticheleien ernster wurden, wenn sie allein waren. Er war damit aufgewachsen, dass sie sich nebenan im Elternschlafzimmer über Geld, Joes Job oder Ellens Freundeskreis stritten, während er einzuschlafen versuchte. Immerhin blieben sie konsequent beim Thema: Ellen hatte immer mehr von irgendetwas gewollt – Joe solle mehr Zeit zu Hause verbringen, sich mehr mit ihren Freunden beschäftigen, mehr Interesse für ihre

Hobbys zeigen, und Joe hatte darauf immer geantwortet, er könne nur so und so viel leisten, er habe seine Grenzen, die Welt habe ihre Grenzen, und das sei auch gar nicht schlimm, man müsse sich ab einem gewissen Punkt in seinem Leben bloß mit dieser Tatsache abfinden. Daniel erinnerte sich noch gut daran, wie er immer tiefer unter seine Decke geschlüpft war und versucht hatte, ihre streitenden Stimmen auszublenden, indem er die Decke zusammengedrückt und fest an die Ohren gepresst hatte. Als hätten sie sich von etwas Giftigem gereinigt, scherzten sie am nächsten Tag wieder miteinander und gaben sich verstohlene Küsse, wenn sie sich von den Kindern unbeobachtet glaubten.

Sie kabbelten sich und schäkerten, und für ein paar Wochen oder länger war wieder alles gut, bis Ellens Stimmung das nächste Mal umschlug. Daniel konnte sich beim besten Willen nicht vorstellen, so lange mit jemandem verheiratet zu sein, wie seine Eltern es waren, und trotzdem noch so viel Spaß miteinander zu haben. In nostalgisch verklärten Momenten vielleicht, aber dass man den Spaß aneinander immer wieder neu entdeckte? Das erschien ihm unmöglich.

Das Foto auf dem Rücken der Spielkarten war mindestens zehn Jahre alt. Es war an einem Thanksgiving aufgenommen worden, an dem Hilary zu Hause gewesen war. Die fünf Millers standen auf den Stufen zur Haustür. Daniel erinnerte sich, dass ihr Nachbar das Foto aufgenommen hatte, Mr. Simons oder Simonson, ein Witwer, der die Nachrichtensendungen im Radio so laut stellte, dass sie es in ihrem Wohnzimmer hörten. Er fragte sich, ob seine Mutter absichtlich ein Foto ausgesucht hatte, auf dem keine ihrer Ehefrauen zu sehen war (verletzte das Brenda?) und das aus einer Zeit stammte, wie ihm jetzt bewusst wurde, als er noch nicht im Rollstuhl saß.

»Du meine Güte«, rief Hilary und griff nach einer der Karten. »Schaut mich an! Meine Haare sind so blond, die sehen fast grün aus!«

»Gott«, murmelte Jake und rülpste in die Hand. »Ich habe damals mindestens fünf Kilo mehr gewogen.«

Daniel nahm die Karte und stellte fest, dass sein Bruder tatsächlich korpulenter gewesen war, bevor er Liz kennengelernt hatte und mit mehr Selbstdisziplin an sein Leben herangegangen war. Und seine Mutter war noch nicht ganz so ergraut gewesen. Sein Vater stand ganz rechts, ihre Schultern berührten sich. Seine Miene war schwer zu entschlüsseln, er lächelte schwach und hatte ein Auge halb zugekniffen. Er selbst stand in der Mitte der Gruppe, trug ein verwaschenes Sweatshirt und war vom Sommer immer noch leicht gebräunt. Seine Haare waren damals länger gewesen und fielen ihm in die Augen. Er stand breitbeinig da, die Hände in die Hüften gestemmt. Ihm fiel ein, dass er Brenda kurz zuvor kennengelernt und sich vorgenommen hatte, sie seinen Eltern vorzustellen, sobald er ihr endlich seine Liebe gestanden hatte.

Brenda strich sich mit den Händen durch die Haare. Sie war so hübsch, ging es ihm durch den Kopf, als er sie betrachtete, eine objektiv schöne Frau. Aber sie hatte sich sehr verändert. Plötzlich fragte er sich, ob es tatsächlich an ihr lag. Vielleicht war es eher die Atmosphäre, die sich verändert hatte, wenn sie beide allein in einem Raum waren – vielleicht war es nur das. Aber was es auch war – er merkte, dass sie sich schrittweise von ihm entfernte, um sich selbst zu retten. Das war offensichtlich. Er verspürte eine plötzliche Enge in der Brust.

Die Gedanken an Brendas Fehlgeburt (oder sprach man im sechsten Monat nicht eher von einer Totgeburt?), an das Gespräch mit MacNeil und an den Streit zwischen Hilary und Jake hatten Ellen die ganze Zeit nicht losgelassen, doch auf einmal verflüchtigen sie sich, und sie empfand unvermittelt ein Hochgefühl und Dankbarkeit für das schöne Wetter, den Geruch des Ozeans, ihre Kinder und Joe. »Ach, ist das schön, dass ich heute Abend alle meine fünf Kinder hier bei mir habe«, rief sie. Ihr wurde erst jetzt bewusst, dass Brenda und Liz sich womöglich ausgegrenzt fühlten, weil das Foto nur sie fünf zeigte, aber als sie es ausgesucht hatte, war es ihr mehr um einen liebevollen Blick auf die Vergangenheit gegangen als um eine Aussage über die Gegenwart. Sie lehnte sich in dem weichen Sessel zurück und dachte an Vera. Vielleicht war sie ja jetzt in diesem Moment sogar in irgendeiner Form bei ihr. Vielleicht waren sie und Ellens Eltern und Großmütter hier bei ihr und ihrer Familie im Raum und sahen ihnen zu. Es war tröstlich, sich vorzustellen, dass die Toten niemals so ganz gingen. Daniel, Joe und Jake unterhielten sich über Steuern, und Liz sagte leise zu Hilary: »Fahr nicht. Jake fängt sich schon wieder, dafür sorge ich.« Und obwohl Hilary nicht ganz überzeugt zu sein schien, begannen die beiden sich über die praktischen Fragen ihres Umzugs auf die Insel zu unterhalten. Brenda hörte ihnen ruhig zu. Niemand war allein. In diesem Moment war keiner von ihren Lieben wirklich allein.

MacNeil hatte kürzlich eine neue Biografie über Isabella entdeckt, in der sie wesentlich weniger positiv dargestellt wurde als in den anderen, die er ihr geliehen hatte. Der Autor schrieb, sie sei nach dem frühen Tod ihres Sohnes und später ihres Mannes zur alleinigen Besitzerin des Hauses geworden und habe sich ganz der Aufgabe gewidmet, das Museum aufzubauen, die Sammlung zu vergrößern und das Haus mit Kunst anzufüllen (soweit war alles bekannt). Allerdings habe sie dann sehr bald diktatorische Züge an den Tag gelegt. Obwohl sie eines der ersten Telefone in Boston besaß, benutzte sie es lediglich, um andere herbeizuzitieren, und weigerte sich, Anrufe entgegenzunehmen. Mrs. Jack, wie sie von allen genannt wurde, kommandierte ihre Architekten und Gärtner gnadenlos herum, und als das Museum für das Publikum eröffnet wurde, kam es häufig vor, dass sie Besucher wegen irgendwelcher Kleinigkeiten erbost anfuhr. »Herrgott!«, blaffte sie eine Frau an, die alles anfasste. »Sie sind hier doch nicht im Zoo.« Die Zeitgenossen, die sie beobachteten, entwickelten ein ganzes Panorama von Ansichten über sie, und nicht alle waren positiv. Die Bostoner hielten sie für raffsüchtig und protzig. Henry James, der auf der anderen Seite des Ozeans in Europa weilte, notierte in seinem Tagebuch: » … Das Negieren der Arbeit, der Literatur, die anschwellenden, brüllenden Massen, das »wie geht's, wie steht's?«, das Alter von Mrs. Jack, das Aussehen von Mrs. Jack, die Amerikanerin, der Albtraum – das individuelle Bewusstsein – der verrückte, schreckliche Höhepunkt oder Schluss … die Amerikaner tauchen drohend in der Ferne auf – undeutlich, ungeheuer, unheilvoll – mit ihren Millionen – wie geballte Wogen – die Barbaren des römischen Weltreiches.« Ellen hätte fast gelacht, als MacNeil ihr diese Sätze vorgelesen hatte. Sie saßen in seinem Wohnzimmer, aus der Stereoanlage dröhnte misstönender Jazz, den MacNeil als »Freeform« bezeichnete.

»Ach Gott, wie schlimm«, sagte sie. »Wie kann man sie denn so dafür verurteilen, dass sie sich mit Schönheit umgeben wollte?«

»Es geht um das Obsessive, das Bedürfnis, alle anderen zu übertrumpfen«, sagte MacNeil. »Es ist eine so uramerikanische Eigenschaft, immer in allem die Besten sein zu wollen, nein, das Beste und das Schönste besitzen zu wollen.«

»Aber du liebst Kunst doch auch. Du liebst Höchstleistungen – und du liebst das Gardner Museum genauso sehr wie ich.«

»Komischerweise, ja, du hast recht. Selbst Henry James hat sich in das Haus verliebt, als er später einmal dort war.«

»Und wie vereinbarst du beides – deine Verachtung und deine Bewunderung? Wie vereinbarst du die Tatsache,

dass du Amerikaner bist mit deinem europäischen Erbe?«
Ellen war erst ein einziges Mal in Europa gewesen, und das war viele Jahre her. Sie und Joe waren nach Italien gereist, um eine Städtetour durch die Toskana zu machen und die Museen in Florenz zu besichtigen. Am zweiten Tag war Joes Geldbeutel gestohlen worden, und am letzten Tag hatte Ellen eine Darmgrippe bekommen. Sie hatten viel weniger gesehen als ursprünglich geplant. Joe blieb lieber in der Heimat und verreiste zum Grand Canyon oder zu den Niagarafällen. Wozu in die Ferne schweifen, sagte er immer, wenn man noch nicht einmal in seinem eigenen Land alles gesehen hat?

»Ich weiß nicht, ob das überhaupt geht«, hatte MacNeil zugegeben. »Vielleicht ist es Isabella gelungen, indem sie so viel von Europa in ihr Bostoner Haus gepackt hat. Draußen war das graue Wetter, dort waren die Schwarzseher und die Neider. Drinnen fand ihr wahres Leben statt.«

»Ich bin Amerikanerin und froh darüber«, sagte Ellen und setzte sich auf. »Meine Großmütter haben dafür gekämpft, in dieses Land zu kommen und sich und ihren Familien eine Existenz aufzubauen.«

MacNeil nickte und lächelte amüsiert. »Meine ja auch.«

»Ich glaube, der einzige Unterschied zwischen Amerikanern und Europäern besteht darin, dass Amerikaner ihre Sehnsüchte offener ausleben. Ich wüsste nicht, was daran verkehrt sein soll.«

»Wahrscheinlich ist es unsere mangelnde Raffinesse, unsere Lust am Protz.«

»Jeder hat Sehnsüchte«, sagte sie.

»Das bestreite ich nicht.«

»Was ist dann verkehrt daran, sie zu zeigen?«

Er zuckte mit den Schultern, und ehe sie noch etwas sagen konnte, hatte er das Thema gewechselt.

Das war ihre letzte Begegnung gewesen, bevor er nach San Francisco geflogen war, und auf der Rückfahrt nach

Hause hatte sie überlegt, ob er nicht vielleicht doch recht hatte. Alle in ihrer Familie stellten sich bei der Erfüllung ihrer Sehnsüchte so ungeschickt an, stolperten planlos einem Ziel entgegen, das sie niemals ganz erreichen konnten. Joe häufte wahllos Wissen an, stürzte sich auf Schnäppchen, auf das leistungsstärkste Dies, das beste Das, das Schnellste von jenem. Brenda und Daniel wünschten sich so unbedingt ein Kind, dass sie den Samen eines Fremden gekauft hatten. Und als sie sich jetzt an das Gespräch zurückerinnerte, füge sie der Liste zögernd einen weiteren Punkt hinzu: Im Zuge ihrer ungezielten Partnersuche war Hilary ungewollt Mutter geworden. Aber nein, entschied Ellen schließlich, MacNeil sah einfach nicht, wie durch und durch befreiend es war, sich seine tiefsten Sehnsüchte einzugestehen. Wenn man sie anderen nicht mitteilte, wenn man nicht versuchte, seine Träume zu erfüllen, war man am Ende allein. Ein Witwer in einem blitzsauber aufgeräumten Haus. Eine verwelkte alte Frau in einem düsteren Museum, die es nicht kümmerte, dass ihre Strümpfe Löcher bekamen und ihre Kleider zerschlissen, weil sie das Geld nur noch für ihre Stiftung zusammenhielt. Eines Nachts kurz vor ihrem Tod war Isabella von einem Angestellten an einem der Fenster im ersten Stock entdeckt worden. Er geleitete sie in ihr Schlafzimmer zurück, und niemand erfuhr je, ob sie in jener Nacht schlafgewandelt war oder was sie sonst dort gewollt haben könnte. Ellen stellte sich lieber vor, dass sie nicht schlafen konnte und aufgestanden war, um ein wenig in ihrem Museum herumzugehen und ihre Gemälde zu bewundern. Dass sie sich ihren Traum trotz allem erfüllt hatte und ihm nah sein wollte. Die Alternative war unerträglich: dass sich am Ende so viel als nichts entpuppen könnte.

Joe hörte Daniel zu, der von seiner Arbeit erzählte. Ihr Mann besaß die Fähigkeit herauszuhören, was sein Gegenüber wirklich sagte und meinte, und das konnte er besser als jeder andere Mensch, den sie kannte. Das war, überlegte sie, eine seltene Begabung.

Sie schloss die Augen und lauschte auf die Stimmen ihrer Lieben um sie herum.

»Ich sage ja nur, du musst dich darauf gefasst machen, dass das Wetter hier im Winter furchtbar ist. Du hast ständig Nordostwind und so viel Schnee, wie du ihn noch nie gesehen hast. Und falls du daran denkst, dir hier eines Tages ein eigenes Haus zu kaufen – die Grundsteuer ist astronomisch«, warnte Jake Hilary, obwohl er natürlich nicht davon ausging, dass sie je in der Lage sein würde, sich hier oder auch irgendwo anders ein Haus zu leisten. Er konnte selbst nicht glauben, dass er sich von Liz wieder dazu hatte überreden lassen (»Sie braucht dich jetzt«, hatte sie gesagt, und in diesem Moment war er sich sehr großherzig vorgekommen). Hilarys Blick schweifte durch den Raum, während er mit ihr redete. Fakten und praktische Ratschläge langweilten sie. Er hätte ihr gern gesagt, dass in seinem Berufsalltag tagtäglich über hundert Mitarbeiter seinen Ratschlägen folgten. »Du bist also trotzdem fest entschlossen, hier herzuziehen, ja?«, fragte er.

»Ja.«

»Denk doch mal, wie oft sich unsere Kinder sehen werden«, sagte Liz leise.

»Daran habe ich auch schon gedacht«, sagte Hilary. Sie war während des ganzen Wochenendes viel mehr auf sie eingegangen als auf ihn. »Und das finde ich wichtig, weil ich nicht glaube, dass sie noch Geschwister bekommen werden.«

Jake hatte große Lust auf ein weiteres Glas Wein, aber die Flasche war leer, und wahrscheinlich hatte er auch genug. »Vielleicht lernst du ja irgendeinen tollen Mann kennen und findest einen tollen Job und führst hier ein ganz tolles Leben. Man weiß ja nie, was unterwegs noch so alles passiert, auf dem Pfad des Lebens, wie man so schön sagt … also, was unsere Zukunft angeht.« Das sollte positiv und motivierend klingen, nicht betrunken.

Hilary zuckte mit den Achseln.

Liz legte seiner Schwester eine Hand aufs Knie und meinte: »Und dann gibt es ja immer noch Alex«, worauf Hilary den Kopf schüttelte und vorschlug: »Sollen wir jetzt mal den Kuchen holen?«

Die beiden verschwanden in die Küche. Würden seine Frau und seine Schwester gute Freundinnen werden? Würden sie sich ihre Geheimnisse anvertrauen oder sogar über ihn sprechen? Ihm schauderte. Wer war eigentlich dieser Alex? Er überlegte, dass es wahrscheinlich nicht so furchtbar wäre, wenn Liz und Hilary sich anfreunden würden. Vielleicht würde Hilary ihn dann wenigstens ein bisschen mehr mögen.

Jake hörte, dass sich sein Vater und Daniel über das neue Steuerrecht unterhielten, und war froh, sie korrigieren zu können, als sie sich beschwerten, wie wenig man nach der Neuregelegung noch absetzen könne. »Nein, das stimmt nicht, man kann immer noch ziemlich viel absetzen«, sagte er und erklärte ihnen, weshalb es trotz der leichten Anhebung der Einkommenssteuer immer noch Möglichkeiten gab, anderswo zu sparen. »Eigentlich stellt es eine Verbesserung dar«, sagte er. Als er es ihnen erklären wollte, merkte er, dass die beiden ihm nicht ganz folgen konnten.

Liz kam ins Wohnzimmer und drückte ihm ein Glas Wasser in die Hand. »Trink das«, flüsterte sie. »Und keinen Wein mehr, okay?« Seine Mutter saß ihm mit geschlossenen Augen und einem leichten Lächeln auf den Lippen gegenüber. Und Brenda, die im anderen Sessel saß, schaute mit einem fast geisterhaften Ausdruck auf dem Gesicht durch ihn hindurch. Jake stand auf, um eine Decke oder eine Zeitschrift zu suchen, irgendetwas, was er ihr geben konnte.

»Ich überlege, ob ich mir dieses Jahr nicht einen Steuerberater suchen soll«, sagte Daniel und erzählte von einem seiner Freunde, der mithilfe eines Steuerberaters Tausende von Dollar gespart hatte. Als Jake ihm gerade seinen eigenen Steuerberater empfehlen wollte, verdunkelte sich der Raum und Liz und Hilary kamen mit einem riesigen weiß glasierten Kuchen aus der Küche, auf dem ein Kranz Kerzen flackerte. Alle sangen »Happy Birthday«, wobei seine Mutter wie üblich die Vorsängerin gab. Brenda machte den Mund nicht auf, und Daniel gab kaum einen Ton von sich, und am Ende des Lieds umringten die Frauen seinen Vater. Alle sahen zu, wie Joe Luft holte und die winzigen Flammen flach blies, bis sie sich in dünne schwarze Rauchfäden verwandelten.

Jake beugte sich vor und zupfte die Kerzen aus dem Kuchen. Er ging in die Küche, lehnte sich einen Moment lang an die Arbeitsplatte und versuchte, eine plötzlich in ihm aufkommende Melancholie zu unterdrücken. Er zählte bis drei und dachte an etwas Schönes – seinen in sattem Grün leuchtenden Rasen. Liz' schlafendes Gesicht auf dem Kissen neben ihm am Morgen. Als er die Augen schloss, wurde ihm etwas schwindelig, also öffnete er sie wieder und ging, nachdem der Schwindel und die Traurigkeit abgeebbt waren, wieder ins Wohnzimmer zu seiner Familie. Liz schnitt den Kuchen an, und Hilary verteilte die Stücke in der Runde. Jake stellte sich vor, die Zwillinge und Hilarys Kind wären mit ihnen im Raum – drei Miller-Generationen an einem Ort vereint. Es war ein schönes Bild, ein Raum, der zum Bersten mit Energie und Stimmengewirr, überbordender Freude und dem Tumult von Kindern erfüllt war.

Draußen wurde es allmählich dunkel, und nachdem sie ihre Teller in die Küche gebracht und Liz Kaffee gekocht hatte, schlug Jake vor, auf die Terrasse hinauszugehen. Sie war fast zu klein für sieben Personen, würde sich aber problemlos vergrößern lassen, um für alle Platz zu schaffen, für die Zwillinge und Hilarys Kind und wer auch immer eines Tages noch zur Familie gehören würde. Daniels Rollstuhl belegte mindestens die Hälfte der Terrasse. Liz setzte sich unbeholfen auf die Armlehne seines Stuhls, und Hilary hockte sich ihm gegenüber auf den Boden. Sie begannen, Quartett zu spielen, das einzige Spiel, das alle kannten. Joe verteilte die Karten, und Ellen erklärte noch einmal die einfachen Regeln.

Jake betrachtete die an den Strand schwappenden seichten Wellen, die Kiesel aufwirbelten und sie auf den Sand spuckten. Die Sonne war am Horizont versunken, strahlte aber noch ein gedämpftes apricotfarbenes Licht ab, das aus dem Wasser aufzusteigen schien. Ein bisschen konnten sie noch hier draußen sitzen bleiben und einander sehen – eine kleine Weile lang würde es weder Tag noch Nacht sein.

Die Karten lagen in einem unordentlichen Haufen auf dem kleinen Glastisch, und irgendwann wurden ein paar von ihnen von einem leichten Windstoß aufgewirbelt. Jake stand auf, um sie zu fangen, bevor sie wegflogen. »Ha, hab ich euch«, rief er. »Ihr geht mir nirgendwohin. Jetzt habe ich die Familie in der Hand.« Die Glasplatte zitterte, als er die Karten etwas zu heftig auf den Tisch knallte.

»Jedenfalls für den Moment«, sagte sein Vater, und Ellen lächelte ihn mit einer merkwürdigen Mischung aus Stolz und Ratlosigkeit an.

Brenda, die in einem der Stühle saß, zog die Beine an und legte das Kinn auf die Knie. Sie nahm vorsichtig eine Karte aus dem Fächer in ihrer Hand und legte sie auf den Stapel. Jake beobachtete ihr Gesicht und hatte plötzlich das Gefühl, dass er sie vielleicht nie mehr sehen würde. Er hätte ihr so gern etwas Nettes gesagt, was ihr und den anderen gefallen würde. Er überlegte, ob er erzählen sollte, wie Daniel sie ihnen beschrieben hatte, als er sie gerade kennengelernt hatte, als »jung, aber nur äußerlich, und witzig und unglaublich klug«, oder die Geschichte, wie seine Eltern sich kennengelernt hatten, dass sein Vater den Eltern seiner Mutter ein Auto verkauft hatte, um an sie heranzukommen. Oder dass er und Liz die ganze Familie gern einmal nach Disneyworld einladen würden. Aber er kannte Brenda nicht gut genug, um ein Gespür dafür zu haben, womit er sie für sich einnehmen könnte. Sie hielt sich immer unauffällig an Daniels Seite und wusste offensichtlich nicht, wo ihr Platz in der Familie war oder ob sie überhaupt hineinpasste. Möglicherweise lag es an ihrem Alter oder an ihrer Nationalität, dass sie beinahe wie eine Fremde wirkte. Vielleicht blieb sie aber auch einfach lieber im Hintergrund. Was auch immer es war, Jake konnte diese Zurückhaltung nur schlecht nachvollziehen.

Im Dämmerlicht waren die Karten immer schlechter zu erkennen, und nachdem Daniel gewonnen hatte (Jake hatte ihm heimlich die besten Karten zugespielt, als er mit Austeilen dran gewesen war), gingen sie wieder ins Haus. Nur Liz und Jake blieben zurück, um den Tisch abzuräumen und die Stühle zurechtzurücken.

»Wie geht es dir?« Er streckte die Hand nach ihr aus.

Liz griff danach, kam auf ihn zu und schmiegte ihre Wange an seine.

Ihr Gesicht fühlte sich kühl und weich an, und ihr Atem roch süß nach der Kuchenglasur. »Ich bin so gerne hier«, sagte er. Ohne nachzudenken, legte er eine Hand um ihre Taille, zog sie näher an sich heran, ließ seine Hand unter ihre Bluse gleiten und streichelte ihre Brust. Sie zuckte nicht zurück und wehrte ihn nicht ab. »Darf ich?«, flüsterte er, und sie nickte. In diesem Moment wollte er nur das, nicht mehr. Er wollte überhaupt nichts von ihr, und dafür war er dankbar.

Die beiden blieben stumm so stehen, bis das Meer nicht mehr zu sehen und der Himmel schwarz geworden war. Dann drehten sie sich um und gingen ins Haus.

Alle hatten einander eine Gute Nacht gewünscht und waren zu Bett gegangen, aber jetzt lag Hilary schon eine Weile da und starrte an die Zimmerdecke. Sie hatte unter der Decke zu schwitzen begonnen und sie abgeworfen, doch nun war ihr kalt. Schließlich stand sie auf und ging leise durch den Flur ins Wohnzimmer, wo Daniel und Brenda auf der aufgeklappten Schlafcouch lagen. Eigentlich hatten Jake und Liz ihnen ihr Bett angeboten, aber Daniel hatte gesagt, in dem größeren Raum könne er den Rollstuhl leichter manövrieren. Hilary sah auf die beiden hinunter und fragte sich, ob sie tatsächlich schliefen.

Sie schlich sich an ihnen vorbei, öffnete behutsam die Haustür und drückte sie, so leise sie konnte, wieder zu. Die Nacht war kühl, aber nicht kalt, und als sie in ihrer Schlafanzughose und einem alten T-Shirt auf den Treppenstufen stand, vernahm sie das entfernte Dröhnen eines Flugzeugs. Nachdem es verklungen war, hörte sie nur noch das gleichmäßige Klatschen der Wellen am Strand. Sie ging die Einfahrt hinunter und fluchte leise, weil sich der Kies schmerzhaft in ihre Fußsohlen drückte. Auf dem gegenüberliegenden Grundstück entdeckte sie einen abgesägten Baumstumpf. Sie setzte sich so darauf, dass sie der keilförmige Riss an der Seite nicht störte, und rief sich wieder ins Gedächtnis, wie sie als Kind immer von zu Hause ausge rissen war und dann hoch oben in den Bäumen saß. Weshalb war sie damals eigentlich so oft weggelaufen? Sie betrachtete Jakes Haus, in dem jetzt alle in ihren Betten lagen. Es waren immer Nichtigkeiten gewesen, die sie auf die Palme gebracht hatten: ihre Mutter, die darauf bestanden hatte, sie solle ihr Zimmer aufräumen, bevor sie zu einer Freundin ging, Jake, der ihr nicht seinen Taschenrechner leihen wollte. Sie hatte ein »Nein« immer als Beschneidung empfunden. Wahrscheinlich hatte sie sich in dieser Beziehung nicht sehr verändert. Sie regte sich immer fürchterlich auf, wenn ein Vorgesetzter sie bat, ein Projekt anders abzuschließen als von ihr selbst geplant oder wenn ihr jeweiliger Freund ihr sagte, sie solle langsamer fahren. Sobald jemand etwas von ihr wollte, und sei es noch so eine Kleinigkeit, hatte sie sofort das Gefühl, in ein enges Laken eingenäht zu sein. Warum war das wohl so?

Unten am Strand schrie ein Vogel, und Hilary sah sich um. Der Asphalt wirkte tiefrot, der Himmel samten schwarz – alles schien in warme Farben getaucht. Wenn schon die Nacht hier so gastfreundlich war, dachte sie, wenn die Menschen ihre Autos nicht abschließen mussten und wenn diese Vanessa so nett und interessant war, wie es sich anhörte, dann würde sie auf der Insel ein gutes Zuhause finden.

In der Ferne sah sie, wie sich das Scheinwerferlicht eines Autos näherte, und ihr kam auf einmal der Gedanke, es könnte Alex sein. Warum machte sie sich eigentlich die ganze Zeit Gedanken um einen Kerl, der garantiert eine Freundin hatte, vielleicht sogar gleich mehrere? Bald würde auch er ihrer Vergangenheit angehören. Ihre Zukunft war das Kind, sie selbst, ein neues Leben.

Als der Wagen näher kam, stellte sie zu ihrer Überraschung fest, dass es tatsächlich Alex war. Er sah sie, hielt am Straßenrand, stellte den Motor ab und stieg aus. Plötzlich schämte sie sich, so spät am Abend im Schlafanzug allein draußen herumzusitzen.

»Ich hatte gerade so ein merkwürdiges Gefühl, dass ich mal nach dir schauen sollte. Ich bin eben mit der Arbeit fertig geworden«, sagte er.

»Und wenn ich nicht zufällig draußen gesessen hätte? Hättest du geklingelt?« Sie deutete auf das dunkle Haus.

»Ich weiß nicht. Nein, wahrscheinlich nicht.«

»Na, da haben wir ja Glück gehabt«, sagte sie. Er kam auf sie zu und setzte sich neben sie ins Gras. »Wohin wolltest du denn? Zu dem Mädchen?«

»Was? Zu wem?«

»Deiner Kollegin aus dem Laden.« Sie wollte ihm nicht

das Gefühl geben, er müsse etwas vor ihr verbergen oder sie könne nicht damit umgehen, dass es andere Frauen gab.

»Nein«, sagte er. »Soll ich dir mal was sagen? Seit du gestern Abend im Laden warst, mache ich mir ein bisschen Sorgen um dich.«

»Ehrlich?«

Er nickte. »Wie geht es deinem Bruder denn?«

»Ich glaube, er kommt damit klar.«

»Hast du jetzt Angst, dass ... dass mit deinem Baby auch etwas passieren könnte?«

Sie lächelte. »Eigentlich nicht. Vielleicht müsste ich Angst haben, aber wahrscheinlich lasse ich diesen Gedanken einfach gar nicht erst zu.«

Er schloss eine Hand um ihre Fessel und ließ nicht los, als sie den Fuß vorschnellen ließ. »Das, was zwischen uns passiert ist«, sagte er. »Du weißt schon, bei mir zu Hause ... Ich möchte mich dafür entschuldigen. Wirklich. Keine Ahnung, was ich mir dabei gedacht habe.«

»Zu so etwas gehören immer zwei. Du hast es ja nicht allein gemacht.«

»Stimmt schon. Aber trotzdem – ich meine, du bist schwanger. Du bist was ... im sechsten Monat? Und wir haben uns gerade erst kennengelernt. Das ist nicht gerade die feine englische Art.«

»Machst du so was oft? Mit Frauen schlafen, die du gerade erst kennengelernt hast?«

»Nein. Du?«, fragte er zurück.

»Täglich.« Sie sah zu ihm herunter und lächelte. »Ich fand es sehr schön, ehrlich.« Wozu sollte sie lügen?

»Ehrlich?.«

»Ja, ehrlich.« Sie legte beide Hände auf den Bauch.

»Okay.« Er ließ ihr Fußgelenk los.

»Du nicht? Fandest du es merkwürdig?«

»Nein, ich fand es auch schön, ehrlich. Aber weißt du, ich kann ein echtes Schwein sein. Ich bin total unzuverlässig. Ich bin egoistisch, ich lasse Leute hängen, und du hast was Besseres verdient.«

»Alex?«

»Ja?«

»Halt den Mund.«

»Okay«, sagte er.

»Ich habe das Gefühl, dass du das schon so oft gesagt hast, dass es für dich kaum noch etwas bedeutet. Du musst nicht mit mir Schluss machen.« Sie legte ihm die Hand auf die Schulter. »Und du musst dich nicht dafür entschuldigen, dass du mit mir geschlafen hast. Dafür nun wirklich nicht.«

Er kickte einen Kiesel auf die Straße.

»Ach ja, und noch was. Nur um es gesagt zu haben. Ich mache so etwas auch nicht ständig.«

»Das habe ich dir auch nicht geglaubt.«

»Wirklich nicht?«

Er sah zu ihr auf, und obwohl sie sein Gesicht in der Dunkelheit kaum sehen konnte, glaubte sie ein Grinsen zu erkennen. Er stand auf, stellte sich vor sie hin und sagte: »Hi, ich bin übrigens Alex.«

»Hi, Alex, ich bin Hilary.«

»Kann ich dich irgendwo hinfahren, Hilary? Sitzt du hier mitten in der Nacht auf einem Baumstumpf, weil du auf ein Taxi wartest?«

Sie überlegte, ob sie tatsächlich vorschlagen sollte, irgendwohin zu fahren und danach vielleicht noch zu ihm zu gehen, aber dann dachte sie an ihre Familie, die nur ein paar Meter entfernt schlief, an Daniel und Brenda, an ihren Vater – ihren jetzt fünfundsiebzigjährigen Vater – und sagte: »Nein, danke. Ich bin bloß mal kurz rausgegangen, um über etwas nachzudenken, und ich glaube, ich sollte langsam wieder reingehen.«

»Na gut.« Er schob die Hände in die Hosentaschen.

»Ach so, noch was«, sagte Hilary. »Ich bleibe jetzt doch ein bisschen länger auf Great Salt Island. Mir gefällt es hier nämlich irgendwie sehr gut, und mein Bruder hat mir angeboten, in seinem Haus zu wohnen. Na ja, eigentlich war es eher meine Schwägerin, aber das ist eine andere Geschichte.«

»Gut. Ich bin froh, dass du bleibst.«

»Du bist froh, aber du hast auch ein bisschen Angst, dass ich zu viel von dir wollen könnte.«

»Entschuldige bitte, aber wie heißt du noch mal?«

Sie lachte. »Ich will nichts von dir. Das verspreche ich dir.«

»Ach ja, Hilary. Jetzt fällt es mir wieder ein.«

Sie rückte an ihn heran und drückte die Stirn an seinen Arm. Er trat hinter sie und legte seine Arme um ihren Bauch. »Ich habe keine Angst«, flüsterte er, die Lippen dicht an ihrem Ohr.

Sie verharrten einen Moment so, bis Hilary sagte: »Ich muss jetzt rein.«

»Wie lang willst du denn auf der Insel bleiben?«

»Das weiß ich noch nicht. Ich schaue mal, wie es läuft und ob ich einen Job finde.«

»Soll ich mich mal erkundigen, ob sie im Laden noch jemanden gebrauchen können?«

»Klar, gerne«, sagte sie. »Aber ich habe auch ein bisschen gespart, und meine Eltern wollen mich unterstützen. Eine Weile werde ich schon überleben.«

»Hil?«, sagte er.

»Ja?«

»Schlaf gut.«

»Gute Nacht.« Sie griff nach seiner Hand und küsste ihn auf den Handrücken, wahrscheinlich länger als gut war, und stand dann auf, um ins Haus zu gehen. Vielleicht würden sie noch einmal miteinander schlafen, irgendwie wünschte sie es sich fast, und vielleicht würde sogar mehr daraus werden. Aber höchstwahrscheinlich würden sie einfach nur gute Freunde sein. Den Gedanken fand sie gar nicht so unangenehm. Sie könnten sich gelegentlich zum Abendessen oder auf einen Drink treffen, den neuesten Inselklatsch austauschen und von sich erzählen – mit wem sie gerade zusammen waren oder gerne zusammen wären. Sie könnten sich gegenseitig in Beziehungsfragen beraten, könnten über Reiseziele reden, von denen sie träumten, oder einfach darüber, was sie mit ihrem Leben gern noch anfangen würden, denn das war ein Thema, das zu diskutieren Hilary bestimmt nie müde werden würde, da war sie sich sicher. Auch nicht, wenn das Baby dann auf der Welt sein würde. Sie hatte das Gefühl, dass das, was ihr wirklich wichtig war, weniger das Leben war, das sie tatsächlich führte, als vielmehr die Planung alternativer, zukünftiger Lebenswege. Sich immer wieder klarzumachen, wie viele Möglichkeiten diese Welt einem bereithielt. Und sie nahm an, dass Alex so ähnlich empfand.

An der Haustür stolperte sie über ein Paar Schuhe und hörte, wie sich Daniel auf der Couch herumdrehte. »Larry?«

»Tut mir leid, schlaf weiter«, flüsterte sie.

»Kann ich nicht. Ich habe sowieso nicht geschlafen.«

»Ist sie wach?« Hilary deutete auf Brenda.

»Nein. Hör doch, wie ruhig sie atmet. Setz dich eine Weile zu mir. Ich kann nicht einschlafen.« Er deutete auf den Sessel.

»Okay.« Hilary ging auf Zehenspitzen durch den Raum. »Meinst du nicht, dass sie dann wach wird?«

»Glaub mir, sie schläft wie ein Murmeltier. Was hast du draußen gemacht?«

»Ich habe hier drinnen leichte Beklemmungen bekommen. Ich brauchte ein bisschen frische Luft«, sagte sie. »Keiner sagt einem vorher, dass die Körpertemperatur während der Schwangerschaft total verrückt spielt. Mir ist immer entweder heiß oder total kalt.«

»Ich weiß nicht, ob es bei ihr je so weit gekommen ist«, sagte Daniel.

Hilary räumte ein paar Kleidungsstücke vom Sessel und setzte sich. »Tut mir leid.«

»Macht nichts«, sagte Daniel. Er zog sich in eine aufrechte Haltung und stopfte sich Kissen in den Rücken. Hilary konnte sein Gesicht in der Dunkelheit nicht sehen. »Aber sie hatte andere Beschwerden, ihr war oft schlecht, und sie hatte Kopfschmerzen. Am Anfang war es ganz schlimm.«

»Kenne ich.«

»Ich habe immer gehofft, wenn sie schwanger wäre, wären wir in einer ähnlichen Situation, körperlich, meine ich. Wir hätten dann beide ein ungewohntes, neues Körpergefühl. Wenn ich ganz ehrlich bin, hat es mich verrückt gemacht, dass sie die ganze Zeit so fröhlich war, trotz der Schmerzen und der Morgenübelkeit.«

»Du warst schon vor deinem Unfall ein alter Miesmuffel, Danielle. Tut mir leid, dir das sagen zu müssen, aber ›fröhlich‹ warst du noch nie. Oder vielleicht doch? Ich weiß nicht – sag's mir! Vielleicht spreche ich auch von mir. Dass ich nie mit irgendetwas wirklich zufrieden bin.«

»Keine Ahnung. Ich hatte wohl die Hoffnung, wir würden uns näher kommen, wenn sie durch die Schwangerschaft spüren würde, wie das ist, wenn man sich ständig unwohl fühlt, wenn alles sich verändert. Das hätte uns gut getan, weil ich nach dem Unfall anfing, alles und jeden zu hassen. Soll ich dir mal was sagen? Ich glaube, ganz tief in meinem Inneren wollte ich, dass sie genauso leidet, wie ich gelitten habe.«

»Das ist wahrscheinlich normal.«

Daniel flüsterte: »Niemand sollte sich wünschen, dass ein anderer leidet, erst recht nicht die eigene Frau.« Brenda seufzte leise auf. »Oh, ich glaube, wir müssen leiser reden.«

»Du hast so viel durchgemacht«, sagte Hilary, so leise sie konnte. »Da ist es völlig egal, was man *sollte* und *nicht sollte.*« Sie hätte ihm gern etwas Tröstlicheres gesagt, wusste aber nicht, was.

»Kann sein. Ich weiß auch nicht, was los ist. Ich habe das Gefühl, ich tue ihr nicht gut und kann ihr in der jetzigen Situation überhaupt nicht helfen. Ich habe es versucht, aber ich bezweifle, dass es etwas gebracht hat.«

»Vielleicht muss sie sich einfach erst mal eine Weile elend fühlen.«

»Kann sein. Aber ich wünschte, ich könnte irgendetwas sagen oder tun, um es ihr ein bisschen leichter zu machen.« Er zwirbelte einen Zipfel der Bettdecke zwischen den Fingern. »Sie ist hier so weit weg von zu Hause.«

»Wie meinst du das?« Hilary sah Brenda an, die den Daumen am offenen Mund liegen hatte.

»Sie ist so weit weg von London, von ihrer Mutter, ihrer Familie.«

»Aber sie lebt doch schon seit Ewigkeiten hier.«

»Stimmt. Aber wenn so etwas passiert ist, will man nach Hause. Du solltest sie hören, wenn sie mit ihrer Mutter telefoniert, wie gut es ihr tat, einfach nur ihre Stimme zu hören. Ich habe euch nach dem Unfall auch alle in meiner Nähe gebraucht.«

»Du hast einfach Ablenkung durch Alkohol und durch Geschichten aus meinem armseligen Liebesleben gebraucht«, sagte sie. »Du weißt, dass du ohne mich verloren bist.«

»Ach, weißt du Larry, ich glaube, das ist eher umgekehrt.«

Brenda wälzte sich herum, und Hilary stand auf. »Ich lasse euch zwei jetzt schlafen.«

»Verlass mich nicht«, stöhnte Daniel.

»Och, Danielle, Baby, was soll ich denn machen? Soll ich zwischen euch zwei ins Bett krabbeln?«

»Au ja, bitte«, sagte er, und es klang nur halb sarkastisch.

Hilary legte ihm kurz die Hand auf die Schulter und wandte sich dann zum Gehen. Sie hielt einen Moment inne, unschlüssig, ob sie wirklich gehen sollte. Wenn sie blieb, sollte sie dann im Sessel schlafen? Sie dachte kurz darüber nach und betrachtete Brenda, die als schmaler Hügel neben ihm lag. Morgen früh würde sie aufwachen und sich fragen, wann Hilary in ihr Zimmer gekommen war und weshalb.

Sie schlich über den Flur in ihr kleines Zimmer und legte sich aufs Bett. Sie schloss die Augen und kroch unter die Decke, einschlafen konnte sie aber immer noch nicht. Wie schafften es ihr Bruder und Brenda nur, ihre Ehe Tag für Tag aufrechtzuerhalten? Wie schaffte das irgendwer? Eigentlich erstaunlich, dass diese sonderbare Institution überhaupt noch existierte. In einer Zeit, in der man Babys im Reagenzglas zeugen konnte und in der die Scheidungsraten höher waren denn je, lebte die gute alte Ehe munter weiter, und zwar nicht nur für unverbesserliche Traditionalisten: Schwule und Lesben kämpften um das Recht, heiraten zu dürfen; Künstler heirateten, Musiker, Einzelgänger, Soziopathen ebenso wie Genies – im Grunde genommen fast jeder. Intelligente, witzige, kreative Menschen wie Daniel verliebten sich und glaubten daran, dass dieser glückselige Zustand der Bewunderung und Verzauberung für immer anhalten würde. Und dann, ganz langsam, aber sicher beginnt die Glückseligkeit zu schwinden – aus irrsinniger Verliebtheit wird Zuneigung, dann Trost, dann Stagnation, dann Irritation, und lange nachdem alles Gute zwischen ihnen verschwunden ist, hängen diese Leute immer noch aneinander. Warum, wozu? Hilary drehte sich auf den Rücken und starrte an die Decke. Es musste einen Grund geben, warum all diese Leute zusammen blieben.

11. *Eine ganz neue Erfahrung*

Nachdem Hilary gegangen war, begann Brenda, sich im Schlaf ruhelos hin und her zu werfen. Sie stieß Daniel mit dem Bein an, wälzte sich auf den Rücken und streckte dann plötzlich einen Arm in die Höhe. »Alles okay?«, flüsterte er, aber sie seufzte bloß. Was für ein Bild sie boten: Brenda, die sich im Schlaf herumwälzte, und er aufrecht neben ihr sitzend und die dünne Decke zerknüllend. Hatte sie womöglich doch etwas von seiner Unterhaltung mit Hilary mitbekommen? Baute sie das Gehörte gerade in einen Albtraum ein? Aber sie hatten so leise gesprochen, sie konnte nichts gehört haben – und selbst wenn, wäre das wahrscheinlich auch nicht so schlimm. Er hatte ja nichts Unwahres gesagt. Eigentlich hatte er nur seine wachsende Sorge um sie geäußert. Er ließ die Decke los und ließ sich langsam wieder auf den Rücken gleiten.

Morgen würden sie aufwachen, sich von allen verabschieden und zur Fähre fahren. Auf dem Festland würde Brenda ihm in den Wagen helfen und später durch die Haustür (die Tür war so verdammt schmal, dass er immer stecken blieb – er plante schon seit Monaten, sie verbreitern zu lassen). Brenda würde kurz bei Morris Arnold vorbeischauen, ihre Sachen in die Waschmaschine stecken und das Haus aufräumen, wozu sie vor der Abfahrt keine Zeit gehabt hatten. Sie würde ihnen etwas zum Abendessen kochen und ihm später aus dem Rollstuhl, in den Schlafanzug und dann ins Bett helfen. Daniel rückte das Kissen unter seinem Kopf zurecht und versuchte, eine bequeme Schlafposition zu finden, aber das Kissen war zu weich, die Matratze zu hart. Die Wellen brachen sich rhythmisch am Strand. Bevor sie einschliefen, würde er ihr sagen, dass er wieder anfangen wolle, Gewichte zu stemmen und zu trainieren, um besser allein zurechtzukommen. Er wollte in der Lage sein, ohne ihre Hilfe in und aus dem Wagen zu steigen. Er würde ihr auch von seinem Plan erzählen, am nächsten Tag den Arzt anzurufen, bei dem Tammy Ann Green arbeitete, um ihn nach dem Stand seiner Forschungen zu fragen und sich ihm als Versuchsperson zur Verfügung zu stellen. Vielleicht stand er kurz vor einem Durchbruch oder konnte Daniel wenigstens interessante Informationen geben. Er sah sich zu Hause neben Brenda unter der schweren Baumwolldecke liegen und überlegte, wie sie reagieren würde. Erleichtert? Würde es sie überhaupt interessieren? Dass er vorhatte, ihr die Arbeit mit ihm zu erleichtern, war ja nicht dasselbe, als wenn er sich um sie kümmern und sie pflegen würde. Wie könnte das »sich kümmern« aussehen? Das Haus in Ordnung halten? Ihr Lieblingsessen kochen? An ihrer Stelle mit den Nachbarn plaudern? Aber insgesamt umfasste es viel, viel mehr als diese oberflächlichen Tätigkeiten, etwas viel Langfristigeres, Tieferes und – wie er fürchtete – quasi Unmögliches.

Brenda seufzte wieder im Schlaf. Die Wellen schienen zu zischeln: *schsch, schsch*, und er fiel in einen unruhigen Schlummer. Wenig später erwachte er mit einem perfekt ausformulierten Gedanken im Kopf. Auf der anderen Seite des Ozeans wachte Brendas Mutter gerade auf und machte sich sicher unendliche Sorgen um ihre Tochter: Sie wusste besser als jeder andere, was ihr jetzt gut tat.

Sie faltete die blütenweißen Laken zusammen und legte sie auf den Couchtisch. Ohne Daniel anzusehen, räumte sie das Zimmer auf, rückte jedes Kissen, jeden Rahmen und jedes Buch zurecht. Er war ihr dabei immer wieder im Weg.

»Ich habe nachgedacht, und ich glaube ...«, sagte er schließlich und holte tief Luft. »Ich glaube, du solltest für eine Weile zu deiner Familie nach London fahren. Das wäre jetzt vielleicht das Beste für dich.« Er hatte die Sätze während der Nacht geprobt. Er hatte sich lange überlegt, wie er ihr den Vorschlag unterbreiten könnte – sanft und mitfühlend, scharf und aggressiv oder überspitzt, als melancholische Bitte. Zuletzt hatte er sich entschieden, direkt und ehrlich zu sein.

»Ach ja?«

»Ja. Vielleicht für ein oder zwei Wochen. Warte einfach mal ab, wie du dich fühlst und wann es dir reicht. Ich glaube, es würde dir gut tun, zu Hause zu sein, meinst du nicht?« In ihm krochen Zweifel hoch, aber dann sagte er sich, dass es das Richtige für sie war.

»Ich weiß nicht, ob der Arzt mich jetzt fliegen lässt«, sagte sie zögernd.

»Okay, dann eben, wann immer er dir grünes Licht gibt.«

Sie sah zu Boden. »Würdest du mitkommen?«

Er schüttelte den Kopf.

»Du willst mich loswerden?« Sie zwang sich zu einem Lächeln. »Außerdem kann ich dich sowieso nicht allein lassen, das weißt du genau. Du würdest den ganzen Tag im Bett bleiben. Du würdest dich wund liegen und einen Koller bekommen.«

»Danke für dein Vertrauen, meine Liebe«, sagte er, obwohl ihn ihr Zögern beinahe erleichterte.

»Ich sage nur die Wahrheit. Und benutz dieses Wort bitte nicht so sarkastisch.«

»Du bist schon öfter allein verreist, Bren.«

»Aber nicht seit deinem Unfall.«

»Was für ein Wort überhaupt, von welchem Wort redest du?«

»Liebe«, sagte sie. »Okay? *Liebe.* Ich finde es furchtbar,

dass du es in letzter Zeit nur noch benutzt, wenn wir uns streiten. Ich genauso. Wir benutzen es als Munition.«

»Das ist mir gar nicht aufgefallen, aber du hast recht«, sagte er und fügte leiser hinzu: »Wie schrecklich.«

»Es ist schrecklich.« Sie stand auf und drückte sich die Hände ans Gesicht.

»Es tut mir so leid, Brenda.« Seine Augen brannten.

Sie ließ sich auf die Couch fallen. »Sagst du das bloß so, oder glaubst du auch daran?«

»Es tut mir leid, dass ich die ganze Zeit so sarkastisch bin. Es tut mir so leid.« Er presste sich beide Fäuste auf die Augen. »Bitte glaub mir.«

Sie legte den Kopf an die Rückenlehne und sah zur Decke, und Daniel hätte den Vorschlag am liebsten zurückgenommen. Er spürte, wie sich sein Magen zusammenzog.

»Wahrscheinlich würde ich wirklich gern für eine Weile nach Hause fahren«, sagte sie schließlich. »Ich wäre jetzt wirklich gern bei meiner Familie.«

»Ich weiß«, sagte er und hoffte, dass es stark und mitfühlend klang. Aufrichtig. »Genau das denke ich mir.«

»Und dir würde es auch ganz bestimmt nichts ausmachen?«

Es gelang ihm, den Kopf zu schütteln. Er dachte daran, wie anstrengend es für sie war, ihm vom Rollstuhl ins Bett zu helfen. Dann dachte er daran, wie es ohne sie zu Hause sein würde, wie er allein im Bett liegen würde, der leere Rollstuhl neben ihm. Er stellte sich vor, wie Morris Arnold von nebenan ihm zuwinken und sich nach ihr erkundigen würde. Und dann kam ihm eine Idee. »Vielleicht fährst du erst einmal allein nach Hause, falls die Ärzte dich nicht sofort fliegen lassen. Ich könnte hier bei Hilary bleiben, jedenfalls bis du zurückkommst.«

»Aber was ist mit deiner Arbeit? Musst du diese Woche nicht den Titelentwurf fertig haben?«

Daniel sagte, er sei sich sicher, er könne eine Terminverlängerung aushandeln, wenn er den Zuständigen im Verlag erkläre, was dieses Wochenende passiert sei.

»Ja, natürlich«, sagte sie.

Hilary erschien in der Tür, rieb sich die Augen und gähnte.

»Danielle. Brenda. Guten Morgen.«

»Sag mal, Larry, was würdest du davon halten, wenn ich hier bei dir bleiben würde? Wir überlegen nämlich gerade, ob es nicht vielleicht besser wäre, wenn Brenda erst einmal allein nach Hause fahren würde.«

Hilary nickte bedächtig. Ihr war deutlich anzusehen, dass sie darüber nachrätselte, was tatsächlich hinter dieser Ankündigung steckte. »Klar, bleib ruhig. Ich fände es nett, Gesellschaft zu haben«, sagte sie. Sie blieb einen Moment stehen, ohne dass einer von ihnen etwas zu sagen wusste, und schlurfte dann in die Küche.

Daniel warf Brenda einen Blick zu. Er rollte zu ihr, beugte sich vor und verschränkte seine Finger in ihren.

»Okay, dann schleiche ich mich jetzt am besten leise hinaus, bevor die anderen aufwachen«, sagte sie und machte sich von ihm los.

»Nein, fahr noch nicht«, bat er. »Verabschiede dich richtig von ihnen. Wenn du so sang- und klanglos verschwindest, machen sie sich nur Sorgen.«

Zum Glück war sie einverstanden.

»Wieso, was ist denn los?«, fragte Jake, als Daniel ihm von ihren Plänen erzählte. Er stand mit einem Becher Kaffee in der Hand vor ihm. »Wäre es nicht besser, wenn ihr beide jetzt zusammen seid?«

»Es geht darum, was im Moment für sie das Beste ist«, antwortete Daniel. Ihm war klar, dass das ziemlich kurz angebunden klang, aber er wollte sich jetzt nicht weiter dazu äußern.

Jake öffnete den Mund und schloss ihn wieder. Vielleicht hatte er endlich begriffen, dass ihn die Angelegenheiten anderer Leute nun mal nichts angingen. Daniel wusste, dass er es nur gut meinte, aber er schien einfach keinerlei Gespür dafür zu besitzen, wann er besser den Mund hielt.

Er rollte wieder zu Brenda ins Wohnzimmer. Er würde etwa eine Woche bleiben, und dann würden sie sich wieder sehen. Ganz sicher. Er half ihr, seine Sachen auszusortieren, und packte ihre wieder in den Koffer zurück. »Ich stopfe meine dann einfach in eine Plastiktüte, wenn ich hier wegfahre«, sagte er.

»Na gut.« Sie blickte auf den gepackten Koffer. »Für die suche ich einstweilen irgendwo einen sicheren Platz«, sagte sie mit Blick auf die Urne.

Er nickte. »Aber stell sie irgendwohin, wo dir ihr Anblick nicht zu sehr weh tut.«

»Mache ich«, sagte sie. Er stapelte seine Kleidungsstücke auf einem Sessel und wünschte, er könnte mehr sagen als das, aber ihm fehlten die Worte.

Anscheinend hatte Jake seinen Eltern erklärt, was los war, denn als Brendas Taxi zehn Minuten später in der Einfahrt stand (sie hatte gesagt, sie wolle sich nicht an der Fähre von ihm verabschieden), schienen alle zu wissen, dass sie allein fuhr. Sie griff nach ihrem Koffer und ihrer Jacke und verabschiedete sich von der etwas hilflos im Wohnzimmer herumstehenden Familie. Sie dankte Jake und Liz höflich für ihre Gastfreundschaft, und Daniel begleitete sie hinaus, wobei er die Haustür hinter sich zuzog, um sich allein von ihr verabschieden zu können. Am Ende der Rampe rutschte das linke Rollstuhlrad ab und landete vor dem rechten im Kies. Brenda ging schweigend neben ihm her auf das Taxi zu. Er sagte sich noch einmal, dass es so für sie beide das Beste war. »Ruf mich an, sobald du zu Hause bist«, bat er, als sie auf dem Rasen neben dem Taxi standen.

»Und nach London sehen wir weiter.« Er hielt sich so

aufrecht, wie er konnte. »Mal schauen, wie es dir dann geht, okay?«

»Danke«, sagte sie.

Er hoffte, dass sie zumindest eine kleine Veränderung an ihm wahrnahm. Er hätte ja auch sagen können: *Merkst du, wie schwer mir das alles fällt? Sieh doch, was ich für dich tue: Ich versuche dir zu geben, was du jetzt brauchst, auch wenn es mich innerlich zerreißt.*

Sie stand unschlüssig da und starrte auf ihre Füße, vielleicht überlegte sie, was sie sagen sollte. Der Taxifahrer trommelte mit den Fingern auf das Lenkrad.

»Tja dann, auf Wiedersehen«, sagte Daniel schließlich, und Brenda erwiderte: »Noch mal danke«, und daran merkte er, dass sie ihm wirklich dankbar war. Er hatte die richtige Entscheidung getroffen, und morgen oder übermorgen würde sie vielleicht mit einem warmen Gefühl an ihn denken.

Als sie den Koffer auf den Rücksitz schob und ins Taxi stieg, hielt Daniel die Luft an. Sie zog die Tür zu, und er hob langsam die Hand und winkte.

Es war kühler heute, und der Himmel war von einer hauchfeinen Wolkenschicht überzogen. Daniel presste beide Hände auf die Knie. Trotz der langen Zeit, die seit dem Unfall vergangen war, erstaunte es ihn immer wieder, dass er so rein gar nichts spürte. Nichts, wenn er sich kniff, nichts, wenn es kalt war. Manchmal trieb es ihn zum Wahnsinn, dann wieder fand er es bloß erstaunlich. Wie war es möglich, dass er so viel verloren hatte und auch nur eine Minute weiterleben konnte? Wie konnte er angesichts dieses Nichts weiter Künstler sein und Ehemann und beinahe sogar Vater? Es war unbegreiflich und, ja, eigentlich unglaublich, dass es dennoch so war.

Ellen ertrug es nicht mehr, Daniel so allein in der Einfahrt stehen zu sehen, also ging sie zu ihm hinaus. »Jetzt komm wieder rein«, drängte sie. »Setz dich noch ein wenig zu uns, wir fahren ja auch gleich.« Und als er sich zu ihr umdrehte, ließ sie die Hand auf der Rückenlehne liegen.

Die anderen saßen inzwischen im Wohnzimmer um den Couchtisch herum und frühstückten. »Ich hole dir etwas zu essen«, sagte Ellen und eilte in die Küche, wo Liz Obstsalat und Bagels gerichtet hatte. Sie kehrte mit einem Teller für ihn ins Wohnzimmer zurück. »Du willst also hier bleiben, bis Brenda aus London zurückkommt?«

Daniel nickte. Konnten er und Hilary denn für sich sorgen, geschweige denn füreinander? Würde Hilary es schaffen, ihm vom Rollstuhl ins Bett zu helfen und nötigenfalls auf die Toilette? Ellen saß auf dem Sofa, balancierte ihren Teller auf dem Schoß und schob mit der Gabel ein Stück Melone um eine Weintraube herum.

Bald erschien Joe mit mehreren Tüten in der einen und dem Schildkrötenkäfig in der anderen Hand im Flur, seine Brille war ihm gefährlich tief auf die Nasenspitze gerutscht.

»Oh, schon? Ich bin aber doch noch gar nicht fertig. Ich hasse es abzureisen«, rief Ellen und sprang auf, um ihm die Brille auf die Nasenwurzel zu schieben.

»Wir sehen uns doch schon bald wieder, Mom«, sagte Jake. Seine Augen waren etwas gerötet – er war zweifellos ziemlich verkatert und bereute es sicher, gestern eine Flasche Wein getrunken zu haben. Das Wochenende hatte alle an ihre Grenzen gebracht. »Vielleicht hat Hil nächstes Mal schon ihr Baby.«

Sie warf Daniel einen mitleidigen Blick zu. Natürlich war ihm bewusst, dass die anderen ihre Kinder bekommen würden, aber sie fragte sich trotzdem, wie er es verkraftete.

»Ell«, drängelte Joe ungeduldig. »Nun mach schon. Wir wollen doch die Fähre nicht verpassen.«

»Ich weiß, ich weiß, nur einen Moment noch. Wir müssen uns doch richtig verabschieden.« Sie beugte sich über Daniel. »Du rufst uns sofort an, wenn du uns brauchst, ja?

Melde dich, wenn Brenda wieder da ist und ihr unsere Hilfe benötigt. Du weißt schon, wenn wir für euch einkaufen können, kochen, aufräumen oder das Haus herrichten. Ich finde, ihr habt ein wunderschönes neues Haus, das …« Sie konnte den Wortschwall, der aus ihrem Mund strömte, nicht aufhalten, obwohl sie ihn in Wirklichkeit am liebsten gefragt hätte, wie lange Brenda in London bleiben wollte – würde sie überhaupt noch einmal zurückkehren? *Aber ja, bestimmt, wieso denn auch nicht?*

»Mom, ich schaff das schon«, versicherte Daniel ihr.

Joe drückte Jakes Arm. »Ich bin dir sehr dankbar für das, was ihr dieses Wochenende für mich getan habt, und für die Geschenke. Dein Geschenk. Ich werde es in Ehren halten.«

Ellen war froh, dass Joe daran gedacht hatte, sich zu bedanken. Manchmal vergaß er es, und dann musste sie seine Vergesslichkeit diplomatisch überspielen.

Liz half ihnen, das Gepäck hinauszutragen, und Joe schleppte Babes Käfig hinter ihr her. Ellen hätte die letzten Minuten im Kreise ihrer Familie gern noch genossen, aber ehe sie es sich versah, standen alle schon am Taxi, um sich zu verabschieden. Ellen hatte vorgeschlagen, ein Taxi zu nehmen, weil Liz und Jake die nächste Fähre nehmen wollten und schon angefangen hatten, ihr Gepäck in den Wagen zu laden. Bald, viel zu bald, saß Ellen neben Joe, der den Schildkrötenkäfig neben sich stehen hatte, im Taxi, und die Insel huschte rechts und links an ihnen vorbei.

»Es bricht mir das Herz, sie zurückzulassen«, sagte Ellen. »Es ist immer dasselbe.«

»Ich weiß.«

»Dir denn nicht?«

»Ell«, sagte er leise und legte seine Hand auf ihre. Sie wartete darauf, dass er noch etwas sagen würde, aber dann wurde ihr klar, dass nichts mehr käme. So war es immer. Aber er ließ seine große, weiche Hand während der gesamten Fahrt auf der ihren liegen, bis das Taxi schließlich am Hafen anhielt, wo sich ein paar Leute schon langsam auf die kleine Fähre begaben, die im dunkelgrauen Wasser lag.

Sie setzten sich auf zwei freie Plätze neben dem Maschinenraum, obwohl der Lärm hier ohrenbetäubend war. Die Fähre legte ab, und Joe beugte sich über den Käfig, der vor seinen Füßen stand. Die Schildkröte hatte sich in den Sägespänen vergraben. Sie war für Joe wie ein viertes Kind, und Ellen war beinahe dankbar dafür.

Sie schloss die Augen und versuchte, das Röhren der Turbinen zu ignorieren. Bald würde sie mit MacNeil ins Gardner gehen. Sie stellte sich den von Kerzen erleuchteten Gobelinsaal vor, die vielen Leute, die in den Saal strömen und an ihre Plätze gehen würden. Sie stieß Joe in die Seite. »Wusstest du, dass das Gardner Museum damals an einem Neujahrsabend eröffnet wurde? Fünfzig Mitglieder des Bostoner Symphonieorchesters spielten Bach, Mozart, Chausson und Schumann. Kannst du dir vorstellen, was das für eine Pracht war?« Einen Moment lang bekam sie ein schlechtes Gewissen, weil sie Joe so sehr von dieser Welt vorschwärmte. Aber das war nicht gemein, sagte sie sich dann. Man durfte so etwas doch ruhig schön finden.

»Muss ein toller Anblick gewesen sein«, sagte er ihr ins Ohr. Hinter ihnen dröhnten die Turbinen.

»Damals ging der Konzertsaal über zwei Stockwerke. Jetzt finden die Konzerte im Gobelinsaal statt, im oberen Teil des ehemaligen Konzertsaals. Isabella hängte an den Balkonen immer Laternen auf und stellte Kerzenleuchter in die Fensterbögen. Der Saal war mit Unmengen von Blumen geschmückt, alle erdenklichen Sorten. Stell dir vor, wie das geduftet haben muss! Und überall standen Springbrunnen. Ich finde es einfach schön, mir das alles auszumalen. Ich weiß, wie albern es ist, so von einem Museum und einer Frau zu schwärmen, aber mich macht es nun mal glücklich.«

»Es hat etwas von einer anderen Welt, nicht wahr?«

»Mhm«, sagte Ellen, die nicht recht wusste, worauf er das bezog.

»Von einem Traum«, sagte er dicht an ihrem Ohr. Sein warmer Atem ließ sie erschauern.

Sie war erschrocken gewesen, als damals plötzlich sein Gesicht am Wagenfenster aufgetaucht war. Sie wusste nicht, weshalb sie das Fenster heruntergekurbelt hatte, normalerweise redete man doch nicht einfach so mit einem völlig Fremden. Aber so kurz nach der Operation war sie wahrscheinlich noch ganz verwirrt gewesen. Joe hatte den Kopf in das Wageninnere gesteckt und gefragt: »Alles in Ordnung bei Ihnen?« Sie war verblüfft gewesen, aber auch geschmeichelt und hatte sich gleichzeitig für ihr ungepflegtes Aussehen geschämt. »Doch, ja«, hatte sie gestottert, worauf er gesagt hatte: »Sie sind hübsch. Wie heißen sie?« – »Wozu wollen Sie das wissen?«, hatte sie mit ihrer erwachsensten Stimme gesagt und den warmen Hauch seines Atems auf ihrer Wange gespürt, als er antwortete: »Ich weiß auch nicht, ich habe einfach das Gefühl, dass ich Ihren Namen kennen muss. Ich heiße übrigens Joe Miller.« Er hatte gelächelt, und dann waren ihre Eltern wiedergekommen, und er hatte den Kopf zurückgezogen und seinen Atem und seine Augen, die sie von oben bis unten so dreist gemustert hatten. »Dann auf Wiedersehen, Joe Miller«, hatte sie gesagt, mit zwei Fingern gewinkt und das Fenster hochgekurbelt.

Sie würde MacNeil absagen und stattdessen mit Joe ins Konzert gehen. Schließlich hatte sie die Karten gekauft. Und wenn Joe keine Lust hatte, würde sie ihn schon irgendwie dazu überreden, sie zu begleiten.

Oder sie ging allein ins Konzert, dachte sie plötzlich. Sie würde MacNeil anrufen und sich entschuldigen, sie habe leider eine Erkältung. Dann würde sie in die Stadt fahren, in der Nähe an dem kleinen Bach parken und alleine zur

Villa gehen. Allein war sie noch nie dort gewesen, das würde eine völlig neue Erfahrung sein. Sie spürte, wie sich etwas in ihr löste, als sei sie von der Leine gelassen.

Jake zeichnete eine Skizze des Sicherungskastens auf einen Zettel, während Liz Hilary zeigte, wie Waschmaschine und Trockner funktionierten. Sein Kopf hämmerte von all dem Wein, den er gestern Abend getrunken hatte. Schon merkwürdig, dass er das Haus jetzt seinen Geschwistern überließ. Er wünschte, er könne mit ihnen hier bleiben und ihnen die Insel zeigen, ein Boot leihen, sich abends beim Essen lange mit ihnen unterhalten und ihnen von seinem Berufsalltag und seinem Leben mit Liz erzählen. Aber er hatte morgen eine wichtige Besprechung, und Liz musste zum Arzt.

Er fand Daniel im Wohnzimmer, wo er mit einem Block im Schoß am Fenster saß und zeichnete. Jake drückte ihm seine Skizze vom Sicherungskasten in die Hand. »Ich lasse dir die Reserveschlüssel da«, sagte er, und Daniel nickte knapp, warf einen flüchtigen Blick auf die Skizze und legte sie dann weg. »Bloß für den Fall, dass eine Sicherung durchbrennt. Die Elektrik ist uralt, und es brennen ständig welche durch. Ich muss das alles mal erneuern lassen.« Er sah auf Daniels Block. »Was zeichnest du da?«

»Ach, bloß ein paar Ideen. Ich muss bald einen Titelentwurf abgeben. Es geht um einen Roman, der auf Kuba spielt.«

»Aha«, sagte Jake. Was für unterschiedliche Berufe sie doch hatten! Er würde morgen mit zehn anderen Männern in einem Raum sitzen und über Aktienbestände, Rentenpapiere, Gewinne kleinerer Finanzfirmen, aktuelle Trends in der Glasfaser- und Computerbranche oder in Unterhaltungskonzernen reden. Es war bestimmt über zwanzig Jahre her, seit er das letzte Mal etwas gezeichnet hatte, und es erschien ihm unglaublich, dass sein Bruder tatsächlich davon leben konnte. »Meinst du, ihr werdet es noch einmal versuchen? Du und Brenda? Ein Kind zu bekommen, meine ich?«

Daniel dachte einen Moment lang nach. »Wahrscheinlich eher nicht. Für mich wird es das wohl gewesen sein.« Er betrachtete seine Hände. »Das war alles nicht so einfach. Aber frag mich das doch in einem Jahr noch mal.« Er sah zu Jake auf. »Wer weiß.«

»Du hast recht. Wer weiß?« Jake legte eine Hand auf die Lehne des Rollstuhls. Er wusste nicht, was er zu dem Thema noch sagen sollte, ohne ihn in Mitgefühl zu ersticken. »Das Wochenende ist ganz anders gelaufen, als ich es mir vorgestellt hatte.«

»Wem sagst du das?«

Jake ließ seine Zunge im Mund kreisen. »Sag mal, was war das eigentlich für ein Blödsinn, den Hilary da über MacNeil Burgess gesagt hat? Manchmal denke ich, es würde ihr ganz gut tun, selbst mal eine längere Beziehung zu führen. Und bei einem Job zu bleiben.«

»Auf mich macht sie eigentlich einen ganz zufriedenen Eindruck.«

Jake gab widerwillig zu, dass seine Schwester zufriedener wirkte als früher. Die Schwangerschaft tat ihr gut. »Trotzdem glaube ich, dass sie es als alleinerziehende Mutter schwer haben wird.«

»Dir steht mit den Zwillingen auch einiges bevor«, entgegnete Daniel, und Jake fragte sich, warum in der Familie eigentlich nie jemand einmal mit ihm einer Meinung war. Höchstens auf seine stille, passive Art sein Vater. Und Daniel stellte sich natürlich auch bloß vor Hilary, um sie zu schützen, weil sie sonst niemanden hatte. Obwohl das ihre eigene Schuld war, schließlich hatte sie es nicht anders gewollt.

»Ja, da kommt was auf uns zu.«

»Danke übrigens.«

»Wofür.«

»Dass du uns hier wohnen lässt«, sagte Daniel.

»Ich freue ich mich doch auch darüber«, sagte Jake. »Kann ich denn sonst noch etwas für euch tun?«

Daniel schüttelte den Kopf. »Das ist mehr als genug. Du warst schon so großzügig«, sagte er etwas gezwungen.

»Nicht doch.«

»Aber natürlich. Das ganze Wochenende. Dad war gerührt.«

Jake sah ihn an. »Danke«, sagte er. »Du weißt, dass du hier wohnen kannst, so lange du willst, ja? Ganz ehrlich. Ich finde es schön, dass jemand hier ist.« Er hätte gern mit ihm über Brendas Fehlgeburt gesprochen und ihm gesagt, wie leid es ihm tat und was für eine Ungerechtigkeit es war, wo sie beide doch schon so viel durchgemacht hatten. Er hätte sich auch gern für seinen Streit mit Hilary entschuldigt und seinen Bruder gefragt, ob sie beide nicht einen Neuanfang machen und versuchen könnten, mehr Kontakt miteinander zu haben, sich öfter zu besuchen und mehr Anteil am Leben des anderen zu nehmen, aber da kamen Liz und Hilary schon ins Zimmer. »Jake, die Fähre wartet«, sagte Liz und stellte sich neben ihn.

Hilary setzte sich neben Daniel auf die Couch. »In der Küchenschublade liegt eine Karte von der Insel und ein Gezeitenplan«, erklärte Liz. Jake betrachtete seinen Bruder und seine Schwester – eine hochschwangere, demnächst alleinerziehende Mutter neben einem querschnittsgelähmten Mann. Wie hatte das alles nur passieren können?

»Wir veranstalten keine wilden Partys«, sagte Hilary, »und fackeln auch dein Haus nicht ab.«

»Ha«, sagte Jake.

»Noch mal danke«, sagte Daniel.

»Ja«, fügte Hilary hinzu und sah auf ihre Füße. »Vielen Dank.«

Zum ersten Mal seit langer, langer Zeit bemerkte Jake ein kurzes, aber eindeutiges Aufflackern von Sympathie in ihren Gesichtern. »Gerne«, sagte er.

Während im Rückspiegel das Haus kleiner wurde, fragte er sich, worüber sich sein Bruder und seine Schwester jetzt wohl gerade unterhielten. Über ihn? Über Liz? Ihre Eltern? Er warf einen Blick auf die Uhr überlegte, wo Joe und Ellen gerade waren. Wahrscheinlich saßen sie jetzt schon im Auto und fuhren nach Hause, schweigend Seite an Seite sitzend, wie schon so viele tausend Male im Laufe ihrer Ehe, so wie er jetzt mit Liz. Es gab nichts, was sich mit dem Gefühl vergleichen ließ, nach einem Wochenende auf Great Salt Island schweigend neben seiner Frau zu sitzen. Nichts war tröstlicher.

Liz stieg schwerfällig die Rampe zur Fähre hinauf, und Jake folgte ihr, unter der Last ihres Gepäcks wankend. Er hörte ihren schweren Atem – oder war es seiner? Endlich waren sie oben. Liz ließ sich an Deck auf eine Bank fallen, und Jake setzte sich neben sie. Er griff nach ihrer Hand und legte sie sich in den Schoß. Sie hatte sich quer über zwei Plätze gelegt, und Jake beobachtete, wie sich ihr Brustkorb langsam hob und senkte. Ihre Hand lag wie ein nasser Schwamm auf seinem Schenkel, er hob sie hoch, aber sie fiel schwer wie ein Stein herab.

»Hallo? Bist du noch da?«, fragte er.

»Hm. Ich bin müde. Ich bin erschöpft. Ich weiß nicht, ob ich schon jemals so erschöpft war«, murmelte sie, und er hätte ihr gern gesagt, wie unendlich dankbar er ihr war, weil sie sich am Wochenende für sie alle solche Mühe gegeben hatte. Und mehr noch – dafür dass sie bereit gewesen war, die anstrengende Fruchtbarkeitsbehandlung durchzustehen, die damit verbundenen Ängste und Depressionen, alles nur, damit sie eine Familie haben konnten. Er hätte sich auch gern noch einmal wegen des »Kamasutra« entschuldigt und wegen des Pornohefts, aber wenn er ihr jetzt überschwänglich danken und sie so eindringlich um Verzeihung bitten würde, wie er es gern getan hätte, würde sie bloß gereizt reagieren. Sie würde ihm das Wort abschneiden, worauf er sich nur noch mehr entschuldigen würde, und so würde es immer weitergehen. In ewigem Rhythmus würde es unterschwellig pulsieren, egal ob sie jeder für sich ihrer Arbeit nachgingen oder sich liebevoll im Arm hielten. Unter der Oberfläche, verborgen in der scheinbaren Ausgeglichenheit seines Lebens, schwang unaufhaltsam ein Pendel, das ihn jederzeit aus dem Gleichgewicht zu werfen drohte.

Er zählte innerlich bis drei, bevor er etwas sagte. Liz begann sich aufzurichten und gerade hinzusetzen. »Geht's wieder?«, fragte er.

»Es geht.« Die Fähre legte ab, und das Nebelhorn tutete.

»Machst du dir Sorgen wegen der Babys, weil du an Brenda denkst?«, fragte er leise.

»Ich habe mir schon vorher welche gemacht.«

»Heute Morgen habe ich noch einmal im Medizinlexikon nachgelesen, und dort stand, dass solche Fehlgeburten sehr selten sind. Ich bin froh, dass wir das Buch auf der Insel haben.« Sie hatten es vor einem Jahr zusammen mit mehreren anderen Ratgebern zum Thema Kinderwunsch und Schwangerschaft bei *Books and Beans* gekauft.

Sie nickte zerstreut.

»Mit unseren beiden geht alles gut«, sagte er. »Da bin ich mir sicher. Ich habe so ein Bauchgefühl.«

»Ja?«

»Du nicht?«, fragte er.

»Doch, eigentlich schon. Aber ehrlich gesagt, versuche ich einfach nicht darüber nachzudenken. Im Moment denke ich nur daran, dass ich hier auf der Fähre sitze und dass wir nach Hause fahren. Ich versuche, meine Rückenschmerzen zu ignorieren und zu vergessen, dass ich den Kopf kaum mehr gerade halten kann. Entschuldige bitte, Schatz, aber ich bin einfach ein bisschen daneben.«

»Das macht doch nichts«, sagte er. »Das macht gar nichts. Liz?«

»Was ist?«

»Ich war gestern Abend ganz schön betrunken, stimmt's?«

»Kann man wohl sagen.« Sie lächelte.

»So betrunken war ich schon seit Jahren nicht mehr«, sagte er und erwiderte ihr Lächeln.

Hilary schob Daniel keuchend über den Sand und die Kieselsteine. Er war noch gar nicht unten am Meer gewesen, und obwohl es fast unmöglich war, den schweren Rollstuhl in dem starken Wind über die Felsen, den Strand, den nassen Sand und die Algen zu bugsieren, war sie fest entschlossen, es ihm zu ermöglichen. Zu zweit gelang es ihnen, den Rollstuhl so weit ans Wasser zu fahren, dass er sich hinunterbeugen und die Fingerspitzen eintauchen konnte.

»Ich habe den Strand in Maine noch nie so toll gefunden. Bloß Felsen und eiskaltes Wasser – was soll daran schön sein?«, sagte er und blickte auf den Algensaum hinab, den die Flut an Land schwemmte.

»Ja, ich weiß, was du meinst. Aber ich muss immer an ein trotziges Kind denken. Irgendwie empfinde ich auch Bewunderung dafür, dass dieser Strand sich so standhaft weigert, weich und sonnig zu sein, und dass das Wasser so kalt ist, dass es einen schon beim bloßen Anblick friert.«

»Hm, stimmt auch irgendwie«, sagte er.

Hilary stützte sich am Rollstuhl ab und ließ sich vorsichtig zu Boden sinken, bis sie im Kies saß. Sie streifte die Sandalen ab und vergrub ihre Zehen in den nassen Steinen.

»Komischerweise habe ich das ganze Wochenende über nicht gewusst, was wirklich in Brenda vorgeht«, erzählte Daniel. »Natürlich konnte ich es mir vorstellen, aber gesagt hat sie kaum etwas. Die meiste Zeit habe ich geredet. Ich habe ihr beschrieben, wie ich mich fühlte, und ihr immer wieder Fragen gestellt.« Er schwieg nachdenklich. »Vielleicht liegt es daran, dass sie Engländerin ist und so viel jünger als ich – jedenfalls hatte ich die ganze Zeit das Gefühl, sie steht völlig neben sich.«

Hilary nickte. »Man weiß nie, was wirklich in jemand anders vorgeht.«

»Aber bei der eigenen Frau ist es schon noch mal etwas anderes. Tut mir leid, aber es ist so.«

»Ja klar. Wahrscheinlich ist es noch frustrierender.«

Sie beugte sich vor, nahm einen Kiesel und warf ihn ins Wasser.

»Es muss aber doch eine Menge Leute geben, die wissen, was im Kopf ihres Partners vor sich geht«, sagte er.

»Erahnen kann man es wahrscheinlich immer. Aber vielleicht gefällt einem nicht, was sie denken, und deshalb redet man sich ein, es läge an ihnen, sie wären zu distanziert oder unzugänglich.«

»Kann sein.«

Hilary hatte im Laufe der Jahre unzähligen Freundinnen und Freunden zugehört, die sich bei ihr über ihre Beziehungen und Ehen ausweinten. »Kann ich dich mal was fragen? Wieso bleibt man überhaupt so lange mit jemandem zusammen?«

Daniel hielt die Hände im Schoß verschränkt.

»Tut mir leid. Das war eine blöde Frage.«

»Nein, nein. Ich denke bloß darüber nach, wie es bei uns war«, sagte er. »Ich kann dir gar nicht genau sagen, weshalb wir zusammen geblieben sind. Die längste Zeit hat es einfach ziemlich gut funktioniert. Es war schön, jemanden um mich zu haben, der sich um mich kümmerte.

Zu wissen, dass jeden Morgen jemand Warmes, Vertrautes neben mir lag. Ich wusste, was sie sagen würde, in welcher Stellung wir am bequemsten nebeneinander lagen und wo sie mich am liebsten berührte. Und als das Gewohnte dann langsam aufhörte, weil sie früher aufzustehen begann und nicht mehr so auf mich einging und ein großer Teil meines Körpers neben ihr nichts mehr spürte, da ging dann alles plötzlich den Bach runter.«

Hilary sah zu ihm auf. »Das klingt einleuchtend.«

»Ja?«

Sie blickte aufs Meer hinaus, auf den Horizont in der Ferne. »Wenn ich mit jemandem schlafe, finde ich manchmal die Stille hinterher am schönsten, einfach nur neben jemandem zu liegen und ihn zu spüren.«

»Du bist eben ein richtiges Mädchen.«

»Du aber auch«, sagte sie. »Oder was hast du mir gerade erzählt?«

»Du hast ja recht.«

Hilary lächelte zu ihm auf. »Wenn ich jetzt nicht schwanger und müde wäre, würde ich mich ausziehen und ins Wasser rennen.«

»Würdest du nicht.«

»Würde ich wohl.«

»Wenn ich funktionierende Beine hätte, würde ich mitkommen«, sagte er.

»Alles faule Ausreden.«

Sie blieben noch eine Weile so sitzen, und als der Wind auffrischte und es kühler wurde, machten sie sich wieder auf den Rückweg. Sie waren wie ein altes, erschöpftes Ehepaar, dachte Hilary, während sie ihren Bruder mit allergrößter Kraftanstrengung über den Strand und schließlich den Kiesweg hinaufschob, der zur Vorderfront des Hauses führte.

»Du wiegst mindestens tausend Kilo«, keuchte sie.

»Du aber auch.«

»Du alter Charmeur!« Sie drückte die Haustür auf.
»Einer muss ja Charme haben.« Er rollte die Rampe hinauf ins Haus.

An diesem Abend aßen sie die Reste des Geburtstagsessens. Hilary erzählte Daniel von dem Nachmittag mit Alex, von Bill David und George und Camille, und gestand ihm, dass sie schon öfter daran gedacht habe, George anzurufen, den Gedanken aber immer wieder verworfen habe, weil sie eigentlich nicht wüsste, was das bringen sollte. Daniel hielt es jedenfalls für richtig, dass sie auf die Insel zog und ganz allein einen Neuanfang machte. »Ein Neuanfang ist meistens das Beste«, sagte er. »Aber das mit diesem Alex … Ich weiß nicht.«
»Na ja, ich auch nicht.« Sie stand auf, um den Tisch abzuräumen. »Aber gut im Bett ist er, das muss man ihm lassen.«
»Ach ja, Sex. Ich glaube, ich habe noch eine schwache Erinnerung daran, was das ist.«
»Tut mir leid«, sagte sie verlegen.
»Das muss dir nicht leid tun.«
»Ich kann aber gar nicht anders«, sagte sie.
Sie stapelte die Teller in der Spüle, nahm sich fest vor, sie nachher abzuspülen – oder heute Abend oder vielleicht auch erst morgen früh –, und ging ins Wohnzimmer, wo Daniel saß und in der Zeitung blätterte. Sie trat ans Fenster, blickte hinaus auf den grauen Himmel und überlegte, dass es so wahrscheinlich war, wenn man mit jemandem eine gute Ehe führte. Man konnte zusammen in einem Zimmer sitzen und Zeitung lesen, ohne sich Gedanken darüber zu machen, was im anderen gerade vorging oder was man zu ihm sagen sollte. Sie kannte Daniel, seinen Humor, sein Temperament und seine Ängste so gut, wie eine alte Frau ihren Mann nach langer Ehe kennt. Sie liebte ihn trotz der

Eigenschaften, die sie nicht an ihm mochte, trotz seiner gelegentlichen Launenhaftigkeit, seiner herrischen Art und obwohl er sie manchmal behandelte wie ein Kind.

Hilary legte beide Hände auf den Bauch und spürte eine tiefe Ruhe in ihrem Inneren. Das Baby, das sich den ganzen Vormittag bewegt hatte, war jetzt wohl endlich eingeschlummert. Schon merkwürdig, dass etwas in ihr einschlief, während sie gleichzeitig hellwach war. Dass tief in ihrem Inneren etwas existierte, das dennoch so losgelöst von ihr war, ein Mensch, den sie noch nie gesehen oder gehört hatte und den sie doch jeden Tag so deutlich spürte. Draußen schwappte das kalte Wasser unablässig an den Kiesstrand. Die Konturen des Mondes hoben sich scharf vom schwärzer werdenden Himmel ab. Daniel blätterte mit einem leisen Seufzer die Zeitung um.

Danksagung

Für ihre Weisheit, ihre Unterstützung, Freundschaft und Uneigennützigkeit möchte ich mich bei Jill Bialosky, Chris Castellani, Bill Clegg, Jessica Craig, Emily DeGroat, Henry Dunow, Hannah Griffiths, Nicole Lamy, Don Lee und Deborah Weisgall bedanken. Mein Dank gilt auch meiner Schwester Margot Geffen für ihre hilfreichen Kommentare und ihre Begeisterung; meiner Familie und meiner ersten Liebe; und am allermeisten meinem Mann Neil Giordano, der als Erster an mich geglaubt hat und ohne den ich dieses Buch nie geschrieben hätte. Danke.